Für Kira

12. Juli 1996

Mein süßer kleiner Kanarienvogel!

Ich möchte Dir an dieser Stelle ganz herzlich gratulieren: Auf den Tag genau hast Du es heute schon einen Monat mit mir ausgehalten!
Was kann ich nach diesen ersten vier Wochen sagen? Dass ich total verknallt in Dich bin? Ja. Dass ich mich jeden Tag darauf freue, Dich zu sehen? Definitiv. Dass Du die eigenartigste, aber auch wunderbarste Frau bist, die mir je begegnet ist? Ja, ja, ja!
Mir liegen solche Briefe nicht sonderlich, aber trotzdem will ich Dir schreiben, dass ich Dich gerade deshalb so sehr mag, weil Du ganz anders bist als ich (und auch so ziemlich jeder andere Mensch, den ich kenne). Und dass ich mich wie ein kleiner Junge auf die nächsten Wochen und Monate (und vielleicht Jahre?) mit Dir freue!

Einen dicken Kuss vom
rosaroten Panther

PS: Dieser Brief zerstört sich sofort nach der Lektüre selbst, denn schließlich wissen wir beide, dass man niemals schriftliches Beweismaterial hinterlassen soll! ☺

Hamburger Kurier vom 18. Februar 2006

Schöne Chantal (27) weint bittere Tränen

NUR DIE MUSIK MACHT SIE NOCH GLÜCKLICH!

Hamburg – Arme Chantal: Nach der Trennung von Ehemann und Produzent Tim Hüsken (35) scheint sie einfach kein Glück mehr in der Liebe zu haben.

Erst vor wenigen Monaten fand sie in den Armen ihres Managers Sergio Althoff (39) Trost, doch jetzt plötzlich die bitteren Vorwürfe: Althoff soll sich am Privatvermögen des Schlagerstars bereichert haben. Insider berichten von Unterschlagung in Höhe von 500 000 Euro!
Chantal: »Ja, es ist wahr. Zwischen mir und Sergio ist es aus. Er hat mich nur benutzt und sehr verletzt. Ab sofort werden wir auch beruflich getrennte Wege gehen. Es ist besser so.«
Wie erträgt die beliebte Sängerin diesen Schmerz?
Chantal, ganz tapfer: »Die Musik ist mein einziger Halt, nur sie kann mich jetzt noch glücklich machen.«
Im Sommer erscheint ihr neues Album. Trotz aller Sorgen hat die hübsche Lady hart dafür gearbeitet.

Sie sagt: »Geld ist überhaupt nicht wichtig. Musik ist für mich das Wichtigste auf der Welt.«

1. Kapitel

Es gibt Situationen im Leben, in denen man sich auf einmal seltsame Fragen stellt. Zum Beispiel: Habe ich immer alles richtig gemacht? Oder: Was ist der Sinn von allem? Wieso bin ich ich – und nicht jemand anderes? Oder ganz banal: Wie soll das nur alles weitergehen?

Gerade in diesem Augenblick befinde ich mich in so einer Situation. Ich liege unter einem Haufen aus Schutt und Asche, gefühltes Gewicht zirka eine Tonne. Die Luft ist erfüllt von feinen Staubpartikeln. Ein lautes Stöhnen zu meiner Linken sagt mir, dass sich dort auch jemand anderes diese Gedanken macht.

Vor zwei Sekunden war noch alles – oder jedenfalls fast alles – in bester Ordnung, aber jetzt zieht mein gesamtes Leben an meinem inneren Auge vorüber: Die erste Demo mit meinen Eltern, ich als Fünfjährige stolz wie Oskar auf Papas Schultern. Worum es ging, habe ich vergessen, aber ich kann mich noch gut an dieses euphorische Wir-Gefühl erinnern. Mein erster Kuss mit neun Jahren bei einem Campingurlaub in Spanien: Der Junge hieß Tobias. Wir sind früher im Sommer eigentlich immer mit unserem umgebauten Bulli nach Spanien gefahren. Tobias habe ich trotzdem nie wieder gesehen.

Dann, 1998, mein erstes juristisches Staatsexamen, schweißnasse Hände in der Strafrechtsklausur. Meine erste gemeinsame Wohnung mit Philip. Ich sehe noch, wie wir uns über den überquellenden Altpapiereimer streiten.

Irgendwie beruhigen mich meine Erinnerungen. Wahrscheinlich ist das ganz gut so. Ich habe mal gelesen, dass es nicht von Vorteil ist, in einer Krisensituation in Panik zu geraten. Und für hysterisches Um-mich-Schlagen hätte ich im Moment ja auch gar keinen Platz.

Die nächste Erinnerung ist eher unschön: Die Trennung von Philip vor vier Jahren. Mein Umzug ins linksalternative Schanzenviertel zu Sabine, die damals eine Studienfreundin war und heute meine Kollegin ist. Jeden Abend Frauenrunde in der Wohnküche – nieder mit den Männern und hoch mit den Tassen! Bis Sabine Arne kennen lernte, bei mir aus- und bei ihm einzog. Von wegen Frauensolidarität. Dafür zog in die Wohnung nebenan bald ein neuer Nachbar ein – Johannes. Stand gleich am ersten Tag bei mir vor der Tür und überreichte mir eine Dose mit selbstgebackenen Haschplätzchen: »Auf entspannte Nachbarschaft!«

Beim diesem Bild bleibe ich hängen. Tja, die entspannte Nachbarschaft ist genau der Grund dafür, warum ich jetzt hier liege. Im Treppenhaus des alten Jugendstilgebäudes, in dem ich wohne und arbeite. Es ist ein schönes Haus. Besser gesagt: Es war, denn momentan habe ich den starken Verdacht, dass nicht einmal mehr die Grundmauern stehen.

Wieder ein Stöhnen von Johannes, der irgendwo ganz in der Nähe liegen muss. Immerhin, er lebt! Was für ein Glück.

»Jo?«, rufe ich zaghaft. »Geht's dir gut?«

»Ja«, kommt es ächzend zurück. Dicht gefolgt von einem »Alles bestens, du blöde Kuh!« Johannes ist über seinen Zustand offensichtlich nicht so glücklich. Da habe ich ihm wohl ziemlich die Tour vermasselt.

»Keine Sorge«, versuche ich, ihn zu beschwichtigen, »die werden uns hier bestimmt gleich rausholen!«

»Wieso musst du immer zur falschen Zeit am falschen Ort aufkreuzen?« Wieder ein röchelndes Husten. Ich will etwas erwidern, halte aber lieber die Klappe. Es gibt bessere Momente, um sich zu streiten. Außerdem bin ich ein kleines bisschen beleidigt, weil Jo das mit der falschen Zeit und dem falschen Ort gesagt hat. Ganz so ist es nun auch wieder nicht, auch wenn ich manchmal etwas zur Schusseligkeit neige. Aber immerhin habe ich Jo das Leben gerettet – Undank ist der Welt Lohn!

Vor etwa drei Minuten sah es nämlich noch so aus, als würde Jo sich bald nicht mehr über mein Talent für unpassende Momente ärgern können. Das hätte ich doch nicht zulassen dürfen, oder?

Nachdem Jo wochenlang all meinen traurigen Neusingle-Geschichten gelauscht hatte, schlitterte er auf einmal selbst von einem amourösen Bankrott in den nächsten. Und da er hauptberuflich Lebenskünstler ist, hat er zwischen verschiedenen Hilfsjobs immer ausreichend Zeit und Gelegenheit, sich mit voller Hingabe in aussichtslose Beziehungen zu stürzen. Dabei wechseln die Namen der Damen recht häufig: Johannes hat nämlich die Begabung, sich von jetzt auf gleich verlieben zu können – im Grunde genommen reicht es schon, wenn eine Frau neben ihm an der Bar steht. Ein echter Träumer eben, der bei jeder neuen Romanze gleich mit Herz und Seele dabei ist. Aber leider, leider: So schnell die Liebe kommt, so schnell geht sie auch wieder. Seit drei Jahren darf ich mir daher schreckliche Geschichten über diverse Claudias, Ninas, Patricias, Katjas, Heikes, Hannis und Nannis anhören – bis es schließlich vor sechs Wochen zum absoluten Finale kam: Mit Mareike, besser bekannt als »Mareiheiheike«, verabschiedete sich nicht nur die »große, unsterbliche Liebe« nach zweimonatigem Techtelmechtel aus Johannes' Leben – offensichtlich nahm sie auch gleich seinen gesamten Lebenswillen mit, als sie sich für einen solventen Unternehmensberater von ihm trennte. Nicht schön, das gebe ich zu. Aber ist das ein Grund, sechs Wochen lang nicht vor die Tür zu gehen und stattdessen Tag und Nacht in ohrenbetäubender Lautstärke *Regen und Meer* von Juli zu hören? So viele Haschplätzchen kann man gar nicht essen, dass einem das nicht irgendwann doch auf den Keks geht.

Heute Nachmittag war es dann so weit: Ich unternahm den Versuch, mich auf einen relativ komplizierten Fall zu konzentrieren – mit Streitverkündung, Widerklage und allem, was die Väter der Zivilprozessordnung sonst noch erfunden haben. An einem heißen Junitag wie heute ohnehin kein Vergnügen – aber mit penetranter Dauerbeschallung völlig aussichtslos: *Ich hab nichts unversucht gelassen, dich zu hassen, doch es geht nicht.* Genau. Es geht nicht. *So* geht's nicht! Und das wollte ich Johannes klar machen. Aber auf meine typisch freundliche Tessa-Art eben. Ich bin rüber zum Schanzenbäcker, habe einen Kuchen gekauft und ihn mit ein paar Wunderkerzen aus dem Drogeriemarkt nebenan verziert. Die extragroßen, die so schön lange sprühen, laut Packungsbeschreibung mindestens vier Minuten. Dazu schrieb ich noch ein kleines Kärtchen: *Wenn du glaubst, es geht nicht mehr, kommt von irgendwo ein Lichtlein her.* Fand ich nett von mir. Und konnte ja nicht ahnen, was ich damit auslösen würde.

Mit dem Kuchen baute ich mich vor Johannes' Tür auf, zündete die Kerzen an und klingelte. Natürlich keine Reaktion, also wummerte ich gegen die Tür, was das Zeug hielt. Immer noch keine Reaktion. Also bin ich wieder rein in meine Wohnung, raus auf den Balkon, um durch sein Küchenfenster zu gucken. Und da sah ich ihn. Besser gesagt: Ich sah seine Füße, die Richtung Balkon zeigten. Messerscharf schloss ich, dass sein Kopf dann Richtung Ofen liegen müsste. Oder etwa im Ofen? O mein Gott! Wegen »Mareiheiheike«? Wie kann man nur auf so eine bescheuerte Idee kommen? Johannes, das Seelchen! Den kann man echt keine fünf Minuten allein lassen.

Ich also wieder raus in den Flur, Sturm geklingelt, noch mal gegen die Tür gebollert, gebrüllt, dass ich die Bullen rufe – und in diesem Moment machte er tatsächlich auf. Drei Nanosekunden lang sah ich noch seinen irritierten Blick, der auf den Kuchen und die Kerzen zu meinen Füßen fiel, die unglücklicherweise gerade die letzten Funken ausspuckten. Tja, vier Minuten. Da sage noch einer, auf Packungsbeschreibungen würde nur gelogen.

Und dann: *Kawumm!*

Habe ich immer alles richtig gemacht? Ich bin wieder bei meiner Ausgangsfrage angelangt und komme zu dem Schluss, dass ich zumindest diesmal alles richtig gemacht habe. Auch wenn ich mich momentan nicht bewegen kann und den schweren Verdacht hege, dass mein linker Arm abgestorben ist, war es richtig, Jo davon abzuhalten, sich aus dem Staub zu machen.

Und sonst? Habe ich sonst immer alles richtig gemacht?

»Hallo, können Sie mich hören?« Eine unbekannte Männerstimme rettet mich vor meinem inneren Scherbengericht. »Sind Sie verletzt? Können Sie sich bemerkbar machen?«

»Ja, ja, ja!«, brülle ich, um alle drei Fragen korrekt zu beantworten. Schließlich bin ich Juristin und beantworte immer alle Fragen korrekt. Jedenfalls solange es meinen Mandanten nicht belastet und wir uns nicht auf das Zeugnisverweigerungsrecht berufen können.

Johannes sagt im Gegensatz zu mir gar nichts. Das kenne ich schon von ihm, er gehört nämlich zu den Kandidaten, denen ich vor Gericht immer raten muss, lieber ihre Klappe zu halten. Wie oft habe ich ihn schon aus unschönen Kollisionen mit Recht und Ordnung rausgehauen? Ob er sich gerade ähnlich schlecht fühlt wie ich? Oder womöglich noch schlechter? Ich liege hier zwar ziemlich eingequetscht, aber doch immerhin in einer Nische unter dem Treppenabsatz nach oben. Luft bekomme ich ganz gut, und ich habe auch nicht das Gefühl, dass ich ernsthaft verletzt bin. Aber Johannes? Mir wird ganz flau. Hoffentlich ist ihm nichts Schlimmeres passiert! Immerhin stand er ja noch in seiner Wohnung, als uns selbige um die Ohren flog – und wer weiß, wohin ihn die Wucht der Explosion geschleudert hat. Ich versuche noch einmal, mich aus meiner Nische herauszuwinden, aber es ist zwecklos: Ich stecke fest. Jetzt rieselt auch noch mehr Schutt auf mich herunter, und ich muss husten. Könnte sich mein unbekannter Retter vielleicht mal etwas beeilen?

Offensichtlich gibt es tatsächlich so etwas wie Gedankenübertragung: »Wir sind gleich bei Ihnen!«, ruft die Männerstimme.

Ein lautes Rumpeln erklingt; offensichtlich versucht jemand, sich durch die Schuttberge zu uns durchzuarbeiten.

Während ich darauf warte, dass dieser Jemand bis zu mir vordringt, überlege ich schon krampfhaft, wie ich meine und Johannes' desaströse Lage am besten erklären kann. Die Juristin in mir ahnt nämlich, dass es schon bald eine Menge Ärger geben wird. Die Leute sehen es ja nicht so gern, wenn jemand versucht, aus Liebeskummer sich selbst und ein Haus in die Luft zu sprengen. Denn genau genommen hat Jo unseren kleinen Unfall damit ja erst verschuldet. Gut – hätte ich nicht die Wunderkerzen angezündet, oder zumindest nicht die in XXL …

In diesem Moment erscheint ein freundliches, wenn auch etwas dreckiges Gesicht direkt über mir. »Können Sie sich bewegen?« Ein junger Mann in Jeans und Lederjacke schiebt eine zersplitterte Holzlatte beiseite, um mich zu befreien.

»Ich weiß nicht«, antworte ich. »Könnten Sie mal gucken, ob mein linker Arm noch dran ist? Den spüre ich nämlich nicht mehr.« Immer noch keine Panik. Richtig so.

Kurzes Grinsen, dann ein Nicken. »Soweit ich das beurteilen kann, ist alles da, wo es hingehört.«

»Gut«, stöhne ich erleichtert. »Ich hatte schon den Verdacht, dass wir hier einige meiner Teile einsammeln und wieder zusammenbasteln müssen.« Ich mache Anstalten, mich aufzusetzen.

»Nicht!«, ruft der Mann erschrocken und bittet mich, liegen zu bleiben. »Wir wissen nicht, ob Sie sich vielleicht die Wirbelsäule verletzt haben!«

Oh. Das wäre natürlich nicht so schön. »Sind Sie zufälligerweise Arzt?«

»Nein, ich bin von der Kripo Hamburg, Dienststelle Brandermittlung. Aber das mit der Wirbelsäule weiß ich noch aus dem Erste-Hilfe-Kurs. Können Sie Arme und Beine bewegen? Spüren Sie alles?«

Gute Frage. Spüre ich etwas? Ich horche kurz in mich hinein – und bekomme ein Echo, auf das ich ausgesprochen gerne verzichtet hätte. Selbst der linke Arm gibt wieder jaulende Lebenszeichen von sich. Offensichtlich lässt die Wirkung meiner erinnerungsbedingten Betäubung gerade nach. Und das fühlt sich verdammt unbequem an.

»Ja, ich glaube, ich kann vom kleinen Zeh bis zum großen Daumen alles spüren. Ich habe Schmerzen!«

»Sehr stark?« Er sieht mich besorgt an.

Noch so eine gute Frage. Hmmm … »Nein, eher … wie ein fetter Muskelkater«, muss ich dann einschränken.

»Fein, dann scheint ja alles in Ordnung zu sein. Aber Sie sollten sich trotzdem nicht zu schnell bewegen.« Bei dieser Aussage muss ich fast lachen: Von »schnell bewegen« kann angesichts meiner Lage nun wirklich keine Rede sein.

»Haben Sie Johannes schon gefunden?«

Der Beamte nickt. »Die Kollegen von der Feuerwehr buddeln ihn gerade aus.«

Nachdem er den letzten Schutt, der auf mir lastet, beiseite geräumt hat, greift er mir vorsichtig unter die Arme und zieht mich hoch. Ein Hauch Antaeus von Chanel steigt mir in die Nase, und ich wundere mich einen kurzen Moment darüber, dass ein Polizist sich vor Dienstantritt offensichtlich noch einnebelt – aber im nächsten Moment denke ich schon gar nichts mehr: Kaum bin ich in der Senkrechten, knicken mir die Knie ein. Mir wird schwarz vor Augen, der junge Mann fängt mich auf und ich höre noch ein verwundertes »Hoppla!«

Dann wird es mit einem Schlag still um mich.

Bin ich jetzt tot?

Ich bin nicht tot. Fünfzehn Minuten später sitze ich draußen in einem Kleinbus der Polizei, nachdem ein Notarzt meine körperliche Verfassung überprüft hat und wundersamerweise alles in

Ordnung ist. Und nun hocke ich hier, in den Händen eine Tasse Tee, vor den Augen die Trümmer meiner bisherigen Existenz.

Das Gebäude hat es wirklich schlimm erwischt. Ein Großteil der Fensterscheiben ist explodiert, Teile des Treppenhauses liegen in Schutt und Asche, auf der Straße flattern munter Papiere herum, die die Detonation hinauskatapultiert hat. Geschätzter Schaden, so auf den ersten Blick: ein paar hunderttausend Euro. Ob ich meine fondsgebundene Lebensversicherung auflösen sollte? Die würde immerhin gut und gern fünftausend bringen …

Während ich noch darüber hadere, was aus mir werden soll, wird Johannes auf einer Trage Richtung Rettungswagen transportiert. Ich springe auf und laufe zu ihm, kann aber bereits aus einiger Entfernung erkennen, dass er nicht ganz so viel Glück gehabt hat wie ich.

»Jo!« Ich greife nach seiner Hand. Er stöhnt vor Schmerzen auf, also lasse ich sie schnell wieder los. »Geht's dir gut?« Blöde Frage eigentlich: Seine kurzen, eigentlich blonden Haare sind weiß vor lauter Staub, um den Hals trägt er eine riesige Plastikmanschette, er hängt am Tropf und sein linkes Bein ist geschient.

Keine Antwort, nur ein verächtlicher Blick.

»Wir bringen ihn ins Krankenhaus Altona«, erklärt mir einer der Sanitäter. »Wollen wir hoffen, dass er keine inneren Verletzungen hat.«

Doch, die hat er, würde ich am liebsten sagen. Es ist das Herz, dieses dreckige, gemeine Organ, das uns allen immer wieder das Leben schwer macht. Na ja, und in Johannes' Kopf scheint auch nicht alles so zu sein, wie es sollte.

»Kann ich mitfahren?«, will ich wissen.

»Nein«, erwidert eine Stimme hinter mir. Ich drehe mich um. Vor mir steht mein Retter, der sich inzwischen das Gesicht gereinigt hat. »Hauptkommissar Andreas Schlehvoigt«, stellt er sich vor. Schätzungsweise Ende zwanzig, vielleicht jünger, also noch ein bisschen grün hinter den Ohren. Er hat braune Haare, wobei ich mir nicht sicher bin, ob das vielleicht auch noch Dreck ist. Sein Gesichtsausdruck schwankt ebenso uneindeutig irgendwo zwischen Strenge, Mitleid und Güte – wie kriegt er diese Kombination nur hin?

»Aber …«, setze ich zu Widerworten an.

»Kein Aber. Sie kommen mit mir.« Jetzt guckt er nur noch streng und deutet auf den Polizeiwagen. »Wir fahren zum Präsidium. Zum Verhör.«

Wenn ich etwas in meiner juristischen Laufbahn gelernt habe, dann die Tatsache, dass die Kombination der Worte *Präsidium* und *Verhör* nichts Gutes verheißt.

»Zum … tja … oh«, stottere ich. »Na gut, dann fahre ich eben mit Ihnen.« Nicht, dass ich momentan wirklich eine andere Wahl habe. Schon bewege ich mich Richtung Einsatzfahrzeug, als mir siedend heiß etwas einfällt. »Moment!«, entschuldige ich mich und stürme zu Jo, der gerade in den Krankenwagen verladen wird. »Jo«, flüstere ich und beuge mich zu ihm hinunter. »Du sagst keinen Ton, bevor ich nicht bei dir bin, okay?«

Keine Reaktion. Herrgott nochmal, langsam könnte er aufhören, den beleidigten Selbstmörder zu spielen.

»Johannes!« Ich versuche es mit etwas mehr Nachdruck in der Stimme. »Verstehst du mich? Du machst keine Aussage ohne deine Anwältin!« Ich greife wieder nach seiner Hand, er stöhnt erneut auf. Ich lasse sie trotzdem nicht los, sondern drücke sie noch etwas fester.

»Tessa!«, entfährt es Jo. »Du zerquetschst meine Hand!«

»Keinen Ton, ist das klar?«

Er nickt eingeschüchtert, dann lasse ich seine Hand wieder los und kehre zurück zum Polizeiwagen. Auf dem Weg dahin flattert mir eines der überall verstreuten Papiere vor die Füße. Im ersten Moment schenke ich ihm keine Beachtung, wird halt irgendwo aus dem Fenster geflogen sein. Aber dann erkenne ich die Handschrift darauf und bücke mich hastig, um es aufzuheben. *Mein süßer kleiner Kanarienvogel …*

»Kommen Sie jetzt?« Neben mir steht Andreas Schlehvoigt und mustert mich abwartend. Eilig stecke ich das Blatt Papier in meine Hosentasche.

»Das gehört zu meinen Unterlagen«, stottere ich, »die fliegen hier überall herum.« Ich sehe hoch zu meiner Wohnung im zweiten Stock, wo sich auch mein Büro befindet. Alle Fensterscheiben sind zerstört, und offenbar hat die Explosion einige meiner Papiere nach draußen befördert. »Ich muss doch …«, will ich erklären.

»Die Kollegen werden alles einsammeln, was sie finden, und es sicherstellen«, erwidert er und lächelt mich beinahe freundlich an. »Also folgen Sie mir bitte.«

Ergeben füge ich mich in mein Schicksal und trotte hinter ihm her. Als ich gerade in den Wagen steigen will, bricht hinter mir auf einmal ein riesiger Tumult aus. »Was ist hier los?«, höre ich eine mir nur allzu vertraute Stimme schreien. Heinrich Klabunde, mein Vermieter. Und noch dazu nicht gerade der freundlichste Zeitgenosse, den ich kenne. Ich drehe mich um und sehe, wie er mit hochrotem Kopf auf uns zugerast kommt.

»Was ist passiert?«, schreit er weiter und deutet mit wedelnden Armen auf den Trümmerhaufen. »Was ist mit meinem Haus? Was ist mit meinem *wunderschönen* Haus?«

Andreas Schlehvoigt bedeutet mir mit einem Kopfnicken, in den Wagen zu steigen, und wendet sich dann Klabunde zu, der mittlerweile das Einsatzfahrzeug erreicht hat.

»Heinrich Klabunde, nehme ich an?«

Er nickt aufgeregt. »Ja, ich bin der Besitzer, das ist *mein* Haus! Was ist hier passiert? War das ein Attentat von den Chaoten?«, brüllt er.

Andreas Schlehvoigt macht eine beschwichtigende Handbewegung. »Herr Klabunde, zum gegenwärtigen Zeitpunkt können wir noch nichts Genaues sagen, aber wir werden den Fall klären. So, wie es aussieht, hat es eine Explosion gegeben.«

»Eine Explosion?«, schreit Klabunde jetzt noch lauter. »Hier sieht es aus wie nach einem Terroranschlag!« Dann wirft er einen Blick in den Wagen. Ich will mich noch schnell ducken, aber er hat mich bereits gesehen. »Frau Gerlach! Erklären Sie mir das! Ich will sofort ...« Ihm versagt für einen Moment die Stimme. »Das waren Sie und Ihre verzeckte Bande, Sie Hausbesetzer, Sie ...«

»Herr Klabunde«, weist Andreas Schlehvoigt ihn jetzt ziemlich energisch zurecht. »Wir werden den Sachverhalt klären. Bis dahin möchte ich Sie dringend bitten, sich zu beruhigen. Einer meiner Kollegen wird sich um Sie kümmern.« Mit diesen Worten winkt der Kommissar einen der uniformierten Polizisten herbei. Klabunde starrt mich noch immer böse durchs Fenster an. Ich bin gerade sehr froh, dass ich sicher in diesem Auto sitze. Er will offensichtlich noch etwas sagen, denn er holt tief Luft – aber dann lässt er es doch und wendet sich dem anderen Polizisten zu. Nicht, ohne mir zuvor noch einen letzten vernichtenden Blick zuzuwerfen. Auweia!

»Was haben Sie denn vorhin noch zu Ihrem Nachbarn gesagt?«, will Schlehvoigt wissen, nachdem er die Tür geschlossen und auf dem Sitz neben dem Fahrer Platz genommen hat.

»Wenn du glaubst«, antworte ich, »es geht nicht mehr, kommt von irgendwo ein Lichtlein her.«

Der junge Mann mustert mich irritiert. Dann schüttelt er den Kopf und gibt seinem Kollegen ein Zeichen, loszufahren. »Wenn Sie meinen«, höre ich ihn noch murmeln. Dann überkommt mich eine plötzliche Müdigkeit und ich döse, vom monotonen Tuckern des Dieselmotors eingelullt, auf meiner Rückbank ein.

»Frau Gerlach, Ihre Geschichte klingt mehr als unwahrscheinlich, das muss Ihnen als Juristin doch selbst klar sein!« Eben noch mein großer Retter, jetzt mein unbarmherziger Henker: Andreas Schlehvoigt sitzt vor mir und mustert mich intensiv mit zusammengekniffenen Augen. Fehlt nur noch, dass er mir die Schreibtischlampe mitten ins Gesicht dreht.

»Wieso?«, frage ich, um Zeit zu gewinnen.

Er beugt sich zu mir vor. »Weil es schon ein ziemlich großes Leck in der Gasleitung gegeben haben müsste, um eine solche Explosion auszulösen.«

»Aber …«

Sofort werde ich von ihm unterbrochen. »Und weil Sie doch gar nicht wissen können, was die Ursache war, weil Sie ja schließlich draußen *vor* der Tür standen und nicht *in* der Wohnung … oder?«

»Ich habe ja auch nie behauptet, dass ich es *weiß*«, widerspreche ich trotzig. »Ich habe lediglich gesagt, dass ich es *vermute*. Zwischen *Wissen* und *Vermuten* gibt es einen großen Unterschied, das muss Ihnen als Kommissar doch wohl selbst klar sein, Herr, Herr … äh …«

»Schlehvoigt«, hilft er mir auf die Sprünge. Dann lächelt er und fügt ein »Eins zu eins« hinzu. Ich freue mich, dass ich ihm ein kleines Lächeln entlocken konnte. Wie im Western, wenn der knallharte, einsame Sheriff auf einmal doch menschliche Züge an den Tag legt. Und menschliche Züge stehen ihm eindeutig besser, sie zaubern tausende von kleinen Lachfältchen um seine Augen.

»Aber dann«, fährt er fort und wird plötzlich wieder ganz geschäftlich, »haben wir da ja noch die bisherige Aktenlage, die wir in diesem Fall natürlich berücksichtigen müssen.«

»Aktenlage?«

»Jetzt stellen Sie sich wieder dumm.«

»Nein«, erwidere ich, »ich bin so.« Schade, kein weiteres Lächeln.

»Sie und Herr Schlichting haben sich mehrfach gegen einen Verkauf des Hauses an die Allfinanzia AG gewehrt. Während die anderen Mieter gegen Stellung von Ersatzwohnungen oder Abfindung bereits ausgezogen sind, haben Sie alle Angebote der Allfinanzia abgelehnt.«

»Das ist richtig.«

»Und dabei haben Sie sich nicht immer im legalen Bereich bewegt.«

»Das wiederum ist falsch.« Mein Herz beginnt zu rasen. Wie ist er bloß so schnell an die Unterlagen gekommen? Stimmt, hätte ich fast vergessen. Er mag mich aus dem Schutt gebuddelt haben und ganz nett aussehen … aber vor allem ist mein Gegenüber ein Bulle.

Schlehvoigt blättert die Akte vor sich durch. »Ich entnehme diesen Schreiben von Heinrich Klabunde, dass Sie und Herr Schlichting sich wiederholt geweigert haben, die Kaufinteressenten in Ihre Wohnungen und in Ihr Büro zu lassen.«

»Auch das ist so nicht richtig. Wir waren nicht zu Hause.«

»Was von Herrn Klabunde bestritten wird und …«

»Hören Sie mal zu«, falle ich ihm ins Wort, »es ist richtig, dass Herr Schlichting und ich von der Idee, dass das Haus an die Immobilienmafia verkauft wird, die es luxussanieren lässt, damit noch mehr Schickimicki-Paare zu zweit eine Hundertsechzig-Quadratmeter-Wohnung beziehen und dafür im Monat zweitausend Euro Miete bezahlen dürfen, nicht angetan waren. Das hat mit Sozialverträglichkeit nichts mehr zu tun! Und das nur, weil es momentan so angesagt ist, in einem alternativen Stadtteil zu wohnen, um dann drei Jahre später doch lieber in einen Neubau in einer besseren Gegend umzusiedeln.«

»Aber Sie …«

»Ich bin noch nicht fertig!«

Beeindruckt hält Schlehvoigt den Mund. Richtig so, jetzt rede ich!

»Aber auch, wenn Herr Schlichting und ich den Verkauf gern verhindert hätten, heißt das doch noch lange nicht, dass einer von uns versucht hat, das Haus zu pulverisieren. Welchen Sinn hätte das gemacht?«

»Es ist nicht immer eine Frage des Sinnes«, werde ich altklug belehrt. »Und außerdem ist genau das ja mein Job: herauszufinden, was dahintersteckt.«

»Gar nichts!«, antworte ich wutschnaubend. »Es ist so, wie ich es Ihnen gesagt habe: Ich wollte Johannes Schlichting mit einem Kuchen überraschen. Ich vermute, dass die Gasleitung in seiner Wohnung leck war, so dass durch die Wunderkerzen eine Explosion verursacht wurde. Das ist alles.«

»Und dabei bleiben Sie?«

Ich nicke.

»In diesem Fall«, er schiebt mir ein Blatt Papier, das vor ihm liegt, herüber, »möchte ich Sie nur noch darum bitten, Ihre Aussage zu unterschreiben.«

Ich greife mir den Kugelschreiber, den er mir ebenfalls reicht, und kritzele ein *Tessa Gerlach* unter meine Aussage. Ich bekomme einen Durchschlag des Schreibens, das Original legt er zu den restlichen Akten.

»So, Frau Gerlach«, sagt er dann und lächelt wieder ein bisschen. »Das hätten wir.«

»Gut«, erwidere ich und stehe auf, »dann kann ich ja endlich gehen.«

Andreas Schlehvoigt zieht die Augenbrauen hoch. Versucht der jetzt, erstaunt auszusehen? Nein, der will mich ganz einfach provozieren!

»Sie gehen nirgendwo hin.«

»Und warum nicht?«, antworte ich mit zuckersüßer und dennoch deutlich zickiger Stimme.

»Sie bleiben bis auf weiteres in Untersuchungshaft.«

»Wie bitte? Dafür haben Sie doch gar keinen Grund!«

»Keinen Grund?« Schlehvoigt lacht laut auf. »Das sehe ich allerdings etwas anders. Wenn Ihre Version des Geschehens vielleicht doch nicht ganz der Wahrheit entspricht, kommt da einiges zusammen: Herbeiführung einer Sprengstoffexplosion, schwere und gefährliche Brandstiftung, Körperverletzung – wenn nicht gar versuchter Totschlag –, also, ich sag mal: Dafür gibt's sechs Jahre brutto, bei guter Führung vier Jahre netto. Und Sie können von Glück sagen, dass Sie die letzten Mieter waren, die von den Abfindungsangeboten noch keinen Gebrauch gemacht haben. Stellen Sie sich mal vor, das Haus wäre noch komplett bewohnt gewesen – was da hätte passieren können!« Schlehvoigt schnaubt und macht dann eine theatralische Pause. »Die Kollegen vom Staatsschutz sind übrigens auch schon ganz interessiert an Ihrer Akte. Wäre bei Ihrer Einstellung ja möglich, dass sich noch ein terroristischer Tathintergrund ergibt.«

»Sind Sie nicht mehr ganz dicht?«, entfährt es mir erschrocken.

»Die Beamtenbeleidigung würde ich Ihnen zuliebe sogar unter den Tisch fallen lassen«, fährt er mir barsch über dem Mund – aber ein verräterisches Blitzen in seinen Augen sagt mir, dass er im Moment großen Spaß daran hat, mir einen Schrecken nach dem anderen einzujagen. Scheint ja echt seinen Traumjob gefunden zu haben. »Vier Jahre, Frau Gerlach«, wiederholt er noch einmal. »Mit einem Geständnis sähe die Sache allerdings schon viel besser aus … das gäbe dann vier Jahre brutto und zwei Jahre netto.« Er mustert mich eindringlich. »Also, was sagen Sie? Bleiben Sie bei Ihrer Aussage?«

»Ich will sofort einen Anwalt sprechen!«

»Einen Anwalt?« Wieder dieses Blitzen in den Augen. »Selbstgespräche? Soll ich kurz rausgehen?«

»Nein, Sie Witzbold, ich will einen richtigen Anwalt sprechen!«

»Ach, Sie sind gar keine richtige Anwältin?«

»Doch, sicher, schon …« O Mann, der macht mich ganz kirre!

»Sie dürfen gern jemanden anrufen«, teilt er mir gnädig mit.

Dann wirft er einen Blick auf seine Armbanduhr. »Welche Kanzlei ist Ihrer Meinung nach denn am Samstagabend um kurz nach acht noch besetzt?«

Gute Frage, da fällt mir auf Anhieb auch keine ein.

»Und?«, will Schlehvoigt mit einem süffisanten Lächeln wissen. »Wen sollen wir anrufen?«

»Moment!«, fahre ich ihn an. »Ich muss nachdenken.«

So viel ist mal klar: Ich brauche einen *wirklich* guten Strafverteidiger. Und einen, der nicht gleich zweitausend Euro Honorar will, bevor er auch nur einen einzigen Schriftsatz aufsetzt. So viel ist noch klarer. Hm, wer ist richtig gut und würde mir helfen, obwohl ich ihn erst einmal nicht bezahlen kann?

Wer ist richtig gut?

Wer?

Vor meinem inneren Auge formt sich ein Gesicht.

Brillanter Anwalt, skrupellos, berechnend …

Nein, der auf keinen Fall!

Aber je länger ich nachdenke, umso mehr verdrängt ein Name alle anderen Möglichkeiten.

»Philip«, sage ich geistesabwesend.

»Philip? Und wie weiter?«

Ich gucke Andreas Schlehvoigt erschrocken an, weil mir erst jetzt bewusst wird, dass ich offensichtlich laut gedacht habe. »Äh, was?«

»Sie sagten Philip. Das reicht allerdings noch nicht ganz, um ihn anzurufen. Da brauche selbst ich als Polizist noch ein paar nähere Angaben.« Er wirft mir einen auffordernden Blick zu.

Philip, Philip, Philip, rattert es durch meinen Kopf. Ja, er könnte mir helfen. Und wenn er seine Handynummer seit vier Jahren nicht geändert hat, wüsste ich sie sogar auswendig. Vier Jahre, und ich könnte die Nummer immer noch nachts um drei im Vollrausch aufsagen, ohne dabei auch nur ein einziges Mal ins Stocken zu kommen.

Nicht nur seine blöde Handynummer ist noch da, als hätte ich sie erst gestern zuletzt gewählt – allein seinen Namen laut auszusprechen löst zum zweiten Mal an diesem Tag einen regelrechten Bildersturm in meinem Kopf aus …

Unsere erste Begegnung fand in einer Strafrechtsübung im vierten Semester statt. Das war im Sommer 1996. Philip saß zwei Reihen links von mir, in rosafarbenem Pullunder und gestärktem Hemd. Damit gehörte er zu meinem Feindbild Nummer eins. *Spießersöhnchen,* habe ich damals gedacht und mich innerlich über ihn amüsiert. Bis ich ihm irgendwann einen weiteren verstohlenen Blick zuwarf und dabei direkt in seine tiefblauen Augen blickte. Einen Moment lang sahen wir uns nur an, dann begann Philip zu lächeln und nickte mir zaghaft zu. Ich wurde sofort knallrot und starrte peinlich berührt auf meine Notizen vor mir. Ausgerechnet das Spießersöhnchen flirtete mit mir? Dabei konnte man doch schon aus fünf Kilometern Entfernung sehen, dass ich aus einer völlig anderen Welt stammte als er! Ich war eben keine Perlen-Paula im Jil-Sander-Kostümchen, sondern mehr so das Modell »*Stoppt Castor!*«

Nach der Übung sammelte ich eilig meine Unterlagen zusammen und stürmte aus dem Hörsaal. Aber als ich mich auf dem Weg nach draußen noch einmal umblickte, stellte ich halb erfreut, halb verwirrt fest, dass der rosafarbene Pullunder mir nachsah. *Der wundert sich wahrscheinlich nur über deinen Aufzug,* sagte ich zu mir selbst, nachdem ich fast gegen den Türrahmen gerannt wäre – und nahm mir sicherheitshalber vor, keinen weiteren Gedanken an diesen Kommilitonen zu verschwenden.

So ganz gelang mir das allerdings nicht. Vor der nächsten Übung stand ich – für meine Verhältnisse nahezu unglaubliche – zwanzig Minuten vor meinem Kleiderschrank. Ich entschied mich schließlich für ein quietschgelbes Minikleid, das ich damals todschick fand, obwohl ich darin vermutlich aussah wie Tweety.

Ich stürmte zum Auditorium Maximum und nahm mit zitternden Knien in der Reihe ganz links außen Platz. Als der Professor mit seinem Vortrag begann, konnte ich mich kaum konzentrieren, denn ich suchte den Hörsaal nach dem rosafarbenen Pullunder ab. Aber er war nirgends zu sehen, und obwohl ich mir einredete, dass es nicht so war, stieg in mir die Enttäuschung hoch. Hatte ich mir etwas eingebildet? Hatte er gar nicht mit mir geflirtet? Ich versuchte, meine Aufmerksamkeit wieder auf die Vorlesung zu richten und mich damit abzufinden, dass ich wohl nur unter Halluzinationen gelitten hatte. Wie sollte es auch anders sein? Typen wie er beachteten Frauen wie mich höchstens dann, wenn wir vor der Uni unsere alten Fahrräder zu nah neben ihrem neuen Golf-Cabriolet anschlossen.

Nach der Übung schlurfte ich gedankenverloren aus dem Hörsaal – und rannte, nachdem ich die Tür diesmal problemlos passieren konnte, direkt dahinter in den rosafarbenen Pullunder hinein. Nur dass er heute Jeans, ein kariertes Hemd und Lederjacke trug. Wäre die Jacke nicht von Hugo Boss gewesen – das Label stand deutlich sichtbar über der linken Brusttasche –, hätte er cool ausgesehen. Beinahe. Nur ein bisschen.

Einen Augenblick lang starrte ich ihn wieder nur an und fragte mich, wie man so unglaublich blaue Augen haben konnte. Dann flüsterte ich ein leises »Entschuldigung« und wollte mich an ihm vorbeidrücken. Aber er hielt mich ganz sanft am Arm fest. Tausend kleine Ameisen liefen mir über die Haut.

»Sag mal«, fragte er. Ich stellte erstaunt fest, dass er eine sehr, sehr tiefe Stimme hatte. »Könnte ich dich vielleicht zu einem Kaffee einladen, und du erzählst mir dabei, was ich in der Übung verpasst habe? Strafrecht ist nämlich nicht so meine Stärke und ich habe heute früh total verschlafen.«

Das war natürlich gelogen. Wenn es etwas gab, in dem Philip Kunstmann topfit war, dann war es Strafrecht. Das wurde mir aber erst später klar. Bei diesem ersten gemeinsamen Kaffee gab Philip sich wirklich Mühe, etwas planlos zu wirken.

Es war ein warmer Sommertag, wir setzten uns mit unserem Kaffee auf eine der Rasenflächen direkt neben dem Hauptgebäude und plauderten über *dolus eventualis* und Notwehrexzess. Die Zeit raste nur so dahin, ich verpasste meine nächsten beiden Seminare, und als es wegen eines nahenden Gewitters langsam kühler wurde und die Dunkelheit hereinbrach, legte Philip mir seine Lederjacke um die Schultern und nahm meine Hand. Allein bei der Erinnerung fange ich heute noch an zu zittern, nie zuvor habe ich einen derart romantischen Augenblick erlebt.

»Hör mal, du Kanarienvogel«, flüsterte er mir ins Ohr und lächelte mich zärtlich an. »Wenn ich dich jetzt küsse – bekomme ich dann mildernde Umstände?«

Mein süßer kleiner Kanarienvogel …

Philip und ich waren wohl das ungewöhnlichste Paar auf dem Campus. Meine Freunde wunderten sich, was ich mit diesem Spießer wollte – seine Freunde vermuteten, dass Philip eine exotische Phase durchlebte. Aber das war uns beiden egal. Wir waren so unglaublich glücklich miteinander, dass ich damals dachte, die Liebe zwischen uns würde niemals enden. Wir ergänzten uns perfekt. Dachte ich jedenfalls. Rückblickend waren es wohl eher die Gegensätze, die sich anzogen, die sich aber auf Dauer nicht miteinander vereinbaren ließen.

Philip war ein Ass in Strafrecht, ich selbst konzentrierte mich auf Sozial- und Familienrecht. Nichts lag also näher, als eine gemeinsame Kanzlei zu planen. Wir stellten uns vor, wie wir die Welt aus den Angeln heben würden – verliebte Träumereien halt.

Apropos Träumereien – offensichtlich sehe ich gerade auch ganz verträumt aus. Jedenfalls zupft mich mein Gegenüber unvermittelt am Ärmel.

»Äh, Frau Gerlach? Haben Sie gehört, was ich gesagt habe?«

Wie lange habe ich hier eigentlich vor diesem uncharmanten

Polizisten gehockt und bin meinen Gedanken nachgehangen? Ich habe keine Ahnung, aber es ist mir jetzt doch ein bisschen unangenehm.

»Ja, ja … ähm … wo waren wir stehengeblieben?«

»Bei der Anwaltsfrage. Wollen Sie also Ihren … wie hieß er noch mal … Philip anrufen oder nicht?«

Ich schüttelte langsam den Kopf. So beschissen, dass ich jetzt meinen Ex um Hilfe anflehe, geht's mir dann doch noch nicht.

»Nein«, erwidere ich, »ich wüsste im Moment niemanden, den ich anrufen könnte.« Außer meiner besten Freundin Sabine, aber die ist gerade im Urlaub auf Mallorca.

»Sind Sie sicher?« Er mustert mich neugierig. Fragt sich bestimmt, worüber ich so lange sinniert habe.

»Ja, ganz sicher.«

»Dann, äh … Ja, dann wollen wir mal«, gibt sich Hauptkommissar Andreas Schlehvoigt betont lässig. Fast so, als wäre ihm die Situation nun doch etwas unangenehm. Das verschafft mir natürlich wieder Oberwasser.

»Aber gerne!«, sage ich betont selbstbewusst und stehe auf. »Dann führen Sie mich mal in meine Zelle.«

Er zögert noch einen Moment, und mir fällt auf, dass er fast genauso blaue Augen hat wie Philip. Aber eben nur fast. Wie jeder andere Kerl in den vergangenen vier Jahren es auch immer nur bis in die Kategorie »fast« geschafft hat.

»Kommen Sie«, sagt er und steht ebenfalls auf, »gehen wir.«

Wenn du glaubst, es geht nicht mehr, kommt von irgendwo ein Polizeibeamter her …

2. Kapitel

Falls sich jemand schon einmal gefragt haben sollte, was in diesen Fahrzeugen herumkutschiert wird, die wie eine Mischung aus Geldtransport, VW-Bus und Polizeiwagen aussehen – ich kann es jetzt genau erklären. Es sind bemitleidenswerte Mitmenschen auf dem Weg in die Untersuchungshaft. Das darf man sich nun auch nicht vorstellen, als hätte man ein Großraumtaxi bestellt, um mit mehreren Freunden zum Flughafen, auf eine Party oder sonst wohin zu fahren. Also eine einfache Fahrt von einem Ort zum anderen. Nein, nein, nein! Falls irgendjemand mal in den Genuss eines Gefangenentransports in Hamburg kommen sollte, dann bringt er am besten viel Zeit mit. Und etwas Gutes zu lesen. In den nächsten zwei bis drei Stunden wird er nämlich feststellen, dass es auch in einem Stadtstaat ziemlich lange dauern kann, um von A nach B zu kommen. Weil man vorher nämlich noch C, D, E und F abklappert, um andere Leidensgenossen einzusammeln, die auf Staatskosten das gleiche Fahrtziel erreichen sollen: das Untersuchungsgefängnis.

Die Fahrt könnte insofern etwas eintönig werden, weil man von innen leider nicht nach draußen schauen kann. Die Betonung liegt aber auf »könnte«, denn möglicherweise gibt es im Fahrzeuginneren mehr zu sehen, als einem die beste Stadtrundfahrt jemals bieten wird. Im Verlauf meiner Tour steigen mehrere »Fotomodelle« ein, die sich lautstark über das schleppende Geschäft, die Knauserigkeit der Kundschaft und die Schlechtigkeit der Welt im Allgemeinen und Besonderen unterhalten. Außerdem zwei gepflegte ältere Damen, die sich darüber aufregen, dass man sie des Trickbetrugs beschuldigt. Eine etwas seltsam aussehende Frau mit feuerroter, langer Mähne – und schließlich sogar ein waschechter Star!

Na ja, um ehrlich zu sein, nur ein Sternchen.

Der Bus hält also wieder, die hintere Tür wird geöffnet, und unter lautem Protest steigt jemand ein, den die meisten von uns wahrscheinlich schon einmal im Fernsehen, zumindest aber in der *Gala* beim Friseur oder der *Bunten* beim Frauenarzt gesehen haben: Chantal. Genau: *die* Chantal. Platinblondes Püppchen, Schlagerstar, Grand-Prix-d'Eurovision-Teilnehmerin (allerdings für Luxemburg), verliebt, verlobt, verheiratet mit Erfolgsproduzent Tim Hüsken, geflüchtet und geschieden von ebendiesem und seitdem immer mal wieder mit großem Getöse ver- und entliebt.

Woher ich das alles weiß? Wie ich schon sagte: *Gala* und *Bunte*. Und, nein, ich bin nicht wöchentlich beim Haareschneiden oder der Vorsorgeuntersuchung. Ich muss zugeben, dass ich mich bei allem Kampf gegen das Großkapital, die Mietmafia und zahlungsunwillige Exmänner am besten bei der Lektüre eines schönen People-Magazins entspannen kann. Der Alltag ist doch schon anstrengend genug. Da müssen es nach Feierabend weder Sloterdijk noch Grass sein. Und obwohl ich nicht behaupten würde, ein großer Fan von Chantal zu sein – ehrlich gesagt fällt mir auf Anhieb kein einziger Titel ein, den sie mal gesungen hat –, lese ich Geschichten über sie immer besonders gern. Ganz einfach deshalb, weil sie so unglaublich sind. Logorrhoe im fortgeschrittenen Stadium, wie meine Freundin und Kollegin Sabine es bezeichnen würde. Chantal ist nichts zu peinlich: Mal diktiert sie der Boulevardpresse in die Feder, dass sie ihre Karriere beenden und einen kleinen Tierhof in der Lüneburger Heide eröffnen will – um keine zwei Monate später plötzlich ihr großes Comeback zu verkünden. Zuverlässig und regelmäßig berichtet sie in epischer Breite über alle möglichen sexuellen Probleme (möglicherweise der Grund für die Scheidung von Tim Hüsken), zweimal pro Jahr stellt sie einen neuen Traummann vor, der sie kurz danach immer wieder schmählich verlässt. Für mich haben die Geschichten von Chantal immer einen sehr hohen Unterhaltungswert – gegen ihre dramatischen Irrungen und Wirrungen kann man nicht nur sein eigenes Leben, sondern jede noch so schwulstige Telenovela getrost als kalten Kaffee bezeichnen.

Und nun sitzt sie auf einmal da, hier und jetzt im Bus, mitten unter uns Halb- und Neukriminellen. Chantal höchstpersönlich. Mehrere Augenpaare heften sich auf die ziemlich kleine und zierliche Frau, die sich hektisch durch ihre weißblonden, kinnlangen Haare fährt und jetzt schon deutlich leiser vor sich hin schimpft. Ab und zu ein »Scheißbullen« und »Gipfel der Unverfrorenheit«, mehr ist nicht zu verstehen. Irgendwann hebt sie den Kopf, ich sehe in ihr perfekt, aber zu aufwändig geschminktes Gesicht. Tatsächlich, kein Zweifel: Chantal. Hammer!

»Äh, entschuldigen Sie«, traut sich endlich eine der beiden älteren Mitfahrerinnen. »Sie kommen mir so unglaublich bekannt vor. Sind Sie nicht die Chantal?«

Chantal nickt. Ich habe den Eindruck, dass es ihr nicht etwa peinlich ist, in dieser Situation erkannt zu werden, sondern dass sie sich beinahe freut. Künstler!

»Das ist ja toll! Darf ich ein Autogramm von Ihnen haben?«

Chantal setzt ein gönnerhaftes Lächeln auf. »Aber gerne«, antwortet sie so routiniert, als gäbe sie gerade eine Autogrammstunde im Einkaufszentrum und säße nicht mit uns zusammen im Einsatzfahrzeug Richtung Untersuchungshaft. Doch im nächsten Moment, als sie suchend um sich blickt, gefriert ihr Hitparadenlächeln zu Eis. »Ach, Scheiße! Die Drecksbu…« Dann reißt sie sich wieder zusammen und lächelt erneut gar entzückend. »Ich habe eigentlich immer ein paar Karten und einen Stift bei mir, aber leider haben die Beamten mir meine Handtasche abgenommen. Vielleicht kann ich Ihnen ein Autogramm geben, wenn wir angekommen sind.«

Die ältere Dame strahlt. »Ja, da würde ich mich freuen. Wissen Sie, ich bin ein großer Fan! Ich war schon in drei Konzerten von Ihnen. Sie sind fantastisch!«

Chantal streckt sich merklich und wird gleich ein Stück größer. »Ach, vielen Dank, das ist reizend von Ihnen. Das gibt diesem schlimmen Tag doch gleich eine viel nettere Note!«

Schweigend verbringen wir die nächsten Minuten in dem ruckelnden Bus. Eigentlich passt jetzt niemand mehr hinein, wir müssten also bald da sein. Chantal scheint den gleichen Gedanken zu haben: »Weiß eine der Damen, wo wir eigentlich hinfahren?« Meine Leidensgenossinnen zucken mit den Schultern, obwohl ich wetten könnte, dass die ein oder andere bestimmt schon mal die U-Haft von innen gesehen hat. Also räuspere ich mich. »Wahrscheinlich fahren wir ins Untersuchungsgefängnis Holstenglacis. Das ist in der Innenstadt, neben der Messe.«

»Du lieber Gott, doch wohl nicht dieses furchtbare Backsteinteil mit den Stacheldrahtrollen auf den Mauern?«, entfährt es Chantal entsetzt.

»Doch, genau das. Soweit ich weiß, gibt es dort auch einen U-Haft-Bereich für Frauen.« Die drei *Fotomodelle* nicken einträchtig. Dachte ich's mir doch. Und ärgere mich gleichzeitig über meine vorurteilsgeprägte Spießerdenke. Wahrscheinlich sind die drei jungen Frauen lediglich Justizopfer wie ich, schikaniert durch einen Unrechtsstaat ... Andererseits: Selbst mir fällt es schwer, angesichts ihrer halsbrecherisch hohen Plateau-Stillettos aus Plexiglas, ihrer kurzen Tops, die den Blick auf drei gepiercte Bauchnabel freigeben, und ihrer leicht zerrissenen Netzstrumpfhosen daran zu glauben, dass die drei Mädels vollkommen zu Unrecht mit mir in diesem Bus sitzen. Und auch die Tatsache, dass jede von ihnen meterlange Fingernägel mit buntem Lack und Glitzersteinchen trägt, macht es nicht leichter, mir drei befreundete Pädagogik-Studentinnen vorzustellen, die nur mal am Samstagabend zusammen auf die Rolle wollten.

»Sie kennen sich aber gut aus«, sagt Chantal mit einem skeptischen Gesichtsausdruck. Hält die mich jetzt für eine Wiederholungstäterin? Das kann ich so nicht auf mir sitzen lassen.

»Ich habe mit dem Thema aus beruflichen Gründen gelegentlich zu tun«, sage ich so beiläufig wie möglich.

»Wer nicht?«, sagt eines der Fotomodelle grinsend.

»Ich bin Anwältin!«

»Aber offensichtlich keine wirklich gute – wenn Sie hier bei uns sitzen«, meldet sich eine der älteren Damen zu Wort. Ich beschließe, dass ich dazu besser nichts sage. Und auch lieber gar nicht erst darüber nachdenke.

Weitere zehn Minuten vergehen. Dann wird der Bus merklich langsamer, biegt ab und kommt schließlich zum Stehen. Die Tür wird aufgerissen, ein älterer Mann in der blassgrünen Uniform eines Vollzugsbeamten schaut in den Bus. »So, Endstation, die Damen. Bitte aussteigen!«

Soweit ich das erkennen kann, stehen wir tatsächlich auf dem Innenhof des Untersuchungsgefängnisses Holstenglacis. Rotbraune Backsteinarchitektur vom Beginn des letzten Jahrhunderts, eine ziemlich unfreundlich wirkende Mauer mit besagtem Stacheldraht umgibt den Hof, an jeder Ecke ein Wachturm. Hm, eigentlich ganz interessant – das Gebäude kenne ich bisher nur von außen. Schließlich liegt es direkt neben den Hamburger Gerichten. Bevor ich noch weiter darüber philosophieren kann, ob ich vielleicht auf Strafrecht umsatteln sollte, gibt der Herr in Blassgrün ein Zeichen, ihm zu folgen. Im Gänsemarsch traben wir hinter ihm her.

Im Inneren sieht das Gebäude auch nicht viel einladender aus. Eines ist mal klar – sollte der Staat irgendwo Geld verschwenden, dann sicher nicht bei der Gestaltung seiner eigenen Immobilien. Es muss ja nicht gleich *Schöner Wohnen* sein, aber diese Mischung aus Gelb-, Grün- und Ockertönen in Kombination mit Resopal und blätterndem Putz rührt mich doch etwas an. Sollte man vielleicht eine Fundraisingaktion für das deutsche Justizwesen ins Leben rufen? Aktion Sorgenknast … Ich muss grinsen, sehe mich schon bei der Überreichung eines dieser riesengroßen

Symbolschecks, umringt von der örtlichen Presse. *Anwältin Tessa Gerlach (32) von der Aktion »Sorgenknast« überreicht Hamburger Justizsenator 15 000 € zur Renovierung des Untersuchungsgefängnisses Holstenglacis.* Herrlich!

Die Sammelzelle, in der wir nun landen, fügt sich ins trostlose Gesamtambiente. Wir hocken etwas ratlos herum und fragen uns, was nun als Nächstes passieren wird. Chantal hat sich mit geschlossenen Augen gegen eine Wand gelehnt und summt leise vor sich hin – vielleicht wird sie in diesem Umfeld ja zu einem neuen Hit inspiriert? Neben mir auf einer Bank sitzt die rothaarige Frau und redet im Flüsterton auf eine der zwei älteren Damen ein, beide beugen sich über irgendetwas, das zwischen ihnen auf der Bank liegt. »Doch, doch«, kann ich sie nuscheln hören, »ich bin mir ganz sicher, dass er schon bald eine Entscheidung treffen wird.« Neugierig – aber so diskret wie möglich – linse ich zur Seite, um zu sehen, was die beiden Frauen da so angestrengt betrachten. Ich erkenne, dass sie offenbar ein paar Spielkarten oder so etwas in der Art zwischen sich ausgelegt haben. Die Rothaarige lässt ihren Zeigefinger von Karte zu Karte gleiten. »Es ist ganz eindeutig«, murmelt sie dann geheimnisvoll.

Bevor ich wieder diskret zur Seite blicken kann, hebt die Frau ihren Kopf und mustert mich interessiert. »Äh, 'tschuldigung, wollte nicht neugierig sein«, sage ich.

Die Frau lächelt. »Kindchen, das macht doch nichts. Interessieren Sie sich fürs Kartenlegen?« Jetzt erst erkenne ich, dass sie keine normalen Spielkarten neben sich liegen hat, sondern dass sie größer und bunter sind und verschiedene Personen zeigen.

»Nicht wirklich«, gebe ich zu. »Aber ich habe mich damit auch noch nie beschäftigt.«

»Soll ich auch einmal für Sie in die Karten gucken?«

Ich überlege einen Moment. Eigentlich halte ich davon ja nichts, aber in Anbetracht der Tatsache, dass ich hier gerade sowieso nichts außer warten zu tun habe, nicke ich. »Klar, machen Sie mal!«

Die ältere Dame neben ihr macht den Platz frei und ich setze mich.

»Na gut«, meint die rothaarige Frau. »Dann mischen Sie einmal und hören auf, wenn Sie meinen, dass es gut ist.« Ich nehme den Stapel Karten und fange an zu mischen. »Kennen Sie Kipperkarten?«, fragt sie. Ich schüttele den Kopf. »Das sind alte Zigeunerkarten, die uns sehr zuverlässig Auskunft über unsere Zukunft geben können.«

»Aha.« Ich höre mit dem Mischen auf und gebe ihr den kleinen Stapel zurück. Sie fängt an, die Karten auszulegen, und beugt sich interessiert darüber, als sie fertig ist.

»Und?«, will ich wissen.

»Kindchen«, erwidert die Frau, »ich sehe einige Schwierigkeiten auf Sie zukommen.«

Jetzt muss ich lachen. »Dafür brauche ich nicht in die Karten zu gucken«, bringe ich prustend hervor. »Ich meine, wir sitzen hier in Untersuchungshaft!«

»Das meine ich nicht«, widerspricht die Frau. »Ich rede von etwas anderem.«

»Frau Gerlach?«

Mein Kopf fährt herum. In der Tür steht wieder ein Beamter in blassgrüner Uniform.»Ja?«

»Kommen Sie bitte mit zur erkennungsdienstlichen Behandlung?«

»In Ordnung.« Ich mache Anstalten aufzustehen, aber die rothaarige Frau hält mich noch kurz am Ärmel fest und streckt mir eine Karte hin. »Nehmen Sie die«, meint sie. »Sie wird noch große Bedeutung für Sie haben!«

Ich werfe einen Blick auf die Karte. Sie zeigt einen aufrecht stehenden Mann, der eine blaue Uniform trägt. Oben links in der Ecke steht: *Nr. 22, Militärperson.*

»Militärperson?«, frage ich. »Das klingt ja nicht gerade gut. Was bedeutet das?«

Die Frau lächelt mich geheimnisvoll an. »Das werden Sie schon noch herausfinden.«

Na toll!

Nach der erkennungsdienstlichen Behandlung geht's wieder in eine Zelle. Diesmal handelt es sich allerdings um eine Zweierzelle, jedenfalls der Anzahl der Pritschen nach zu urteilen, die in dem kleinen Raum stehen. Mein neues Zuhause ist noch leer; bin mal gespannt, wen ich als Mitbewohnerin bekomme. Seufzend lasse ich mich auf eine der beiden Pritschen sinken. Was für ein Tag!

Nachdenklich betrachte ich noch einmal die Karte, die die Frau mir gegeben hat. Militärperson. Interessant. Ob das was bedeutet? Und wenn ja, was? Ich stecke die Karte in die Hosentasche und stoße dort auf das Stück Papier, das ich vorm Haus eingesammelt habe.

Mein süßer kleiner Kanarienvogel …

Ausgerechnet den ersten Brief, den Philip mir je geschrieben hat, musste mir die Explosion vor die Füße flattern lassen. Das war im Sommer 1996, als wir noch frisch verliebt waren. Danach wurde das zu einer Art Ritual zwischen uns, wir haben uns andauernd Briefe geschrieben. Selbst als wir schon zusammenwohnten, haben wir damit nicht aufgehört. Und ich habe alle Briefe aufgehoben, sogar meine, die ich Philip nach unserer Trennung weggenommen habe. Seufzend stecke ich den Brief zusammen mit der Kipperkarte zurück in meine Hosentasche. Im Moment habe ich wirklich nicht den Nerv, in alten Erinnerungen zu schwelgen. Hauptsache, hier passiert bald irgendetwas, das mich ablenkt!

Nach einer guten halben Stunde wird die Tür wieder geöffnet – und Chantal stolpert in mein neues Reich. Na, das ist doch wirklich mal eine Ablenkung! Wenn die Omis das wüssten, wie würden sie mich beneiden.

Chantal sieht ziemlich müde aus. Sie setzt sich auf ihre Pritsche und zieht ihre Highheels aus. Zum Vorschein kommen kleine, zierliche und perfekt manikürte Füßchen, wie ich sie bisher nur von Barbie-Puppen kannte. Sie seufzt, würdigt mich immer noch keines Blickes und legt sich hin. Während sie an die Decke starrt, mache ich den Versuch eines kleinen Smalltalks.

»Ich heiße übrigens Tessa Gerlach.«

Sie dreht den Kopf zu mir und guckt mich matt an. »Hallo, ich bin Chantal. Aber das haben Sie ja eben schon mitbekommen.«

Schweigen.

Sie macht nicht den Eindruck, als hätte sie sonderlich große Lust auf ein Plauderstündchen. Aber so schnell gebe ich mich nicht geschlagen. Wann habe ich sonst mal die Gelegenheit, jemandem aus der Showbranche so nahe zu kommen?

»Ich will Ihnen wirklich nicht auf den Wecker gehen, aber ich denke, die Zeit vergeht etwas schneller, wenn man sich unterhalten kann«, mache ich den nächsten Versuch.

Wieder seufzt sie und setzt sich dann mühsam auf. »Sie gehen mir nicht auf den Wecker«, erwidert sie und macht den Versuch eines zaghaften Lächelns. »Ich ärgere mich nur gerade so über mich selbst, verstehen Sie?«

»Warum?«

»Ach, wenn ich nicht immer so schnell ausrasten würde, dann säße ich nicht hier. Dann wäre ich jetzt bei einem sehr netten Charity-Dinner auf der Alster und würde mich umschwärmen lassen. Stattdessen hocke ich im Knast und sehe aus wie ein Stück Scheiße – Sie entschuldigen den Ausdruck, aber so fühle ich mich gerade.«

Charity-Dinner auf der Alster? Das klingt gut! Ich merke auf einmal, dass ich unglaublichen Hunger habe. Kein Wunder – es ist schon elf Uhr abends, und das Letzte, was ich gegessen habe, war meiner Erinnerung nach ein Berliner beim Schanzenbäcker am späten Nachmittag. Wie auf Kommando beginnt mein Magen laut und deutlich zu knurren.

Chantal lächelt mich daraufhin richtig an, ihre strahlenden Jacketkronen erhellen den Raum. »Haben Sie auch so einen furchtbaren Hunger? Ich frage mich, ob es hier so eine Art Zimmerservice gibt.«

Jetzt muss ich lächeln. Zimmerservice? Kein schlechter Gedanke. »Ich fürchte, das wird nichts.«

Chantal seufzt. »Na ja, eigentlich könnte ich sowieso ein bisschen abnehmen. Meine Bikinifigur gefällt mir momentan gar nicht.«

Ich verkneife mir einen Kommentar. Chantals Figur sieht perfekt aus, es kann sich also nur um *fishing for compliments* handeln. Offensichtlich hat sie meinen skeptischen Blick registriert, jedenfalls wechselt Chantal das Thema. »Wieso sind Sie eigentlich hier gelandet? Als Anwältin gehören Sie doch vor und nicht hinter Gitter?«

Tja, warum bin ich hier gelandet? Wo soll ich da bloß anfangen? In der verkürzten Fassung (»ähm, ich habe ein Haus gesprengt«) klingt das doch sehr nach Terrorismus. Nicht dass Chantal dann gleich auf einem Zellenwechsel besteht und mich hier allein der Langeweile überlässt. Die lange Fassung inklusive der Aufzählung aller Verflossenen von Johannes geht eindeutig in Richtung Frauenabend – was sehr nett wäre, insbesondere, da Chantal im Rahmen ihrer Möglichkeiten als Schlagerstar ganz in Ordnung zu sein scheint. Leider fehlen die beiden wichtigsten Komponenten eines Frauenabends: zwei gut gekühlte Flaschen Prosecco. Damit scheidet die Langfassung endgültig aus, wer will sich die nüchtern schon anhören? Also dann die mittlere Variante: »Kurz gesagt habe ich gestern einen Freund mit einem Kuchen voller Wunderkerzen überraschen wollen. Offensichtlich hatte die Gasleitung in seiner Wohnung ein Leck und deswegen gab es eine Explosion. Es ist zwar niemandem etwas Ernsthaftes passiert, aber die Bullen glauben anscheinend, dass wir das Haus absichtlich in die Luft sprengen wollten.« Hey, das klingt doch wirklich gut. Und das hat mir dieser arrogante Schlehvoigt nicht glauben wollen?

»Wie kommen die denn auf die Idee?«, wundert sich auch Chantal. »Gasexplosionen kommen doch immer wieder mal vor, hab gerade erst wieder von einer gelesen.« Sie runzelt die Stirn. Und ich denke: *Oh! Sie liest Zeitung!*

»Tja, so genau weiß ich das auch nicht«, gebe ich zu. »Allerdings bekämpfen wir seit zwei Jahren einen Miethai, der unser Haus in schicke Eigentumswohnungen umwandeln will. Dagegen haben wir auch schon mal eine Demo veranstaltet, auf der es richtig Ärger gab. Anscheinend glaubt die Polizei nun, wir hätten das Haus lieber zerstört, als es dieser Sanierermafia zu überlassen. Aber das ist natürlich völliger Quatsch und wird sich morgen sicher sofort aufklären lassen.«

»Hm.« Chantal guckt zweifelnd. Anscheinend überlegt sie gerade, ob ich in Wirklichkeit die Speerspitze der Antifa-Bewegung bin und bei Demos aus dem Schwarzen Block heraus Pflastersteine werfe. Andererseits – um mal wieder in meine Vorurteilskiste zu greifen – weiß sie möglicherweise mit dem Begriff *Antifa* nicht das Geringste anzufangen. Oder doch? Ich beschließe, das Thema zu wechseln.

»Und weswegen wurden Sie eingebuchtet?«, frage ich sie einfach ganz direkt. Immerhin sitzen wir ja irgendwie im selben Boot. Wenn auch ohne Wasser.

»Also, ich finde, wenn wir gerade dabei sind, uns gegenseitig von unseren kriminellen Karrieren zu erzählen, dann sollten wir allmählich doch zum *Du* übergehen. Einverstanden?« Sie lächelt mich an.

»Klar, von mir aus, ich bin sowieso nicht sehr förmlich.« Wahnsinn. Ich überlebe eine Explosion, lande in U-Haft und duze einen Schlagerstar. Das glaubt mir Sabine nie, wenn sie aus dem Urlaub zurückkommt. »Und übrigens heiße ich Tessa.«

»Hallo, Tessa. Also, warum haben sie mich eingebuchtet? Ich glaube, der Fachmann würde das wahrscheinlich *Widerstand gegen die Staatsgewalt* nennen«, erklärt sie und wird dabei ein kleines bisschen rot. Aha, Schlagerstar mit Schamgefühl, so was gibt es also auch noch. Sie räuspert sich und erzählt weiter: »Ich habe mich wegen eines Strafzettels mit einer Politesse in die Flicken gekriegt und mich dabei ziemlich aufgeregt. Dann hat die blöde Kuh Verstärkung angefordert. Die kamen gleich zu dritt, und als mich einer dabei mehr als unsanft am Arm gepackt hat, bin ich irgendwie ausgerastet.«

»Na, wer wäre das nicht«, wundere ich mich. »Das ist aber doch eigentlich noch kein Widerstand.«

»Tja, nun ... ich glaube, ich habe den einen vors Schienbein getreten ... und den anderen nicht nur da ...« Sie grinst. Und zwar ganz schön anzüglich.

Ich lache. »Dann hattest du wenigstens deinen Spaß! Andererseits – eine Politesse wegen eines Tickets anpöbeln? Du hast dich wirklich nicht so richtig gut im Griff, oder? Ich meine, wenn mich die *Gala* richtig informiert hat, stürzen dich doch fünfzehn Euro Verwarnungsgeld nicht gleich in den Ruin.« Ich mutmaße, dass da schon etwas mehr dahinterstecken muss als nur ein banales Knöllchen. Das kenne ich schon von meinen Mandanten. Erzählen erst einmal eine harmlose Geschichte, von wegen, sie wüssten auch nicht, warum man sie belangen will. Und wenn man dann genauer nachhakt, tun sich meistens Abgründe auf.

»Na ja«, meint Chantal. »Heute war definitiv nicht mein Tag. Ich habe ziemlich unangenehme Post bekommen und war noch immer richtig auf Zinne, als ich am Abend in die Stadt gefahren bin. Normalerweise ist es überhaupt nicht meine Art, wegen so einer Kleinigkeit derart auszuflippen, aber durch den Brief war ich einfach total außer mir.«

»Dann bin ich ja beruhigt und bitte nicht um eine neue Zellennachbarin«, stelle ich scherzhaft fest. Wir müssen beiden lachen. »Was war denn das für Post?«, hake ich weiter nach. Ich bin halt doch neugierig, vielleicht kommen jetzt ja noch die Abgründe.

Chantal setzt sich neben mich auf die Pritsche. Sie kommt mir vertraulich nahe und senkt ihre Stimme zu einem Flüstern: »Kannst du ein Geheimnis für dich behalten?«

»Klar, die Schweigepflicht ist mir heilig!« Meistens jedenfalls, aber das muss ich Chantal ja nun nicht auf die Nase binden.

»Also«, fängt sie an und wird dabei so leise, dass ich sie beinahe nicht mehr verstehen kann. »Die Sache ist die … äh …«

Mein Gott, dafür, dass sie die Öffentlichkeit bisher immer an jedem wichtigen und unwichtigem Pups ihres Lebens hat teilnehmen lassen, macht Chantal es ganz schön spannend!

»Ja?«, frage ich, um sie zu ermuntern, weiterzureden.

Chantal sieht sich noch einmal in unserer Zelle um – was totaler Unsinn ist, denn hier kann sich wirklich niemand verstecken – und rückt noch ein Stückchen näher an mich heran. »Also, es geht um Folgendes …« Sie macht eine weitere dramatische Pause. Dann posaunt sie in einer Lautstärke, die mich vor Schreck zusammenfahren lässt: »Ich werde heiraten!«

Einundzwanzig, zweiundzwanzig, dreiundzwanzig.

Aber sie spricht nicht weiter.

»Na und?« Ich glotze sie verständnislos an. Das soll nun das tolle Geheimnis sein? Da hatte ich irgendwie etwas Sensationelleres erwartet, eine simple Heirat finde ich nicht außergewöhnlich spannend. Es sei denn, man ist selbst daran beteiligt.

»Das ist ja noch nicht alles«, erwidert Chantal etwas schnippisch und zieht leicht beleidigt einen Schmollmund. Aha, der eigentliche Knaller kommt also noch.

»Nämlich?« Jetzt leg mal los, Mädel, in der *Gala* machen sie's schließlich auch nicht so spannend.

»Clifton Jones hat mich darum gebeten, seine Frau zu werden.«

Zum zweiten Mal an diesem Tag macht es laut: *Kawumm*. Allerdings nicht, weil irgendetwas explodiert ist. Sondern, weil ich vor lauter Schreck von der Pritsche geplumpst bin. Clifton Jones?

Clifton Jones!

Das ist in der Tat eine sensationelle Neuigkeit!

»Äh, 'tschuldigung«, nuschele ich, als ich mich ungelenk wieder auf meine Pritsche hochwuchte. »Bin wohl irgendwie ausgerutscht.« Chantal macht eine wegwerfende Handbewegung und lächelt mich an. Sie scheint sich zu freuen, dass es mich im wahrsten Sinne des Wortes umgehauen hat. »Reden wir jetzt von dem gleichen Clifton Jones?«, will ich wissen, als ich wieder sitze.

»Ich denke ja, ich kenne jedenfalls nur den einen«, meint sie und versucht, dabei so beiläufig zu klingen, als sprächen wir gerade von Meier, Müller, Schulz. «Also, *der* Clifton Jones«, erwidere ich, um wirklich ganz sicherzugehen, »aus *Emergency Exit*?«

»Ja.«

»Der Clifton Jones aus *Atlantic Eleven*?«

»Genau der.«

»Also dann meinst du wirklich *den* Clifton Jones?«

»Mein Gott«, stellt Chantal fest und tut weiterhin so, als wäre das alles nichts Besonderes. Ein Wunder, dass sie nicht gähnt. »Du bist ja völlig aus dem Häuschen.«

Aus dem Häuschen ist gar kein Ausdruck. Ich bin fassungslos! Mein persönlicher *sexiest man alive* verliebt sich ausgerechnet in diese Barbie-Puppe? Irgendwie hatte ich immer gedacht, Clifton würde im Grunde seines Herzens eher auf den Typ *Intellektuelle Schöne* stehen. Auf jemanden, der vielleicht ... also so vom Typ her eher so wie ... na, eigentlich auf so jemanden wie mich! Jawohl. Zugegeben, er kennt mich nicht, aber wer weiß ...

Als ich mich wieder einigermaßen gefangen habe, versuche ich, der Sache genauer auf den Grund zu gehen: »Also dieser Clifton Jones, den wir beide meinen, will dich heiraten?«

Chantal nickt stolz.

»Aber, aber …« Ich suche nach den passenden Worten. »Wo lernt denn jemand wie du einen Hollywoodstar wie Clifton Jones kennen?« Okay, das waren wohl nicht unbedingt die passenden Worte. Prompt ernte ich von Chantal einen beleidigten Blick.

»Was soll das heißen, jemand wie ich?«

Oje, wie kriege ich das jetzt wieder geradegebogen? »Na ja«, stottere ich, »ich meine ja nur … Clifton Jones lebt doch bestimmt in einer völlig anderen Welt. So, äh, einfach Hollywood eben. Jeden Tag umgeben von Leuten wie Bruce Willis, Julia Roberts, Nicole Kidman und, äh …«

»Da passt eine Marion Zeilinger natürlich nicht ins Bild, meinst du«, schmettert Chantal mir angriffslustig entgegen.

»Marion wer?« Von wem redet sie denn nun schon wieder?

»Marion Zeilinger, das ist mein richtiger Name«, klärt sie mich auf. »Geboren in Idar-Oberstein, Mutter Friseurin, Vater ist nicht bekannt«, rattert sie weiter. »Realschulabschluss, dann Lehre als Arzthelferin und nebenbei ein bisschen Kirchenchor. Bis ich eines Tages einen Produzenten kennen lernte, der mir einen Chance bot. Und aus dem Dummchen aus der Provinz wurde Chantal.«

»Ach, ehrlich? Das wusste ich nicht!«

Sie wirft sich in Positur. »Ich hab hart an mir gearbeitet, um die zu werden, die ich heute bin.«

Ein Blick auf ihre Oberweite lässt mich vermuten, dass da noch ein paar andere Leute hart an ihr gearbeitet haben. Aber das tut nichts zur Sache, also behalte ich diesen Gedanken für mich. Außerdem wirkt Chantal sowieso schon ziemlich eingeschnappt – und ich möchte auf keinen Fall riskieren, dass wir uns die nächsten Stunden, die wir hier noch miteinander verbringen müssen, nur noch anschweigen.

»Tut mir leid«, entschuldige ich mich deshalb kleinlaut. »Ich wollte auf keinen Fall abwertend klingen. Aber ich bin so überrascht, dass Clifton Jones ausgerechnet mit einer Deutschen zusammen ist. Und außerdem habe ich darüber noch gar nichts in den Zeitungen gelesen. Da stand zwar das Gerücht, dass du wieder in jemanden verliebt bist, aber kein Name. Und sonst bist du da ja nicht so …«

»… diskret, meinst du«, beendet Chantal meinen Satz. Ich will ihr schon widersprechen, damit sie nicht gleich wieder eingeschnappt ist, aber da spricht sie schon weiter: »Ich weiß selbst, dass ich mich oft dämlich angestellt und der Presse Geschichten erzählt habe, die sie rein gar nichts angeht. Aber mein früherer Manager meinte immer, es sei gut, wenn über mich geschrieben wird.«

»Aber doch nicht egal, was!«

»Das sehe ich heute ja auch so, aber ich hab mich eben falsch beraten lassen. Was meinst du, wie oft es mir peinlich war, wenn ich mitbekommen habe, wie manche Leute hinter meinem Rücken gelacht haben.«

»Kann ich mir vorstellen«, pflichte ich ihr bei. Und verschweige vorsichtshalber, dass ich auch zu diesen Leuten gehört habe.

»Na ja, aber damit ist jetzt Schluss und von meinem Manager habe ich mich mittlerweile auch getrennt. Ich manage mich jetzt selbst. Bin ja schließlich volljährig und geschäftsfähig, das kann doch so schwer nicht sein!« Ihre Augen funkeln entschlossen. »Jedenfalls war Clifton und mir von Anfang an klar, dass wir die Sache für uns behalten.«

»Gute Entscheidung. Aber wie hast du ihn denn überhaupt kennen gelernt?«

Chantal zögert einen Moment und wirft mir einen unsicheren Blick zu. »Behältst du es auch wirklich für dich?«

»Klar, versprochen.«

Chantal seufzt. »Es tut gut, endlich mal mit jemandem darüber zu reden. Bisher habe ich es noch niemandem erzählt, nicht einmal meinen engsten Freunden. Denn selbst die halten nicht immer dicht, wenn sie bei der Presse damit ein paar Euro verdienen können.«

»Wie ätzend«, werfe ich ein und meine das in diesem Moment

auch wirklich so. Was für ein Glück, dass ich nicht prominent bin! Aber andererseits habe ich damit auch nie die Chance, jemanden wie Clifton Jones kennen zu lernen … »Also, wie hast du ihn denn nun getroffen?«

»Das war vor einem halben Jahr«, beginnt Chantal und ein regelrecht verträumter Ausdruck tritt auf ihr Gesicht. »Bei einer Charitygala in Berlin. Clifton war als Ehrengast eingeladen, sollte für etwas mehr Glamour auf der Feier sorgen.«

Ich will mir gar nicht vorstellen, wie viel man Mr Jones hatte zahlen müssen, damit er sich bei so einer Veranstaltung blicken ließ, aber das ist ja auch egal.

»Mich hatte man gebucht, um am Abend meinen neuen Titel *Liebe mich ohne Wenn und Aber* zu performen. Den kennst du sicher, oder?« Sie sieht mich fragend an.

»Äh, das Lied?«

»Ja, hast du doch sicher schon mal gehört?« Dann fängt sie an zu summen. Klingt ein bisschen wie eine Mischung aus Wolfgang Petry, Marianne Rosenberg und Enrique Iglesias.

»Klar, kennt doch jeder!«, behaupte ich. Natürlich habe ich noch nie davon gehört, aber ich bin heute schon oft genug ins Fettnäpfchen getreten. Sofort strahlt Chantal.

»Und? Wie gefällt dir der Song?« Klar, Künstler, springen darauf an, wenn sie irgendwo ein paar Streicheleinheiten fürs Ego wittern. Aber gut, lass ich ihr halt die Freude.

»Super«, lüge ich dreist. »Ich hab mir die Platte damals sofort gekauft«, setze ich noch einen drauf, damit Chantal glücklich ist und endlich weitererzählt.

»Oh, wie lieb von dir«, meint sie und schenkt mir ihr nettestes *Ich-liebe-meine-Fans*-Lächeln. »Hab ich selbst geschrieben, war so eine Art Bewältigung nach meiner Trennung von Tim.«

Himmel, die kommt wirklich vom Hölzchen aufs Stöckchen! Wenn das so weitergeht, weiß ich morgen früh immer noch nicht, wie sie denn nun mit Clifton Jones zusammengekommen ist.

»Aber jetzt gibt es Clifton in deinem Leben«, werfe ich deshalb ein, um sie wieder auf unser Ausgangsthema zurückzubringen.

»Richtig, Clifton.« Sie denkt einen kurzen Moment nach, um den Faden wieder aufzunehmen. »Jedenfalls saß er in der ersten Reihe, als ich auf die Bühne trat. Natürlich wusste ich, dass er da sein würde. Und war dementsprechend aufgeregt, so ein Publikum hat man ja nicht alle Tage.« Ich denke an die beiden Omis, die mit uns zur U-Haft gefahren sind und Chantal-Fans waren. Ihr Publikum sieht also wahrscheinlich in der Regel etwas anders aus und setzt sich nicht gerade aus Hollywoodstars zusammen. »Als ich anfing zu singen, klopfte mir das Herz bis zum Hals. Ich hatte schon Angst, die Töne nicht zu treffen.« Versonnen schließt Chantal die Augen und summt vor sich hin, als würde sie sich noch einmal diesen Moment zurückholen wollen. »Und als ich dann zum Refrain komme, du weißt schon, die Stelle mit *lieb mich so, wie ich bin, denn ich bin nur ein Kind, das, allein auf der Welt, auf dich baut, auf dich zählt* …«

»Äh ja«, werfe ich ein und nicke wieder bekräftigend.

»… an der Stelle habe ich ins Publikum geblickt – und direkt in Cliftons wunderschöne Augen gesehen.« Ein tiefer Seufzer. »Das war wie Magie! Von diesem Moment an habe ich nur noch für ihn gesungen.«

Mich schüttelt es kurz. Was für ein Glück, dass Mr Jones den Text nicht verstanden hat!

»Und wie ging es dann weiter?«

»Nach meinem Auftritt bin ich direkt nach Hause gefahren, weil ich noch ganz verwirrt und durcheinander von dieser Begegnung war. Ich weiß auch nicht, wie ich das beschreiben soll, aber ich denke, Liebe auf den ersten Blick trifft es am ehesten.«

Was für eine schwülstige Geschichte! Und trotzdem hänge ich wie gebannt an Chantals Lippen. Warum kann in meinem Leben nicht mal so etwas Aufregendes passieren?

»Am nächsten Tag bekam ich dann einen Anruf vom Veranstalter.« Sie macht eine dramatische Pause. »Clifton Jones hatte sich über mich erkundigt und wollte meine Rufnummer haben. Und dieser Idiot von Veranstalter hat sich wichtig gemacht, von wegen, er dürfe meine Nummer nicht einfach so rausrücken und überhaupt!«

»O nein!« Ich hoffe doch sehr, dass – sollte ich mal in die Verlegenheit geraten, dass irgendein Hollywoodstar meine Telefonnummer haben möchte – mein Umfeld nicht auf Diskretion beharrt.

»Er sagte mir, ich könne Clifton noch bis 15.00 Uhr im *Vier Jahreszeiten* erreichen«, berichtet Chantal weiter.

»Gott sei Dank!«

»Tja, aber als der Veranstalter mich anrief, war es schon halb vier!«

»Das gibt's doch wohl nicht!«

»Doch«, bekräftigt Chantal, »das gibt's. Der steckt mit meinem Ex Sergio unter einer Decke, aber das war mir damals noch nicht klar. Ich habe dann lange überlegt, ob ich vielleicht versuchen sollte, Clifton zu erreichen.« Sie lacht laut auf. »Aber hast du schon einmal probiert, eine Hollywoodgröße an die Strippe zu bekommen?«

Ich schüttele den Kopf, dafür hatte ich bisher noch nie einen Anlass.

»Vergiss es, keine Chance!«

»Aber irgendwie habt ihr euch dann doch noch einmal getroffen.«

»Ja, das war etwa einen Monat später«, erinnert Chantal sich. »Ich gab ein Konzert im CCH, es war komplett ausgebucht. Da hatte ich Clifton schon so gut wie vergessen.« Sie hält kurz inne und verbessert sich dann. »Nein, natürlich nicht vergessen. Aber ich hatte es unter Träumerei abgebucht und mich damit abgefunden. Welches Interesse sollte dieser Mann, der jeden Tag mit den schönsten Frauen umgeben ist, schon an mir haben? Sicher, in Deutschland bin ich ein Superstar, aber in den USA …«

Ich verzichte auf einen Kommentar zum Thema *Superstar*. Außerdem muss ich zugeben, dass ich Chantal mittlerweile richtig nett finde. Gar nicht so durchgeknallt, wie sie in der Presse immer rüberkommt. Von dieser Clifton-Jones-Geschichte mal abgesehen, die glaube ich auch erst, wenn er sie hier live und in Farbe abholen kommt. Aber trotzdem fühle ich mich extrem gut unterhalten, das muss ich schon sagen. »Du hast also ein Konzert gegeben«, wiederhole ich.

»Genau. Und als ich nach meinem Auftritt in meine Garderobe kam, traute ich meinen Augen kaum: Das gesamte Zimmer war über und über mit dunkelroten Rosen geschmückt und an meinem Spiegel steckte eine Karte. Von ihm!«

»Was stand drin?«

»Dass er mich überall gesucht hat und er mich bittet, heute Abend mit ihm auszugehen.«

Jetzt ist es an mir, zu seufzen. »Wie romantisch!«

»Ja, das war es auch. Er holte mich eine Stunde später mit seiner Limousine ab und fuhr mit mir zu einem Drive-In bei Burger King.«

»Drive-In?« Herr Jones ist wohl doch nicht so gut bei Kasse, dass es für ein Nobelrestaurant reicht.

»Klar«, bestätigt Chantal, »denn da konnte er sichergehen, dass man uns nicht sieht. Sein Fahrer hat uns zwei Whopper-Menüs bestellt und ist mit uns die ganze Nacht durch Hamburg gefahren. Wir haben uns Burger und Pommes schmecken lassen und dazu Champagner getrunken. Das war die schönste Nacht meines Lebens!«

»Klingt ja fast wie in *Pretty Woman*«, stelle ich fest.

»Es war noch viel besser als *Pretty Woman*! Von Anfang an habe ich mich bei ihm so sicher und geborgen gefühlt wie noch nie zuvor. Es war einfach sofort klar, dass wir zusammengehören.

Und weißt du, was unglaublich ist?« Bevor ich einen Tipp abgeben kann, beantwortet sie die Frage schon selbst: »Clifton spricht sogar Deutsch. Seine Mutter ist nämlich Deutsche. Das sagt er in Interviews aber nie, weil ihm seine Privatsphäre so wichtig ist. Das 'n Ding, oder?«

Armer Clifton, hat er den Text also doch verstanden. Chantal seufzt noch einmal, als würde eine gemeinsame Muttersprache automatisch zu Seelenverwandtschaft führen. Tut sie übrigens nicht, wie ich aus eigener Erfahrung weiß.

»Jede freie Minute haben wir uns gesehen, ständig sind wir zwischen Deutschland und L. A. hin- und hergejetted und haben uns einen Spaß daraus gemacht, dass niemand von der Presse etwas davon mitbekommen hat. Zwar gab es Gerüchte, dass ich mich wieder verliebt hätte – aber niemand wusste etwas Genaues. Und schon gar nicht, mit wem ich mich traf!«

»Wahrscheinlich gar nicht so einfach«, mutmaße ich.

»Clifton ist in der Beziehung ein Profi, das hat er mit der Zeit gelernt. Er hat mir erklärt, dass er erst wieder etwas über sich und eine Frau in der Zeitung lesen möchte, wenn es die Frau ist, mit der er alt werden will.«

»Das ist ja nicht gerade ein Kompliment«, werfe ich ein.

»Zuerst war ich darüber auch nicht begeistert. Aber dann habe ich es verstanden. Er ist eben schon genauso sehr verletzt worden wie ich.«

»Klar, verstehe. Und wie ging's dann weiter?«

»Vor drei Wochen war er wieder bei mir in Hamburg. Wir haben uns Essen vom Chinesen kommen lassen und dazu seinen neuen Film auf DVD geguckt.«

»Und ich dachte immer, Filmstars hätten ein aufregendes Leben«, werfe ich prustend ein. »Aber das klingt auch nicht viel anders als bei Krethi und Plethi!«

»Immerhin war es der Rohschnitt des neuen Films – der kommt erst in ein paar Wochen in die Kinos.« Chantal schmunzelt.

»Jedenfalls hatte ich Bami-Goreng, er Ente süß-sauer. Und als ich mit meinem Nudeln fast fertig war, fand ich das hier am Boden der Packung.« Sie hält mir ihre rechte Hand unter die Nase. Erst jetzt bemerke ich den Klunker, der gut und gern den Gegenwert einer Mittelklasse-Limousine hat. Als Neuwagen, versteht sich.

»Wow!«, entfährt es mir. »Ist der echt?«

»Natürlich ist der echt!« Chantal zieht ihre Hand zurück und schüttelt verständnislos den Kopf.

»Dass du dich damit überhaupt auf die Straße traust ...«

»Jedenfalls«, wischt Chantal meinen Einwurf vom Tisch, »bin ich sofort in Tränen ausgebrochen, weil mir klar war, was nun kommen würde. Clifton ging auf die Knie, nahm meine Hand und sagte ...« Plötzlich ändert sich ihr Tonfall und wird ganz feierlich. »Chantal, du bist die Frau meines Lebens. Ich weiß, dass wir aus verschiedenen Welten kommen. Aber ich weiß auch, dass unsere Liebe stärker ist als alles andere, und deshalb möchte ich dich bitten: Willst du meine Frau werden?«

»Hach!«, jauchze ich verzückt auf. »Und dann hast du *ja* gesagt.«

»Aber natürlich«, bestätigt Chantal. »Auch ich bin mir ganz sicher, dass er der Mann meines Lebens ist.« Wieder tritt dieser versonnene Ausdruck auf ihr Gesicht. »Noch nie habe ich jemanden so geliebt.« Einen Moment lang schweigen wir beide und hängen unseren Gedanken nach. Bis mir wieder einfällt, dass wir ja gerade in Untersuchungshaft sitzen.

»Aber dann verstehe ich nicht, warum du hier bist«, meine ich. »Gibt doch gar keinen Grund, dass du schlecht gelaunt eine Politesse anpöbelst.«

»Ich bin ja noch nicht fertig«, erwidert Chantal. »Nach dem Antrag meinte Clifton dann nämlich, dass wir uns so schnell wie möglich um alle Vorbereitungen für die Hochzeit kümmern sollten.«

»Auch kein Grund, auszuflippen.«

»Nein, das sicher nicht. Allerdings gehört für Clifton zu den Vorbereitungen auch, dass wir einen Ehevertrag abschließen.«

»Ja und? Das machen heute doch die meisten Leute.« Noch immer verstehe ich nicht, was daran so ärgerlich ist.

»Klar, das fand ich ja auch. Und gerade jemand wie Clifton ist natürlich extrem vorsichtig, wenn er sich auf eine Ehe einlässt«, gibt Chantal mir Recht.

Vor allem, wenn man sich erst seit ein paar Wochen kennt, denke ich, verkneife mir aber einen Kommentar.

»Er meinte also, seine Anwälte würden da etwas aufsetzen und mir zukommen lassen, über das ich dann in Ruhe nachdenken könne. Tja, und den Vorschlag seiner Anwälte hatte ich eben heute früh in der Post.«

»Verstehe. Und dieser Vorschlag hat dich dann so aufgeregt.«

»Aufgeregt ist gar kein Ausdruck!« Sofort wird Chantals Tonfall wieder heftiger. »Eine *Unverschämtheit* ist das! Ein zwanzig Seiten langes Pamphlet der unmöglichsten Bedingungen, die ich in unserer Ehe zu erfüllen habe.«

»Bedingungen?«

»Ja«, Chantal nickt, »eine Frechheit nach der nächsten.«

»Was denn zum Beispiel?«

Chantal denkt einen Moment nach. »Der Vertrag ist in meiner Handtasche, die die Bullen noch haben. Aber ein Punkt war zum Beispiel, dass ich nicht mehr als fünf Kilo zunehmen darf, weil ich sonst an Clifton eine Strafe zahlen muss.«

Ich starre Chantal ungläubig an, dann muss ich losprusten. »Das kannst du getrost vergessen«, bringe ich schnaubend hervor, »so etwas ist sittenwidrig!« Wäre ja noch schöner, wenn jemand seine Liebe zu einem anderen Menschen von dessen Kleidergröße abhängig machen könnte.

Aber Chantal schüttelt den Kopf. »Ist es nicht«, widerspricht sie mir.

»Ich bin immerhin Juristin«, erinnere ich sie.

»Kann sein. Aber ich habe mit einer Freundin telefoniert, die mal an der VHS einen Kurs über interkulturelle Partnerschaften belegt hat. Und die meinte, dass das in den USA geht.«

»Wir sind aber nicht in den USA.« Dass ich es eine Unverschämtheit finde, mein Jurastudium mit einem VHS-Kurs in einem Atemzug zu nennen, sage ich nicht. Das würde nur zu unnötigem Streit führen.

»Stimmt«, meint Chantal. »Aber Clifton will mich nur heiraten, wenn wir die Ehe in Amerika schließen. Nach dortiger Rechtsprechung. Jedenfalls haben seine Anwälte mir das geschrieben.«

Für einen Moment bin ich fassungslos. »Aber ich denke, dieser Mann liebt dich!«

»Tut er ja auch!«

»Wie kann er dir da so einen Vertrag schicken?«

Chantal zuckt mit den Schultern. »Weiß ich auch nicht genau ... mich verwirrt das gerade alles. Ich hab natürlich gleich versucht, ihn zu erreichen. Aber er dreht momentan in Neuseeland irgendeinen Fantasyfilm und ist nicht zu erreichen. Die haben ihn da regelrecht kaserniert.« Sie kaut nachdenklich auf ihren Fingernägeln herum. »Vielleicht weiß er ja noch nicht einmal, was in dem Vertrag steht.«

»Kann ich mir nicht vorstellen. Die werden doch genau das reinschreiben, was er haben will!«

»Aber das passt so gar nicht zu ihm«, widerspricht Chantal. »Würde mich nicht wundern, wenn er das einfach seinen Anwälten übergeben und ihnen gesagt hat, sie sollen mal machen.« Ich höre die Verzweiflung in ihrer Stimme, anscheinend klammert sie sich wirklich an den Gedanken, dass der Vertrag nicht auf Cliftons Mist gewachsen ist.

»Schon möglich«, stimme ich ihr deshalb zu. »Aber eines steht fest: Du brauchst einen Anwalt.« Meine Zellengenossin nickt und starrt betrübt vor sich auf den Boden. Dann tritt auf einmal ein Grinsen auf ihr Gesicht.

»Wenn ich uns zwei hier so sitzen sehe, habe ich den Verdacht, dass wir beide einen guten Anwalt gebrauchen könnten.«

Recht hat sie, denke ich. Aber woher nehmen? Noch dazu ist morgen Sonntag, das Wochenende macht die Sache nicht leichter. Und dann denke ich an den Brief, der noch immer in meiner Hosentasche steckt. *Mein süßer kleiner Kanarienvogel* … Nein. Eher friert die Hölle zu, als dass ich ihn anrufe.

Es gibt schließlich auch noch genug andere Anwälte. Ich sag mal Stichwort Juristenschwemme.

Wir werden hier schon rauskommen.

So oder so.

»So, Frau Gerlach. Dann schreiben Sie mir bitte mal die Nummer auf, unter der ich Ihren Anwalt jetzt erreiche.«

Ergeben kritzele ich die Nummer auf das Blatt, das mir die Beamtin über den Tisch geschoben hat, und reiche es zurück. Sie greift zum Hörer und wählt *die Nummer.* Immer wieder sage ich mir innerlich, dass ich ihn ja nicht wirklich wegen mir anrufe. Ich selbst würde das hier schon hinbekommen. Ich tue es in erster Linie Chantal zuliebe, die niemanden kennt, dem sie vertraut.

»Herr Dr. Kunstmann?«, sagt die Beamtin in den Hörer. »Clausen hier, Untersuchungsgefängnis Holstenglacis. Neben mir sitzt Ihre Mandantin Frau Tessa Gerlach. Es geht um einen Haftprüfungstermin … Ja, ja, Mandantin ist Frau Gerlach selbst, das haben Sie ganz richtig verstanden. Danke, ich verbinde.«

Sie reicht mir den Hörer. Ich nehme ihn, bereit für die größte persönliche Schmach meines Lebens.

»Hallo, Philip. Hier spricht Tessa.«

3. Kapitel

Chantal ist schwer damit beschäftigt, ihr Gesicht zu restaurieren. Gott sei Dank hat sie ihre Handtasche mittlerweile wiederbekommen und darin befindet sich mehr Make-up, als ich in meinem bisherigen Leben gekauft habe. Sie betrachtet ihr Werk in einem kleinen Schminkspiegel.

»Na ja, doll ist es nicht, aber es geht einigermaßen. Was meinst du?«

Ich gucke kaum hin und nuschele ein halbherziges: »Ja, ist gut.«

»Tessa, ich finde es wirklich ganz toll, dass du deinen Anwalt auch gleich wegen mir gefragt hast. Wo hätte ich Sonntag früh sonst juristischen Beistand herbekommen? Gut, vielleicht irgendeinen stieseligen Pflichtverteidiger, aber dass du ausgerechnet einen richtig guten Strafverteidiger kennst – super!« Chantal sprüht geradezu vor guter Laune. Ich hingegen kann mich nicht erinnern, mich schon mal so mies gefühlt zu haben. Schlimm genug, gleich auf Philip zu treffen. Die Krönung ist in diesem Zusammenhang allerdings, dass ich ihn ausgerechnet dann treffe, wenn ich nicht geduscht habe, meine Haare aussehen, als wollte ich unter die Rastafaris gehen und meine Kleidung mit sportlich-salopp noch sehr charmant umschrieben ist.

Warum habe ich eigentlich immer so ein Pech? Dabei hatte ich mir fest vorgenommen, vor Schönheit nur so zu strahlen, sollten wir uns mal wieder zufällig über die Füße laufen. Leider kann man den Zufall nicht planen. Schon unser erstes Treffen nach unserer Trennung ging zu meinen Ungunsten aus: Ich parkte gerade meinen Drahtesel vorm Landgericht, komplett nass geregnet und natürlich mit Brille, nicht mit Kontaktlinsen. Da verließ Philip das Gebäude – und an seinem Arm hing kichernd seine

Kanzleikollegin Hortensia Lorentzmeyer. Natürlich wusste ich, dass sie zusammenarbeiten, Philip hatte sich in ihre Kanzlei eingekauft, als wir noch ein Paar waren. Allerdings war es für mich ein Schock, zu sehen, dass sich ihr rein berufliches Verhältnis zueinander mittlerweile offenbar etwas verändert hatte. Ich meine: *Hortensia Lorentzmeyer!* Eine Perlen-Paula, wie sie im Buche steht. Fassungslos starrte ich die beiden an. Hortensia grinste breit, Philip blickte angestrengt auf den Boden, als gäbe es dort etwas Interessantes zu entdecken. Ich brachte keinen Ton heraus, klaubte hektisch meine Aktentasche vom Gepäckträger und stürzte an den beiden vorbei durch die Drehtür. Kein besonders imponierender Auftritt also …

Also habe ich mir damals geschworen: *Wenn du ihn das nächste Mal siehst, Tessa, dann wirst du souverän und überirdisch schön sein, und Philip wird auf der Stelle bereuen, nicht mehr mit dir zusammen zu sein.* Natürlich schön, versteht sich, nicht so poliert-zickenmäßig-schön wie das Perlhuhn Hortensia. Hortensia – wenn ich den Namen schon höre! Und dann noch Lorentzmeyer!

Zugegeben: Für den Namen hätte ich sie eigentlich fast mögen müssen. Hortensia Lorentzmeyer – wer von seinen Eltern so gestraft wird, verdient doch Mitleid. Und Anerkennung dafür, in der Schule nicht wegen der sicher ständigen Hänseleien so im Erdboden versunken zu sein, dass selbst eine gut ausgerüstete Expedition keine Chance hätte, einen wiederzufinden. Hortensia allerdings machte es mir unmöglich, irgendetwas Nettes an ihr zu entdecken. Bildungsbürgerliche höhere Tochter, arrogant hoch drei! Vater Notar, Rotarier, na klar, Mutter Kieferorthopädin. Hortensia hat ihr erstes Staatsexamen in Bayern gemacht, München natürlich, und war erst zum Referendariat nach Hamburg gekommen. Ließ dann penetrant raushängen, wie viel schwerer in Süddeutschland alle Prüfungen waren und wie lasch wir Hamburger hier studierten. Immer in perfekten Klamotten, die kinnlangen blonden Haare stets mit einem dunkelblauen Samtreifen zurückgeschoben. *Wi-der-lich!*

Grauenhafterweise machte sie dann auch noch ein ziemlich gutes zweites Staatsexamen, was ich ihr nun wirklich nicht gönnte. Ich tröstete mich damit, dass sie mir wenigstens männermäßig nie in die Quere kommen würde. Welcher der Männer, die mich gut fanden, würde schon mit dieser langweiligen Schnepfe ausgehen wollen? Philip hatte an ihr ja auch nur ein rein berufliches Interesse. Tja, so dachte ich. Bis zu dem Regentag, an dem ich sie mit Philip sah und mir klar wurde, dass die beiden nicht mehr nur das Büro miteinander teilten.

Aber die Welt ist nun mal ungerecht. Und wie es aussieht, ist mir auch bei meinem nächsten Treffen mit Philip kein souveräner Auftritt vergönnt. Vielleicht sollte ich Chantal doch noch um etwas Make-up anhauen? Aber ehe ich dazu komme, werde ich aus der Zelle gebeten.

Da steht er also. Vor dem Beratungstisch in dem schmucklosen Raum mit dem grandiosen Namen *Sprechzelle*. Er hat mir den Rücken zugedreht, als ich eintrete, so dass ich ihn für einen kurzen Moment in Ruhe mustern kann.

Philip trägt einen dunkelblauen Nadelstreifenanzug, und ich frage mich, ob er neuerdings in so etwas schläft. Immerhin hat mein Anruf ihn um 6.30 Uhr erreicht. Kein normaler Mensch wirft sich dann noch in Schlips und Kragen. Aber Philip ist ja auch nicht normal, das müsste ich mittlerweile mal begriffen haben.

»Herr Dr. Kunstmann«, sagt die Beamtin, die mich hergeführt hat, und Philip dreht sich zu uns um. Der blaue Anzug harmoniert perfekt mit seinen Augen, der Anblick bringt meine Knie zum Zittern. Aber was habe ich auch erwartet? Ich weiß ja, dass Philip die unglaublichsten Augen hat, die ich je gesehen habe. Warum hätte sich das ändern sollen?

Er kommt auf mich zu und deutet mit einer Handbewegung

an, dass ich mich setzen soll. »Hallo, Tessa«, begrüßt er mich. Ein spöttisches Lächeln umspielt seine Lippen. Er nimmt auf dem Stuhl mir gegenüber Platz. »Schön, dich zu sehen.« Dann beugt er sich so nah zu mir herüber, dass sein Gesicht fast meines berührt. »Aber du hättest ja nicht gleich ein Haus in die Luft sprengen müssen, um mich mal wieder zu treffen. Ein einfacher Anruf hätte es auch getan.« Er lacht leise in sich hinein. Offenbar amüsiert er sich königlich über die Situation. Am liebsten würde ich sofort wieder aufstehen und den Idioten hier sitzen lassen. Aber ich reiße mich zusammen.

»Hallo, Philip«, begrüße ich ihn kühl. »Vielen Dank, dass du gleich gekommen bist.«

Die Gefängnisbeamtin, die die Szene relativ belustigt beobachtet, schaut erst fragend zu mir, dann zu Philip. Der hat jetzt auch zu einem nüchternen Tonfall zurückgefunden: »Danke, wir sind dann so weit. Lassen Sie uns bitte allein.«

Kaum hat die Beamtin die Tür hinter sich zugezogen, greift Philip nach meiner Hand: »Mensch, Tessa, sollte doch nur ein Scherz sein, um die Stimmung hier etwas aufzulockern. Du kennst mich doch …«

»Lieber einen guten Freund verlieren als einen schlechten Witz verpassen. Hat sich wohl nicht geändert in den letzten Jahren.« Ich winde meine Hand aus seiner, rücke meinen Stuhl ein Stück zurück und mustere ihn. Leider muss ich feststellen, dass Philip immer noch ziemlich gut aussieht. Groß – da war natürlich auch keine Änderung zu erwarten –, schlank und dichte, dunkelbraune, leicht gewellte Haare. Wenigstens die hätten mittlerweile etwas lichter werden können. Aber keine Chance. Sie sehen immer noch genauso aus wie bei Hugh Grant in seinen besten Zeiten. Einfach zum Reingreifen und Drin-Rumwühlen. *Mist!*

»Also«, Philip nimmt geschäftig die Akte zu Hand, »offensichtlich kam es in deinem Haus zu einer Explosion, und die Staatsanwaltschaft hält es für möglich, dass du und dein Mittäter diese vorsätzlich herbeigeführt habt. Hm, interessant. Was sagst du dazu?«

Ich schnaube verächtlich. »Das ist doch wohl völlig klar! Da sehen die Bonzen eine gute Gelegenheit, mir mal richtig eins reinzubraten. Es war natürlich ein Unfall. Ich stand mit einem Kuchen voller Wunderkerzen vor der Tür meines Nachbarn, er öffnete – und dann knallte es auch schon. Vorsätzliche Herbeiführung einer Sprengstoffexplosion – das ist doch totaler Käse!«

»Wunderkerzen, ja?« Philip runzelt die Stirn. »Tja, da fragt man sich wirklich, warum die Staatsanwaltschaft das nicht glauben will …«

Ich ignoriere den sarkastischen Unterton in seiner Stimme. »Das kann ich dir genau erklären: Da ich eben nicht wie du ständig auf der Seite der Wirtschaftskriminellen stehe, sondern ehrlichen, einfachen Leuten zu ihrem Recht verhelfe, vor allem, wenn es gegen diese Sanierungsmafia geht, traut man mir offenbar so einiges zu. Ich habe gegen den Eigentümer ziemlich viele Prozesse geführt, weil der versucht hat, unser Haus zu entmieten, um maximalen Profit daraus zu schlagen. Und der Bulle, der mich vernommen hat, kam dann gleich mit der Theorie um die Ecke, ich hätte doch bestimmt versucht, damit eine Rechnung zu begleichen. Aber das ist natürlich völliger Unsinn.«

»Völliger Unsinn«, echot Philip und bringt mich damit aus dem Konzept.

»Warum sollte ich das Haus, das ich retten will, in Trümmer legen?«, blaffe ich ihn an.

»Na ja, vielleicht sollte die Explosion ja ein bisschen kleiner ausfallen und eurem Vermieter einfach Angst machen.« Ich muss unwillkürlich die Augen verdrehen. Philip ignoriert das geflissentlich und hakt weiter nach. »Hatte dein Nachbar eigentlich Geburtstag – oder was sollte die Nummer mit dem Kuchen und den Kerzen?«

»Ich wollte ihm lediglich eine Freude machen. Wie man das

unter Freunden macht. Dass *du* nie auf die Idee kämst, ist mir schon klar.«

Philip blättert weiter in der Akte. »Gut, du vermutest also, dass es ein Unfall war.«

»Ja, vielleicht ein Leck in der Gasleitung oder so was.«

»Das müsste ja ein ziemlich großes Leck gewesen sein. Komisch, dass dein Nachbar den Geruch gar nicht bemerkt hat.« Tja, da hat Philip natürlich ziemlich ins Schwarze getroffen. Aber ich denke gar nicht daran, Johannes hier so einfach ans Messer zu liefern, und beharre auf meiner Geschichte.

»Was weiß ich, vielleicht war er erkältet und hat nichts gerochen … oder er war noch nicht so lange zu Hause und hatte noch nichts bemerkt. Eines ist jedenfalls klar – ich stand da lediglich mit einem Kuchen voller Kerzen und habe mir nichts weiter vorzuwerfen. Glaubst du mir jetzt oder nicht? Wenn nicht, kannst du gleich wieder gehen!«

Philip schaut mich völlig erstaunt an. »Aber natürlich glaube ich dir – was denkst du denn? Ich versuche doch nur, den Advocatus Diaboli zu spielen, um deine Geschichte genau abzuklopfen. Wir wollen doch im Haftprüftermin keine böse Überraschung erleben. Selbstverständlich finde ich die Beschuldigungen auch völlig unhaltbar, zumal sie dich betreffen. Allerdings ist der Vorfall schon etwas … ungewöhnlich. Aber keine Sorge, ich hole dich natürlich da raus.« Er greift wieder nach meiner Hand und drückt sie. Und diesmal finde ich das doch ganz schön.

»Endlich, Freiheit!« Chantal reißt die Arme in die Höhe und tut so, als würde sie die frische Luft regelrecht inhalieren. Etwas arg theatralisch für meinen Geschmack und auch nicht ganz richtig, schließlich stehen wir noch auf dem Vorhof des Gefängnisses. Aber natürlich bin ich auch froh, dass Philip uns rausgeholt hat. Auf dem Weg zum Haftrichter war mir kurzzeitig doch ganz schön mulmig. Aber jetzt, eine gute Stunde später, muss ich einsehen, dass Chantal Recht hatte, mich zu dem Anruf bei Philip zu überreden. Sein Auftritt war kühl, souverän – und vor allem: erfolgreich. Meine Selbstverteidigung wäre bestimmt um einiges wackliger gewesen.

»Jetzt werde ich mir erst einmal ein Taxi winken, nach Hause fahren und dann ein entspannendes Bad nehmen«, stellt Chantal fest und seufzt dann noch einmal ganz dramatisch. »Was für eine unglaubliche Nacht!«

»Tun Sie das«, meint Philip, »und am Montag telefonieren wir dann wegen des weiteren Vorgehens.« Geschäftig drückt er ihr seine Visitenkarte in die Hand und nimmt die von Chantal entgegen.

»Sie waren wirklich mein Retter«, jauchzt sie und fällt dem verdutzten Philip um den Hals. Etwas irritiert, ein »keine Ursache« murmelnd, macht er sich wieder von ihr los. Ich muss beinahe in Gelächter ausbrechen: So viel Gefühlsüberschwang ist Philip als echter Hanseat natürlich nicht gewohnt!

»Hier ist auch noch meine Nummer«, gehe ich dazwischen und drücke Chantal ein zerknittertes Stück Papier in die Hand. Schon meine normalen Kärtchen sehen nicht so schick aus wie Philips, mehr so nach Modell *Druckautomat am Bahnhof* im Vergleich zu handgeschöpftem Büttenpapier. Und selbst von denen habe ich natürlich keines mitgenommen. Also muss ein Post-it reichen, das ich von einer Beamtin geschnorrt habe. So hat Chantal nun immerhin meine Telefon- und Mobilnummer, das ist ja das Wichtigste. Jedenfalls, wenn ich irgendwann mal wieder einen Telefonanschluss habe. Oder zumindest wieder in Besitz meines Handys komme, das hoffentlich nicht zu einem Klumpen Hartplastik zusammengeschmort in den Trümmern meiner Wohnung liegt …

»Danke«, sagt Chantal und nimmt meinen Zettel entgegen. Dann wird sie noch einmal theatralisch und fällt uns beiden um den Hals. »Ich bin euch ja so dankbar!« Sie gibt einen gekonnten Schluchzer von sich, dann lässt sie uns los. »Vielleicht werde ich mich von dieser einzigartigen Nacht mal zu einem Lied inspirieren lassen.« Sie trällert vor sich hin. »*Wahre Freunde … es gibt sie überall …*«

Philip guckt etwas kariert aus der Wäsche, ich werfe ihm einen vielsagenden Blick zu.

Als wir die letzte Tür passieren und wieder auf der Straße stehen – stehen wir nicht einfach nur auf der Straße. Wir stehen mitten in einer Demo, Kundgebung oder sonstigen Versammlung. Ungefähr fünfzig Leute drängen sich um uns auf dem Bürgersteig, einige mit Fotoapparaten und Kameras. Ehe ich noch begreife, was hier eigentlich los ist, flüchtet sich Chantal unter Philips Sakko.

»Schnell weg! Die sind wegen mir hier!«

Und tatsächlich, im nächsten Moment kommt die Menge in Bewegung – und ich verstehe: Presse und Schaulustige.

»Hey, Chantal, wie war die Nacht im Knast?«

»Kannst du uns sagen, warum du verhaftet wurdest?«

»Chantal, wir halten zu dir!«

»Gibt es wieder Probleme mit Althoff?«

»Chantal, schau doch bitte zu uns rüber!«

»Willst du nicht Stellung nehmen?«

»Chantal, gibst du Autogramme?«

Der Pulk drängt sich immer näher an uns heran, Blitzlichter flammen auf, ich werde unsanft zur Seite geschubst. Es ist wirklich unglaublich! Philip zieht Chantal mit sich weiter, was ziemlich komisch aussieht, weil sich sein Sakko dabei wölbt wie ein Indianer-Tipi mit Beinen. Als die beiden es schon fast bis zur Straßenecke geschafft haben, reißt sich Chantal auf einmal los und taucht unter der Jacke hervor. Was hat sie jetzt vor?

Sie geht mit hocherhobenem Kopf an mir vorbei direkt auf die Fotografen zu. Ich werfe ihr einen fragenden Blick zu.

»Ich muss zu meiner Verantwortung stehen. Meine Fans

machen sich sonst unnötig Sorgen«, raunt sie mir zu. Eine absurde Veranstaltung!

Vor dem ersten Kamerateam bleibt sie stehen und wirft den Kopf zurück, als hätte sie etwas ganz Wichtiges zu verkünden. Vielleicht macht sie es aber auch nur, um ihre Haare in die optimale Form zu schütteln. Gute Güte, was für eine seltsame Vorstellung!

»Ja, es ist wahr. Ich habe eine Nacht hinter diesen Mauern verbracht. Es war furchtbar, und doch hat es mich nicht vernichten können. Denn ich weiß jetzt, dass ich Freunde habe. Und ich weiß, dass ich für meine Liebe kämpfen muss!«

Durch die Menge geht im wahrsten Sinne des Wortes ein Raunen.

»Bist du wieder verliebt?«

»Wie heißt er?«

»Kehrst du zu Althoff zurück?«

»Chantal, wir lieben dich!«

Sie tritt einen Schritt zurück und setzt einen entschlossenen Gesichtsausdruck auf. »Nein, mehr kann ich nicht sagen. Ich bitte euch, mein Privatleben zu respektieren.«

Erstaunlicherweise lacht niemand. Was für eine Branche! Die Fotografen schießen noch ein paar Bilder von Chantal vor der Gefängnismauer, sie gibt ihren besorgten Fans Autogramme, dann löst sich die Versammlung langsam wieder auf.

Philip kommt kopfschüttelnd auf uns zu. »Was war denn das? So was habe ich ja noch nie erlebt.«

Chantal seufzt. »Sei froh, für mich ist das leider der traurige Alltag. Ich werde auf Schritt und Tritt von der Presse verfolgt. Aber für meine Fans nehme ich das gerne auf mich.«

Philip runzelt die Stirn. »Aber woher wussten die, dass du in U-Haft sitzt und heute rauskommst? Das muss ihnen doch irgendjemand gesteckt haben.«

Schulterzucken. »Ja, wer weiß? Aber es soll ja auch Beamte geben, die Informationen der Presse verkaufen. Mit mir will eben jeder Geld machen.«

»Hm, oder die beiden älteren Damen im Gefangenentransport«, mutmaße ich. »Die haben dich doch gleich erkannt. Wenn die vor uns rausgekommen sind und das schon in ihrem Fanclub erzählt haben, ist es wahrscheinlich gleich rum.«

»Ja, aber mit so etwas muss man als Star einfach leben. Macht euch keine Sorgen um mich.«

Ich spare mir die Bemerkung, dass ich mir eigentlich gar keine Sorgen um sie gemacht habe.

»Also dann«, sagt Chantal und winkt das Taxi, das gerade die Straße entlanggefahren kommt, zu sich heran. »Wir hören voneinander!« Sie öffnet die Tür des Wagens, winkt uns noch einmal zu und will einsteigen. Im letzten Moment überlegt sie es sich aber noch einmal anders, kommt auf mich zu und drückt mich fest an sich. »Das ist ja ein süßer Typ«, flüstert sie mir dabei ins Ohr, »der würde gut zu dir passen.«

Ehe ich noch etwas erwidern kann, ist Chantal auch schon ins Taxi gestiegen und entschwindet. Wahrscheinlich Richtung Villa an der Elbchaussee oder Prachtbau an der Alster. Eine Minute lang blicke ich dem Wagen sprachlos hinterher, dann drehe ich mich wieder zu Philip um, der noch immer reichlich verwirrt aussieht.

»Eine ungewöhnliche Frau«, stellt er kopfschüttelnd fest.

»Ja, das ist sie«, gebe ich ihm Recht. »Aber ich glaube, sie ist im Grunde genommen ganz in Ordnung.« Philip nickt und schweigt einen Moment. »Na, dann werd ich mal«, setze ich an, werde aber von Philip unterbrochen.

»Komm«, sagt er, »ich fahre dich nach Hause.«

»Ach, nicht nötig, ist doch um die Ecke, da kann ich auch zu Fuß hingehen.«

»Tessa Gerlach!« Er setzt einen strengen Blick auf. »Ich bin dein Anwalt. Und ich werde dich jetzt nach Hause fahren!«

Ich gebe nach, weil ich tatsächlich nur wenig Lust auf einen morgendlichen Spaziergang habe. Ich bin saumüde und will einfach nur ins Bett. Allerdings – noch bevor wir Philips Auto erreichen, fällt mir mit Schrecken wieder etwas ein: Ich habe ja gar kein Zuhause mehr! Von einem Bett wahrscheinlich ganz zu schweigen.

»Hier kannst du nicht bleiben, das hat keinen Sinn.« Philip und ich stehen vor meinem Wohnhaus und blicken einträchtig auf das Flatterband, mit dem die Polizei das Gebäude großräumig abgesperrt hat. »Von der Einsturzgefahr mal abgesehen«, fährt er fort, »darfst du das Haus auch gar nicht betreten.«

»Das weiß ich auch«, fauche ich ihn an. »Ganz bescheuert bin ich nicht!«

»Ich habe auch nicht gemeint, dass du bescheuert bist«, stellt Philip fest und legt beschwichtigend eine Hand auf meine Schulter. Mein Kopf fährt zu ihm herum, und er zieht die Hand sofort wieder zurück, als hätte er auf eine heiße Herdplatte gefasst.

»Und was ist mit meinen Sachen? Ich muss doch an meine Sachen ran.«

»Das, was davon noch übrig ist, wirst du bestimmt bekommen«, meint Philip. Wieder zuckt seine Hand, aber diesmal hütet er sich davor, mich zu berühren. Ich seufze schwer und lasse nen Blick über die Fassade gleiten. Es sieht im hellen Morgenlicht noch viel schlimmer aus, als ich befürchtet hatte. Ein Wunder, dass Jo und ich da heil rausgekommen sind. Alles ist zerstört, meine Wohnung, mein Büro, meine Existenz, mein Leben! Ein kurzer Schauer erfasst mich; gedankenverloren stecke ich meine Hände in beide Hosentaschen. In der linken knistert es. Ach ja, der Brief! Den hätte ich fast vergessen, der war doch mit den anderen in diesem Karton …

»Ich muss da noch einmal rein«, stelle ich fest und marschiere energisch auf das Flatterband zu.

»Das darfst du nicht«, versucht Philip, mich zurückzuhalten. »Die Polizei ...«

»Lass mich in Ruhe, ich weiß schon, was ich tue!« Mit diesen Worten ducke ich mich und krieche unter der Absperrung durch.

»Tessa, bitte!«, ruft Philip und bewegt sich keinen Zentimeter. Typisch, er hält sich genau an die Vorschriften. »Wenn das einer mitbekommt, machst du alles nur noch schlimmer!«

»Das bekommt schon keiner mit«, rufe ich über die Schulter zurück. »Es sei denn, du verpfeifst mich!« Ich höre Philip leise vor sich hin fluchen, aber er versucht nicht mehr, mich aufzuhalten. Schließlich kennt er mich gut genug, um zu wissen, dass ich ein ziemlicher Dickschädel sein kann.

Vorsichtig klettere ich über den Schutt die Treppe hoch in den zweiten Stock. Immerhin, die Stufen scheinen noch intakt zu sein, vielleicht wirkt alles viel schlimmer, als es ist. Auch in meiner Wohnung und in meinem Büro sieht es gar nicht so verheerend aus, wie ich von außen gedacht hätte. Ein paar Papiere sind durch die Gegend geflogen, aber sonst scheint nichts Schlimmes passiert zu sein. Der Schrank mit den Akten der laufenden Verfahren sieht äußerlich zumindest unversehrt aus. Eilig raffe ich die wichtigsten Unterlagen auf meinem Schreibtisch zusammen, damit ich in den nächsten Wochen wenigstens doch ein bisschen arbeiten kann. In der obersten Schreibtischschublade liegen mein Handy und mein Portemonnaie. Ein Blick auf das Display erleichtert mich: Scheint noch völlig intakt zu sein! Dann blicke ich mich suchend nach dem Karton um, aus dem der Brief geflogen sein muss.

Ich entdecke ihn zwischen Heizkörper und Aktenschrank eingeklemmt, direkt neben dem großen zerbrochenen Fenster. Durch die Explosion der Scheibe muss sich der Deckel gelöst haben, ein paar Briefe sind herausgeflogen. Ich stecke die Papiere, die daneben liegen, in den Karton und klemme ihn mir unter den Arm.

Den will ich lieber sicherstellen, bevor es noch jemand anderes tut.

»Jetzt komm schon endlich!«, ruft Philip von draußen. »Sonst wirst du am Ende doch noch erwischt!«

»Moment«, brülle ich durchs Fenster zurück. »Ich brauch noch ein paar Klamotten, sonst hab ich ja gar nichts anzuziehen!«

»Wenn du so weitermachst, kannst du dich demnächst kostengünstig in der Kleiderkammer des Frauenstrafvollzugs eindecken.«

»Ach ja?«, rufe ich zurück. »Ich dachte, ich hätte einen Staranwalt eingekauft, der genau das verhindert.«

»Tessa Gerlach, du kommst da jetzt sofort raus!«

Ich ignoriere ihn und gehe rüber ins Schlafzimmer. Ein kurzer Blick in den Raum reicht allerdings aus, um zu sehen, dass die Explosion hier wesentlich schlimmer gewütet hat als in meinem Büro: Die Wände sind schwarz vor Ruß – und auch im Kleiderschrank, dessen Türen wie immer offen stehen, sieht es nicht viel besser aus. Das kann ich getrost vergessen, meine Klamotten sind alle hin. Aber immerhin habe ich meine Unterlagen, mein Handy und mein Portemonnaie. Schade nur, dass überhaupt kein Geld drin ist.

Auf dem Rückweg werfe ich noch einen schnellen letzten Blick in mein Büro, ob ich alles Wichtige eingesammelt habe, dann gehe ich wieder zu Philip, der draußen nervös von einem Fuß auf den anderen tritt.

»Ich fasse es nicht, wie du so unvernünftig sein kannst«, beschwert er sich.

»Vernunft ist was für Spießer«, stelle ich fest.

»Vielen Dank!«

»Und jetzt?«, will Philip wissen, als wir wieder im Auto sitzen. Dabei mustert er den Karton auf meinem Schoß einigermaßen neugierig.

»Weiß auch nicht«, stelle ich kleinlaut fest, während ich noch fieberhaft darüber nachdenke, wo ich jetzt Asyl finden könnte. Aber da schaut es momentan ziemlich schlecht aus: Sabine ist ja mit ihrem Freund auf Mallorca, bei entfernteren Freunden mag ich in meinem Zustand nicht aufkreuzen und für ein Hotel fehlt mir momentan einfach die Kohle. Philip scheint schon zu ahnen, dass die Lösung meines Problems nicht ganz einfach ist.

»Ich würde dir ja anbieten, bei mir zu übernachten, aber ...« Er unterbricht sich.

»Aber was?«

»Na ja, Hortensia ...« Die beiden sind also immer noch ein Paar, wohnen sogar zusammen! Ich spüre einen kleinen Stich in der Magengegend und umklammere den Karton auf meinem Schoß gleich etwas fester.

»Schon klar«, erwidere ich knapp, »das würde ich eh nicht so gut finden.«

»Ja, äh, sicher.« Wir schweigen einen Moment. »Soll ich dich zu deinen Eltern nach Rahlstedt fahren? Oder gibt es nicht irgendeine Freundin, bei der du kurzfristig einziehen könntest?«

»Ne, Sabine ist bis Dienstag mit ihrem Freund in Urlaub, das kann ich vergessen.«

»Mit Sabine bist du immer noch befreundet?«, fragt Philip. »Die hat doch das Studium damals geschmissen, oder?«

»Was hat denn das eine mit dem anderen zu tun?«, fahre ich ihn an. »Oder ist man in deinen Augen ohne abgeschlossenes Studium nicht mehr standesgemäß?«

Philip hebt abwehrend die Hände. »Moment mal! Was du da gleich wieder hineininterpretierst. Ich dachte nur, ihr hättet euch vielleicht aus den Augen verloren.«

»Nein«, erwidere ich schnippisch, »*wir* haben uns nicht aus den Augen verloren. Im Gegenteil, Sabine arbeitet sogar zweimal pro Woche bei mir im Büro als meine Anwaltsgehilfin. Und ist trotzdem noch meine Freundin, da staunste, was?« Ich funkele ihn kampfeslustig an.

»Hör zu«, erwidert Philip seufzend. »Ich weiß ja, dass zwischen uns beiden einiges im Argen liegt – aber ich habe es wirklich nicht blöd gemeint, ich will dir doch nur helfen.« Mit einem Schlag hat er wieder diesen Dackelblick drauf, mit dem er mich früher schon immer um den Finger wickeln konnte.

»Ich weiß«, lenke ich kleinlaut ein. »Ich bin halt nur etwas aufgeregt, das ist alles ein bisschen viel und ...«

»Das wird schon wieder.« Zögernd legt Philip seine Hand auf meine und drückt sie leicht. Diesmal lasse ich es geschehen und nehme es als nette Geste. »Pass auf«, er greift in die Innentasche seines Jacketts und holt sein Portemonnaie hervor, »am besten, du gehst vorerst in ein Hotel, ich geb dir das Geld dafür.«

»Das kommt nicht in Frage!« Schon wieder regt sich der Kampfgeist in mir. »Wie kommst du überhaupt auf die Idee, dass ich mir nicht selbst ein Hotel leisten kann?«

Philip wirft einen nachdenklichen Blick auf meine ehemalige Bleibe. »Kannst du denn?«

Ich zögere einen Moment und überlege, ob ich mich von ihm demonstrativ ins Hotel *Vier Jahreszeiten* fahren lassen soll. Nur, um sein blödes Gesicht zu sehen. Aber das wäre natürlich mehr als kindisch.

»Nicht wirklich«, gebe ich zu. »Momentan habe ich einen kleinen Engpass«, füge ich dann noch hinzu, um nicht ganz so erbärmlich zu wirken.

»Dann nimm doch bitte das Geld«, meint Philip.

Ich schüttele den Kopf. »Das ist wirklich sehr nett von dir, aber ich stehe sowieso schon in deiner Schuld.«

»Und lass mich raten«, meint Philip und fängt an, breit zu grinsen. »Der Gedanke gefällt dir überhaupt nicht.«

Jetzt muss ich auch lächeln. »Da hast du Recht: Überhaupt nicht!«

Philip startet den Motor und sieht mich abwartend an. »Tja, Frau Gerlach, was machen wir also?«

Ich zögere noch einen Moment.

»Was soll's«, bringe ich schließlich seufzend hervor, »fahr mich zu meinen Eltern.«

Philip gibt Gas und wendet den Wagen. Ich wünschte wirklich, es gäbe eine andere Alternative, als zu meinen Eltern zu fahren. Dann tröste ich mich in Gedanken damit, dass es ja nicht für lange sein muss. Jedenfalls hoffe ich das.

»Und?«, fragt Philip, als wir über die Lombardsbrücke an der Alster fahren. »Wie läuft es denn bei dir so?«

Ich zucke mit den Schultern. »Bis heute Nachmittag noch ganz okay.« Dass ich von *ganz okay* ziemlich weit entfernt bin, muss er ja nicht unbedingt wissen.

»Das ist schön«, erwidert er. Dann wieder Schweigen. Schon seltsam, wie einem ein Mensch, der einem über Jahre so vertraut war, so fremd werden kann. Wir sitzen nebeneinander wie zwei entfernte Bekannte, die sich nicht mehr sonderlich viel zu sagen haben. Aber worüber sollen wir auch groß reden? Unsere Welten haben nicht mehr viel miteinander zu tun, genau genommen befinden wir uns auf zwei unterschiedlichen Planeten.

»Und die Liebe?«, unterbricht Philip meine Gedanken.

Ich starre ihn entsetzt an. Hat er das gerade wirklich gefragt?

Hat er wohl, er lächelt mich aufmunternd an.

»Die Liebe?«, entfährt es mir.

Er nickt. »Ja, was hat sich denn bei dir in den letzten Jahren so getan?«

Am liebsten würde ich ihn jetzt mal richtig abmisten und ihm sagen, dass diese Frage mehr als respektlos ist, wo wir uns doch gerade erst getrennt haben. Gut, es sind vier Jahre … aber für mich fühlt es sich eben anders an.

»Auch alles bestens«, presse ich zwischen den Zähnen hindurch. Was soll ich auch sagen? Dass meine Mutter mir neulich einen Artikel aus der *Brigitte* gefaxt hat? Eine Reportage über den Verein *Single-Mom-by-Choice.* Handelte von Amerikanerinnen, die sich künstlich befruchten lassen, weil sie unbedingt ein Gör wollen, aber ihre Aussichten auf einen Kerl mit Mitte, Ende dreißig fast auf null gesunken sind. Nur über meine Leiche würde ich so etwas sagen, nicht einmal unter chinesischer Wasserfolter!

»Freut mich! Kenn ich den Glücklichen? Auch ein Jurist?«

Täusche ich mich oder klingt Philip nur halb so erfreut, wie er tut? Ich mustere ihn von der Seite. Interessant: Er fährt sich mit einer Hand durchs Haar. Eindeutig nervös! Ja, ja, die verräterische Körpersprache! Darüber habe ich mal ein Seminar besucht – VHS, ich gebe es zu –, weil ich dachte, ich könnte damit besser erkennen, ob ein Mandant mir gerade eine fette Lügengeschichte auftischt oder die Wahrheit sagt. Und ein *Mit-der-Hand-durch-die-Haare-Fahren* stand ganz oben auf der Liste der emotionalen Aufgewühltheit.

»Er ist wirklich toll«, schwärme ich deshalb, um noch ein bisschen Öl ins Feuer zu gießen. »So ganz anders als du.« Na ja, das war vielleicht etwas sehr dick, aber immerhin verreißt Philip kurz das Steuer, der Wagen macht einen Schlenker.

»Äh, sorry, eine Bodenwelle.«

Ich könnte mich bekringeln vor lauter Lachen. Ich meine, was hat Philip denn erwartet? Dass ich vier Jahre lange vor mich hin trauere, während er mit Hortensia Lorentzmeyer das glückliche Paar gibt? Allerdings fällt mir gerade ein, dass das ja sogar der Fall ist. Es gibt in meinem Leben überhaupt keinen tollen Mann, der so ganz anders ist als Philip. Oder meinetwegen sogar genau so wie er. Es gibt niemanden. Blöd aber auch!

»Das mit uns ist etwas ganz Besonderes«, lasse ich meiner Fantasie weiter freien Lauf. »Eine Harmonie, wie ich sie noch nie erlebt habe.«

»Und wie heißt er?«

Schnell, ein Name muss her.

»Johannes«, rutscht es mir heraus, weil es der erste Name ist, der mir einfällt. *Mist!*

»Ach so!«, ruft Philip. »Dein Nachbar mit der lecken Gasleitung!«

»Genau der«, bestätige ich im Affekt.

»Da bin ich ja mal gespannt«, meint Philip.

»Gespannt worauf?«

»Was das für ein Teufelskerl ist, dass du so von ihm schwärmst«, erklärt Philip. »Aber ich werde ihn ja wohl bald mal kennen lernen.«

»Wieso?« Ich glotze ihn verständnislos an. Er lacht.

»Weil ich dich doch in der Sache verteidige und deshalb natürlich auch mit ihm sprechen werde.«

Scheiße!

Daran habe ich nicht gedacht. Wenn Philip mit Johannes redet und davon ausgeht, dass wir ein Paar sind, wird's peinlich. *Richtig* peinlich. Nicht nur, dass Jo von unserer plötzlichen Beziehung ja nicht die geringste Ahnung hat – als Freund würde ich Philip dann doch gern etwas anderes präsentieren als ausgerechnet meinen durchgeknallten Nachbarn mit starkem Hang zu illegalen Substanzen.

»Also«, setze ich an, weiß dann aber nicht, wie es weitergehen soll.

»Ja?«

»Also, die Sache ist die«, stottere ich herum und versuche krampfhaft, meine Gedanken zu sortieren. »Die Geschichte mit uns, die ... die ist noch ziemlich ... frisch.« Das ist ja nun mal eine sehr gute Idee. Ich atme tief durch. Geht doch, Tessa!

»Ach so, ihr seid erst kurz zusammen?«

»Tja, äh ... Genau genommen sind wir ... also, noch gar nicht zusammen«, orakle ich herum.

Jetzt grinst Philip wieder breit, mein Oberwasser beginnt abzulaufen.

»Noch nicht so richtig, meine ich«, schiebe ich schnell hinterher. »Wir haben beide eine Weile gebraucht, uns unsere Gefühle einzugestehen. Und eigentlich ist mir erst seit heute Nachmittag klar, was ich für Johannes empfinde.«

»Aha.« Philip legt die Stirn in Falten und scheint darüber nachzudenken, was er von meinem wirren Gerede zu halten hat. Nachdenken? Nein, die Gelegenheit dazu sollte ich ihm lieber auf gar keinen Fall geben.

»Ja, verstehst du«, rede ich schnell weiter, »die Explosion, die Lebensgefahr, in der wir schwebten – das hat natürlich unheimlich viele Emotionen freigesetzt.«

Unheimlich viele Emotionen freigesetzt? Was rede ich denn da?

»Sicher«, pflichtet Philip mir bei, »verstehe ich: Ausnahmesituation und so.«

»Äh, genau.« Ich atme erleichtert auf, mit ein klein wenig Glück schluckt er die Geschichte.

Philip wirft mir ein Lächeln zu. »Dann wollen wir mal sehen«, sagt er, »dass wir die beiden Liebenden so schnell wie möglich wieder zusammenbringen.«

»Ja«, sage ich und blicke pseudosehnsüchtig aus dem Fenster. »Das wäre schön.«

Nicht so schön ist allerdings, was ich draußen sehe: Gerade fahren wir durchs spießige Rahlstedt, meine frühere Heimat. Nachdem meine Eltern nämlich ihre Hippiezeit endgültig überwunden haben, sind sie von einem Extrem ins andere gefallen und mit Sack und Pack hierher gezogen, in Hamburgs mutmaßlich durchschnittlichsten Stadtteil. Nicht sozial gefährdet, nicht vom Ab- oder gar Aufstieg bedroht – hier macht das Wort Mittelschicht noch richtig Sinn. Gepflegte Ein- und Mehrfamilienhäuser mit noch viel gepflegteren Vorgärten, hier und da tummelt sich ein Gartenzwerg unterm Rhododendronbusch.

Ich habe mich schon immer gefragt, ob man in einem Mittelreihenhaus glücklicher wohnt, nur, weil es einem jetzt selbst gehört und es die eigenen Schulden sind. Also, was soll ich sagen: *Bonjour, tristesse!* Ich weiß schon, weshalb ich meine Eltern nur alle halbe Jahr sehe – und dann auch nur, wenn sie sich auf den Weg zu mir in die Schanze begeben. Das wird ja eine tolle Überraschung geben, wenn ihre heimatlose Tochter auf einmal bei ihnen auf der Matte steht!

Vor dem Haus meiner Eltern hält Philip den Wagen an, lässt aber den Motor laufen.

»Soll ich warten, ob sie auch wirklich zu Hause sind?«, will er wissen.

»Nicht nötig«, erwidere ich und mache Anstalten, mit meinem Krempel aus dem Auto zu steigen, »die sind seit Jahren nicht mehr weggefahren.« Ich öffne die Tür und lasse sie aufschwingen. »Also, danke noch einmal!« Für einen kurzen Augenblick überlege ich, ob es nun angebracht wäre, Philip zum Abschied ein Küsschen auf die Wange zu geben. Aber ich entscheide mich dagegen.

»Bist du sicher, dass du hier bleiben und nicht doch lieber in ein Hotel gehen willst?«, fragt Philip noch einmal.

»Ja, ist schon in Ordnung. Ich hab meine Eltern eh schon lange nicht mehr gesehen.«

»Gut, dann telefonieren wir.«

»Ja, das machen wir.« Ich steige aus, werfe die Tür zu und sehe Philip nach, als er wieder Richtung Innenstadt davonfährt. Dann gehe ich auf den Eingang zu, lege den Zeigefinger auf den Klingelknopf, halte aber noch einen Moment inne. Einen kleinen Augenblick brauche ich noch, bevor ich meinen Eltern erkläre, was es mit meinem überraschenden Besuch auf sich hat.

Ich lasse mich auf die Fußmatte sinken, den Karton und die Unterlagen lege ich neben mich auf den Boden. Was für ein jämmerlicher Anblick muss das sein, wie ich mit meinen restlichen Besitztümern hier rumsitze. Zweiunddreißig Jahre alt – und wohin habe ich es gebracht? Zu gar nichts. Ich bin wieder ganz am Anfang. Gehen Sie nicht über Los, streichen Sie keine viertausend Euro ein! Und Philip fährt in der Zwischenzeit in die schicke Wohnung, die er zweifelsohne mittlerweile besitzt und wo Hortensia ihn bereits erwartet. Ich fühle mich schrecklich. Wenn wir zusammengeblieben wären, dann …

Ich blicke auf den Karton zu meiner Linken, nehme den leicht ramponierten Deckel hoch und lasse meinen Blick über das Sammelsurium aus Briefen gleiten. Dann ziehe ich das sehr zerknüllte Stück Papier aus meiner Hosentasche und lege es auch hinein, zusammen mit der seltsamen Kipperkarte, die die Frau in der U-Haft mir gegeben hat. Ich will den Deckel wieder aufsetzen, aber stattdessen hole ich den gesamten oberen Packen heraus. Wie hatte Philip mir mal geschrieben? Man sollte kein schriftliches Beweismaterial hinterlassen. Eigentlich hatte ich die Briefe damals rituell verbrennen wollen, sie dann aber doch aufgehoben. Warum, weiß ich selbst nicht. Ich habe es wohl einfach nicht übers Herz gebracht, alle Erinnerungen zu zerstören.

Ich falte den Brief, der unter dem ersten von Philip steckt, auseinander.

13. Juli 1996

Lieber rosaroter Panther,

der kleine Kanarienvogel sitzt in der Zivilrechtsvorlesung und hat gerade Deinen Brief in seinem Ringbuch entdeckt. Das ist natürlich eine Frechheit, denn wie soll sich ein armes Vögelchen wie ich jetzt noch auf Wandlung und Minderung konzentrieren? Gib es ruhig zu, Du wolltest mich damit absichtlich ablenken, damit ich in der nächsten Klausur nicht schon wieder zwei Punkte mehr schreibe als Du!
Mein lieber Panther, ich muss jetzt wirklich mal wieder zuhören, was der Professor da vorne erzählt. Aber ich wollte

Dir nur kurz versichern, dass ich mich genauso sehr auf Dich freue wie Du auf mich.

1000 Küsse
Tweety

PS: Dieser Brief zerstört sich selbstverständlich nicht. Ich stehe zu meinen gefühlsduseligen Ausbrüchen!

»Warum kommst du nicht einfach rein, sondern sitzt draußen auf der Matte herum?«

Erschrocken fahre ich zusammen und zerknülle den Brief. Hinter mir steht meine Mutter und mustert mich verwundert.

»Hallo, Mama«, begrüße ich sie, stecke den Brief weg und stehe auf.

»Was machst du denn hier? Noch dazu so früh. Ich dachte immer, vor 12.00 Uhr bist du sonntags nie ansprechbar.«

»Och, ich wollte euch einfach mal besuchen.«

Sie wirft mir einen skeptischen Blick zu, dann lässt sie die Haustür weit aufschwingen und bittet mich mit einer Geste hinein. »Das glaubst du doch wohl selbst nicht«, stellt sie fest, als ich vor ihr ins Haus gehe. »Aber ich freue mich trotzdem, dass der Berg mal zum Propheten kommt.« Ich ignoriere die Bemerkung. »Und sag mal: War das da vorhin nicht Philip im Auto? Wieso ist er nicht mit hereingekommen?« Diese Bemerkung ignoriere ich vorsichtshalber auch.

»O Mann«, stöhne ich stattdessen, »ich hab tierischen Hunger! Krieg ich ein paar Rühreier mit Schinken?«

Meine Mutter lächelt mich an. »Sind schon fertig«, stellt sie fest. »Dein Vater hat sofort das Brutzeln angefangen, als wir dich draußen gesehen haben.«

Ach, manchmal ist es doch auch ganz schön, mal wieder nach Hause zu kommen!

4. Kapitel

Eine Stunde lang beschäftige ich mich ausgiebig mit dem Rührei, mit Kaffee und Brötchen und halte meine Eltern mit Belanglosigkeiten bei Laune. Aber als ich im Begriff bin, zum vierten Mal die Kochkünste meines Vaters zu loben, hat die Stunde der Wahrheit geschlagen.

»Jetzt erzähl doch endlich mal, womit wir deinen Überraschungsbesuch verdient haben«, fragt mein Vater und lehnt sich erwartungsvoll auf der Küchensitzbank zurück.

»Also, deine Rühreier ...«, fange ich wieder an.

»Tessa«, unterbricht mich mein Vater. »Kannst du dir nicht vorstellen, dass deine Mutter und ich uns Sorgen machen? Du wirst hier sonntagmorgens von deinem Exfreund abgeliefert und siehst zudem aus, als hättest du die Nacht auf der Straße verbracht. Das wirft doch wohl einige Fragen auf.«

»Du hättest Staatsanwalt werden sollen, Paps.«

Er lacht. »Von irgendwem muss meine Tochter ja ihr juristisches Talent geerbt haben. Und jetzt raus mit der Sprache!« Ein strenger Blick. »Was machst du hier, was ist passiert?«

»Ich habe aus Versehen mein Wohnhaus in die Luft gesprengt.« Wozu noch lange drum herumreden? Meine Mutter verschluckt sich vor Schreck an ihrem Kaffee und spuckt ein wenig von der bräunlichen Flüssigkeit auf die blumengemusterte Plastiktischdecke.

»Du hast was?«, bringt sie keuchend hervor.

»Es war ein Unfall«, beschwichtige ich die beiden. »Mein Nachbar Johannes, dieser Idiot, hat den Kopf in den Gasofen gesteckt. Ich hab bei ihm geklingelt und hatte einen Kuchen mit Wunderkerzen dabei. Und da hat es eben *Kawumm* gemacht.«

Jetzt springt meine Mutter auf, setzt sich auf den Stuhl neben mich und reißt mich in ihre Arme. »O Gott, Liebes, du hast dich doch wohl nicht verletzt?«

Ich ringe nach Luft. »Nein, aber du erdrückst mich gleich!« Sie gibt mich wieder frei, aber eine steile Sorgenfalte ziert ihr Gesicht.

»Und was ist dann passiert?« Mein Vater klingt eher neugierig als besorgt. Ist ja auch richtig so, offensichtlich sitze ich ja noch ganz heil vor ihm.

»Jo und mir ist nichts passiert, wir sind von der Feuerwehr ausgebuddelt worden.« Schnell erzähle ich die weiteren Ereignisse: Wie ich bei der Polizei gelandet bin und wie Philip mich da rausgehauen und schließlich hierher gebracht hat.

»Und ich dachte schon, ihr zwei würdet euch wieder treffen«, meint meine Mutter, und ich höre, dass ein wenig Enttäuschung in ihrer Stimme mitschwingt. Nicht, dass meine Eltern jemals die größten Fans von Philip waren, das nun wirklich nicht. Für sie als Exhippies ist Philip immer noch viel zu sehr Establishment. Aber seitdem ich zielsicher auf Mitte dreißig zusteuere, habe ich den Eindruck, dass meine Mutter sich über *jeden* Kerl freuen würde, der in meinem Leben eine Rolle spielt. Ist wahrscheinlich genetisch bedingt; bei jeder Frau startet vermutlich irgendwann das *Ich-will-Oma-werden*-Programm von ganz allein. Und da ich Einzelkind bin, sieht meine Mutter vermutlich langsam, aber sicher ihre Felle wegschwimmen. Ich sag nur *single-mom-by-choice.*

»Nein«, erkläre ich, »er ist immer noch mit der anderen Frau zusammen.« *Die andere Frau.* So pflege ich Hortensia meinen Eltern gegenüber zu nennen.

»Und was hast du jetzt vor?« Typisch mein Vater. Nix mit Gefühlsduselei, sondern immer praktisch bei der Sache bleiben. Ich seufze laut.

»Keine Ahnung«, gebe ich zu. »Sieht so aus, als läge mein Leben derzeit in Schutt und Asche. Ich hoffe, dass ich so schnell wie möglich wieder in meine Wohnung kann.«

»Aber du kannst gern so lange bei uns bleiben, wie du willst«, bietet meine Mutter an. *Wenn's danach ginge, was ich will, denke ich, wäre ich jetzt schon wieder weg.* Aber trotzdem lächele ich sie dankbar an. »Das ist lieb. Ich will euch aber auch nicht auf die Nerven gehen.«

»Das tust du nicht!« Sie streichelt mir über die Wange und ich genieße diese fürsorgliche Geste. »Und weißt du, was?« Sie steht auf. »Das Beste wird sein, du legst dich erst einmal hin. Du musst ja nach der vergangenen Nacht total übermüdet sein.«

Zwar bin ich alles andere als das – mehr auf hundertachtzig und komplett überdreht –, aber der Gedanke, mich allein und in aller Ruhe in mein altes Jugendzimmer zurückziehen zu können, ist verlockend. Außerdem gibt es heute sowieso nicht viel, was ich tun kann; am Montagmorgen werde ich mich dann sofort an den Wiederaufbau meines Lebens machen.

Als ich mein früheres Zimmer betrete, fühle ich mich mit einem Schlag wieder wie mit achtzehn. Meine Eltern haben seit meinem Auszug nichts verändert, an den Wänden hängen noch immer Poster von Che Guevara und Martin Luther King, versteckt hinterm Schrank in der Ecke wellt sich ein alter *Bravo*-Starschnitt von *Wham*. Nicht einmal meine Kuscheltiersammlung haben meine Eltern weggeräumt, dabei habe ich ihnen schon so oft gesagt, dass sie den Raum doch super für sich selbst nutzen könnten. Ein Arbeitszimmer für Papa oder eine kleine Bibliothek, in die sich meine Mutter in Ruhe zurückziehen kann, um hier ihre geliebten Kriminalromane zu lesen. Aber meine Mutter hat immer nur abgewinkt. »Das Zimmer erinnert mich so an dich«, hat sie stets erklärt. »Wenn ich dich vermisse, setze ich mich einfach eine Weile auf dein Bett und sehe mich um – das ist dann fast so gut, wie dich hier zu haben.« Bei dem Gedanken werde ich ganz rührselig. Ich bin eine schlechte Tochter! In Zukunft werde ich mich öfter bei meinen Eltern blicken lassen. Also, falls ich jemals wieder hier ausziehen werde …

Ich lege meine Unterlagen auf den Schreibtisch aus Kiefernholz und schiebe den Karton mit den Briefen unters Bett. Dann lege ich mich auf die bunte Patchworkdecke und starre gedankenverloren auf den Phosphor-Sternenhimmel über mir. Gerade will ich anfangen, mir eine Strategie für die nächsten Tage zu überlegen, als mich plötzlich doch heftige Müdigkeit überkommt. Offensichtlich war das alles anstrengender für mich, als ich gedacht habe. Ich kann die Augen einfach nicht mehr offen halten.

Ich falle in eine Art Trancezustand, irgendwo zwischen Schlaf und Wachheit, ein angenehm warmes Kribbeln geht durch meinen Körper. Bevor ich ganz wegnicke, sehe ich seltsame Bilder: Ein Mann, der mich aus den Trümmern zieht und dann auf beiden Armen hinausträgt. Erst als er ins Licht tritt, kann ich sein Gesicht erkennen: Es ist Andreas Schlehvoigt. Aber er hat die Augen von Philip …

Neuer Tag, neue Chance, neues Glück. Ich erwache aus meinem Tiefschlaf, der Wecker auf meinem Nachttisch zeigt sieben Uhr. Zuerst denke ich, dass es abends ist, aber als ich aus dem Fenster blicke, wird mir klar, dass ich offensichtlich fast vierundzwanzig Stunden geschlafen habe. Nicht zu fassen, ich muss ja wirklich total am Ende gewesen sein!

Ich beschließe, erst einmal eine schöne heiße Dusche zu nehmen, die wird mich wieder auf Vordermann bringen. Ich gehe ins Bad rüber, ziehe meine Sachen aus und stelle das Wasser an. Als es mir warm über das Gesicht prasselt, fühle ich mich mit einem Schlag schon viel entspannter. Endlich kann ich die letzte Nacht herunterwaschen, das wurde auch höchste Zeit!

In ein großes Handtuch gewickelt marschiere ich zurück in

mein Zimmer und öffne meinen alten Kleiderschrank. Toll ist die Auswahl nicht, alles Restbestände aus den frühen Neunzigern. Und ich war schon damals nicht sonderlich modebewusst. Sofort denke ich wieder an meine Wohnung. Ob ich von meinen verrußten Sachen doch noch irgendetwas retten kann? Oder ist jetzt der Moment gekommen, von dem jede Frau heimlich träumt: Einmal komplett neu einkleiden, bitte! Fragt sich nur, wovon.

Seufzend ziehe ich einen alten Baumwollslip mit Blümchenmuster, eine verwaschene Bundfaltenjeans und ein riesiges Sweatshirt von *Fruit of the Loom* aus dem Schrank. Die Hose hat Hochwasser, das Shirt ist dafür ungefähr zwei Nummern zu groß und erinnert mich an meinen früheren Hang zum Schlabberlook. Muss ja wirklich toll aussehen ... aber außer meinen Eltern sieht es ja keiner. Dann noch ein paar Tennissocken (ja, ich habe früher gern Sportsocken getragen), ein paar alte Turnschuhe – fertig ist das Gesamtkunstwerk. Ich betrachte mich im großen Spiegel an meiner Schranktür und muss fast lachen: So bin ich früher also rumgelaufen? Im Vergleich dazu bin ich heute nahezu Haute Couture! Die langen Haare binde ich mir zu einem Pferdeschwanz zusammen, dann bin ich bereit, in den neuen Tag zu starten.

Auf dem Weg runter in die Küche duftet es bereits wieder nach frischem Rührei und Kaffee. Vielleicht könnte ich mich an das *Hotel Mama & Papa* doch ganz gut gewöhnen. Wieso mache ich mir so etwas eigentlich nicht auch zu Hause? Da reicht es immer nur für eine schnelle Laugenbrezel und einen lauwarmen Kaffee vom Bäcker gegenüber; die Küche in meiner Wohnung hat mehr oder weniger rein dekorativen Charakter.

»Guten Morgen«, begrüßt mich meine Mutter, als ich in die Küche komme. »Gut geschlafen?«

»Wie ein Baby.« Ich nehme an dem Tisch Platz, der für zwei Personen gedeckt ist. »Wo ist Papa?«

»Arbeiten«, erklärt meine Mutter.

»Aber Papa ist doch in Rente!«

»Ja, aber er hilft doch jetzt ehrenamtlich in der Schuldenberatungsstelle aus. Das weißt du doch – ich habe es dir jedenfalls erzählt.«

»Ach so, stimmt.« Sie hat es mir tatsächlich erzählt und ich fand es ziemlich gut. Mein Vater war in seinen aktiven Zeiten nämlich Steuerberater und kennt sich in Finanzdingen daher gut aus. Ich nehme eine große Gabel von dem Rührei, das meine Mutter mir auf den Teller schaufelt, und mampfe zufrieden vor mich hin.

Dann fällt mein Blick auf die Zeitung, die direkt neben dem Korb mit den Brötchen liegt. »Seit wann lest ihr den *Kurier?*«, frage ich erstaunt. Das ist nämlich ein ziemliches Revolverblatt und eigentlich sind meine Eltern in Erinnerung an alte Zeiten eingefleischte *TAZ*-Leser. Die *BILD* käme denen nicht ins Haus. Dachte ich jedenfalls immer. Aber wenn jetzt schon der *Kurier* hier rumliegt …

»Du, ab zehn Brötchen gibt es den beim Bäcker momentan als kostenlose Dreingabe. Ist wohl so eine Werbeaktion. Aber ich gucke da meist nicht rein. Papa höchstens in den Sportteil.«

Interessiert betrachte ich die erste Seite. Auf ihr prangt ein wunderschönes Foto von Chantal, die gerade unter Philips Jacke flüchtet. Dass es Philip ist, erkennt man allerdings nicht, denn ein dicker schwarzer Balken ziert sein Gesicht.

Schlagerstar Chantal

Stürzt eine neue Liebe sie ins Unglück?

Hamburg – Arme Schlagerprinzessin! Nach dem Fiasko mit Manager Sergio Althoff (39) jetzt auch noch das: Chantal (27) musste für eine Nacht in den Knast.

»Es war furchtbar, und doch hat es mich nicht vernichten können. Denn ich weiß jetzt, dass ich Freunde habe. Und ich weiß, dass ich für meine Liebe kämpfen muss!«

Für die Liebe kämpfen? Bahnt sich da etwas Neues an? Chantal schweigt sich aus, will darüber nicht reden. Warum sie ins Gefängnis musste: Kein Kommentar!

Jetzt machen sich Freunde und Fans Sorgen um den blonden Star. Was kann das für eine Liebe sein, die unsere arme Chantal hinter Gitter bringt?

Vor Lachen verschlucke ich mich fast an dem Rührei. *Unsere arme Chantal.* 'ne Nummer kleiner geht's wohl nicht. Meine Mutter schaut mich überrascht an. »Was gibt's denn?«

»Och, nichts, habe mich nur über die Story mit dem Schlagersternchen amüsiert.« Ich habe keine Lust, meiner Mutter die ganze Geschichte aufzudröseln.

»Diese Chantal? Ich frage mich, was die Leute so interessant an der finden. Dass so jemand es regelmäßig in die Zeitung schafft … Na ja, sagt ja einiges über unserer Gesellschaft aus.«

Ich zucke mit den Schultern.

»Und? Was hast du heute vor?«

»Zuerst einmal«, nuschele ich, weil ich den Mund noch voll habe, »muss ich mich bei der Polizei melden und denen sagen, wo ich mich derzeit aufhalte.«

»Wieso das denn?«

»Immerhin gibt es ein laufendes Verfahren gegen mich, da wollen die schon wissen, wo ich stecke.«

»Das klingt ja schrecklich!«

»Alles halb so wild«, beruhige ich sie, »die haben gegen mich rein gar nichts in der Hand.« Dann fällt mir etwas ein. »Übrigens, wenn euch jemand fragen sollte: Ich habe behauptet, die Gasleitung in Johannes' Wohnung sei vermutlich leck gewesen, von seinem Selbstmordversuch wissen die nichts.«

»Du lügst die Polizei an?«

Ja, ja, so sind sie, die Alt-68er! Früher immer Kontra – und im Alter haben sie schon Bedenken, wenn sie mal falsch parken. Vom Hippie zum Establishment, so schnell kann's gehen. Hat eigentlich schon mal jemand untersucht, wieso Menschen im Laufe ihres Lebens so extreme Veränderungen durchlaufen können? Also, nehmen wir mal Otto Schily – quasi eben noch RAF-Terroristen verteidigt und jetzt plötzlich Verfechter des digitalen Fingerabdrucks und des großen Lauschangriffs. Gut, Uschi Obermaier bastelt immer noch Indianerschmuck, aber ansonsten sind die meisten Blumenkinder doch mittlerweile genauso gesettled, wie ihre Altvorderen es waren. Da machen meine Eltern eben auch keine Ausnahme.

»Das ist jetzt zu kompliziert, um es zu erklären«, erwidere ich knapp. Dieses Totschlagargument zieht immer.

»Du musst es ja wissen.«

»Und dann will ich mich mal erkundigen, wie es mit meiner Wohnung und dem Haus aussieht. Ich will so schnell wie möglich wieder arbeiten können.«

»Das kannst du doch auch hier«, wirft meine Mutter ein.

»Soll ich in meinem Jugendzimmer Mandanten empfangen?«

»Nein, natürlich nicht, aber …«

»So!« Ich schiebe mir die letzte Gabel mit Ei in den Mund und klatsche dann voller Tatendrang in die Hände. »Dann werd ich mal ein bisschen rumtelefonieren.«

Eine Stunde und drei Telefonate später fällt mein Tatendrang in sich zusammen wie ein Kartenhaus. Mir war klar, dass es nicht gut aussieht. Aber dass es so schlecht aussieht – das haut mich dann doch ziemlich um.

Das Haus hat es nach erster Einschätzung der Feuerwehr schwerer erwischt, als ich befürchtet habe. Genau genommen könnte man von einem Totalschaden sprechen. Der Statiker ist der Ansicht, dass es wahrscheinlich nur noch eine Lösung für das Gebäude gibt: Abriss. Und als wäre das noch nicht schlimm genug, mussten vorerst auch die links und rechts angrenzenden Wohnhäuser evakuiert werden, weil sie ebenfalls in Mitleidenschaft gezogen worden sind. Wenn ich am Ende doch für alle Kosten aufkommen muss, bleibt nur noch Auswandern nach Südamerika! Ich könnte mich natürlich auch von meinem Vater hinsichtlich einer Privatinsolvenz beraten lassen und den Gang zum Konkursrichter antreten. Welch verlockende Alternativen!

Johannes ist wie vom Erdboden verschluckt. Habe versucht, ihn im Krankenhaus anzurufen, aber da ist er schon seit gestern Abend nicht mehr. Wo er abgeblieben ist – keine Ahnung. Konnten oder wollten sie mir in der Klinik nicht sagen. Und sein Handy: Fehlanzeige. Geht nur die Mailbox dran. Wahrscheinlich hat das die Explosion überhaupt nicht überlebt, in seiner Wohnung hat es ja so richtig *Kawumm* gemacht. Mist. Bliebe also nur noch, die Bullen anzurufen und mich nach seinem Verbleib zu erkundigen. Könnte ja sagen, dass ich seine Anwältin bin. Aber so richtig in Stimmung für Kontakt mit der Staatsgewalt bin ich gerade nicht. Also lasse ich es bleiben.

Deprimiert hocke ich auf meinem Bett und starre vor mich hin.

Das hast du ja super hingekriegt, Tessa! Du wirst den Rest deines Lebens bei deinen Eltern wohnen bleiben müssen, weil dir – nachdem man dich verknackt hat und du irgendwann wieder aus dem Knast kommst – niemals mehr als der Pfändungsfreibetrag bleiben wird. Und damit ein eigenständiges Leben zu führen dürfte mehr als schwierig werden. Ich blicke mich in meinem Zimmer um und versuche, ein bisschen Galgenhumor aufzubringen. Na ja, wenn ich die Poster abhänge, alles neu streiche, hier und da ein paar Topfpflanzen – das könnte man sich schon gemütlich machen … Und zur Not bleibt ja noch der Sprung aus dem Fenster. Der sich aber, realistisch betrachtet, aus dem ersten Stock auch nicht wirklich lohnt.

Mein Handy klingelt und reißt mich aus meinen düsteren Gedanken. Ein Blick aufs Display zeigt mir, dass es Philip ist, der versucht, mich zu erreichen. Ich lasse es weiterklingeln. Ich bin nicht in der emotionalen Verfassung für Gespräche mit meinem Ex. Er hat mich schon genug am Boden gesehen, wenn ich jetzt rangehe und mit ihm spreche, ist die Chance relativ groß, dass ich in Tränen ausbreche. Nach zehnmal Klingeln schaltet das Handy die Mailbox ein, soll er sich da auslabern.

Ich hangele nach dem Karton unterm Bett und ziehe ihn hervor. Philips Anruf hat mich daran erinnert, dass ich noch immer nicht weiß, was ich mit den Briefen machen soll. In einem Anfall von Selbstquälerei nehme ich den nächsten heraus und falte ihn auseinander.

12. Dezember 1996

Mein süßer Kanarienvogel,

jetzt ist es amtlich, wir halten alle Rekorde: Sechs Monate – und noch immer liegt nicht eine Anzeige wegen Körperverletzung vor. Wir sind so toll! Und deshalb wage ich jetzt das Unfassbare: Ich möchte Dich hiermit feierlich fragen, ob Du mich zum Weihnachtsball der European Law Students Association begleiten willst. Ja, es ist genau das, was Du denkst: Eine schreckliche Veranstaltung mit Smokings und Ballkleidern und all den Dingen, die Du so liebst. Aber vielleicht können wir es uns trotzdem lustig machen?

Roarr!
Der Panther

Ich grinse in mich hinein, weil ich mich noch genau daran erinnern kann, wie ich diesen Brief ungläubig aus meiner Gesetzestextsammlung, dem berühmten roten Schönfelder, hervorzog. Als Nächstes lese ich meine Antwort.

Auch der 12. Dezember 1996

Lieber Panther,

ich glaube, Du hast zu lange in der Sonne gelegen (wie machst Du das im Dezember?). Aber ich fürchte, wenn ich Dich zu dieser Veranstaltung begleite, werde ich mich spätestens um Mitternacht in der Sektbowle ertränken müssen. Und wenn nicht mich, dann irgendwen anders. Ich meine, ELSA – das sagt doch schon alles. Das ist eine Veranstaltung für Elsen! Und ich bin definitiv keine. Außerdem habe ich kein Kleid. Nur mein Kanarienvogel-Kostüm, aber das ist für den Anlass vermutlich nicht so passend. Vielleicht solltest Du einer anderen Deine Tanzkarte anbieten und mich dann irgendwann, wenn der Ball vorbei ist, im Saal II in der Schanze auflesen.

Trotzdem 1000 Küsse,
Deine Nicht-Ballprinzessin

Ich lege den Brief nachdenklich zur Seite. Hat es damals schon angefangen? War das schon der Beginn vom Ende, obwohl Philip und ich danach noch fast sechs Jahre zusammen waren? Hätte ich da schon sehen müssen, dass es zwischen uns beiden einfach nicht funktionieren kann, weil wir zu unterschiedlich sind? Ich weiß noch, wie enttäuscht er war, weil ich nicht mitgehen wollte. Und vielleicht hätte ich mir einen Ruck geben sollen. Ach, zu viele Vielleichts und Wenns und Abers. An der heutigen Lage ändert das jetzt auch nichts mehr.

»Tessa?« Meine Mutter ruft von unten. »Da ist ein junger Mann für dich zu Besuch!«

Philip!, denke ich im ersten Moment. Im zweiten Moment fällt mir ein, dass meine Mutter ihn kaum als »ein junger Mann« bezeichnen, sondern ihn einfach beim Namen nennen würde.

»Ich komme runter!«, rufe ich und verstaue den Karton wieder unterm Bett. Welcher junge Mann kommt mich denn besuchen? Hier draußen in Rahlstedt?

»Guten Tag, Frau Gerlach!« Unten im Flur steht ... Andreas Schlehvoigt, mein Polizist für alle Fälle! »Sie erinnern sich hoffentlich noch, Schlehvoigt, Brandermittlung Hamburg.«

Meine Mutter steht neben ihm und strahlt ihn erfreut an. Offensichtlich ist es ihr egal, dass der Mann Polizist ist. Hauptsache, es gibt überhaupt *irgendeinen* Mann, der mich besuchen kommt.

»Oh, hallo, Herr Schlehvoigt!«, begrüße ich ihn und schüttele ihm die Hand. »Dann hat man Ihnen also gesagt, wo ich mich derzeit aufhalte.«

»Ja, ich habe heute schon mit Ihrem Anwalt telefoniert.«

»Der nimmt es mit der Schweigepflicht wohl nicht so ernst«, schäkere ich fröhlich los und frage mich im selben Moment: *Tessa, was machst du da? Das ist kein Mann, das ist ein Bulle ...* wobei ... irgendetwas stimmt nicht ganz. Ich sehe ihn mir genauer an. Hmm ... »Sagen Sie mal ... sind Sie privat hier?«, will ich wissen. Immerhin sieht er ganz privat aus: Jeans, Long-Sleeve (eins von der lässigen Sorte, die so aussehen, als hätte man ein T-Shirt über ein langärmeliges Shirt gezogen), seine Jacke hat er über die linke Schulter geworfen.

»Nicht wirklich«, erwidert er.

Oh. Na ja, okay. Oder?

»Ich räum dann mal die Küche auf«, wirft meine Mutter ein und zieht sich diskret zurück. Nicht, ohne mir noch einmal kurz zuzuzwinkern. Also, wirklich, bitte! Er hat doch gesagt, dass er nicht privat hier ist.

»Was kann ich denn für Sie tun?«, frage ich in geschäftigem Tessa-Gerlach-die-knallharte-Anwältin-Tonfall.

»Ich möchte Sie zur Zeugenvernehmung laden.« Er kramt einen Umschlag aus seiner Jacke und überreicht ihn mir. »Mittwoch, 16.00 Uhr.«

»Und dafür kommen Sie persönlich vorbei?« So etwas habe ich ja noch nie erlebt.

»Das, ähm, lag auf dem Weg.«

»Auf dem Weg? Wohin kann man unterwegs sein, wenn man dabei an Rahlstedt vorbeikommt?«

Es klingelt an der Tür, bevor er etwas antworten kann. Ist ja wie auf dem Bahnhof hier! Ich öffne – diesmal steht tatsächlich Philip vor mir.

»Hallo, Tessa!« Er lächelt mich an. Dann mustert er etwas irritiert mein Outfit. Und dann fällt sein Blick auf Andreas Schlehvoigt. »Oh, du hast Besuch.«

»Das ist Hauptkommissar Schlehvoigt«, stelle ich vor. »Dr. Philip Kunstmann.« Die beiden Männer schütteln sich die Hände und gucken sich argwöhnisch an. »Herr Schlehvoigt hat mir eine Vorladung vorbeigebracht«, erkläre ich und halte Philip den Brief unter die Nase.

»Ach deswegen wollten Sie die Adresse meiner Mandantin haben. Ich bin Frau Gerlachs Anwalt, Sie haben heute schon mit mir telefoniert«, bellt er Andreas nahezu an und rupft mir den

Brief aus der Hand. »Vielen Dank, dass Sie vorbeigekommen sind, um alles Weitere kümmere ich mich dann.«

Schlehvoigt guckt einen Augenblick lang verwirrt zwischen mir und Philip hin und her. »Tja dann«, sagt er schließlich und macht einen Schritt Richtung Eingangstür. »Dann will ich mal weiter.« Er schüttelt mir und Philip die Hand, im nächsten Moment hat er auch schon die Tür hinter sich ins Schloss gezogen. Ein reichlich seltsamer Auftritt. Aber noch seltsamer finde ich, dass Philip gerade vor mir steht.

»Was willst du eigentlich hier?«

»Mir dir unsere Strategie besprechen.«

»Du hättest anrufen können.«

»Habe ich. Du bist nicht rangegangen.«

»Vielleicht, weil ich beschäftigt war?«

»Mit dem Bullen? Also bitte, der ist nun wirklich nicht dein Kaliber! Außerdem steckt dein Freund gerade in Schwierigkeiten, wenn ich dich daran mal erinnern darf!«

Ich gucke ihn wütend an. »Philip, das war kein Rendezvous! Der Typ hat mir eine *Vorladung* vorbeigebracht!« Ich nehme ihm den Brief wieder aus der Hand. »Du erinnerst dich?«

»Ich bin dein Anwalt!« Zack, er reißt mir den Brief wieder aus der Hand. »Darum muss ich mich ja wohl kümmern.«

»Wie lieb von dir, aber …«

»Will jemand von euch ein Stück Käsekuchen?« Meine Mutter steht in der Küchentür und hält ein Tablett von ihrem *Home-made-Cheese-Cake* in der Hand. »Philip!«, ruft sie dann überrascht. »Wo ist denn der andere Herr hin?«

»Der ist weg«, erwidert Philip und ein Grinsen breitet sich auf seinem Gesicht aus. »Aber von deinem sensationellen Käsekuchen esse ich sehr gern ein Stück, Heidi.«

Mama lächelt unbeholfen. »Ja, dann. Ich hab auch noch einen Kaffee aufgesetzt.«

»Super!« Philip reibt sich erfreut die Hände und spaziert Richtung Küche. Ohne mich zu fragen, ob mir das überhaupt recht ist. Ergeben folge ich ihm. Käsekuchen mit Mama und Exfreund – kann es was Schöneres geben?

Nach zwei Stunden sind wir Philip endlich los, ich hatte schon Sorge, er wollte sich den ganzen Tag in der Küche festquatschen. Nicht auszuhalten, wie er und meine Mutter in früheren Zeiten geschwelgt haben. Nostalgiemania! Ich saß mehr oder weniger als Staffage daneben und fragte mich die ganze Zeit, in welchem Film ich hier eigentlich bin. Komisch, ich kann mich nicht erinnern, dass die sich früher so gut verstanden haben. Tja, *the times they are changing*.

Während ich im Wohnzimmer auf dem Sofa hocke und darüber sinniere, welche wesentlichen und sinnvollen Dinge ich heute noch regeln könnte und müsste, klingelt mein Handy. Die Nummer auf dem Display habe ich noch nie gesehen. Vielleicht wieder Herr Schlehvoigt? Irgendwie habe ich das Gefühl, dass er noch etwas Privates loswerden wollte, in Gegenwart von Philip aber darauf verzichtet hat. Ich gebe zu, dieser Gedanke gefällt mir. Erwartungsvoll greife ich zu meinem Handy.

»Tessa Gerlach, hallo?«

»Hallo, Tessa, Chantal hier.«

»Ach hallo, Chantal.« Fast bin ich ein bisschen enttäuscht. Aber nur fast. Schließlich finde ich es auch ganz schmeichelhaft, den einzigen Promi, den ich kenne, an der Strippe zu haben. Dachte eigentlich, die meldet sich nie wieder. Ob sie den Artikel im *Kurier* schon gelesen hat?

»Wie geht es dir?«, will sie wissen. »Hast du die Nacht im Knast einigermaßen überstanden?«

»Ja, so weit alles gut.« Von dem Unstand, dass mein Leben mehr oder weniger in Trümmern liegt, mal abgesehen.

»Sag mal«, fährt Chantal fort, »was hältst du davon, wenn ich dich heute Nachmittag mal besuchen komme?« Sie will mich besuchen? Hier? Seltsam – erst Schlehvoigt, dann Philip, jetzt Chantal. Was treibt sie heute bloß alle ins beschauliche Rahlstedt?

»Besuchen? Also, ich bin …«

»Bitte«, fällt sie mir ins Wort, »es ist ziemlich wichtig.«

Natürlich weckt sie damit im Handumdrehen meine Neugierde. Ich meine, der bekannte Schlagerstar Chantal will etwas Wichtiges. Von mir! Das klingt nach willkommener Abwechslung aus meiner momentanen Tristesse!

»Klar können wir uns sehen«, erkläre ich deshalb, »aber ich bin gerade bei meinen Eltern, und, na ja …«

»Ach, das ist doch nett, lerne ich die auch mal kennen. Gib mir einfach deine Adresse, dann bin ich in einer Stunde da. Es ist wirklich wichtig!«

»Hm, also, äh«, mein Blick schweift durch das eher durchschnittlich repräsentative Wohnzimmer meiner Eltern. An der Decke die Makrameeblumenampeln meiner Mutter, die Schrankwand Ikea mit indirekter Beleuchtung … Man kann meinen Eltern nicht vorwerfen, dass sie statusfixiert sind. Und dann Chantal auf der Blümchencouch? Von meiner Mutter mit Käsekuchen bedroht? Lieber nicht.

»Ich komme besser zu dir. Ich will meinen Eltern hier nicht auf die Nerven fallen, die sind sowieso schon so aufgeregt wegen der ganzen Sache«, versuche ich, mich herauszulavieren.

»Okay, von mir aus. Ich wollte dir nur den Weg ersparen.«

»Gar kein Problem, ich wollte sowieso noch einmal kurz vor die Tür.«

»Super!«, freut sich Chantal. »Meine Adresse hast du ja. Ruf kurz an, wenn du da bist, ich habe keine Klingel und muss dich unten abholen. Bussi!«

Unten abholen? Da bin ich ja mal gespannt.

Als ich ziemlich genau eine Stunde später den klapprigen Polo meiner Mutter vor dem futuristisch anmutenden Glasbau parke, bin ich doch ein bisschen beeindruckt. Oder vielleicht auch neidisch? Ich wohne – oder besser: wohnte – zwar mit Leib und Seele in unserem runtergerockerten Gründerzeitmietshaus. Aber das hier ist definitiv eine ganz andere Liga. Chantal residiert mitten in Hamburgs neu entstehendem Stadtteil, der Hafencity. Direkt an der Elbe; eigentlich kann man sogar sagen: direkt *in* der Elbe. Schließlich wird dieser Stadtteil in den Fluss gebaut.

Von ihren Fenstern aus kann Chantal bestimmt den Schiffen zuwinken. Und sollte sie auch noch im Penthouse wohnen, hat sie mit Sicherheit einen atemberaubenden Blick über die ganze Stadt. Es ist mir zwar peinlich, aber ich gestehe: Manchmal wäre ich doch gerne reich. Oder zumindest wohlhabend. Oder wenigstens nicht immer so pleite!

Ich gehe durch die Drehtüren in die imposante Eingangshalle, greife zu meinem Handy und wähle Chantals Nummer. Zwei Minuten später kommt der Fahrstuhl. Natürlich tatsächlich von ganz oben. Seine Türen gleiten auf, heraus stürmt eine topp gestylte, unglaublich gut gelaunte Chantal. Ich habe mir von meiner Mutter zwar noch schnell eine schlichte graue Hose und eine beigefarbene Bluse geliehen, trotzdem komme ich mir vor wie Aschenputtel neben seiner bösen Schwester. Selbstredend, bevor die gute Fee das Ball-Outfit herbeigezaubert hat.

»Ich freu mich riesig, dich zu sehen!« Chantal fällt mir um den Hals, als wäre ich die verschollene Schwester aus Australien. »Toll, dass du gleich gekommen bist. Lass uns hochfahren, ich habe sogar Kaffee für uns gekocht.« Sie macht dazu eine großartige Geste, als habe sie ein Zehn-Gänge-Menü vorbereitet. Ich muss lächeln.

»Um was geht's denn?«, frage ich, als wir im Fahrstuhl stehen. »Du klangst so, als sei es wirklich dringend. Noch mal das Ermittlungsverfahren wegen deiner Knöllchengeschichte? Dann rufst du doch besser Philip an, der kennt ja jetzt deine Akte.«

»Nein, das war doch dank Philip eine Lappalie und ist längst vom Tisch.« Chantal seufzt vielsagend. »Es geht um etwas wirklich Ernstes.«

»Hmm,« rate ich weiter, »dann vielleicht das Presseecho von heute? Du willst sie alle auf Gegendarstellungen verklagen? Ich meine, ich habe nur den *Kurier* gelesen, aber in den anderen Blättern ist doch bestimmt auch etwas drin.«

»Nee, nee, von mir aus können die schreiben, was sie wollen. Machen sie ja sowieso. Nein, es geht um etwas ganz anderes. Aber ich habe alles vorbereitet. Wart's ab!« Der Fahrstuhl hält, Chantal öffnet die Tür – und wir stehen nicht etwa im Treppenhaus, sondern schon mitten in ihrer Wohnung. Wow – ich komme mir vor wie im Film. Oder zumindest wie in einer Vorabendserie.

Chantals Wohnung ist im Wesentlichen ein großer, heller Raum mit mehreren versetzten Ebenen. Eine Seite besteht ausschließlich aus einer riesigen Panoramafront zur Elbe. Es ist einfach gigantisch, von so einer Wohnung kann jemand wie ich nur träumen. Voller Besitzerstolz zieht mich Chantal gleich in Richtung Fenster.

»Toll, was?«

Ich nicke und folge ihrer Hand, mit der sie auf die Elbe zeigt. Kräne, Containerschiffe – es ist, als würde man hoch über dem Hafen thronen. Bisher habe ich die Hafencity immer als reines Yuppie-Prestige-Objekt gegeißelt, aber ich muss zugeben, dass diese Aussicht einfach wunderschön ist. Was sind wir Hamburger doch für Lokalpatrioten.

Ich drehe mich einmal um mich selbst, um einen Blick auf den Rest der Wohnung zu werfen. Der erinnert mich dann allerdings mehr an eine Homestory bei einer Geschmacksverirrten: Weißes Ledersofa mitsamt Sesseln, Glastisch auf stilisierten Messing-Katzenpfoten, zwei Bücher in der Schrankwand, daneben ein weinender Porzellan-Pierrot. *Auweia!* Ob Clifton Jones diese Wohnung schon von innen gesehen hat? Andererseits hat er ja auch einen komplett anderen Frauengeschmack, als ich dachte. Vielleicht steht er also auch bei der Inneneinrichtung auf teuer, aber billig.

»Setz dich doch, ich hol mal den Kaffee«, fordert Chantal mich auf. Ich lasse mich auf einen der wuchtigen Ledersessel fallen. Sehr bequem, das muss ich schon zugeben.

Chantal kommt aus der offenen Küche mit Tassen und Kaffeekanne zurück und stellt sie auf dem gruseligen Glastisch mit den Katzenpfoten ab. »Na, wie gefällt es dir?«

»Toll!« Ist ja nur halb gelogen.

»Ich wohne noch nicht so lange hier, deswegen habe ich meine goldenen und platinfarbenen Schallplatten noch gar nicht aufgehängt. Aber das kommt als Nächstes. Was meinst du – da drüben neben den Kamin?«

»Hm, warum nicht? Falls ihnen Hitze nicht schadet.« Ich hoffe, ich bin nicht extra hierher gedüst, um Chantal beim Aufhängen ihrer Trophäen zu beraten.

Als hätte sie meine Gedanken gelesen, nimmt Chantal ein paar Blätter vom Couchtisch und reicht sie mir. »Du fragst dich jetzt sicher, was es so Wichtiges gibt. Hier, das ist der Ehevertrag, von dem ich dir erzählt habe.«

Ich nehme die Blätter und überfliege die erste Seite. »*Prenuptial Agreement.* Aha.«

»Ja, das haben mir diese Anwaltsschweine aus L. A. geschickt. Ich war so verzweifelt. Aber heute Morgen um vier, da hatte ich eine geniale Idee.« Sie macht eine kleine Pause, um die Spannung zu erhöhen.

»Willst du deinen Ami jetzt in die Wüste schicken?«, versuche ich zu raten. »Verdient hätte er es ja nach dem, was du mir von dem Vertrag erzählt hast.« Ich reiche ihr die Blätter zurück.

Chantal wischt meine Bemerkung mit einer lässigen Handbewegung beiseite. »Nein, natürlich nicht. Ich glaube nach wie vor, er kann nichts dafür. Das sind allein diese Scheißkerle von Anwälten. Meine Idee bezieht sich eher darauf, wie und vor allem: mit wem ich jetzt in die Schlacht reite.« Wieder eine Spannungspause. Diesmal halte ich die Klappe. »Immerhin habe ich in meinem Leben schon oft genug schlechte Erfahrungen mit falschen Beratern gemacht, ob es nun mein Management oder unfähige Anwälte waren, die in erste Linie nur auf ihr eigenes Wohl bedacht waren. Und da habe ich mir heute früh um vier Uhr gedacht«, sie tippt sich lächelnd an die Stirn, »Chantal, habe ich mir da gedacht, du brauchst jetzt jemanden, dem du hundertprozentig vertrauen kannst.«

»Aha.«

»Ja, jemand, bei dem ich ein gutes Gefühl habe, der mich versteht und nur mein Bestes will.«

»Klingt logisch«, pflichte ich ihr bei.

»Auf einmal war mir das alles sonnenklar.«

Na super. Mir nicht. »Und an wen hast du dabei gedacht?«, will ich wissen.

Ein Grinsen breitet sich auf Chantals Gesicht aus, dann legt sie so schwungvoll den Arm um meine Schulter, dass ich beinahe meinen Kaffee über den scheußlichen Flokati zu meinen Füßen auskippe.

»Das ist doch wohl klar: an dich natürlich!«, ruft sie freudig aus. »An dich und Philip!«

Wie bitte? »Bitte?!«, stoße ich ungläubig hervor und tröpfele nun tatsächlich ein bisschen Kaffee auf den Teppich. Ich hoffe, ich habe mich verhört.

»Du hast ganz richtig gehört. Mit dir und Philip. Als ich euch beide so erlebt habe, fand ich gleich, dass ihr irgendwie gut zusammenpasst. Und heute Nacht bin ich aufgewacht, weil mir plötzlich klar war, dass ihr *mein* Team werden müsst. Ihr müsst mir helfen, diesen Vertrag zu verhandeln. Ich weiß, dass ich mit euch die besten Chancen habe. Na, was sagst du?«

Ich sage erst mal nichts. »Äh«, bringe ich nur krächzend hervor.

»Komm schon, Tessa! Die Idee ist doch naheliegend. Ihr seid beide Anwälte, ich hatte gleich einen guten Draht zu euch und ohne euch säße ich wahrscheinlich noch in U-Haft. Oder?« Chantal guckt mich dermaßen beschwörend an, dass ich unwillkürlich an Kaa denken muss, die Schlange, die versucht, Mogli zu hypnotisieren. Gut, sie hat keine roten Kringel in den Augen ... aber sie ist offensichtlich kurz davor.

»Also, ich weiß nicht. Wenn ich ehrlich bin, kann ich mir nicht vorstellen, so eng mit Philip zusammenzuarbeiten.«

»Wieso denn? Er ist immerhin dein Anwalt!«

»Ja, er ist auch wirklich ein guter Strafverteidiger. Aber das hier ist Familienrecht, davon hat der doch gar keine Ahnung.«

»Aber du hast doch erzählt, dass du dich in Familienrecht auskennst. Und Philip verhandelt oft große Geschichten – hast du selbst gesagt. Ich erinnere mich, dass von Bonzen die Rede war. Insofern seid ihr doch ein perfektes Team.«

Ich seufze und schüttele den Kopf. »So einfach ist das alles nicht.«

»Nicht? Warum nicht? Ich meine, damit verdient ihr doch schließlich euer Geld! Wieso willst du dann nicht mein Mandat übernehmen? Es wird sich finanziell lohnen!«

Noch immer bringe ich kein Wort heraus, und in diesem Moment scheint Chantal zu ahnen, woher der Wind weht. »Oder ist es etwas Persönliches?« Sie sieht mich prüfend an, und ich merke, dass ich langsam rot werde. Chantal merkt es offensichtlich auch. »Na, ich will dich natürlich auch nicht in die Bredouille bringen«, lenkt sie ein.

»Nein, tust du ja nicht. Aber ich glaube weniger, dass Philip sonderlich erpicht darauf wäre, dich gemeinsam mit mir zu vertreten.« Damit habe ich den schwarzen Peter nun immerhin schon mal von mir weggeschoben.

»Also, die Sorge kann ich dir nehmen: Mit Philip habe ich nämlich schon gesprochen und der war total begeistert von der Idee.«

»Total begeistert?« Ich schaue sie ungläubig an. »Philip?«

»Ja, ich habe mit ihm telefoniert, während du auf dem Weg zu mir warst. Eigentlich hätte er auch gleich hierher kommen sollen, aber er meinte, dass ich das besser erst einmal mit dir allein besprechen soll.« So viel Taktgefühl hätte ich Philip gar nicht zugetraut, dass er es mir erspart, direkt vor seinen Augen eine Gesichtsentgleisung zu bekommen. »Er meinte jedenfalls auch, dass das eine hervorragende Idee ist. Wenn du einverstanden bist, ist er sofort dabei.«

Ach so. Na super. Jetzt bin ich tatsächlich in der Zwickmühle. Wenn ich weiter auf stur schalte, wird Chantal binnen der nächsten dreißig Sekunden erraten haben, woran das liegt. Und das ist mir doch ein bisschen unangenehm. Außerdem ist die ganze Geschichte für mich als *Gala*-Leserin natürlich wirklich ein interessantes Mandat – und ein lukratives ganz sicher noch dazu …

»Lass es uns so machen, Chantal: Ich schlafe mal eine Nacht drüber und melde mich morgen bei dir. Momentan würde ich eher nein sagen, aber ich lasse es mir durch den Kopf gehen.«

Chantal strahlt. »Das ist doch mal ein Wort! Es wäre super, wenn ihr es machen würdet. Ich habe bei euch einfach ein gutes Gefühl. Und ich zahle bestimmt nicht schlechter als deine sonstigen Mandanten.« Vor meinem inneren Auge sehe ich meinen Stammkunden Johannes und einige andere Klienten seines Kalibers. Nein, ich habe sicher schon für weniger Geld gearbeitet. Das kann ich schon sagen, bevor ich ihr konkretes Angebot kenne.

5. Kapitel

Endlich Dienstag – das heißt, dass Sabine wieder nach Hause kommt und ich realistische Chancen habe, das Asyl bei meinen Eltern nicht länger in Anspruch nehmen zu müssen. Es ist zwar ein Rundum-Verwöhn-Programm, gleichzeitig habe ich aber den starken Verdacht, dass ich hier nach spätestens fünf Tagen meinen Gästestatus verliere und wieder als Kind eingestuft werde. Es gibt schon erste Anzeichen. Gestern Abend erzählt mir meine Mutter in epischer Breite, was meine Cousinen gerade alles so machen. Für welche tollen Firmen die im Ausland sind – »*Die hat zwar auch keine Kinder, aber macht eine s-a-g-e-n-h-a-f-t-e Karriere!*« – oder mit welchen Superehemännern sie gerade die schönsten Häuser bauen: »*Du hättest zum Richtfest kommen sollen, Tessa, ich sage dir, so ein tolles Haus!*« Und wie viele Enkelkinder die Schwester meiner Mutter schon hat. »*Kannst du dir das vorstellen, Tessa, fünf Enkel hat die schon,* fünf *Stück!*«

Ich verkneife mir den Hinweis, dass meine Tante im Gegensatz zu meiner Mutter selbst drei Kinder hat, was die Chancen auf Enkel um zweihundert Prozent steigen lässt. Und dass ich doch immerhin Anwältin geworden bin. Aber Argumente haben bei meiner Mutter keinen Sinn. Ohne Kinder, Haus oder s-a-g-e-n-h-a-f-t-e Karriere ziehe ich besser einfach schnell bei Sabine ein und erspare mir weitere Diskussionen. Es ist wirklich mehr als erstaunlich, wie etabliert meine Mutter mit den Jahren wird. In den Achtzigern noch vor Brokdorf demonstriert und jetzt ganz scharf auf den gediegenen Schwiegersohn.

Während ich einen weiteren verzweifelten – und wahrscheinlich nicht von Erfolg gekrönten – Versuch starte, in meinem alten

Kleiderschrank vielleicht doch irgendetwas zum Anziehen zu finden, das nicht an Kostümfest erinnert, grübele ich noch immer angestrengt über Chantals Angebot nach. Soll ich die Finger davon lassen … oder zugreifen? Ich kann einfach zu keiner Lösung kommen. Die Anwältin in mir will den Job sofort annehmen – der Sturkopf in mir würde sich eher teeren und federn lassen. Ich müsste Philip ziemlich oft sehen. Ist das wirklich ein guter Gedanke?

»Ha, da ist sie ja!«, rufe ich begeistert, als ich aus der untersten Schublade meines Schrankes eine etwas zerknüllte Latzhose hervorziehe. Hatte ich Ende der Achtziger mal ausrangiert, aber trotzdem nicht weggeworfen, weil sie immer zu meinen Lieblingsstücken zählte. Und wie ich neulich in irgendeiner Frauenzeitschrift gelesen habe, sind Latzhosen im Moment wieder total angesagt. Aber ob in oder nicht: Immerhin passt die Hose und ist nicht zu kurz, das ist ja schon mehr, als ich erwarten kann.

Als ich die Schublade wieder zuschieben will, bleibt mein Blick an etwas Gelbem hängen. Knallgelb. Kanarienvogelgelb sozusagen. Ich zerre an dem Stück Stoff und halte eine Sekunde später das Kleid in Händen. Noch immer ist der Rotweinfleck auf der Brust zu sehen. An dem Abend, an dem es mit Philip endgültig aus war und ich einfach meine Sachen gepackt habe, musste ich anschließend meinen Kummer bei Sabine auf dem Sofa mit reichlich Beaujolais ertränken. Und ein Teil davon landete auf meinem ehemaligen Lieblingskleid. Ich habe es nicht wegwerfen können und deshalb hier versteckt. Dabei hätte ich es längst zur Altkleidersammlung bringen sollen. Ich weiß gar nicht, warum ich so sentimental war, es aufzuheben. Das ist doch sonst nicht meine Art, irgendwelche nutzlosen Erinnerungsstücke zu horten. Von meiner Briefesammlung jetzt mal ganz abgesehen …

24. September 1998

So, Du kleiner Kanarienvogel, ich drücke Dir ganz fest die Daumen fürs erste Examen! Ich weiß, dass Du die Beste bist (DIE Beste, DER Beste bin natürlich ich!). ☺ *Und wenn Du die zwei Wochen Klausuren artig durchhältst, machen wir zusammen einen besonders schönen Ausflug. Tschilp!*

The Panther

Nachdenklich lege ich den Brief zurück in den Karton. An den Ausflug kann ich mich gut erinnern, Philip war mit mir ins Treppenviertel nach Blankenese gefahren. »Guck mal«, hatte er gesagt und auf eines der kleinen, niedlichen Kapitänshäuser gezeigt. »Wenn wir beide erst einmal mit dem Studium fertig und erfolgreiche Anwälte sind, kaufen wir uns so ein Häuschen und bekommen zusammen acht Kinder.«

»Und wer passt auf die Kinder auf?«, hatte ich lachend wissen wollen.

»Na, ich!«, hatte Philip grinsend erwidert. »Du glaubst doch wohl nicht, dass ich unsere Kinder einer Chaotin wie dir allein überlasse! Da weiß ich ja nie, wo du sie wieder verlegt hast!« Dann hatte er mich scherzhaft in die Seite geknufft. Damals war mir noch nicht klar, dass in diesem Scherz auch eine ganze Menge Wahrheit lag. Und dass es solche und andere Kleinigkeiten des Alltags sein würden, die unserer Liebe langsam, aber sicher den Garaus machten.

»Na, Schatz, was möchtest du denn heute Mittag essen?« Meine Mutter steckt ihren Kopf durch meine Zimmertür und reißt mich aus meinen Gedanken.

»Gar nichts«, erwidere ich, »ich habe keinen sonderlichen Hunger.« Sofort legt meine Mutter einen besorgten Gesichtsausdruck an den Tag.

»Aber das kommt ja überhaupt nicht in Frage! Hier wird ordentlich gegessen, sonst fällst du mir noch vom Fleisch!«

Erwähnte ich, dass ich auch deshalb so schnell wie möglich wieder ausziehen muss, um nicht in kürzester Zeit fünfzehn Kilo zuzulegen? Und davon, dass ich vom Fleisch fallen könnte, kann bei mir wirklich keine Rede sein.

»Und es gab eine richtige Explosion?« Sabine ist beeindruckt, als ich sie zwei Stunden später endlich per Telefon erreiche. »Sag ich doch.«

»Da habt ihr ja beide totales Glück gehabt.«

»Ja, durch die Verpuffung sind wir beide in Ecken geflogen, die ganz gut geschützt waren. Jedenfalls hat es mir die Feuerwehr so erklärt.«

»Und alles nur wegen der Wunderkerzen? Habt ihr denn keinen Gasgeruch bemerkt?«

Jetzt fängt sie auch schon damit an! »Weißt du, das ist ein bisschen komplizierter … ich würde es dir eigentlich lieber bei einem Glas Rotwein erklären.«

»Gute Idee. Es sieht aber ein bisschen wild bei uns aus – so mit halb ausgepackten Koffern.«

»Wahrscheinlich nicht so wild wie bei mir und Johannes.«

Sabine muss kichern. »Na, richtig ordentlich war es bei Johannes nie. Auch ohne dein Abrisskommando. Also komm her, ich bin wirklich schon sehr gespannt auf die Details. Vor allen Dingen musst du mir Philips Auftritt vorm Haftrichter haarklein schildern. Kann immer noch nicht glauben, dass du ihn wirklich angerufen hast!«

Ja, ich kann es auch immer noch nicht glauben. Vor allem, wenn man bedenkt, wie sich die Geschichte weiterentwickelt hat und ich nun ernsthaft überlege, ob ich mit Philip zusammenarbeiten soll. Ich bin wirklich froh, dass Sabine wieder da ist, und muss mich ganz dringend bei ihr ausheulen.

»Sag mal, wäre es unverschämt, zu fragen, ob ich in den nächsten Tagen bei euch wohnen kann? Ich weiß, ihr seid gerade erst wieder da, aber ich muss noch so viel regeln – und das ist von Rahlstedt aus immer ein Akt. Zumal meine Mutter auch alle zwei Minuten in meinem Zimmer steht. Und außerdem fehlst du mir höllisch als meine beste Ratgeberin.«

»Das kann ich natürlich unter keinen Umständen verantworten. Du ohne mich als Ratgeberin – das ist ja fast gemeingefährlich!« Ich kann Sabine förmlich durchs Telefon grinsen sehen. »Also schnür mal deine Siebensachen oder was davon noch übrig geblieben ist und mach dich auf den Weg. Ich bin den ganzen Tag da, kannst also kommen, wann es dir am besten passt.«

Meine Mutter ist erwartungsgemäß wenig erbaut, dass ich meine Zelte schon wieder abbrechen will. Aber ich verspreche ihr, sie in regelmäßigen Abständen auf dem Laufenden zu halten und zu besuchen. Wir essen noch zusammen Kuchen (wird wirklich Zeit, dass ich hier wegkomme!), dann rufe ich mir ein Taxi. Packen brauche ich ja nicht; das Einzige, was ich besitze, ist der Karton mit meinen Briefen, ein paar Unterlagen und die zwei, drei brauchbaren Kleidungsstücke. Und die kann ich bequem in eine Plastiktüte stecken. Wie heißt es so schön? Besitz belastet. Na, davon kann bei mir nun wirklich keine Rede sein.

»Aber melde dich bitte wenigstens hin und wieder, damit ich weiß, wie es dir geht!«, sagt meine Mutter noch einmal, als ich mich von ihr und Papa verabschiede. »Ich komme sonst um vor Sorge!«

»Mach ich«, verspreche ich und nehme erst sie, dann meinen Vater in den Arm. Ich weiß, dass die beiden mich gern noch länger bei sich behalten hätten.

Als ich auf die Rückbank des Taxis klettere und meine paar Habseligkeiten neben mich stelle, klingelt mein Handy. Ein Blick aufs Display zeigt mir, dass es Chantal ist. Ich lasse die Mailbox rangehen; zuerst muss ich mich einmal gründlich mit Sabine beratschlagen, bevor ich irgendwelche weiteren Entscheidungen treffe.

Als der Wagen anfährt, winke ich noch einmal meinen Eltern zu und bin mir nicht ganz sicher, ob meine Mutter tatsächlich weint. Wenn es so ist, könnte ich sie verstehen. Ist ja auch nicht so schön, die eigene, erwachsene Tochter mit einem Karton und einer Plastiktüte Richtung ungewisse Zukunft fahren zu sehen. Schon komisch, dass mein Leben momentan auf der Rückbank eines Mercedes Diesel Platz hat.

Während der Fahrt blättere ich noch einmal in den Briefen. Die Ecke eines blauen Blattes ragt schräg oben heraus. An so einen Brief kann ich mich gar nicht erinnern. Ich zupfe an der Ecke und ziehe den blauen Bogen aus dem Wust der anderen Blätter. Es ist ein großes Stück Geschenkpapier, auf der Rückseite kann ich meine Handschrift entziffern. Offenbar eher eine Notiz, kein richtiger Brief.

Hallo, Philip –

jetzt mal schriftlich, damit wir uns nicht gleich wieder in die Wolle kriegen. Ich bin nämlich ziemlich geladen. Deine selbstgefällige Art, mit der Du überall rumläufst und behauptest, ohne Dich würde mich die Feuerwehr eines Tages aus einer zugemüllten Wohnung retten müssen, kotzt mich echt an. Wenn Zusammenleben mit Dir bedeutet, ebenso ein Pedant werden zu müssen wie Du, dann zieh ich lieber wieder aus.

Tessa

Erstaunlich, wie schnell man so etwas verdrängt – aber es stimmt. Über den Sinn von Ordnung und Unordnung haben Philip und ich uns in schöner Regelmäßigkeit bis aufs Messer gestritten. Philip ist in der Hinsicht aber auch ein echter Korinthenkacker. So à la »Es muss alles im rechten Winkel zueinander liegen«. Ein Wunder, dass wir trotzdem fast vier Jahre zusammengewohnt haben. Na, ich bin eben tolerant.

Ich muss grinsen. Im Grunde habe ich Philip wegen seines spießigen Ordnungssinns immer bemitleidet. Irgendwann habe ich ihm mal ein Zitat von Sartre an die Tür gepinnt. *Große äußere Ordnung ist der verzweifelte Versuch, mit einer großen inneren Unordnung fertig zu werden.* Meine jedenfalls, dass es Sartre war. Oder so ähnlich. Fand Philip aber nur so mittelkomisch.

Von wann wohl meine Notiz ist? Sie trägt leider kein Datum, aber ich meine mich dunkel zu erinnern, dass Philip seinen blöden Feuerwehrwitz auf irgendeiner Referendarsparty erzählt hat. Muss also so 1999 gewesen sein. Als ich den Zettel noch mal umdrehe, sehe ich, dass auf der Rückseite ein Post-it klebt.

Tessalein,

reg Dich ab. Es war lustig gemeint. Ich erzähl's nicht wieder. Trotzdem möchte ich auch ein winzig kleines Fleckchen vor unserem Badezimmerspiegel für mich. Bötte! Nur 2 cm²!

Kuss, Philip

Hm, das ist ja humorvoller gekontert, als ich Philips Reaktionsvermögen in Erinnerung habe. So zusammengenommen wirkt mein Brief eher zickig und sein Post-it eigentlich ganz süß … Trotzdem: Philip ist ein Pedant und dabei bleibe ich. Obwohl er mit der Einschätzung, dass mich eines Tages die Feuerwehr aus meiner Wohnung retten würde, nun leider Recht behalten hat.

Sabines Freund Arne öffnet mir die Tür und grinst mich breit an. »Hallo, Tessa! Von dir hört man Sachen!«

»Hallo, Arne.« Ich lächle etwas schief. »Sehr nett, dass ihr mir Asyl gewährt. Hatte etwas Pech in letzter Zeit.«

Er nimmt mir den Karton und die Tüten ab. »Komm doch erst mal rein. Sabine ist noch unterwegs, einkaufen. In unserem Kühlschrank verhungern nämlich die Mäuse. Ich habe uns schon mal einen Kaffee gekocht.« Ein verführerischer Duft zieht durch den Flur des Rotklinkerbaus.

Ich folge Arne die Holztreppe hinauf in die gemütliche Wohnung der beiden. Ich bin immer wieder beeindruckt, wenn ich Arne und Sabine besuche. So sehen Wohnungen eben aus, wenn man ein exzellenter Handwerker ist und einen tollen Geschmack hat. Arne ist Architekt – jedes Detail der Wohnung in dem Zwanzigerjahrealtbau ist überdacht, aber nicht zu stylish. Wie *Schöner Wohnen*, nur in echt. Schon allein die Wohnküche, in die Arne mich jetzt lotst, ist ein Traum: Ein Esstisch aus alten Bohlen, die Küche mit Kochblock und Gasherd. Die Wände sind in einem satten Dunkelrot gestrichen. Es geht nicht anders – in diesem Raum muss man sich einfach wohl fühlen.

»Setz dich doch schon mal und nimm dir einen Kaffee, ich muss noch mal runter in den Waschkeller. Sabine müsste auch jeden Moment hier sein.«

Während ich Kaffee aus einer großen Steinguttasse schlürfe, betrachte ich die Fotos über der Anrichte an der gegenüberliegenden Wand. Eines von mir und Sabine ist auch dabei, aus unserer WG. Vier Jahre ist das her. War wirklich eine schöne Zeit, die aber nur wenige Monate dauerte. Als sie damals auszog, um sich mit Arne zusammenzutun, war ich ganz schön sauer. Nein, sauer ist eigentlich nicht ganz richtig. Ich war verletzt und fühlte mich von meiner Freundin im Stich gelassen.

Arne konnte ich anfangs nicht ausstehen – ich glaube, ich war regelrecht eifersüchtig. Aufstrebender Architekt und dann auch noch mit Wohnung im teuren Winterhude – also eindeutig ein Vertreter des gehobenen Schickmick. Und das bei Sabine, die sonst gerne mal einen Sonntag im Frauencafé verbrachte! Unglaublich. Verrat! Auf irgendeiner Party rettete Arne mich dann mal vor mir selbst und brachte mich wohlbehalten nach Hause, bevor mein Zustand noch desolater werden konnte. Ab da fand ich ihn irgendwie netter. Es ist, nebenbei bemerkt, auch für eine Frauenfreundschaft nicht so günstig, ständig am Liebsten der Freundin rumzumäkeln. Habe ich mir also nach und nach gespart.

Nach dem Examen wurden Sabines Zimmer zu meinen Büroräumen und Sabine selbst zweimal die Woche zu meiner Anwaltsgehilfin. Allerdings nicht dieser Hierarchiemist wie in einer normalen Anwaltskanzlei – Sabine und ich bilden seitdem das *Rechtskollektiv.* Fanden wir als Namen lustig, und wem der nicht gefällt, der passt als Mandant sowieso nicht zu uns. *Jawohl!*

Von hinten hält mir jemand die Augen zu. »Hallo, Sie Kapitalverbrecher. Muss ich die Polizei rufen?«

Ich drehe mich um. Sabine steht mit erhobenem Zeigefinger vor mir.

»Mensch, Sabine – du glaubst gar nicht, wie froh ich bin, dich zu sehen.« Einen kurzen Moment lang habe ich das Gefühl, spontan losheulen zu müssen. Zum Glück vergeht er so schnell, wie er gekommen ist. »Glaub mir, ich habe in den letzten drei Tagen so viel erlebt wie sonst in einem halben Jahr nicht. Und konnte es niemandem so richtig erzählen. Folter – das sag ich dir.«

Sabine grinst. »Kann ich mir gut vorstellen. Du bist ja nicht wirklich für deine Verschwiegenheit bekannt.« Sie nimmt sich auch einen Kaffee. »Ich finde, wir sollten dich nicht länger quälen. Schieß los!«

Ich beginne also mit Akt eins des Dramas. Die Wunderkerzen mit extralanger Brenndauer.

Sabine schüttelt ungläubig den Kopf. »Und du meinst, Johannes wollte wirklich Selbstmord begehen? Das ist ja schrecklich!«

»Also, ich bin mir ziemlich sicher. Gut, vielleicht lag er auch nur so auf dem Boden rum – aber dann noch die Gasexplosion … also, für mich passt das zusammen.«

»Aber warum? Doch nicht etwa wegen Mareiheiheike?«

»Doch, ich glaube schon, dass es mit ihr zu tun hat. Sicher bin ich mir natürlich nicht, konnte ja noch nicht mit ihm sprechen. Aber wegen dieser blöden Kuh heult er doch schon ewig rum. Wie sehr er sie liebt. Und wie sehr er sie vermisst. Und wie sehr sie ihn betrogen hat. Das volle Programm. Du weißt doch, wie er uns die letzten Wochen mit seiner Depri-Mucke genervt hat. Außerdem ist Johannes ja gerne mal der Typ himmelhochjauchzend-zu-Tode-betrübt, und wenn er dann noch richtig bekifft war, halte ich es schon für möglich, dass er auf einmal das Gefühl hatte, ohne Mareiheiheike nicht mehr leben zu wollen.«

»Ich sag's ja immer: Hände weg von Drogen.« Sabine seufzt. »Ich hatte eigentlich gehofft, dass sich die Situation während unseres Urlaubs entspannen würde.«

»Im Gegenteil, ist immer schlimmer geworden. Deswegen bin ich ja auch auf die Idee mit dem Kuchen und den Wunderkerzen gekommen. Ich wollte ihn etwas aufheitern. Du weißt doch: *Wenn du denkst, es geht nicht mehr, kommt von irgendwo ein Lichtlein her.* Konnte ja nicht ahnen, was mein Lichtlein auslösen würde.«

»O Mann, das ist wirklich unglaublich. Vor allem, wenn man bedenkt, dass sich Johannes für gewöhnlich auch ziemlich schnell trösten kann. Hat er wohl so ad hoc keine neue Liebe gefunden. Wo steckt er jetzt eigentlich?«

»Keine Ahnung. Zuerst war er im Krankenhaus Altona. Aber da habe ich es schon versucht und dort ist er nicht mehr. Die konnten oder wollten mir auch nicht sagen, wo er hin ist. Bei seinem Handy geht nur die Mailbox ran. Und bei der Polizei wollte ich nicht anrufen, will ja auch keine schlafenden Hunde wecken. Langsam mache ich mir jedenfalls Sorgen.«

»Hoffentlich steckt er nicht in noch größeren Schwierigkeiten als ohnehin schon.«

»Ich habe den Bullen jedenfalls nichts von meiner Theorie erzählt. Nicht, dass Jo noch mehr Ärger bekommt. Mich haben sie ja auch für einen Tag eingebuchtet.«

»Wie war das eigentlich?«

»Willst du die lange oder die kurze Version?«

Sabine steht auf, geht zum Kühlschrank und kehrt mit einer Flasche Prosecco zurück. Also die lange Version.

Eine Stunde später ist erstens die Flasche leer – und zweitens weiß Sabine jetzt alles über Chantal, Clifton und Philip. Darüber, welch gut aussehende Menschen bei der Hamburger Polizei arbeiten, habe ich mich allerdings noch ausgeschwiegen. Und es spielt eigentlich auch keine Rolle. Eigentlich.

»Pfff, mir schwirrt der Kopf – das wird ja immer abenteuerlicher. Und das ist alles passiert, während wir gerade mal zehn Tage auf Mallorca waren? Wahnsinn!«

»Tja, kann manchmal schnell gehen.«

»Und weißt du«, fährt Sabine fort, »was mich fast am meisten fertig macht?«

»Dass Philip jetzt mein Anwalt ist?«, mutmaße ich.

»Nä – dass unser Clifton diesen blonden Hasen heiraten will. Unfassbar!« Mit den objektiven Augen der *Gala*-Leserin betrachtet hat Sabine wahrscheinlich Recht.

»Ja, finde ich auch«, pflichte ich ihr deshalb bei, »aber apropos heiraten: Was hältst du denn von dieser Ehevertragsgeschichte? Ich meine, ich kann doch unmöglich mit Philip zusammenarbeiten … oder?«

»Warum denn nicht? Klingt irgendwie lukrativ.«

»Ich weiß nicht.« Ich suche nach den passenden Worten. »Bei

dem Gefühlswirrwarr, der in mir tobt, nur, weil Philip mich verteidigen soll! Wenn ich jetzt noch enger mit ihm zusammenarbeiten muss – das kann nur böse enden.«

»Okay, dann ist die Sache ja klar. Aber wundern tut's mich schon, schließlich bist du damals Hals über Kopf ausgezogen und hast mit ihm von heute auf morgen Schluss gemacht. Wie kann dich der Typ dann vier Jahre später noch so nervös machen? Außerdem hast du doch immer nur auf diesen Spießer geschimpft und gesagt, dass du froh bist, ihn los zu sein.«

Nicht einmal meiner besten Freundin habe ich bisher die ganze Wahrheit gesagt. Dass ich nur gegangen bin, damit er mich anfleht, zu bleiben. Damit er mir zeigt, dass er mich noch wirklich will. Hat nicht wirklich gut funktioniert – siehe Hortensia Lorentzmeyer.

»Hast du schon einmal jemanden verlassen«, versuche ich, Sabine zu erklären, »weil du unbedingt … weil du unbedingt bei ihm bleiben wolltest?«

Sabine mustert mich eindringlich, sagt aber nichts.

»Die Wahrheit ist, dass ich doch noch ziemlich an Philip gehangen habe, als ich gegangen bin. Ich … ich habe immer gehofft, er würde um mich kämpfen und mich zurückholen.«

»Ach, Süße«, sagte Sabine – und fährt überraschenderweise fort: »Ehrlich gesagt musstest du mir das auch nicht groß erklären. Jeder, der nicht total blind ist, hat das doch gesehen.«

»Du hast das gemerkt?«

»Natürlich, du kleiner Blödkopf! Du hast dich seit der Sache mit Philip nie wieder auf jemanden eingelassen und seitdem alle Typen vergrault.«

»Das stimmt aber nicht«, widerspreche ich ihr. »Es gab schon ein paar Männer.«

Sabine verdreht die Augen. »Du sprichst jetzt nicht ernsthaft von den zweieinhalb Knutschereien und dem einen verunglückten One-Night-Stand, oder?«

»Na ja«, gebe ich zu. »Immerhin habe ich es versucht.«

»Das weiß ich doch. Aber manchmal dauert es eben länger, als einem lieb ist.«

»Und warum hast du nie etwas dazu gesagt?«, will ich wissen.

»Na ja«, Sabine zuckt mit den Schultern, »ich wollte da nicht in irgendwelchen Wunden rumstochern und dachte, dass du offenbar besser mit der ganzen Sachen klarkommst, wenn du so tust, als würde es dir nichts mehr ausmachen. Außerdem hätte es ja auch sein können, dass ich total falsch liege und Philip für dich mittlerweile einfach nur noch jemand ist, den du mal kanntest …«

»Ich dachte wirklich, es ist vorbei«, seufze ich. »Aber als er plötzlich vor mir stand, habe ich gemerkt, dass es mir immer noch wehtut. Ist das normal? So viele Jahre sind seitdem vergangen, und ich habe es noch immer nicht geschafft, über ihn hinwegzukommen!«

»Ich hole uns noch eine Flasche«, erklärt Sabine. »Für solche Gespräche darf man nicht mal annähernd nüchtern sein.«

Mir ist zwar schon sehr schummrig, aber ich könnte tatsächlich noch etwas Trinkbares vertragen.

»Mist, nichts mehr da«, stellt Sabine mit einem Blick in den Kühlschrank fest. »Ich muss mal kurz Nachschub aus dem Keller besorgen.« Sie geht in den Flur, zieht ihre Sommerjacke an und öffnet die Haustür. »Arne?«, ruft sie. »Kannst du mir mal eben helfen?« Sofort stehe Arne auf der Matte. Er trägt sie wirklich auf Händen. *So einen hätte ich auch gerne,* denke ich missmutig.

Fünf Minuten später kehren die beiden zurück, jeweils mit zwei Flaschen Weißwein in den Händen. Arne guckt halb belustigt, halb missbilligend auf den Esstisch mitsamt der leeren Flasche.

»Echt, Mädels, es ist noch nicht fünf Uhr nachmittags und die erste Flasche ist schon gekillt!«

»Langweiler! Bist du nebenberuflich Offizier der Heilsarmee?« Ich nehme ihm eine Flasche Weißwein ab und entkorke sie mit einem lauten *Plopp.* »Das ist schließlich eine Notlage, mein Leben läuft komplett aus dem Ruder«, sage ich. Den zweiten Teil des Satzes – *und mein Ex spukt wieder durch meinen Kopf* – behalte ich lieber für mich. »Kein guter Zeitpunkt, dem Alkohol zu entsagen.«

Arne stellt die restlichen Flaschen ab und verlässt kopfschüttelnd die Küche.

»Also«, Sabine schlägt einen verschwörerischen Ton an, »noch mal zu dem Ehevertrag: Ist es denn nicht eigentlich deine heilige Pflicht, eine arme, unbedarfte Frau aus den Klauen eines miesen Hollywood-Chauvinisten-Schweins zu retten?«

Ich versuche, mir Chantal als arme, unbedarfte Frau vorzustellen, und verpruste dabei ungefähr die Hälfte meines frisch eingeschenkten Weißweins.

»Ich glaube, du unterschätzt Chantal. Sie sieht vielleicht aus wie ein naives Blondchen, aber das täuscht. Du hättest mal den Trubel vor dem Gefängnis sehen sollen – Fotografen, Kameraleute, Fans. Und ich schwöre, das war Chantal gar nicht so unrecht.« Ich schüttle mich bei der Erinnerung an den Auflauf. »Aber davon abgesehen bleibt noch die Frage, weshalb ich mit Philip ein Team bilden soll? Der hat doch von Familienrecht überhaupt keine Ahnung! Wenn, dann sollte ich den Auftrag lieber allein annehmen. Schließlich ist Familienrecht eines meiner Fachgebiete.«

»Aber wenn die Mandantin ihn nur euch beiden geben will? Also, wenn du meine Meinung hören willst – ich würde es zumindest mal mit Philip besprechen. Und außerdem muss ich zugeben, dass ich es einen ganz schönen Gedanken fände, wenn wenigstes ein lukratives Mandat vor der Tür stünde. Schließlich musst nicht nur du zusehen, wo du jetzt bleibst – an mich könntest du auch mal denken. Mit der Kohle von Chantal könnten wir uns zumindest ein Übergangsbüro mieten und müssten nicht – im wahrsten Sinne des Wortes – auf der Straße arbeiten! Ich finde dich echt etwas egoistisch.«

»Stimmt doch gar nicht«, verteidige ich mich sofort. »Ich habe ja schon ein schlechtes Gewissen, dass unser Büro momentan nicht betretbar ist. Aber Philip …«

»Ich finde, du solltest das etwas professioneller sehen«, fällt Sabine mir ins Wort. »Hier geht es um einen Job. Nichts weiter!« Die Art und Weise, wie sie mich trotz ihres strengen Tons angrinst, lässt zwar vermuten, dass sich Sabine durchaus im Klaren darüber ist, dass es nicht nur ein simpler Job ist. Aber andererseits hat sie ja auch nicht Unrecht. Warum ein gutes Angebot ablehnen, weil ich irgendwelche privaten Befindlichkeiten hege? Philip würde nie im Leben auf so eine Idee kommen!

Und immerhin verspricht dieser Fall auch interessant zu werden. Möglicherweise lerne ich sogar Clifton Jones persönlich kennen. *Sabber!* Ein Telefonat mit Philip kann jedenfalls nicht schaden. Sollte aber vielleicht warten, bis ich wieder einigermaßen nüchtern bin.

Andererseits bin ich gerade so schön locker …

»Ach, was soll's«, meine ich zu Sabine. »Her mit dem Telefon! Ich werde ihn einfach kurz und bündig fragen, ob er in der Lage ist, ein gemeinsames Mandat mit mir professionell zu handhaben. Was soll schon groß passieren?«

»Eben«, pflichtet Sabine mir bei, »damit hast du noch nichts unterschrieben.«

Während ich noch wähle, hoffe ich, dass nicht Philip rangeht, sondern seine Mailbox. Dann könnte ich etwas Kurzes draufsprechen und es dem Schicksal überlassen, ob er zurückruft oder nicht. Selbstredend geht er natürlich sofort höchstpersönlich ran.

»Kunstmann?«

»Hallo, Philip«, bemühe ich mich, völlig klar zu sprechen, »Tessa hier.«

»Hallo, meine Schönste – in welcher Angelegenheit rufst du mich denn an? Willst du mich als deinen genialen Anwalt oder als deinen künftigen Kollegen sprechen?«

»Mein genialer Anwalt?« Irgendwie schafft Philip es spielend, mich aus dem Konzept und damit ab von dem kleinen Text zu bringen, den ich mir vorher zurechtgelegt habe.

»Schon vergessen? Ich bin doch der Strafverteidiger deines Vertrauens. Und habe natürlich die letzten zwei Tage damit verbracht, deinen Vernehmungstermin morgen Nachmittag optimal vorzubereiten.«

»Willst du da etwa mitkommen?« Auf Andreas Schlehvoigt würde ich doch lieber ohne Philip im Schlepp treffen.

»Natürlich! Und nur für den Fall, dass du das in all den Jahren deiner Berufspraxis vergessen haben solltest: Mandanten werden in der Regel von ihren Anwälten begleitet, wenn sie zum Verhör erscheinen müssen.« Er räuspert sich betont. »Aber anscheinend rufst du ja wegen der anderen Geschichte an: der Beginn unserer gemeinsamen Karriere als Promianwälte! Eine schöne Chance, gerade für jemanden, der unlängst sein eigenes Büro pulverisiert hat.«

Ich merke, wie ich innerlich anfange zu kochen. Philips überhebliche Art muss ich mir nicht länger bieten lassen. Glaubt der etwa, ich reiße mich darum, mit ihm zusammenzuarbeiten? So wichtig ist mir die Kohle nicht, dass ich mich hier lächerlich machen lassen müsste! Und vielleicht lässt sich Chantal ja auch von mir allein vertreten. Ich werde mal ein Gespräch mit ihr führen, so ganz allein unter Frauen. *Ha!* Und dann kann der Idiot sich mal ganz schnell wundern.

»Ja, du hast Recht, deswegen rufe ich an.« Ich atme einmal tief ein und aus, um die Ruhe zu bewahren. »Weißt du, Philip, offen gestanden ...«

Sabine hebt lächelnd beide Daumen.

»... würde ich mir eher beide Hände abhacken lassen, als mit dir an ein und demselben Mandat zu arbeiten.«

Sabines Daumen sinken nach unten. Genauso wie ihr Unterkiefer.

»Und lass dir übrigens nicht einfallen, bei meiner Vernehmung aufzukreuzen. Ich verteidige mich ab sofort selbst, auf deine Hilfe bin ich nun wirklich nicht mehr angewiesen. War ja nett von dir, dass du mich aus der U-Haft geholt hast, aber ab sofort brauchst du dich um mein Wohl nicht mehr zu kümmern! Schick mir die Rechnung! Einen schönen Tag noch.« Bevor Philip etwas sagen kann, habe ich ihn schon weggedrückt.

Triumphierend blicke ich Sabine an. »Und – klang ich entschlossen und selbstbewusst und wie die Herrin der Lage?« Ich habe mir jetzt eindeutig ein Lob verdient, finde ich.

»Ich würde sagen – angetrunken und unfreundlich trifft es eher.« Sie schüttelt den Kopf. »Du wolltest doch etwas vollkommen anderes sagen!«

»Ja, ich weiß.« Zerknirscht und etwas ratlos gucke ich auf das Telefon in meiner Hand. »Aber dieser Penner schafft es halt immer wieder, mich vollkommen aus der Fassung zu bringen. Da konnte ich nicht anders.«

»Verstehe.« Sabine seufzt. »Aber ist es wirklich eine gute Idee, alleine zu der Vernehmung zu gehen? Immerhin ist Philip ein guter Strafverteidiger«, gibt sie zu bedenken.

»Ach was, mit den Bullen werde ich schon allein fertig. Da kann nichts passieren.« Hoffe ich jedenfalls. Immerhin hat dieser Schlehvoigt ja durchaus auch nette Seiten. Die gilt es jetzt herauszukitzeln. »Sag mal«, frage ich deshalb, »kannst du mir vielleicht ein paar Klamotten leihen? Ich möchte ungern in meinem Achtzigerjahreoutfit bei der Polizei aufkreuzen und zum Shoppen fehlt mir momentan definitiv das Kleingeld.«

»Kein Problem«, meint Sabine. »In welche Richtung soll's denn gehen? Unschuldig-harmlos oder eher sportlich-elegant?«

»Letzteres«, entscheide ich. »So in Richtung: Frau von Welt, lässt sich durch nichts aus der Ruhe bringen, professionell, gewieft, kühl, mit allen Wassern gewaschen …« Dann fällt mir noch etwas anderes ein: »Ein bisschen sexy könnte auch nicht schaden.«

»Sexy?«, wundert Sabine sich. »Für die Vernehmung?«

»Na ja, so ein ganz *kleines* bisschen sexy eben. Gerade so, dass es nicht übertrieben wirkt.«

»Habe ich da was verpasst?«

»Wieso?«, entgegne ich scheinheilig.

»Lass mich raten: Die Ermittlungen werden nicht von einer fünfzigjährigen Kriminalbeamtin mit Damenbart geleitet.«

Ich schweige und zucke betont desinteressiert mit den Schultern.

»Komm schon, Tessa. Du sitzt hier, säufst meine Vorräte leer, jammerst über deinen Exfreund – und ein wesentliches Detail verschweigst du mir? Schäm dich! Ich will jetzt Namen, Fakten, Tatsachen!«

»Na gut«, gebe ich mich geschlagen. »Er heißt Andreas Schlehvoigt … und sieht tatsächlich … ganz niedlich aus. Mehr nicht. Ich meine, der will mich und Johannes einbuchten! Da habe ich wirklich Besseres zu tun, als mit ihm zu flirten. Und Polizeibeamte fallen auch eindeutig aus meinem Beuteschema raus. Das sind doch alles Kleingeister. Nein, danke.«

»Okay, aber dann kannst du da eigentlich auch in deiner Latzhose und deinem Labbersweatshirt hingehen«, meint Sabine. »Ich könnte dir zur Vervollkommnung deines Looks auch noch ein Palästinensertuch leihen.«

»Haha, sehr witzig.« Sabine kennt mich einfach zu lange und zu gut, der kann ich nur schwer etwas vormachen. »Gut, du hast gewonnen. Er sieht nicht nur niedlich aus, sondern scheint auch was in der Birne zu haben. Vielleicht ist er ja eine Ausnahmeerscheinung.«

»Wusste ich es doch«, stellt Sabine triumphierend fest. »Also, sieh dich in meinem Kleiderschrank um. Du hast die freie Auswahl!«

Zufrieden betrachte ich mich im Seitenfenster von Sabines Golf, als sie mich am Mittwochnachmittag Richtung Polizeipräsidium kutschiert. Zwar wollte ich mit der U-Bahn fahren, aber nachdem sie mich darauf aufmerksam gemacht hat, dass sie heute normalerweise bei mir arbeiten würde – was aus bekannten Gründen ja flachfällt –, habe ich ihr Angebot angenommen. Und außerdem ist mir ganz wohl bei dem Gedanken, eine Freundin bei mir zu haben.

Philip hat noch ein paar Mal versucht, mich auf dem Handy zu erreichen, aber ich habe ihn immer wieder weggedrückt. Mein Entschluss steht fest: Ich werde diese Angelegenheit ganz allein hinter mich bringen. Schlimm genug, dass er mich aus der U-Haft boxen musste. In Zukunft kann ich auf Dr. Philip Kunstmann verzichten! Ich hoffe nur, er wagt es nicht, auf dem Präsidium aufzutauchen.

Chantal habe ich heute früh angerufen und mir noch ein wenig mehr Bedenkzeit ausgebeten. Zwar werde ich auch in dieser Angelegenheit auf keinen Fall mit Philip gemeinsame Sache machen – aber ich muss mir noch eine Strategie überlegen, wie ich unser Schlagersternchen dazu bringe, sich von mir allein vertreten zu lassen.

Eins nach dem anderen. Jetzt heißt es erst einmal, Andreas Schlehvoigt von meiner unbedingten Unschuld zu überzeugen.

»Und?«, will Sabine wissen, als wir in die Hindenburgstraße Richtung Polizeipräsidium einbiegen. »Nervös?«

»Quatsch«, erwidere ich. »Das wird ein absoluter Klacks. Immerhin bin ich ja wirklich unschuldig.«

»Nur leider hast du der Polizei nicht die volle Wahrheit erzählt«, erinnert Sabine mich. »Hoffentlich fliegt dir das nicht noch um die Ohren.«

»Das lass mal meine Sorge sein«, entfährt es mir. Im gleichen Moment fällt mir auf, dass das ziemlich arrogant klang. »So habe ich das nicht gemeint«, entschuldige ich mich und drücke Sabines Hand. Sie grinst mich an.

»Doch, das hast du. Und ich sag dir was: Ich lass das auch voll und ganz deine Sorge sein, denn auf meinen Rat hörst du ja sowieso nicht.« Damit meint sie natürlich, dass es ihrer Meinung nach falsch ist, sich nicht von Philip helfen zu lassen.

»Wirst schon sehen, das geht alles gut.« Selbstbewusst strahle ich noch einmal mein Spiegelbild im Fenster an. Ein sehr schönes Lächeln, wie ich finde. Und auch der Rest kann sich sehen lassen: Meine Haare sitzen passabel und Sabines Hosenanzug passt sogar perfekt. Macht irgendwie lange Beine, so eine schmal geschnittene Hose. Ein Glück, dass Sabine ziemlich genau meine Figur hat. Besonders groß sind wir beide nicht, so um die einsachtundsechzig, dafür aber relativ schlank. Gut, von Größe 36 haben wir uns beide schon vor Jahren verabschieden müssen, aber 38 – okay, manchmal auch 40 – kommt noch hin. Vielleicht sollten wir mal unseren Alkoholkonsum überdenken, immerhin hat eine Flasche Prosecco sechshundert Kalorien und ist noch dazu ein ziemlicher Appetitanreger: Gestern Abend haben wir uns nach unserem Prosecco-Weißwein-Gelage noch eine riesige Lasagne gemacht, von der Arne so gut wie nichts abbekommen hat. Aber man hat ja sonst nur wenig Freude im Leben, da kann man ruhig trinken und ungesundes Zeug essen, finde ich.

Bei der Figur enden Sabines und meine Ähnlichkeit aber auch schon. Sie hat kurze blonde Haare, ich halblange braune. Sie braune Augen, ich blau-grau-grüne. Die bewährte Altglasmischung.

Ich sehe noch mal an mir hinunter. Also dieser Anzug … super! Vielleicht sollte ich meine Garderobe wirklich komplett umstellen, jetzt wäre ja eine günstige Gelegenheit dazu. Wann kann man sonst völlig unbeschwert bei null anfangen? Das erinnert mich daran, dass ich noch einmal bei der Feuerwehr anrufen muss, um zu fragen, ob und wann ich noch einmal einen Fuß in meine Wohnung setzen kann, um zumindest die Sachen zu retten, an denen mein Herz hängt. Hoffnungsvoll schicke ich ein stilles Stoßgebet gen Himmel, dass die Lage nicht ganz so aussichtslos ist, wie die erste Einschätzung des Gutachters klang!

Ich schnuppere an meinem Handgelenk – ungewohnt, aber gut. Während meiner Badezimmerorgie habe ich mich an Sabines Parfüm vergriffen. Um meine Unschuld zu beweisen, kann es ja nicht schaden, einen guten Eindruck zu machen. Nachdem ich mich eingesprüht habe, ist mir allerdings aufgefallen, dass Sabines Parfüm den schönen Namen *Guilty Pleasures* trägt. Hoffe nur, Schlehvoigt kennt den Duft nicht und wertet das gleich mal als Geständnis.

Durch meinen Kopf zuckt der Gedanke, dass ich auf Herrn Schlehvoigt auch dann gern einen guten Eindruck machen würde, wenn es nicht um ein Ermittlungsverfahren ginge … Tessa Gerlach, so weit ist es schon mit dir gekommen: Du willst mit dem Feind flirten? *Pfui!*

Nein, verteidige ich mich gegen meine innere Stimme. Ich will vor allem für eine gute Atmosphäre sorgen und dann herausfinden, was eigentlich mit Johannes passiert ist. Immerhin habe ich von dem seit Samstag nichts mehr gehört. Vielleicht kann ich einem gut gelaunten Schlehvoigt besser auf den Zahn fühlen.

Bevor Sabines Golf auf den großen Parkplatz des Polizeipräsidiums rollt, ziehe ich noch einmal schnell meine Lippen nach. Was Sabine so alles in ihrem Schminktäschchen hat, toll!

»Dann mal auf in die Höhle des Löwen«, sagt Sabine und stellt den Motor aus.

»Du musst echt nicht auf mich warten«, werfe ich ein, »wer weiß, wie lange das hier dauert. Zurück kann ich wirklich mit der U-Bahn fahren.«

»Kommt nicht in Frage! Ich will doch sehen, für wen ich meinen besten Hosenanzug rausrücken musste.« Mit diesen Worten steigt sie aus und wirft die Autotür energisch ins Schloss.

»Du interpretierst da wirklich zu viel hinein«, stelle ich noch einmal fest, als wir nebeneinanderher zum Haupteingang gehen.

»Wir werden sehen.« Sabine wirft mir ein anzügliches Grinsen zu. »Außerdem: Vielleicht wäre er ja für mich etwas.«

»Du hast doch deinen Arne!«

»Aber deshalb darf ich mir doch noch andere Männer ansehen, oder?«, fragt sie gespielt unschuldig. In diesem Moment spüre ich fast so etwas wie Eifersucht in mir aufsteigen. Nein! Das ist meiner, ich habe ihn zuerst entdeckt. Oder, ehrlich gesagt, hat er mich entdeckt. Unter einem großen Haufen Schutt und Asche. Was mich wieder an den eigentlichen Grund erinnert, warum ich hier beim Polizeipräsidium bin. Na, wird schon alles gutgehen!

6. Kapitel

Sie bleiben also bei Ihrer Aussage, Frau Gerlach?« Niedlich hin, niedlich her – als Andreas Schlehvoigt in seiner Funktion als Vernehmungsführer wieder vor mir sitzt, ist mir eher mulmig als romantisch zumute. Da kann er noch so schöne Augen haben, die im hellen Gegenlicht, das durch die große Fensterfront fällt, jetzt fast noch blauer aussehen als die von Philip. Und auch der angenehme Duft seines Aftershaves, der wieder in der Luft hängt, kann nicht darüber hinwegtäuschen, dass dieses Verhör einzig und allein deshalb stattfindet, um mich eines hinterhältigen Anschlags zu überführen.

»So ist es«, bringe ich einigermaßen selbstbewusst vor und bin froh darüber, dass Sabine draußen im Flur auf mich wartet. Allein das Wissen, dass meine Freundin mich nachher wieder in Empfang nehmen wird, gibt mir Rückhalt. Als Andreas Schlehvoigt uns begrüßte, hat Sabine übrigens unser uraltes Geheimzeichen benutzt: »Erinnerst du mich nachher bitte daran, dass ich zu Hause noch die Blumen gießen muss?«, meinte sie zu mir, bevor ich mit dem Kommissar entschwand. Diesen Satz haben wir früher immer gesagt, wenn wir uns gegenseitig zu verstehen geben wollten, dass wir einen Kerl ziemlich attraktiv finden. Im Gegensatz zu: »Warte mal, ich glaube, ich habe ein Steinchen im Schuh.« Das hieß dann so viel wie: »O mein Gott, der Typ geht gar nicht!« Vielleicht etwas kindisch, aber wir hatten jede Menge solcher Geheimbotschaften, mit denen wir alle anderen im Dunkeln ließen. Tja, und Herr Schlehvoigt fällt für Sabine also auch eindeutig in die Kategorie *Blumengießen*.

»Dann habe ich noch ein paar weitere Fragen an Sie«, fährt der

Kommissar fort und drückt erneut die Aufnahmetaste seines Diktaphons. »Wie lange kennen Sie Herrn Schlichting schon?«

Schlagartig wird mir heiß und kalt, denn ich habe eine böse Ahnung, in welche Richtung die Vernehmung nun führen könnte. »Äh … seit gut drei Jahren«, sage ich. »Seit er in die Wohnung neben mir gezogen ist. Wir sind … Nachbarn.«

»Und wie würden Sie Ihr Verhältnis zu ihm beschreiben?«

»Nachbarschaftlich.«

Andreas Schlehvoigt lacht kurz auf. »Frau Gerlach, wären Sie so freundlich, mir das etwas genauer zu erklären.« Er fährt sich mit einer Hand durch seine dichten, dunkelblonden Locken. Wieder weht sein Aftershave zu mir herüber und benebelt mich noch mehr, als ich ohnehin schon bin. Konzentration, Tessa, der Kerl ist gerade dabei, dich auseinander zu nehmen!

»Ja, wir sind … also … Nachbarn …«, stammele ich weiter, »… und Freunde natürlich auch.«

»Gute Freunde?«

Jetzt ist es an mir, zu lachen. Aber mehr so ein Verlegenheitskichern. »Ach Gott, ja, ich meine, wie Freunde halt so sind. Sie wissen schon.«

»Nein.« Er beugt sich über den Tisch zu mir herüber und mustert mich eindringlich. »Ich weiß nicht, wie Freunde halt so sind.«

»Ja, ähm, also …« *Was will er bloß von mir?*, denke ich krampfhaft. Was soll ich jetzt sagen? Wenn ich nur wüsste, worauf er hinauswill, dann könnte ich mir eine Strategie zurechtlegen. Aber mein Kopf ist absolut leer gepustet, ich kann keinen klaren Gedanken fassen. Eine Mischung aus Angst und Aftershave-Verwirrung. Andreas Schlehvoigt bringt mich komplett aus dem Konzept. »Wir sind, nun ja, doch irgendwie schon …«

»Frau Gerlach«, unterbricht der Bulle mich streng und macht meinem hilflosen Rumgeeier ein Ende. »Ich denke, Sie sind sehr gut mit ihm befreundet. Und daher denke ich, dass Sie über die suizidalen Absichten von Herrn Schlichting Bescheid wussten, oder?«

»Bitte, was?« Scheiße! Wie kommt er denn jetzt darauf?

»Johannes Schlichting«, fährt Andreas Schlehvoigt fort, steht von seinem Stuhl auf und läuft nun – ganz *bad cop* – wie ein Tiger durch den Raum, »hat bei seiner ersten Vernehmung im Krankenhaus längst zugegeben, dass er selbst den Gashahn seines Herdes aufgedreht hat. Mit der Absicht, sich das Leben zu nehmen.«

»Aber das ist doch totaler Unsinn!«, widerspreche ich hilflos. Jetzt ist mir nur noch kalt und kein bisschen mehr heiß. Dieser Hornochse Johannes! Dabei hatte ich ihm doch deutlich gesagt, dass er die Klappe halten soll, bevor er nicht mit mir gesprochen hat!

»Für mich klingt das in jedem Fall wahrscheinlicher als ein Leck in der Gasleitung«, stellt mein Gegenüber nun süffisant fest. »Meinen Sie nicht auch?«

»Nein, auf keinen Fall! Das kann ich mir überhaupt nicht vorstellen. Herr Schlichting ist wahrscheinlich noch verwirrt und ...«

»Auf mich hat er keinen sonderlich verwirrten Eindruck gemacht«, fährt Andreas Schlehvoigt mir über den Mund.

»Er hat wahrscheinlich durch die Explosion ein Trauma, da kann man schnell durcheinander geraten.«

»Ach?« Jetzt zieht er spöttisch die Augenbrauen hoch und sieht leider sogar damit noch ziemlich gut aus. »Psychologin sind Sie also auch noch?«

»Nein, natürlich nicht. Aber es ist doch bekannt, dass solche Erlebnisse häufig Schockreaktionen hervorrufen.«

»Frau Gerlach, solche Diagnosen überlässt man Experten. Und bis wir die eingeschaltet haben, halte ich mich lieber an die Fakten.« Er setzt sich wieder hin, mustert mich mit strengem Blick und tippt mit seinem Kugelschreiber auf das Aktenblatt, das vor ihm liegt. »Und diese sprechen in diesem Fall für sich: Johannes Schlichting wollte sich das Leben nehmen und hat den Gashahn aufgedreht. Als Sie dann mit den Wunderkerzen vor seiner Tür standen und er öffnete, wurde durch den Funkenflug die Explosion ausgelöst.«

Genau, denke ich. Krächze aber natürlich schnell ein »Quatsch!« heraus. »Warum sollte Herr Schlichting sich das Leben nehmen wollen?«

»Zu diesem Punkt schweigt Ihr Nachbar bisher. Aber das Warum ist im Moment nur von sekundärer Bedeutung. Bedeutung hat für uns allein die Tatsache, dass Herr Schlichting die Gefahr für seine Mitmenschen billigend in Kauf genommen hat.«

»Gefahr?«

Er nickt. »Laut Heinrich Klabunde wohnt außer Herrn Schlichting noch eine andere Person in der Schanzenstraße Nummer 13f – und die hätte durch sein Verschulden ums Leben kommen können.«

»Aber, aber …«, stammle ich unsicher, »… aber das bin doch ich. Ich meine, außer Herrn Schlichting wohne doch nur noch ich im Haus.«

»Ja und, Frau Gerlach?«, fährt Andreas Schlehvoigt mich an. »Meinen Sie, das macht das Ganze irgendwie besser?«

»Aber es ist doch nichts passiert. Vom Haus jetzt mal abgesehen …«

»Frau Gerlach!«, brüllt er jetzt fast. »Sie bezeichnen eine Explosion dieser Größenordnung als *nichts passiert?*«

Ich starre ihn erschrocken an. Mein Puls ist mittlerweile auf hundertfünfundneunzig. Nein, ich nehme alles zurück. Der Mensch vor mir gehört überhaupt nicht in die Kategorie *Blumengießen*. Er ist ein widerlicher, gemeiner Hund, der sich darüber freut, mich hier so richtig in die Mangel nehmen zu können. Wie kann man nur so einen Beruf ausüben? Und wenn man schon zur Polizei geht, kann man dann nicht etwas Vernünftiges machen? Alte Damen vor Straßenraub schützen, Schulkinder sicher über die Straße lotsen – so was in der Art? Aber nicht unschuldige Leute fertig machen!

»Herr Schlehvoigt«, gebe ich mich kämpferisch, »ich kann Ihnen nur sagen, dass ich bei meiner Aussage bleibe.« Jawollja, mit mir fährst du hier nicht Schlitten! Und falls Johannes seine Aussage doch noch widerruft – wegen geistiger Umnachtung oder Ähnlichem –, will ich nicht diejenige sein, die ihn ans Messer geliefert hat.

»Ja, ja, bleiben Sie ruhig bei Ihrer unglaubwürdigen Geschichte«, erwidert er und lächelt nun beinahe freundlich. »Aber so, wie die Sache aussieht, steckt Ihr Freund in ernsthaften Schwierigkeiten. Er bleibt vorerst in Untersuchungshaft – wegen Mordversuchs.«

Mein erster Gedanke ist: *Aha, da steckt Johannes also, in Untersuchungshaft.*

Und mein zweiter: *Mordversuch?*

»Mordversuch?«, entfährt es mir. »Werden Sie doch nicht albern!«

»Ich bin ganz bestimmt nicht albern, das werden Sie schon noch sehen.«

Zwei oder drei Sekunden lang gucken wir uns böse an, wie zwei Cowboys, die sich gegenüberstehen und darauf warten, dass der andere zuerst zieht. Möchte wirklich wissen, was Andreas Schlehvoigt gerade denkt. Und ob sein Oberkörper wirklich so durchtrainiert ist, wie es unter seinem Hemd den Eindruck macht … Nein, das will ich natürlich überhaupt nicht wissen! Ich sollte meine Gedanken besser im Griff haben.

»Herr Schlehvoigt«, sage ich und versuche, das Zittern in meiner Stimme wieder unter Kontrolle zu bringen. »Wenn das so ist, werde ich Herrn Schlichting ab sofort als Anwältin vertreten. Und deshalb verlange ich, dass Sie mich zu ihm bringen!«

»Sie wollen ihn vertreten?« Ein spöttisches Lächeln. »Meinen

Sie nicht, Sie sollten das jemandem überlassen, der in diesem Fall etwas weniger befangen ist?«

»Ich bin nicht befangen!«

»Wie würden Sie das denn bezeichnen? Sie haben ja sogar schon eine Falschaussage für ihn gemacht.«

»Das ist doch vollkommen lächerlich!«

»Finden Sie?« Wieder grinst er. »Ich werde es Ihnen schon noch beweisen.«

»Wenn das dann alles wäre?« Abrupt stehe ich auf.

»Vorerst ja«, erwidert er. »Ich werde mich bei Ihnen melden, sobald ich Herrn Schlichting in der Untersuchungshaft noch einmal vernommen habe.«

»Gut, tun Sie das!«

»Wo erreiche ich Sie im Moment am besten?«

»Sie sind doch Polizist«, gifte ich ihn an, »finden Sie es halt heraus!«

Erschrocken lege ich eine Hand auf den Mund, da bin ich vielleicht etwas zu weit gegangen. Immerhin ist der Mann bei der Kriminalpolizei und kann gegen mich noch ganz andere Geschosse auffahren, wenn ich ihn hier so anzicke. »Verzeihung«, murmele ich daher und schreibe Sabines Adresse auf das oberste Blatt des Zettelblocks, der auf dem Schreibtisch liegt. »Hier wohne ich bis auf weiteres«, erkläre ich und schreibe noch meine Handynummer dazu. »Und so bin ich mobil zu erreichen.«

»Danke«, sagt Andreas Schlehvoigt, reißt den Zettel ab und studiert ihn kurz. Dann nimmt er sein Mobiltelefon, das neben ihm liegt, und tippt eine Nummer ein. Zwei Sekunden später klingelt mein Handy, dann legt Andreas Schlehvoigt auf.

»Was war denn das?«, will ich wissen. »Wollten Sie überprüfen, ob ich Ihnen auch die richtige Nummer gegeben habe?«

»Nein«, erwidert er – und grinst mich zu meiner Überraschung spitzbübisch an. »Jetzt haben Sie meine Nummer auf dem Display. Also können Sie jederzeit anrufen, wenn Ihnen doch noch einfallen sollte, dass Sie etwas Wesentliches vergessen haben.«

»Ich habe …«, will ich ihn schon wieder anfahren.

»Oder wenn irgendetwas anderes Wichtiges ist«, fährt er fort und sieht mich dabei so seltsam an, dass ich tausend heilige Eide schwören würde, dass der Herr Ermittlungsbeamte mich hier gerade anflirtet. Das ist doch alles zu absurd! Will der mich und Johannes jetzt eines schweren Verbrechens überführen oder mich anbaggern? Der Kerl verwirrt mich total, was für eine irrsinnige Situation!

Ich muss wieder an die Kipperkarte denken – wenn ich bloß wüsste, was die alte Frau mir damit sagen wollte. Aber andererseits glaube ich an so etwas ja ohnehin nicht, würde mir also nicht wirklich weiterhelfen.

»In Ordnung«, erwidere ich so kühl wie möglich. Von seinen kleinen Spielchen werde ich mich bestimmt nicht so leicht aufs Glatteis führen lassen. Andreas Schlehvoigt ist und bleibt der Feind! »Dann kann ich ja jetzt gehen.«

»Ja«, bestätigt er, »das können Sie, im Moment gibt es nichts weiter zu besprechen.«

Ich schnappe mir meine Jacke und Tasche und marschiere zur Tür. Andreas Schlehvoigt kommt mir eilig hinterher und öffnet sie mir sogar. »Auf Wiedersehen, Frau Gerlach.« Einen Moment lang guckt er mich komisch an. So, als würde es ihm etwas leidtun. Aber da kann es ihm zehnmal leidtun, wenn er dafür sorgt, dass Johannes wegen Mordversuch im Knast landet. Das nützt uns dann auch nicht. Mit einem schiefen Lächeln streckt er mir seine Hand hin, die ich zögernd ergreife.

»Auf Wiedersehen«, gebe ich mich ganz korrekt, schüttele seine Hand und wende mich dann Sabine zu, die draußen im Gang gerade von ihrem Stuhl aufsteht. Ich gehe zu ihr und zische ihr ein schnelles »Lass uns abhauen« zu. Als wir den Flur Richtung Ausgang hinuntergehen, bleibe ich kurz stehen und sage dann laut und deutlich: »Warte mal kurz, ich glaube, ich habe ein Steinchen im Schuh.«

Während ich mich bücke, um den imaginären Stein aus meinem Schuh zu holen, bemerkte ich, dass Andreas Schlehvoigt noch immer in der Tür steht und mir nachsieht. Als sich unsere Blicke treffen, tritt er abrupt wieder zurück in sein Büro und zieht die Tür hinter sich zu.

»So ein blöder Idiot!«, rege ich mich auf, als ich wieder neben Sabine im Auto sitze und wir zurück nach Winterhude fahren. Gleichzeitig fummele ich an meinem Handy herum, um die Nummer von Andreas Schlehvoigt abzuspeichern. Schließlich kann man nie wissen, wozu man sie noch brauchen kann.

»Ist wohl nicht so gut gelaufen«, mutmaßt Sabine. »Ich meine, wenn er innerhalb einer halben Stunde zum Stein im Schuh mutiert.«

»Das mit den Blumen hast *du* gesagt. *Ich* habe das nie behauptet«, gebe ich hitzig zurück. »Und nicht gut gelaufen ist gar kein Ausdruck. Die wollen Johannes wegen Mordversuch einbuchten!«

»Mordversuch?« Sabine zuckt zusammen. »Wen soll er denn ermordet haben wollen?«

»Sich«, antworte ich. »Und … na ja … mich auch.«

»Was redest du denn da? Jetzt erzähl doch bitte mal von Anfang an, sonst verstehe ich nur Bahnhof.«

In kurzen, hitzigen Sätzen erläutere ich Sabine, was bei der Vernehmung passiert ist. »Warum hat Johannes auch nicht auf mich gehört und bei der Vernehmung seine blöde Klappe gehalten?«, schließe ich meine Ausführungen.

»Vielleicht wollte er dich in Schutz nehmen«, überlegt Sabine.

»Ich kann sehr gut selbst auf mich aufpassen, schließlich bin ich Anwältin.«

»Du glaubst wohl auch, deine juristischen Examen schützen

dich gegen alle Eventualitäten des Lebens«, stellt Sabine mit einem spöttischen Unterton fest.

»Natürlich nicht«, fahre ich sie an. »Aber ich … ach, ich weiß auch nicht!« Zu meinem eigenen Schrecken muss ich plötzlich weinen. Die letzten Tage waren einfach ein regelrechter Albtraum!

Sabine lässt mich erst einmal in Ruhe und konzentriert sich auf den Straßenverkehr. Als sie merkt, dass ich mich wieder beruhige, nestelt sie ein Taschentuch aus einer Packung, die auf der Ablage vor ihr liegt. »Auf jeden Fall müssen wir Johannes irgendwie helfen, er scheint ja wirklich ziemlich in der Klemme zu stecken«.

»Natürlich müssen wir ihm helfen! Ich habe dem Bullen auch schon gesagt, dass ich seine Verteidigung übernehme.«

»Meinst du nicht«, will Sabine zaghaft wissen, »dass du damit momentan etwas überfordert bist? Und Strafrecht ist ja auch nicht gerade deine Stärke …« Zuerst will ich ihr heftig widersprechen. Aber dann lasse ich es. Sie hat ja Recht. Ich bin überfordert. Und außerdem ist Strafrecht wirklich nicht mein Fachgebiet, die meisten meiner Mandanten berate ich in Familien- oder Sozialrecht.

»Aber was soll ich denn machen?«

Anstelle einer Antwort setzt Sabine den Blinker und biegt in letzter Sekunde von der Spur, die nach Winterhude führt, direkt Richtung City ab. »Das kann ich dir sagen«, stellt sie dann mit einem Ton fest, der keinen Widerspruch duldet. »Du springst über deinen dämlichen Schatten und bittest jemanden um Hilfe, der sich auskennt.«

Ich muss erst gar nicht fragen, wen Sabine meint. Ich weiß es ja selbst. Und so unangenehm mir die ganze Sache natürlich ist, scheint das im Moment der einzige Ausweg zu sein, um Johannes vor einem längeren Knastaufenthalt zu schützen.

»Wo ist Philips Kanzlei?«, will Sabine wissen.

»Neuer Wall«, erwidere ich. »Wo auch sonst?«

Als ich vor zwei Jahren per Zufall von einer Kollegin gesteckt bekommen habe, dass Philip mit seiner – und Hortensias! – Kanzlei an den Neuen Wall umgezogen ist, habe ich innerlich sofort die Augen verdreht. Klar, natürlich Hamburgs nobelste und teuerste Geschäftsadresse, drunter macht es Herr Dr. Kunstmann nicht. Gucci, Versace und andere Designer säumen die Straße mitten in der Innenstadt, die ich natürlich nur vom Dran-Vorbeilaufen kenne. Ich habe mich schon immer gefragt, welche Leute so wahnsinnig sind, um für einen einzigen Pullover gut und gerne tausend Euro hinzublättern. Meiner Meinung nach nur Menschen, die ansonsten arm im Herzen sind und damit irgendetwas kompensieren wollen. Könnte mir nicht passieren. Und nicht nur aus finanziellen Gründen!

Jedenfalls fühle ich mich etwas unwohl, als Sabine ihren Golf mitten auf der Luxusmeile parkt und wir aussteigen. Hier gehöre ich eindeutig nicht hin.

»Komm«, meint Sabine, greift nach meiner Hand und zerrt mich hinter sich her Richtung Kanzlei. Als wir den Eingang erreichen, bleibe ich wie vom Donner gerührt stehen. Ich wusste ja, dass Philip mit Hortensia zusammenarbeitet. Aber es schwarz auf weiß – beziehungsweise schwarz auf gold – auf dem Türschild neben der großen Glastür zu sehen ist dann doch noch etwas anderes:

Dr. Philip Kunstmann & Dr. Hortensia Lorentzmeyer
Rechtsanwälte

Das hätte mein Name sein müssen. Das war *mein* Traum. *Unser* Traum! Sicher, ich hätte nie zugelassen, dass wir uns irgendwann am Neuen Wall niederlassen, wo man schon allein für die Miete seine Mandanten bis auf die Unterhose ausziehen muss. Aber trotzdem kann ich nicht verhindern, dass mir all die Pläne einfallen, die Philip und ich einmal hatten. Und ich frage mich zum hundertsten Mal, warum wir sie aus den Augen verloren haben.

Hamburg, den 20. März 2001

Liebe Tessa,

ich habe keine Ahnung, was ich jetzt schon wieder falsch gemacht habe und ob es überhaupt noch etwas gibt, was ich richtig machen kann. In letzter Zeit gibst Du mir andauernd das Gefühl, dass ich ein totaler Blödmann bin. Egal, was ich sage oder tue, Du regst Dich über alles auf. Sogar meine Kleidung oder meine Art, Auto zu fahren wird von Dir kritisiert. Was ist denn los?
Oder geht es in Wirklichkeit nicht doch darum, dass meine Eltern uns Geld für eine Kanzlei geben wollen? Was ist denn so schlimm daran?
Ich hoffe, wir können jetzt mal in Ruhe darüber reden!

Philip

Den Brief hatte ich ihm abends wortlos zurück auf sein Kopfkissen gelegt und nur ein *Wenn Du das nicht weißt, kann ich Dir auch nicht helfen* hinten draufgekritzelt. Anschließend bin ich mit Sabine ausgegangen und habe die Nacht bei ihr verbracht. Rückblickend kommt mir das alles etwas kindisch vor, denn eigentlich ging es nur darum, dass ich mich darüber geärgert hatte, dass Philip das Geld seiner Eltern annehmen wollte, ohne vorher mit mir darüber zu reden. Ein paar Wochen später habe ich dann aus Trotz auch noch einen Job in einer kleinen Kanzlei angenommen, mit der Begründung, wir sollten beide erst einmal unabhängig voneinander etwas Berufserfahrung sammeln, bevor wir uns selbständig machen. Philip wollte aber nicht warten und nahm das Geld, um sich bei Hortensia einzukaufen. Nur so lange, bis ich mit ihm unsere Kanzlei eröffnen würde, meinte er. Wie es dann später ausging, ist ja bekannt.

»Also, auf geht's«, reiße ich mich selbst betont fröhlich aus meinen düsteren Gedanken und drücke den Klingelknopf. Eine Minute später knackt die Gegensprechanlage, eine Frauenstimme meldet sich: »Ja, bitte?«

»Tessa Gerlach und Sabine Heitkämper«, sage ich laut, »wir möchten zu Herrn Dr. Kunstmann.«

»Haben Sie einen Termin?« War klar, dass die hier das komplette Wichtigprogramm durchziehen.

»Nein«, belle ich die Frau an, »aber wenn Sie Herrn Dr. Kunstmann sagen, dass Tessa Gerlach ihn sprechen will, bin ich sicher, dass er uns empfangen wird.«

»Einen Moment bitte.«

Ich tappe ungeduldig mit dem rechten Fuß. Was für eine Unart, uns hier draußen vor der Tür stehen zu lassen, als wären wir Staubsaugervertreter! Bei mir und Sabine im Büro würde es so etwas nicht geben. Na gut, wir haben – hatten – auch keine Gegensprechanlage. Und so oft hat es bei uns sowieso nie geklingelt, dass man sich erst umständlich rückversichern musste, ob der- oder diejenige auch einen Termin hatte.

»Vielleicht ist Philip ja gar nicht da«, überlegt Sabine. »Wir hätten ihn vorher anrufen sollen.«

»Damit er sich vorbereiten und mich mit neuen Gemeinheiten empfangen kann? Nein, danke!«

Bevor Sabine etwas erwidern kann, ertönt der Türsummer und die Frauenstimme sagt: »Bitte kommen Sie in den sechsten Stock.«

Als sich die Fahrstuhltüren im sechsten Stock öffnen, stehen Sabine und ich direkt vor einem großen Empfangstresen mit zwei adrett zurechtgezimmerten Damen Ende fünfzig.

»Frau Gerlach, Frau Heitkämper?«, will die linke Frau wissen.

Ich nicke. »Nehmen Sie doch bitte noch einen Moment Platz«, sagt sie und deutet auf die Ledersitzgarnitur in der rechten Ecke. »Herr Dr. Kunstmann wird sofort Zeit für Sie haben.« Ergeben tun Sabine und ich, wie uns geheißen. »Möchten Sie etwas trinken?«, fragt die Frau und zählt auf: »Kaffee, Tee, Wasser mit oder ohne Sprudel, Orangensaft, Apfelsaft, Cappuccino, Latte Macchiato ...«

»Ist das hier eine Bar oder eine Kanzlei?«, entfährt es mir provozierend. Sabine haut mir ihren Ellenbogen in die Seite. Ist doch wahr!

»Ich hätte gern ein Wasser«, bittet Sabine freundlich und wirft mir einen mahnenden Blick zu.

»Ich bitte auch«, presse ich hervor. »Wenn's geht mit Zitronenscheibe.« Das konnte ich mir nicht verkneifen.

Dreißig Sekunden später stellt die Empfangsdame uns die Getränke hin – tatsächlich mit Zitronenscheibchen!

»Das ist doch hier alles nur Show«, raune ich Sabine leise zu. »Damit treiben sie gleich mal die Honorare in die Höhe. Ich sag dir: Das ist ein teures Zitronenscheibchen.«

»Nun hör schon auf«, zischt Sabine, »sei nicht so herablassend.«

»Herablassend? *Ich?* Wer hat denn hier das Bonzenbüro?«

»Ich meine deine Understatement-Arroganz.«

»Was ist das denn?«

Sabine winkt ab. »Ach, vergiss es einfach.«

Ich fische die Zitronenscheibe aus dem Glas und nuckele daran herum. Allerdings nur so lange, bis die eine der Empfangsdamen mir einen irritierten Blick zuwirft. Gehört sich wahrscheinlich nicht, auf der Dekoration rumzukauen, also stecke ich die leicht lädierte Zitronenscheibe brav an den Rand meines Wasserglases.

Ganze zehn Minuten lang lässt Philip uns warten. Pure Einschüchterungstaktik! Allerdings Zeit genug, sich in aller Ruhe umzusehen. Gar nicht mal so geschmacklos, muss ich zugeben, als ich meinen Blick über die verschiedenen Gemälde an den Wänden wandern lasse. Alles moderne Künstler. Auf der anderen Seite des Raumes steht ein großer Frauentorso aus Bronze. Am erstaunlichsten finde ich allerdings die zwei Empfangsdamen. Mit freundlicher Stimme nimmt jede der beiden schätzungsweise alle zehn Sekunden einen Anruf entgegen. »Herr Dr. Kunstmann ist gerade in einer Besprechung, wir rufen zurück.« – »Tut mir leid, wir haben erst in drei Wochen wieder einen Termin für Sie.« – »Frau Dr. Lorentzmeyer wird an der Besprechung in London teilnehmen.« – »Herr Dr. Kunstmann wird die Unterlagen gleich morgen früh prüfen.« Und so weiter und so fort. So oft bimmelt bei mir nicht mal in einem Monat das Telefon! Wer weiß, hege ich einen belustigenden Gedanken, vielleicht ist das alles nur Show und die beiden Frauen telefonieren mit sich selbst? Obwohl ich im tiefsten Inneren meines Herzens weiß, dass es nicht so ist.

»Frau Gerlach, Frau Heitkämper?« Unsere Empfangsdame steht auf und geht zu der großen Doppelglastür, die die Halle von einem weiteren Gang abtrennt. »Wenn Sie mir bitte folgen möchten?«

Wir stehen auf und schlurfen über den dicken Teppich hinter ihr her. Die Türschilder, an denen wir vorbeikommen, verraten uns, dass Philip und Hortensia nur die Speerspitze der Bewegung sind: Insgesamt arbeiten noch zwei Anwaltsgehilfinnen und zwei Referendare für die beiden. Sechs Mitarbeiter für zwei Anwälte! Es scheint wirklich gut zu laufen bei den Doctores Kunstmann & Lorentzmeyer. Ich bin ehrlich gesagt wider Willen beeindruckt.

»Hallo, Tessa!« Philip springt von seinem Stuhl auf, als wir sein Büro betreten, und kommt auf mich zugeeilt. Ehe ich mich versehen kann, hat er mich auch schon mit Küsschen links und rechts begrüßt. »Was für ein überraschender Besuch!« Dann wendet er sich meiner Freundin zu. »Und Sabine! Wir haben uns ja wirklich schon ewig nicht mehr gesehen.« Auch sie will er schon an seine Brust reißen, aber Sabine streckt ihm im letzten Moment ihre Hand entgegen und stoppt den Übergriff damit elegant und wirkungsvoll.

»Tag, Philip«, begrüßt sie ihn freundlich, aber distanziert. Dann lässt sie ihren Blick durch sein Büro schweifen, das ungefähr so groß ist wie unsere gesamte Kanzlei. »Hast es ja wirklich nett hier.«

Philip nickt lächelnd und deutet dann auf eine Sitzgruppe neben der Fensterfront. »Bitte, nehmt doch Platz.« Wir setzen uns auf die bequemen, frei schwingenden Stühle, Philip geht noch einmal zurück zu seinem Schreibtisch und drückt einen Knopf an seinem Telefon. »Frau Huber, bringen Sie uns bitte noch etwas Kaffee und Gebäck?« Dann kommt er zu Sabine und mir herüber und nimmt ebenfalls Platz. Etwa eine Sekunde später wird die Tür geöffnet, der Empfangsdrache trägt Kaffee und Kekse herein. Echter Pronto-Service, das muss man ihr lassen. »Während dieser Besprechung nehme ich keine Telefonate entgegen«, teilt Philip Frau Huber mit, die daraufhin devot nickt. Fehlt nur noch, dass sie einen Knicks andeutet!

»Also«, beginnt Philip das Gespräch, sobald seine Sekretärin den Raum verlassen hat. »Was führt euch so unverhofft zu mir? Nach unserem letzten Telefonat hatte ich nicht den Eindruck, dass du mich so schnell wieder sehen möchtest.«

»Seit unserem letzten Telefonat hat sich einiges verändert«, erkläre ich.

»So?« Philip zieht die Augenbrauen hoch und sagt mit betont erstaunter Stimme: »Du möchtest dir demnach nicht mehr beide Hände abhacken lassen?«

»Bevor du jetzt schon wieder anfängst, mir die Sache wirklich schwer zu machen«, blaffe ich ihn an, »will ich dir kurz etwas erklären: Ich bin nicht wegen mir hier!«

Er wirft einen verwunderten Blick zu Sabine, die aber sofort den Kopf schüttelt.

»Nein, um Sabine geht es auch nicht. Aber da sie quasi meine rechte Hand ist, wollte ich, dass sie mich begleitet.«

»Linke Hände hast du ja auch genug!«, macht Philip einen Witz. »Oder willst du Sabine dann auch eine Hand abhacken?« Er kichert kurz los, aber als er meinen frostigen Blick sieht, hört er sofort auf. »Verzeihung«, murmelt er peinlich berührt, »das war jetzt doof von mir.«

»Ja, war es«, gebe ich ihm Recht. »Und wenn wir schon mal dabei sind: Nicht nur …«

»Kommen wir doch zum eigentlichen Thema unseres Besuchs«, geht Sabine dazwischen und lächelt wie Kofi Annan bei einem Iranbesuch.

»Gute Idee.« Philip lehnt sich erwartungsvoll etwas weiter zu mir vor – seine Augen leuchten im Gegenlicht. Sie sind also doch blauer als die von Andreas Schlehvoigt. Erinnert mich an die Leute aus dem Film *Der Wüstenplanet,* die *Spice* genascht haben … Herrje, wo kommt denn jetzt dieser Gedanke her? Energisch schüttle ich den Kopf. Ich bin ein Profi, verdammt!

»Es geht um Johannes«, beginne ich und versuche, mich nun nur noch auf die Sachlage zu konzentrieren. »Er steckt wirklich in schrecklichen Schwierigkeiten. Sie wollen ihn wegen Mordversuchs anklagen.«

»Mordversuch?« Philip mustert mich überrascht. »Wie kommen die denn darauf?«

»Na ja … Johannes hat offensichtlich bei seiner ersten Vernehmung behauptet, die Gasleitung absichtlich aufgedreht zu haben.«

»Warum das denn?«

»Der Polizist meinte, Johannes hätte gesagt, dass er sich das Leben nehmen wollte.«

»Aber davon wusstest du nichts?«, will Philip wissen.

»Natürlich nicht!«, erwidere ich. Immer schön bei meiner ersten Version bleiben. »Ich …«

»Tessa«, geht Sabine plötzlich ungeduldig dazwischen, »wenn das hier etwas bringen soll, musst du Philip schon die ganze Wahrheit sagen, sonst kann er nicht helfen. Klar hast du das gewusst!«

Für einen Moment starre ich meine Freundin böse an. Warum fällt sie mir in den Rücken? Aber wenn ich ehrlich bin, hat Sabine natürlich Recht. Wenn Philip wirklich helfen soll, ist es nun an der Zeit, die Wahrheit zu erzählen. Zumindest den Teil der Wahrheit, der wichtig ist …

»Stimmt das?« Philip mustert mich gespannt. »Du hast das gewusst?«

Ich nicke langsam. »Ja, schon … irgendwie.«

»Und warum hast du etwas anderes gesagt?«

Ich seufze. »Weil ich Johannes schützen wollte und weil mir klar war, dass es Ärger gibt, wenn jemand erfährt, dass er selbst den Gashahn aufgedreht hat.« Ich fange an, nervös den Verschluss meiner Handtasche auf- und zuschnappen zu lassen. »Aber wie hätte ich wissen sollen, dass dieser Riesenhornochse nicht auf mich hört und einfach mal die Klappe hält?«

»Soll eben Leute geben, die nicht auf andere hören.« Philip grinst mich an.

»Haha! Sehr witzig!«

»Es ist also so«, fasst Philip zusammen, »dass Johannes sich das Leben nehmen wollte. Dann bist du mit den Wunderkerzen aufgekreuzt und dadurch ist das Haus explodiert?«

»So ungefähr war das.«

Philip schweigt und blickt eine Weile nachdenklich aus dem Fenster. »Das verändert die Sachlage natürlich erheblich«, stellt er dann fest. »Und leider nicht zu eurem Vorteil.«

»Schön, dass du mich noch mal darauf aufmerksam machst. Das weiß ich selbst,« zicke ich, »aber natürlich hatte Johannes nie vor, irgendjemanden in Gefahr zu bringen. Er konnte ja nicht ahnen, dass ich mit Wunderkerzen vor seiner Tür stehe.«

Philip nickt und guckt immer noch nachdenklich aus dem Fenster. Möchte mal wissen, was er gerade denkt. Hoffentlich kommt ein genialer Vorschlag dabei heraus, wie wir die ganze Angelegenheit so schnell wie möglich vom Tisch bekommen.

»Sag mal, Tessa«, er dreht sich vom Fenster weg und blickt mir direkt in die Augen, was mich sofort wieder nervös macht. Also nervöser, als ich ohnehin schon bin. »Eine Sache verstehe ich noch nicht so ganz: Wenn sich mit Johannes und dir da was ganz Frisches angebahnt hat – weshalb um Himmels willen wollte er sich dann das Leben nehmen? Normalerweise denken Leute, die sich gerade verliebt haben, an alles Mögliche, aber nicht an Selbstmord.«

Sabine schnappt glucksend nach Luft und sieht so aus, als wolle sie Philip erklären, dass er da was missverstanden haben muss, aber ich bringe sie mit einem schnellen Seitenblick zum Schweigen.

»Ähm«, fange ich an und mein Gehirn arbeitet auf Hochtouren. Ich kann Philip natürlich schlecht sagen, dass ich die Sache mit der Verliebtheit nur aus Trotz erzählt habe – damit er nicht denkt, ich wäre einsam und allein und überhaupt. Schöne Bescherung, das habe ich jetzt davon! »Es ist kompliziert«, erkläre ich lapidar.

»Klingt ganz so.«

»Also, ich hab dir ja gesagt, dass es noch … noch ganz frisch ist.«

»Seit wann bist du denn mit Johannes zusammen?«, bricht es nun doch aus Sabine heraus. Herrje, kann die nicht ihren Mund halten? »Und warum hast du mir das nicht erzählt?«, fragt sie in vorwurfsvollem Ton nach.

»Du bist ja gerade erst wieder von Mallorca zurück und es ist so viel passiert, da bin ich nicht dazu gekommen.« Wieder ein eindringlicher Blick in ihre Richtung. Langsam muss sie doch mal begreifen, dass ich das in Gegenwart von Philip nicht ausdiskutieren möchte.

»Aha«, sagt sie und schweigt.

»Also, Johannes wollte sich das Leben nehmen«, meint Philip noch einmal. »Obwohl er frisch verliebt ist ... oder etwa, weil er ausgerechnet in dich verliebt ist?«

Dieser Mann kann das Sticheln einfach nicht lassen! Ich schlucke den bissigen Kommentar herunter, den ich Philip am liebsten wie eine Handgranate entgegenwerfen würde. »Vermutlich hat er mich irgendwie missverstanden, weil ich es nicht richtig hinbekommen habe, ihm meine Gefühle offen und ehrlich zu zeigen.«

Wieder mustert Philip mich eindringlich. »Das wiederum«, sagt er dann langsam, »kann ich mir ziemlich gut vorstellen.«

»Ja, nur so kann ich es mir erklären«, rede ich schnell weiter und ignoriere seinen Einwurf, »es gab da eine andere Frau und ... und ... und dass er meine große Liebe ist, habe ich so richtig auch erst im Moment der Katastrophe begriffen. Und als wir da so nebeneinander in den Trümmern lagen, also da haben wir beide gemerkt, wie wichtig wir füreinander sind, und seitdem also, äh...« Mein Gott – was stammle ich mir hier für einen Scheiß zusammen? »Na ja, die genaueren Umstände spielen hier überhaupt keine Rolle. Das Einzige, worum es geht, ist, dass Johannes dringend Hilfe braucht.« Ich gerate wieder ins Stocken, der nächste Satz fällt mir unheimlich schwer: »Und ich wäre dir sehr dankbar, wenn du ihn vertreten würdest.«

Ein Lächeln breitet sich auf Philips Gesicht aus. Aber nicht breit und triumphal, wie ich es erwartet hätte. Nein, es scheint mir beinahe aufmunternd gemeint zu sein.

»Also, Tessa«, beginnt er. Ich bin mir trotz seines Lächelns auf einmal sicher, dass er meine Bitte ablehnen wird. Warum sollte er auch meinem Freund aus der Patsche helfen? Noch dazu, wo er sich ausrechnen kann, dass bei der Sache für ihn nicht viel mehr herausspringt als ein Pflichtverteidigerhonorar?

»Ich weiß schon, was du sagen willst«, falle ich ihm ins Wort und mache Anstalten, aufzustehen. »Der Fall lohnt sich nicht für dich.« Ich gebe Sabine ein Zeichen, die sich ebenfalls erhebt.

»Moment.« Mit einer schnellen Bewegung hält Philip meine Hand fest. »Du ziehst wie immer voreilige Schlüsse, die in dein Bild von mir passen. Selbstverständlich helfe ich ihm gern!«

Für einen Moment bin ich fassungslos und lasse mich zurück auf meinen Stuhl plumpsen. Habe ich da richtig gehört?

»Du übernimmst das Mandat?«

Philip nickt und grinst jetzt doch von einem Ohr zum anderen. »Kein Problem«, bestätigt er, »ich glaube nicht, dass die Sache allzu schwierig werden wird.«

Ich lache erleichtert auf. »Das ist wirklich toll von dir«, freue ich mich, »ich weiß gar nicht, wie ich dir dafür danken soll!«

»Doch«, meint Philip, »das weißt du. Du weißt es sogar ziemlich genau.«

»Häh?« Was kommt denn jetzt noch?

»Na ja«, erklärt Philip, »du willst, dass ich in einem Fall tätig werde, der sich finanziell für mich nicht lohnt. Und als Gegenleistung erwarte ich, dass wir an etwas zusammenarbeiten, das sich durchaus lohnt.«

Ich brauche zwei Sekunden, ehe der Groschen bei mir fällt.

»Chantal?«

Philip nickt. »Eine Hand wäscht die andere«, sagt er und schiebt mir etwas über seinen Schreibtisch. Es ist die heutige Ausgabe des *Kuriers*. Chantal hat es wieder auf Seite eins geschafft. »Lies mal. Ich habe den Eindruck, die Frau kann momentan durchaus fachmännische Hilfe brauchen.«

Ich überfliege die ersten Zeilen.

Schlagerprinzessin Chantal

Ex-Lover warnt vor überstürzter Heirat

Hamburg – Erst war er nur ihr Manager, dann wurden sie ein Paar. Und auch heute noch sorgt sich Sergio Althoff (39) um seine Chantal (27).

»Ich habe gehört, dass Chantal wieder verliebt ist, sogar heiraten will. Aber es soll Probleme geben, und ich weiß, dass Chantal ein Mensch ist, der nicht nachdenkt, wenn es richtig gefunkt hat.«

Erst am vergangenen Wochenende waren Gerüchte um eine neue Liebe der Schlagerlady durchgesickert. Nun heißt es, der große Unbekannte habe Chantal einen knallharten Ehevertrag vorgelegt.

Althoff: »Ich weiß nichts Genaues. Aber ich spüre, dass meine Chantal in großer Gefahr ist.«

Ich schüttle den Kopf. »Woher weiß der das bloß? Chantal jedenfalls wollte mit niemandem darüber sprechen. Und mit Althoff schon gar nicht. Die sind doch völlig zerstritten.«

»Na, vielleicht hast du sie auch falsch verstanden. Oder *völlig zerstritten* bedeutet in ihrer Branche etwas anderes als in unserer. Wie dem auch sei, ich denke, dass die Ehevertragverhandlungen durchaus interessant werden dürften. Und außerdem könnten wir damit auch eine Menge Geld verdienen.«

»Aber …«, will ich ansetzen.

»Tessa«, sagt Philip in eindringlichem Ton. »Chantal will uns als Team, das hat sie ausdrücklich gesagt. Und in deiner momentanen Lage kannst du diesen Job wirklich mehr als gebrauchen.«

»Trotzdem glaube ich nicht, dass das so eine gute Idee wäre.«

»Wieso nicht? Wir sind dafür doch optimal! Hier geht es um ein familienrechtliches Problem von Leuten mit viel Kohle. Du hast Ahnung von Familienrecht und ich von Leuten mit Kohle. Lass es uns doch wenigstens probieren! Du kannst dein Honorar ja hinterher den Armen spenden, wenn du dich dann besser fühlst.«

»Haha, sehr witzig!«

»Was ich meine, ist, dass das für uns beide eine gute Sache wäre«, fährt er fort. »Meinst du nicht, wir sollten die Kindereien endlich bleiben lassen und uns wie Profis verhalten?«

Ich werfe Sabine einen schnellen Blick zu, sie nickt. In mir kämpfen tausend Gefühle miteinander. Ja, ich könnte den Job wirklich gut gebrauchen. Ja, ich will, dass Philip Johannes hilft. Aber ich kann doch nicht mit ihm zusammenarbeiten! Was, wenn dabei die alten Gefühle wieder hochkommen? Wenn ich nicht damit klarkomme, ihm wieder so nah zu sein? Worauf lasse ich mich da bloß ein? Ich muss wieder an den Karton voller Briefe denken. Und an den Brief, den Philip mir schrieb, nachdem ich ihn zusammen mit Hortensia vorm Gericht gesehen hatte.

Hamburg, den 14. Februar 2003

Liebe Tessa,

eigentlich wollte ich, dass Du es von mir persönlich erfährst. Aber dazu ist es nun wohl schon zu spät, und es tut mir leid, dass Du uns vor dem Landgericht gesehen hast, bevor ich mit Dir darüber reden konnte (was aber auch wirklich schwierig ist, weil Du immer den Hörer auflegst, wenn ich Dich anrufe).

Ich habe nie geplant, mich in Hortensia zu verlieben, es ist im letzten Herbst einfach so passiert. Und immerhin hattest

Du mich verlassen, es gab also keinen Grund, mich zurückzuhalten. In keinem Fall wollte ich Dich verletzen, das musst Du mir wirklich glauben!
Ich hoffe, dass wir, wenn etwas Zeit vergangen ist, trotzdem Freunde bleiben können, denn Du bist für mich nach wie vor wichtig.

Alles Liebe,
Dein Philip

Philip,

vielen Dank für Deinen Gruß zum Valentinstag – wie überaus passend! Freunde bleiben? Das kannst Du aus folgenden Gründen einfach mal vergessen:
Du hast dich ungefähr zehn Sekunden nach unserer Trennung (oder vielleicht sogar schon davor?) mit Hortensia eingelassen. Aber gut, wenn Du mit dieser Schickse glücklich wirst und ihr euch ja ach so gut versteht: Nur zu! Meinen Segen habt ihr!
Ich habe Dich mehr geliebt, als Du Dir überhaupt vorstellen kannst. Aber trotzdem habe ich mich an Deiner Seite immer ungenügend und unzureichend gefühlt. Als ich Dich verlassen habe, habe ich gehofft, dass Du um mich kämpfst und mir zeigst, dass Du mich wirklich liebst. Tja, war wohl nix, dafür hattest Du ja ganz schnell Hortensia am Wickel.
Wenn man etwas wirklich will, tut man alles dafür. Aber Du hast rein gar nichts getan! Ich bin verletzt und traurig und fassungslos. Und: Ich hasse Dich!

Tessa

Nein, diesen Antwortbrief habe ich natürlich nie abgeschickt. So viel Blöße wollte ich mir vor Philip nicht geben. Was hätte das auch gebracht? Dass er Hortensia mit wehenden Fahnen verlässt und wieder zu mir zurückkommt? Das hielt ich für mehr als unwahrscheinlich. Stattdessen habe ich ihm etwas zurückgeschickt, das ich noch von ihm hatte. Aber darüber will ich im Moment gar nicht nachdenken.

»Na gut«, klinke ich mich nach meinem kleinen Gedankenexkurs wieder in das Gespräch ein. »Wir machen die Sache mit Chantal zusammen.«

Philip strahlt über das ganze Gesicht. »Super!«, freut er sich. »Du und ich als Team – wer hätte das gedacht?« Bevor ich dazu etwas sagen kann, das Dinge wie zugefrorene Höllen oder Flüsse, die aufwärts fließen, mit einschließt, springt Philip auf, rennt zu seinem Schreibtisch und greift zum Telefonhörer. »Frau Huber? Suchen Sie doch bitte mal die Karte von Marion Zeilinger heraus und vereinbaren Sie einen Termin mit ihr morgen um 15.00 Uhr ... Ja, ja, in der Kanzlei. Ach, und rufen Sie bitte Herrn Andreas Schlehvoigt beim Landeskriminalamt an, mit dem will ich wegen der Sache Johannes Schlichting sprechen.« Dann legt er auf und sieht Sabine und mich zufrieden an.

»Du verlierst ja nicht viel Zeit«, stelle ich fest. »Aber damit eines klar ist: In Zukunft sprichst du dich mit mir ab, bevor du irgendwelche Termine vereinbarst. Ich bin nicht deine Angestellte!«

»Wieso?«, erwidert Philip frech. »Hast du morgen Nachmittag irgendetwas anderes auf dem Zettel?« Kaum hat er Oberwasser, wird er schon wieder unverschämt!

»Darum geht es nicht«, belle ich ihn an, »es geht darum, dass wir den Fall *gemeinsam* übernehmen und du dich deshalb auch nach mir richten musst.«

Philip hebt abwehrend die Hände. »Jetzt sei doch nicht so empfindlich!«, verteidigt er sich.

»Da hat er Recht, das ist ein bisschen kleinkariert von dir«, pflichtet Sabine ihm bei. Für einen kurzen Moment bin ich versucht, aus der Haut zu fahren. Aber dann lasse ich es bleiben. Ich kann ja froh sein, dass nun alles für den ersten Moment wieder in Ordnung ist: Philip hilft Johannes, ich habe einen guten Auftrag – was will ich mehr?

»Na gut«, meine ich und stehe auf. »Dann wäre ja erst einmal alles geklärt. Ich komme morgen um 15.00 Uhr hierher.«

»Mach das«, sagt Philip und begleitet Sabine und mich zur Tür. »Du kannst übrigens auch gern hier arbeiten.«

Ich bleibe abrupt stehen und starre ihn an. »Hier arbeiten?«

Philip zuckt etwas verlegen mit den Schultern. »Ja, wir haben noch ein Büro frei, und da dachte ich ... Ich dachte, weil du ja im Moment ohne Kanzlei bist, würde es dir vielleicht helfen, einen Arbeitsplatz zu haben.«

»Vielen Dank«, lehne ich ab, »aber Sabine und ich kommen schon klar.«

»Wenn du meinst ...«

»Aber Tessa«, meldet Sabine sich jetzt wieder zu Wort, »ich finde, das ist ein großzügiges Angebot! Und es wäre doch auch praktisch, wenn ihr zusammenarbeitet!«

»Und was ist mit dir?«, frage ich sie. Dann wende ich mich noch einmal an Philip. »Und was ist mit Sabine?«

»Na ja, wir haben nur noch ein Büro frei«, windet er sich.

»Aber ohne Sabine kann ich nicht arbeiten, immerhin haben wir ein Rechtskollektiv.«

»Rechtskollektiv!«, entfährt es Philip. »Wenn ich das schon höre!«

»Wieso?«, will Sabine wissen und guckt ihn ziemlich böse an. »Was ist dagegen zu sagen?«

»Natürlich nichts«, erwidert er zähneknirschend. »Und wenn ihr wollt, könntet ihr euch das Büro auch teilen. Groß genug ist es ja.«

Sabine zupft mich aufgeregt am Ärmel. »Das wäre doch super!

Und wir müssen wirklich dringend zwei, drei Sachen erledigen, die nicht mehr lange warten können. Das geht von hier sicher viel besser als von meinem Küchentisch aus.«

»Ich denke darüber nach, Philip«, erwidere ich. »Morgen gebe ich dir Bescheid.«

»In Ordnung, mehr als anbieten kann ich es ja nicht.« Philip bringt uns zum Fahrstuhl und wartet noch, bis sich die Türen öffnen. Wir verabschieden uns förmlich per Handschlag, dann steigen Sabine und ich ein und drücken den Knopf fürs Erdgeschoss.

»Tessa«, sagt Sabine, als die Türen sich gerade schließen, »erinnerst du mich nachher daran, dass ich zu Hause noch die Blumen gießen muss?«

»Was sollte das denn heißen?«, frage ich Sabine, als wir ins Erdgeschoss fahren.

»Dass du ein unheimlicher Dickschädel bist und Philip doch eigentlich ein ganz Netter ist.«

»*Nett?*«

»Er will Johannes helfen, er will mit dir einen guten Job machen und er bietet uns sogar an, in seiner Kanzlei zu arbeiten. Ich finde das schon nett.«

»Wer weiß, was er damit bezwecken will!«

Sabine kichert leise.

»Was ist denn daran so lustig?«

»Dass dir nicht klar ist, warum er das macht!«

»Wie meinst du das?«

»Das liegt doch wohl auf der Hand: Philip will dich in seiner Nähe haben!«

Ich werfe ihr einen fassungslosen Blick zu. »Wie kommst du denn auf so eine absurde Idee? Philip betreibt die Kanzlei zusammen mit Hortensia, mit der er übrigens schon vier Jahre zusammen ist.«

»Na und? Trotzdem will er dich in seiner Nähe haben, das ist für mich so klar wie Kloßbrühe.«

»Quatsch«, widerspreche ich. »Er genießt das Gefühl, mir überlegen zu sein und mich mit seinem großzügigen Angebot zu beschämen.« Aber innerlich macht mein Herz einen kleinen Hüpfer. Könnte Sabine Recht haben und Philip will mich wirklich in seiner Nähe haben? Der Gedanke scheint zwar mehr als absonderlich, aber wer weiß …

»Ist ja im Endeffekt auch egal«, redet Sabine weiter, »denn wie ich soeben erfahren habe, bist du ja seit Neuestem glücklich mit Johannes liiert.« Sie knufft mir scherzhaft in die Seite und zwinkert mir zu.

»Ach, das ist auch so eine blöde Geschichte!« Die Fahrstuhltüren öffnen sich und wir betreten den Flur.

»Das musst du mir genauer erklären, ich bin schon ganz gespannt.«

»Als ich Philip das erste Mal wieder gesehen habe, hat er so blöde Sprüche gemacht. Und da wollte ich nicht, dass er … also dass er denkt …«

»Dass du immer noch allein bist?«

»Genau, ich wollte, dass er denkt, dass bei mir alles paletti ist.«

»Und da hast du kurzerhand Johannes zu deinem Freund erklärt.« Sabine bleibt stehen, legt mir einen Arm um die Schulter und guckt mich halb belustigt, halb mitfühlend an. »Ich sag's ja: Du bist ein unglaublicher Dickschädel.«

Ich seufze einmal tief. »Das bin ich wohl.«

»Allerdings wird dir die ganze Sache schon ziemlich bald um die Ohren fliegen«, stellt Sabine fest.

»Glaubst du?«

»Na ja, spätestens, wenn Philip mit Johannes spricht, um seine Verteidigung zu übernehmen, wird er erfahren, dass nicht du, sondern Mareiheike die Frau seines Lebens ist.«

Mit einem Schlag sackt mir das Blut in die Füße. *Scheiße!* Sabine hat vollkommen Recht. Wenn Philip sich mit Johannes unterhält, ist meine kleine Eitelkeitslüge ziemlich schnell enttarnt.

Das hatte ich total vergessen. Philip sollte doch ursprünglich gar nicht mit Johannes reden!

»Mist!«, bringe ich schnaubend hervor und laufe zurück zum Aufzug. »Ich muss noch einmal mit Philip sprechen und ihm sagen, dass er sich erst mit Johannes trifft, wenn ich noch einmal mit ihm geredet habe!«

»Und wie willst du ihm das schlüssig erklären?«, ruft Sabine mir hinterher.

»Was weiß ich. Irgendwas Plausibles wird mir schon einfallen!« Dann schließen sich die Aufzugtüren und ich befinde mich wieder auf dem Weg in den sechsten Stock.

Oben angelangt, ist der Empfang nicht besetzt; die beiden Damen sind spurlos verschwunden. Unschlüssig stehe ich einen Moment lang herum, dann rufe ich ein zaghaftes: »Hallo?« Niemand rührt sich. Wo sind die denn alle hin? Ich tippe auf Toilette oder Kopierer und beschließe, einfach schnell noch einmal zu Philips Büro zu gehen. Wird schon nicht verboten sein und außerdem gehöre ich ja jetzt quasi zur Kanzlei. Muss schließlich nur noch ja sagen.

Vor Philips Bürotür bleibe ich abrupt stehen, weil ich eine laute Stimme höre. Eine laute, ziemlich schrille Stimme. Genauer gesagt eine laute, ziemlich schrille *Frauenstimme*. Offensichtlich ist hier jemand richtig sauer.

»Du hättest mich vorher fragen müssen!«, krakeelt die Stimme gerade. »Immerhin ist das unsere Kanzlei!«

»Aber es ist doch nicht für lange.« Das ist eindeutig Philip. »Und Tessa steht quasi auf der Straße, da musste ich doch helfen.«

»*Ha!* Ausgerechnet du, der Retter der Armen und Bedürftigen! Und dabei spielt es natürlich überhaupt keine Rolle, dass Tessa deine Exfreundin ist!«

»Liebling, das ist ja nun schon lange her! Und außerdem verschafft sie uns einen guten Auftrag, das darfst du nicht vergessen.«

»Ja, und wer weiß, was sie sich davon verspricht! So Tür an Tür mit dir zu arbeiten, an einem Fall – wer weiß, ob sich nicht noch mehr Gemeinsamkeiten finden.«

»Also wirklich, Hortensia, das ist doch völlig absurd. Und – falls es dich beruhigt: Tessa ist frisch verliebt. Deswegen soll ich ihr doch helfen. Der Unglücksrabe Johannes Schlichting, den ich jetzt verteidige, ist ihr neuer Freund.«

Hortensia schnaubt hörbar.

Ich glaube es nicht – die streiten sich tatsächlich wegen mir! Hortensia ist anscheinend eifersüchtig. Auf mich! Nicht zu fassen. Mit einem Schlag macht sich ein ungeheures Triumphgefühl in mir breit. Nie im Leben hätte ich gedacht, dass meine Anwesenheit die ach so perfekte Hortensia derart in Rage bringen könnte. Hätte ich doch nur ein Tonbandgerät bei mir, um diesen bedeutsamen Augenblick aufzeichnen zu können!

»Kann ich Ihnen irgendwie helfen?«

Ich fahre herum, als eine schneidende Stimme erklingt. Frau Huber steht hinter mir und mustert mich mit strengem Blick.

»Ich, äh … ich wollte nur noch einmal zu Herrn Dr. Kunstmann, weil ich noch etwas vergessen hatte.«

»Dann melde ich Sie an.« Frau Huber erhebt die Hand und will an die Tür klopfen.

»Nein, schon gut«, beeile ich mich zu versichern. »Hat sich bereits erledigt.«

»Aber«, setzt der Vorzimmerdrache an – in diesem Moment wird die Tür aufgerissen und eine ziemlich furios aussehende Hortensia Lorentzmeyer steht vor uns. Sie starrt mich an, dann Frau Huber, dann wieder mich. Direkt hinter ihr sehe ich Philip, der etwas verwundert aus der Wäsche guckt.

»Hallo, Hortensia!«, versuche ich, möglichst lässig zu klingen. Sie bedenkt mich mit einem abfälligen Blick, aber der kann mich jetzt nicht stören. Liebe Hortensia, du bist nicht so cool, wie du tust – und ich weiß es! Ich strecke mich und lächle sie breit an. Gott sei Dank habe ich heute wenigstens etwas Vernünftiges an und sehe neben ihr nicht aus wie von der Bahnhofsmission eingekleidet. Denn Hortensia ist wie immer makellos gestylt, die Frisur sitzt wie fest betoniert, und das graue Windsor-Kostüm sieht aus, als hätte sie es gerade eben erst aus dem Bügelautomaten genommen. Natürlich fehlen auch die Perlenohrringe und das Halstüchlein nicht. Aber, wie ich leider zugeben muss, sie sieht schon extrem gut aus, das Outfit passt hervorragend zu ihrem Typ. Wenn man auf diesen Typ Frau steht, meine ich.

»Hallo, Tessa«, begrüßt sie mich und setzt dabei wie auf Knopfdruck eine freundliche Miene auf, die sie sonst wohl nur sehr finanzstarken Mandanten zeigt. »Ich hätte dich ja fast nicht wieder erkannt.« Mitfühlend legt sie mir kurz die Hand auf den linken Oberarm. »Aber was muss ich denn da hören: Dir geht es gerade nicht so gut? Philip meinte, du seiest irgendwie ausgebrannt …« Sie wirft ihm einen Blick zu. »Oder sagtest du *abgebrannt*, Schatz?«

»Lieb von dir, dass du dich sorgst«, ignoriere ich ihre Unverschämtheit und fahre selbst meine Krallen aus. »Philip ist mir eine große Hilfe … und ich freue mich schon darauf, wieder sehr eng mit ihm zusammenzuarbeiten. Entschuldigst du uns einen Moment? Wir müssen noch etwas unter vier Augen besprechen.«

»Bitte«, erwidert sie und lässt die Tür hinter sich weit aufschwingen. »Ich bin sicher, dass Philip dir weiterhelfen kann. Er hat so viel Erfahrung mit *schwierigen* Fällen. *Schatz* … vergisst du bitte nicht, dass wir nachher noch gemeinsam zu den Schmidt-Berkemeiers wollen? Lasst euch also besser nicht zu viel Zeit.« Dann stolziert sie an Frau Huber und mir vorbei. Ein ziemlich guter Abgang – wenn sie nicht am Ende des Flurs die Tür eine Spur zu energisch aufreißen und hinter sich geräuschvoll ins Schloss knallen lassen würde.

Für einen Moment stehen Frau Huber, Philip und ich etwas ratlos da. Dann räuspert sich Frau Huber und sieht mich fragend an. »Kaffee? Tee?«

7. Kapitel

Prenuptial Agreement

(Übersetzung)

Chantal – bürgerlicher Name: Marion Zeilinger – und Clifton Jones treffen für den Fall ihrer Eheschließung folgende Vereinbarungen:

§ 1
Die Ehe wird nach US-amerikanischem Recht geschlossen. Im Falle einer Scheidung muss diese dann auch vor einem US-Gericht verhandelt werden.

§ 2
Die Parteien nehmen ihren gemeinsamen Wohnsitz in Beverly Hills, Los Angeles County, Vereinigte Staaten von Amerika.

§ 3
Vertragsgrundlage ist eine kinderlose Ehe. Sollten zu einem späteren Zeitpunkt Kinder geplant werden, muss ein neuer Vertrag verhandelt werden. Verstößt eine der beiden Parteien gegen diese Regelung, hat sie der anderen die Summe von 250 000 US-Dollar zu zahlen. Sollte die Ehe aus diesem Grund ge-

schieden werden, haben Marion Zeilinger und das Kind keinen Anspruch auf Unterhalt.

§ 4
I. Marion Zeilinger wiegt im Zeitpunkt des Vertragsschlusses 50 Kilogramm. Sollte sie mehr als fünf Kilogramm zunehmen, hat sie an Clifton Jones eine Strafe von 5000 US-Dollar je Kilogramm zu zahlen, die ersten fünf Kilogramm mit einschließend.
II. Beide Parteien sind zum Zeitpunkt des Vertragsschlusses ausschließlich heterosexuell. Sollte sich die sexuelle Orientierung einer der Parteien ändern, so unterliegt dies der strikten Geheimhaltung. Diese ist auch im Falle einer Ehescheidung beizubehalten. Im Falle eines Verstoßes gegen diese Geheimhaltungverpflichtung zahlt die vertragsverletzende Partei 1000000 US-Dollar an die andere Partei, unabhängig davon, welche der Parteien ihre sexuelle Orientierung geändert hat.

§ 5
Alle Belange der Parteien, sowohl ihr Verhältnis zueinander als auch zu Dritten, sind vor Dritten geheim zu halten, es sei denn, dass Dritte hiervon durch die bevollmächtigen Sprecher der Parteien bereits Kenntnis erlangt haben oder die Geheimhaltung gegen die Bundes- oder Landesgesetze der Vereinigten Staaten von Amerika verstößt oder einer der Parteien für den Ge-

heimhaltungsfall staatlicherseits bereits Beugehaft angedroht wird. Diese Geheimhaltungspflicht betrifft insbesondere

- Kenntnisse über plastisch-chirurgische Eingriffe
- Außereheliche geschlechtliche Verhältnisse

Fassungslos lasse ich das Blatt Papier sinken. Ich will lieber erst gar nicht weiterlesen.

»Und das ist also der Vertrag, den dir seine Anwälte von *Coburn Alliance* geschickt haben?«, frage ich Chantal, die wie ein kleines Mädchen vor mir sitzt und an ihren Fingernägeln kaut. Sie nickt.

»Ja, der kam an dem Tag, als ich mich mit der Politesse angelegt habe.«

Jetzt verstehe ich langsam, warum Chantal so in Rage war. »Nach deutschem Recht ist das alles sittenwidrig«, erkläre ich. »Und du bist dir sicher, dass Clifton Jones dich liebt? Ich meine, der Vertrag spricht eine andere Sprache … so einen Menschen kann man doch nicht heiraten!«

»Natürlich bin ich geschockt«, gibt Chantal zu. »Aber ich weiß, dass Clifton mit dem Vertrag nichts zu tun hat. Mittlerweile habe ich ihn einmal in Neuseeland erreicht, obwohl das ziemlich schwierig war«, erzählt sie weiter. »Die Verbindung war nicht sonderlich gut, aber ich konnte ihm kurz erklären, dass ich mit dem Vertrag überhaupt nicht glücklich bin und dass zum Beispiel drinsteht, dass ich nicht mehr als fünf Kilo zunehmen darf.«

»Und was hat er daraufhin gesagt?«

»Er hat gelacht und mich erst einmal beruhigt, dass solche Verträge in der Showbranche üblich sind und seine Anwälte nach seinen vier gescheiterten Ehen offensichtlich besonders scharf schießen.«

»Üblich … soso.«

»Aber«, fügt sie schnell hinzu, »die Sache mit der Gewichtszunahme dürfen wir gern rausnehmen, hat er gesagt.«

»Wie großzügig. Und was ist mit den anderen unzumutbaren hundert Klauseln?«

Chantal zuckt mit den Schultern. »Ich habe nicht so lange mit ihm sprechen können. Er meinte nur, ich soll mich nicht aufregen und mir einfach auch einen Anwalt nehmen. Clifton denkt, dass unsere Anwälte sich da schon irgendwie einigen werden, dann müssen wir uns nicht damit belasten.«

»Aber genau da liegt doch der Denkfehler«, korrigiere ich sie. »Nicht wir Anwälte müssen uns einigen – *ihr* müsst einer Meinung sein! Schließlich wollt ihr ja auch miteinander leben, denn ich habe bestimmt nicht vor, jemanden von *Coburn Alliance* zu ehelichen. Und mir persönlich ist es auch total egal, ob du fünf Kilo ab- oder zunimmst!«

Chantal guckt mich an wie ein ungezogener Teenager, den ich ausgeschimpft habe, und weil sie gerade so sprachlos ist, nutze ich die Gelegenheit zum Weiterreden. »Kein anderer kann bestimmen, welche Bedingungen es braucht, damit ihr heiratet. Welche Absicherungen, welche Klauseln …« Ich rede mich immer mehr in Rage. »Und unterm Strich ist es doch ohnehin so: Eine Garantie gibt es nicht, egal, welchen Vertrag man abschließt. Jede Liebe kann trotzdem irgendwann zerbrechen, auch wenn sie noch so groß war!«

»Höre ich da gerade, wie du uns unsere Daseinsberechtigung als Anwälte entziehst?«

Ich fahre herum. In der Tür steht Philip und mustert mich halb amüsiert, halb verärgert.

»Oh, Philip, hallo!« Innerhalb von drei Nanosekunden laufe ich so rot an wie eine Tomate. Wie peinlich, dass ausgerechnet er meinen hehren Vortrag über die Liebe und ihre Vergänglichkeit und überhaupt hören musste.

»Guten Tag, Herr Dr. Kunstmann«, begrüßt Chantal ihn strahlend, steht auf und schüttelt die Hand, die er ihr entgegenstreckt.

»Nennen Sie mich doch einfach auch Philip«, bietet er galant mit einem kleinen Seitenblick auf mich an, »schließlich werden wir in nächster Zeit sehr eng zusammenarbeiten.«

Chantal kichert und errötet ebenfalls ein bisschen. »Aber dann sagen wir auch gleich du, ja?«

Na prima, soll ich was zum Bruderschaftstrinken holen? Bevor ich eine bissige Bemerkung loswerden kann, spricht Philip schon weiter.

»Ich wundere mich nur gerade, dass ihr schon angefangen habt.« Wieder ein tadelnder Blick in meine Richtung. »Ich denke, wir übernehmen das Mandat zu zweit.«

»Tun wir auch«, bestätige ich ihm, »aber du bist zwanzig Minuten zu spät.«

Philip blickt auf seine Uhr, und es ist ihm anzusehen, dass er sich ärgert, weil ich Recht habe. »Nun ja«, meint er und nimmt an dem großen Besprechungstisch Platz, »ich hatte noch einen wichtigen Termin.«

»Noch mal die Schmidt-Berkemeiers?«, frage ich zuckersüß nach.

»Das besprechen wir später, Tessa.«

Chantal und ich setzen uns ebenfalls wieder und beobachten, wie Philip den Vertrag kurz überfliegt. Als er ans Ende gelangt ist, stößt er einen hörbaren Pfiff aus.

»Das ist in der Tat nicht gerade ein Liebesbrief«, stellt er fest. »Und natürlich«, meint er dann zu Chantal, »wirst du das hier auf keinen Fall unterschreiben.«

»So weit waren wir auch schon ohne dich«, werfe ich ein, weil ich mich ärgere, dass Philip diese banale Erkenntnis so großspurig verkündet, als hätte er eine bahnbrechende Entdeckung gemacht. Sofort legt Philip die Stirn in Falten. Wenn Chantal nicht vor uns sitzen würde, wäre dies sicher der Startschuss zu einem ordentlichen Schlagabtausch.

»Richtig«, erwidert er stattdessen nur, »aber die eigentliche Frage ist doch, wie wir jetzt weiter vorgehen.«

»Ich würde sagen, dass wir Cliftons Anwälte zunächst informieren, dass wir einen Gegenvorschlag aufsetzen. Dann wissen sie schon einmal Bescheid, dass Chantal sich auf diesen Vertrag nicht einfach so einlässt.« Philip nickt, aber Chantal guckt skeptisch.

»Also, eines muss hier mal klar sein«, sagt sie dann fest. »Clifton ist meine ganz große Liebe, mein Seelenverwandter – ich will nicht, dass das irgendwie Schaden nimmt und unsere Ehe schon einen Knacks bekommt, bevor sie überhaupt geschlossen wurde! Ich meine, allein das Wort *Gegenvorschlag* klingt irgendwie so ... aggressiv.«

Ich muss lachen. »Und der Vertrag hier klingt nicht aggressiv? Klingt das nicht misstrauisch und nach Daumenschrauben?«

»Man muss Clifton verstehen ... die schlechten Erfahrungen mit seinen Exfrauen. Die wollten nämlich alle nur sein Geld und seinen Ruhm und ich kann verstehen, dass ...«

»Das spielt jetzt ja keine Rolle«, fällt Philip ihr ins Wort. »Es schadet überhaupt nichts, wenn wir *Coburn Alliance* mitteilen, dass wir an der Sache dran sind. Und dann solltest du dir erst einmal in Ruhe überlegen, was du in dem Vertrag stehen haben möchtest.«

Chantal grübelt einen Moment, dann legt sie los. »Ich möchte, dass da drinsteht, dass wir beide uns immer mit Liebe und Respekt begegnen werden. Dass einer dem anderen seine Freiheiten lässt, wir aber auch für gemeinsame Ziele kämpfen. Dass wir miteinander reden, wenn es Probleme gibt, und keiner sie dem anderen verheimlicht. Dass wir nach einem Streit abends nie einschlafen, ohne ihn aus der Welt geräumt zu haben. Und dass wir uns Mühe geben, bei Meinungsverschiedenheiten einen Kompromiss zu finden.« Sie sieht einen Moment lang auf ihre perfekt manikürten Fingernägel. »Und ich möchte in dem Vertrag stehen haben, dass jeder das Recht hat, zu gehen, wenn es irgendwann nicht mehr klappen sollte, ohne dass der eine dem anderen Dreck hinterherwirft.«

Philip und ich starren Chantal nach ihrem Vortrag an.

»Äh«, setzt Philip an. »Es tut mir leid, aber das sind keine Punkte, die man in einen Ehevertrag schreiben kann. Das klingt eher nach Paartherapie – oder von mir aus könnt ihr euch das auch vor dem Altar erzählen, aber in einem Vertrag hat das nun wirklich nichts verloren.«

»So?« Chantal mustert ihn angriffslustig. »*Das* wären aber die Dinge, die so wichtig sind, dass man sie vertraglich festhalten sollte!« Und obwohl ich natürlich weiß, dass Philip Recht hat, möchte ich zustimmend rufen: *Genau so ist es, Chantal!*

»Entschuldige – so habe ich das nicht gemeint«, rudert Philip zurück, »natürlich sind diese Sachen wichtig. Aber momentan geht es, so traurig das ist, nur darum, deine materiellen Rechte zu wahren. Unromantisch, ich weiß.«

Schleimer! Eben noch Mr. Oberunsensibel, jetzt ganz verständnisvoll. Aber bevor Chantal darauf noch etwas sagen kann, bimmelt ihr Handy. Sie kramt in ihrer Handtasche und zückt eine Sekunde später ein strassbesetztes Glitzerteil.

»Ja, hallo?«, meldet sie sich. Dann kommen eine paar »Hmms« und »Ahas«, anschließend legt sie auf. »Ich muss zu einem Termin«, klärt sie uns auf, »meine Plattenfirma möchte, dass ich einen Journalisten treffe.« Ehe Philip und ich noch etwas sagen können, ist sie auch schon aufgestanden und stöckelt Richtung Tür. »Tut mir leid, aber solange ich keinen neuen Manager habe, muss ich mich um so einen Mist leider immer gleich persönlich kümmern. Wenn es euch passt, komme ich morgen um die gleiche Zeit wieder vorbei. Bis dahin können wir ja alle noch einmal in Ruhe nachdenken.« Schwups, schon ist sie entschwunden.

»Da haben wir uns echt was eingebrockt«, schnaubt Philip. »Die ist ja komplett durchgeknallt.«

»Stimmt«, gebe ich ihm Recht. Aber eins muss ich Chantal lassen: Sie scheint offenbar wirklich zu wissen, was in der Liebe wichtig ist. Auch, wenn das nach juristischen Kriterien natürlich kompletter Unsinn ist.

»Der Vertrag von den Amis ist auf jeden Fall eine Riesenunverschämtheit«, sage ich. »Da kann man sich ja gleich fesseln und knebeln lassen!«

»Andererseits«, gibt Philip zu bedenken, »ist er auch nicht ganz unpraktisch.«

»Nicht ganz ... unpraktisch?«, will ich verwundert wissen.

»Wenn alles ganz genau festgelegt ist, braucht man sich nicht mehr zu streiten«, erwidert er und blickt mich herausfordernd an.

»Worauf willst du hinaus?«

»Guck mal«, erklärt er, »wenn ich zum Beispiel mal uns beide nehme: Wir haben uns immer ziemlich oft über Kleinkram gestritten. Hätten wir einen schönen Vertrag gehabt, wäre das bestimmt anders gelaufen.«

»Wie bitte? Das ist doch wohl nicht dein Ernst!«

»Bis zu einem gewissen Grad schon«, meint mein Ex. »Wir hätten zum Beispiel festlegen können, dass derjenige, der vergisst, das Altpapier wegzubringen, wenn er dran ist, zur Strafe einen bestimmten Betrag in die Gemeinschaftskasse zahlt.« Er lacht leise in sich hinein und scheint sich über seine bekloppte Idee herrlich zu amüsieren. »Ich sag dir, bei deinem Chaos hätten wir von der Kohle damals bequem dreimal pro Jahr in den Luxusurlaub fliegen können!«

»Du Idiot!«, entfährt es mir.

»Ach, komm, Tessa, versteh doch mal ein bisschen Spaß!«

Nein. Was diese Angelegenheit betrifft, verstehe ich schon lange keinen Spaß mehr. *Du hast mir das Herz gebrochen,* möchte ich ihn anbrüllen. *Verzeihung, wenn ich das bis heute nicht gerade witzig finde!*

»Aber dann hättest du«, gifte ich ihn stattdessen an, »ziemlich oft in die Kasse einzahlen müssen, weil du mich andauernd wegen irgendwelcher wichtigen Jobtermine versetzt hast!«

»Richtig«, stimmt Philip mir sofort zu. »Dann hätte ich was eingezahlt und wir hätten uns nicht gestritten. Eben praktisch. Nichts weiter wollte ich sagen.«

Ich überlege einen Moment lang, was ich darauf erwidern könnte, aber mir fällt nichts ein. Also sehen wir uns beide nur schweigend an, bis Philip plötzlich einen nachdenklichen Gesichtsausdruck bekommt.

»Denkst du auch noch manchmal daran?«, fragt er.

»Woran soll ich denken?«, erwidere ich, obwohl ich ganz genau weiß, was er meint.

»Na, die Idee mit dem Vertrag hatten wir doch sogar schon mal.«

»Wirklich?«

»Du weißt schon, wir haben damals ein paar Sachen aufgeschrieben ...«

»Wir haben uns so viel unsinniges Zeug geschrieben«, unterbreche ich ihn, »da kann ich mich wirklich nicht an alles erinnern.«

»Aber *das* musst du doch noch wissen!«

»Philip«, ich gebe mir Mühe, so sachlich wie möglich zu klingen, »wenn wir diese Angelegenheit professionell und gut über die Bühne bringen wollen, sollten wir vielleicht aufhören, ständig in unserer eigenen Geschichte herumzuwühlen. Das ist alles so lange her. Schwamm drüber – und jetzt lass uns zur Tagesordnung übergehen!«

»Na gut«, meint er und schiebt die Blätter des Ehevertrags vor sich zusammen, »das ist wohl das Beste.« Trotzdem kann ich seiner Stimme anhören, dass er offenbar getroffen ist. Scheint ihm etwas auszumachen, dass ich mich angeblich an nichts mehr erinnern kann. »Ich sag mal eben im Sekretariat Bescheid, dass sie den Vertrag zweimal kopieren und eine Akte anlegen. Über das Schreiben an *Coburn Alliance* können wir dann ja später reden. Wir sollten denen nur heute noch ein kurzes Fax schicken und ihnen mitteilen, dass wir Chantals Anwälte sind.«

»Ja, ich kümmere mich nachher drum.«

Philip steht auf, geht zur Tür – und knallt dort fast mit Sabine zusammen, die gerade mit einem großen Blumenkübel im Arm hereinkommt.

»Hi, Philip«, begrüßt sie ihn ächzend und stellt den Kübel ab. Leider direkt auf seinem Fuß, was Philip mit einem lauten »Autsch!« kommentiert. »Oh, entschuldige, ich habe nicht gesehen, dass da dein Fuß ist.«

»Macht nichts«, zischt Philip zwischen zusammengebissenen Zähnen hervor. »Ihr macht es euch also in eurem Rechtskollektiv etwas gemütlicher?«, fragt er mit einem Blick auf den Blumenkübel.

»Dachte, ein paar Pflanzen könnten nicht schaden, um ein bisschen Leben in die Kanzlei zu bringen«, erwidert Sabine grinsend. »Draußen stehen auch schon die Kartons mit unseren Akten, die die Feuerwehr freigegeben hat. Könntest mir gleich mal beim Tragen helfen, Philip. Oder hast du dafür irgendeinen Angestellten?«

Er grunzt unwillig, was Sabine geflissentlich ignoriert.

»Wie war's denn mit Chantal?«

»Anwaltsgeheimnis«, meint Philip knapp und verschwindet dann mit dem Vertrag Richtung Empfang. Sabine dreht sich amüsiert zu mir um.

»Heute ist er also eher das Modell *Steinchen im Schuh*«, stellt sie fest.

Zehn Minuten später stehen alle Kartons in unserem Zimmer und Philip ist wieder der Alte. Ganz geschäftsmäßig, keine Spur mehr von Nostalgie. Und keine Spur von Schweiß – denn die Tragerei hat er wirklich einen seiner Referendare machen lassen.

»So«, meint Philip und setzt sich an den kleinen Besprechungstisch in unserem Büro, lass uns mal über die andere Sache reden.«

»Welche andere Sache?«

»Der Fall Johannes Schlichting! Ich habe vorhin mit deinem Freund geredet – oder interessiert dich das etwa nicht?«

»Du hast schon mit Johannes gesprochen?«, frage ich erschrocken. »Aber du solltest doch warten, bis ich mit ihm geredet habe! Darum habe ich dich gestern extra gebeten!«

»Nun reg dich doch nicht gleich auf. Ich dachte, die Sache sei eilig. Mir ist vorhin ein Termin ausgefallen und ich hatte Zeit. Du warst nicht zu erreichen, und deshalb bin ich ins Untersuchungsgefängnis gefahren, damit sich die Sache nicht unnötig in die Länge zieht. Ich dachte, es wäre ganz in deinem Sinne. Und Johannes war auch erleichtert, endlich mal seinen Anwalt zu Gesicht zu bekommen.«

»Aber das war so nicht abgesprochen«, rege ich mich auf, »ich hatte dir gesagt, dass ich ihn darauf vorbereiten will, damit da nicht ein völlig Fremder …«

»Jetzt hör mal zu, mein Herz«, fährt Philip mich an, »die Lage ist ernst und für Kindereien keine Zeit. Du musst mir jetzt einfach vertrauen – wenn ich von etwas wirklich Ahnung habe, dann von der Strafprozessordnung. Du hast mich um Hilfe gebeten, also lass mich auch so gut helfen, wie ich kann.«

»Aber Johannes ist doch mein Freund und …«, krächze ich hilflos.

»Er kann auch gern dein Freund bleiben, keine Sorge, ich nehme ihn dir schon nicht weg. Im Übrigen habe ich ihn auch eine Vollmacht für dich unterschreiben lassen. Du bist im Untersuchungsgefängnis also auch als seine Anwältin bekannt und kannst ihn jederzeit sehen.«

Ich schweige ergeben und nehme mir vor, Johannes gleich morgen früh zu besuchen. Obwohl es für irgendwelche Geheimabsprachen mit ihm jetzt sowieso zu spät ist. Gleich wird Philip mir mitteilen, dass Johannes von unserer amourösen Verwicklung nicht das Geringste weiß. Wie peinlich für mich!

»Und wie war das Gespräch?«, will Sabine wissen.

Philip sieht mich fragend an.

»Schieß los, in diesem Fall endet das Anwaltsgeheimnis und beginnt das Rechtskollektiv.«

Philip rollt gespielt genervt die Augen, fängt aber an zu erzählen. »Johannes ist noch immer etwas verwirrt. Aber es geht ihm den Umständen entsprechend gut. Momentan befindet er sich noch in der Untersuchungshaftanstalt Holstenglacis. Die kennst du ja.« Er grinst.

»Ja, Philip, du mich auch. Schön, dass du so einen Spaß an deiner Arbeit hast.«

Er ignoriert meine Bemerkung und fährt fort. »Ich bin mir relativ sicher, dass wir ihn da schnell rausbekommen können … allerdings scheint Johannes es gar nicht sonderlich eilig zu haben.«

»Nicht sonderlich eilig?«

»Na ja, er weiß nicht, wo er dann hingehen soll, schließlich hat sich seine Wohnung pulverisiert. Und die Einzige, bei der er Unterschlupf finden könnte, ist seine Tante. Die wohnt allerdings zusammen mit neun Katzen in Harburg.«

»Er könnte doch auch bei uns wohnen, Tessa hat ihr eigenes Zimmer«, lässt Sabine es sich nicht nehmen, diesen kleinen Seitenhieb gegen mich augenzwinkernd einzuwerfen, was ihr einen Fußtritt unterm Tisch einbringt.

»Das wusste ich nicht«, meint Philip, »aber das könnt ihr ja noch unter euch klären.« Komisch, jetzt hätte er doch eine ironische Bemerkung machen müssen, weil er wahrscheinlich mittlerweile die Wahrheit kennt. »Aber weiter in der Sache.« Philip nimmt einen Stift und kritzelt auf dem Blatt Papier vor sich herum. »Wir müssen weg von *dolus eventualis.*«

»Könntest du das für jemanden, der das Jurastudium geschmissen hat, kurz erläutern?«, wirft Sabine ein.

»Es bedeutet, dass man den Tod der Nachbarn zwar nicht direkt geplant hat, aber dass man ein mögliches Opfer billigend in Kauf genommen hätte. Quasi eine Na-wennschon-Haltung.«

»Und die ist nicht gut?«, fragt Sabine nach.

»Nein, die ist überhaupt nicht gut«, stimmt Philip ihr zu. »Besser wäre es, Johannes hätte so etwas gedacht wie: Es wird schon nichts passieren. Wenn es uns gelingt, glaubhaft zu machen, dass Johannes überhaupt nicht daran gedacht hat, dass durch sein Verhalten jemand zu Schaden kommen könnte, stehen wir deutlich besser da.« Er wendet sich wieder an mich. »Also, Tessa, was glaubst du, hat dein Liebster gedacht?«

Sabine prustet wegen der Bezeichnung laut los, ich gucke Philip kuhäugig an.

»Keine Ahnung«, gebe ich zu, »ich weiß nicht, was er gedacht hat.«

»Gut, das ist nicht so ergiebig«, kommentiert Philip meine Äußerung. »Was mich allerdings immer noch wundert«, fährt er fort, »ist, dass ja schon ziemlich viel Gas geflossen sein muss, Johannes aber nicht tot war. Ich meine, der Junge hat seinen Kopf im Backofen und lebt noch – aber die Bude fliegt schon in die Luft, nur weil du mit deinen albernen Wunderkerzen um die Ecke biegst?«

»Manchmal braucht es nur einen kleinen Funken«, wirft Sabine scherzhaft ein, »und auf einmal brennt alles lichterloooooh!«

Ich verpasse ihr unterm Tisch noch einen Tritt.

»Jedenfalls stellt sich mir da die Frage«, sinniert Philip weiter, »ob Johannes wirklich direkt im Ofen lag oder ob er doch eher auf einem Küchenstuhl saß und darauf gewartet hat, dass die ganze Bude voll läuft. Und Letzteres glaubt wohl auch die Staatsanwaltschaft, denn sonst hätten sie Johannes ja nicht eingebuchtet.«

»Aber ich habe es doch selbst gesehen«, protestiere ich. »Als ich durchs Fenster geguckt habe, da lag Johannes schon halb im Ofen.«

»Das hast du gesehen?«

»Ich habe seine Beine gesehen. Und die zeigten vom Ofen weg. Wo sollte also sein Kopf gewesen sein?« Zufrieden sehe ich Philip an. »Damit wäre das doch gelöst: Ich kann aussagen, dass Johannes vor dem Ofen lag.«

»Das bringt uns aber zu einem anderen Problem: Wir müssten zugeben, dass du gelogen hast und über den Selbstmordversuch Bescheid wusstest.«

Sabine räuspert sich. »Also, vielleicht bin ich zu blöd, aber ich verstehe immer noch nicht, welchen Unterschied es nun macht, wie genau Johannes seinen Abgang geplant hat. Ich meine, wozu muss Tessa sagen, was sie gesehen hat? Selbstmord ist doch Selbstmord.«

»Eben nicht, liebe Sabine.« Ein arrogantes Lächeln umspielt seine Lippen. Ja, jetzt ist Herr Dr. Kunstmann voll in seinem Element, das Dozieren macht ihm merklich Spaß. »Ich habe es doch gerade erklärt: Wir müssen weg vom *dolus eventualis.*«

»Also, noch mal von vorne, zum Mitschreiben und damit ich weiß, dass ich alles richtig verstanden habe«, fasst Sabine zusammen: »Wenn Johannes ein rücksichtsvoller Selbstmörder ist, nur darauf bedacht, selbst aus dem Leben zu scheiden – dann legt er seinen Kopf hübsch brav in den Gasbackofen.«

»Genau«, sagt Philip. »Der läuft mit Gas voll, und zwar so lokal begrenzt, dass Johannes selbst zwar relativ schnell hinüber ist, andere Teile des Hauses aber nicht betroffen sind, bevor Johannes von Freunden oder Nachbarn gefunden wird. Das ist die Variante *Wird schon nichts passieren,* also Fahrlässigkeit. In diesem Fall ist es aber so gut wie unmöglich, dass Johannes noch lebt, als seine Bude in die Luft fliegt, weil das Gas bereits im Flur angelangt ist und unsere Tessa quasi die Lunte legt.«

»Was ist mit der anderen Variante? Bedingter Vorsatz?«, frage ich sicherheitshalber noch mal nach, obwohl ich die Antwort natürlich kenne. Und mit der bin ich alles andere als glücklich.

»Die lautet: ›Ist mir doch scheißegal, ob sich das Gas schnell im gesamten Haus ausbreitet und jeder, der sich auch nur im Vorbeigehen eine Zippe anzündet, ein flammendes Inferno verursacht.‹«

»Dann hätte Johannes einfach ein großes Loch in seine Gasleitung gefräst oder die Gastherme freigelegt oder was auch immer getan, damit gleich große Mengen Gas ausströmen können …«, nehme ich den Faden auf.

»… und diese Variante passt leider viel besser zu dem sichtbaren Ergebnis eures Trümmerhaufens«, ergänzt Philip. »Deswegen wäre es schon schön, wenn wir beweisen könnten, dass Johannes Variante eins gewählt hat.«

»Wow, mir schwirrt der Kopf«, gibt Sabine zu. »Jetzt erinnere ich mich wieder, warum ich das Jurastudium an den Nagel gehängt habe – diese Korinthenkackerei ging mir von Anfang an auf den Nerv. Dass so eine Kleinigkeit einen derartigen Unterschied machen kann!«

»Tja, das kann sie nun mal, so ist die Rechtslage«, erläutert Philip.

»Aber ich verstehe immer noch nicht ganz«, meint Sabine, »wie wir plausibel machen können, dass sich Johannes zwar nach Variante eins umbringen wollte, das Ergebnis dann aber Variante zwei war.«

»Genau das ist der Punkt. Das versteht die Staatsanwaltschaft auch nicht, und deswegen sitzt Johannes immer noch im Bau. Zumal unsere einzige Zeugin, die liebe Tessa, bisher noch nicht zugegeben hat, dass sie Johannes im Ofen liegen sah. Wenn wir das nun korrigieren, gelingt es mir vielleicht wenigstens, den

Verdacht gegen Johannes so zu erschüttern, dass wir mal von dem Mordversuch wegkommen und es nur noch um ein weniger schweres Delikt geht. Dann setzt ihn der Haftrichter wahrscheinlich auf freien Fuß. Wenn wir einen Wohnsitz für Johannes nachweisen können, dürfte das eigentlich kein Problem sein. Ich werde mich mal um einen Gutachter bemühen. Es klingt zwar unwahrscheinlich, aber vielleicht ist es auch ein unglaublicher Zufall und es gab noch ein zweites Leck in der Leitung. Immer vorausgesetzt, Johannes lag wirklich mit dem Kopf im Ofen – was du ja, genau genommen, nicht so richtig gesehen hast.«

Jetzt werde ich langsam wieder wütend. »Also, erstens gibt es keine andere logische Erklärung, wo sein Kopf gelegen haben soll, wenn seine Füße Richtung Fenster gezeigt haben. Und außerdem: Wenn Johannes gesagt hat, dass es so war, dann war es auch so. Er ist vielleicht ein Chaot, aber ein Lügner ist er nicht. Wenn du ihm nicht glaubst, dann solltest du ihn vielleicht nicht vertreten.«

»Also ehrlich, Tessa, träum weiter«, schnaubt Philip. »Ich bin Strafverteidiger, nicht Grundschullehrer. Es ist mein Job, die Aussage meines Mandanten nach Ungereimtheiten abzuklopfen. Oder soll ich warten, bis der Staatsanwalt das tut? Dein politisch korrektes Gutmenschengefasel geht mir langsam gewaltig auf den Keks. Damit kann man vielleicht einen Bürgerrechtsladen im Schanzenviertel leiten. Ich will hier aber einen Mann vor einer Mordanklage retten.« Er springt auf und nimmt sich seine Kopie von Chantals Ehevertrag. »Und jetzt entschuldigen mich die Damen bitte, ich muss arbeiten. Tessa, über den Vertag sprechen wir morgen früh, heute habe ich keine Zeit mehr.« Eine Sekunde später knallt er die Bürotür hinter sich ins Schloss.

Politisch korrektes Gutmenschengefasel? Das hat gesessen. Ziemlich verdattert schaue ich zu Sabine, aber die sucht den Fußboden gerade intensiv nach einer imaginären Büroklammer ab.

»Wie meint er das denn? Ich wollte doch nur sagen, dass ich ein

Vertrauensverhältnis zwischen Anwalt und Mandant für extrem wichtig halte. Oder wie siehst du das?« So, jetzt will ich aber eine deutliche Bekundung von Frauensolidarität hören!

»Na ja … du klingst schon meistens ziemlich schnell angefasst. Ich glaube, Philip will einfach nur seinen Job machen … und du unterstellt ihm gerne sofort eine böse Absicht.«

Bitte? Ich sagte *Frauensolidarität*, nicht *objektive Einschätzung* der Situation! Die kann ich jetzt gerade gar nicht gebrauchen.

»Sei doch froh, dass Philip sich so reinhängt. Und in einem Punkt hat er wirklich Recht: Es ist schon seltsam, dass das Haus wegen deiner Wunderkerzen in die Luft geflogen ist. Das musst du doch mal zugeben.«

»Ich muss hier gar nichts zugeben«, zicke ich Sabine an. »Und überhaupt, seit wann bist du eigentlich die große Philip-Fürsprecherin? Ich dachte immer, der wäre dir viel zu geleckt und konservativ?«

»Hallo? Tessa? Noch jemand zu Hause? Was ist denn auf einmal mit dir los? Die Tatsache, dass Philip als Mann tatsächlich nicht so mein Geschmack ist, ändert nichts daran, dass ich ihm auch mal Recht geben kann. Das eine hat doch mit dem anderen überhaupt nichts zu tun. Fühl dich nicht immer gleich angegriffen, du weißt doch, dass ich auf deiner Seite stehe.« Sie rückt ihren Stuhl an mich heran und nimmt meine Hand. »Ich will auch, dass Johannes so schnell wie möglich aus dem Knast kommt. Aber ich denke, Philip verdient als Anwalt einen kleinen Vertrauensvorschuss. Als Menschen musst du ihm den ja nicht geben.«

Jetzt bin ich diejenige, die betreten zu Boden schaut. Sabine hat Recht. Und eigentlich weiß ich auch, dass Philip vorhin Recht hatte. Ich fühle mich scheußlich.

Auf einmal springt Sabine auf und zieht mich an den Händen hoch. »So, und gerade kommt mir eine tolle Idee, wie wir den restlichen Tag noch auf angenehme, aber auch sinnvolle Weise rumkriegen.«

Ich gucke sie zweifelnd an. Angenehm *und* sinnvoll? Das ist eine ziemlich seltene Kombination.

»Wir gehen einkaufen!«, teilt Sabine mir in einem *Tätäää*-Tonfall mit.

»Einkaufen?«

»Aber hallo! Immerhin haben wir für heute nichts mehr zu tun, da können wir jetzt auch einfach mal früh nach Hause gehen.«

»Ich muss noch ein Schreiben an Chantals gegnerische Anwälte rausschicken und denen anzeigen, dass wir Chantal vertreten. Und vergiss nicht, wir haben schon noch den ein oder anderen Mandanten, für den wir etwas erledigen müssen – die Anträge für die alte Frau Mensching aus der Weidenallee und …«

»Ist doch schnell gemacht. Komm, das machen wir gleich und dann gehen wir einkaufen.«

»Als ich heute Morgen in euren Kühlschrank geguckt habe, sah der ziemlich gut bestückt aus. Glaube nicht, dass da noch was reingeht.« Dann grinse ich sie an. »Und ganz so verfressen bin ich nun wirklich nicht.«

»So doch nicht!«, widerspricht Sabine mir. »Ich meine nicht Einkaufen bei Spar, sondern bei Prada. Oder Gucci. Wir sitzen hier inmitten von Hamburgs bester Shoppingmeile. Schon vergessen? Und du sagst selbst, dass du dringend neue Klamotten brauchst.«

»Ja, schon, aber ich hatte eher an H & M gedacht. Denn zum einen stehe ich kurz vorm Bankrott und zum anderen sind solche Luxusläden nun wirklich nicht meine Welt.« Diese Formulierung ist noch stark untertrieben. Das erste und einzige Mal, das ich Gucci betreten habe, war während einer Tierschutzdemo Anfang der neunziger Jahre. Wir hatten uns von oben bis unten mit Kunstblut beschmiert und Tierfallen aus Pappe an unsere Hände geklebt. So verkleidet stürmten wir im schönsten Vorweihnachtsgeschäft den Laden und skandierten lautstark: »Ist die Alte abgewrackt, wird sie in den Pelz gepackt!« Eine geile Aktion. Ob ich wohl immer noch Hausverbot bei Gucci habe?

»Ja, *normalerweise*, und das ist doch genau der Punkt«, lässt Sabine nicht locker. »*Normalerweise* bist du auch nicht Anwältin in einer Nobelkanzlei und *normalerweise* berätst du auch keine Promi-Mandanten. Aber besondere Umstände erfordern nun mal besondere Maßnahmen, und ich könnte mir vorstellen, dass diese auch noch stimmungsaufhellend wirken. Komm schon.«

»Hmmm.« Ich bin noch nicht überzeugt.

»Oder willst du neben Hortensia wirklich im H & M-Schick aufkreuzen?«

Das ist natürlich ein berechtigter Einwand. Bliebe aber noch Problem Nummer eins, meine Finanzlage. Sabine scheint Gedanken lesen zu können, jedenfalls wedelt sie auf einmal mit einer Plastikkarte vor meiner Nase herum.

»Schau mal, das ist meine Sparkarte – auf dem Konto sind fünftausend Euro, die Arne und ich eigentlich für ein neues Auto zurückgelegt haben, weil wir dachten, der Golf müsste dieses Frühjahr in die Schrottpresse. Aber nachdem er gerade noch einmal TÜV gekriegt hat, brauche ich die Kohle jetzt nicht so dringend.«

»Wie kannst du bei deinem Gehalt fünftausend Euro sparen?«, will ich entgeistert wissen.

»Wieso?«, meint Sabine und grinst mich spitzbübisch an. »Denkt du, du bezahlst mich zu schlecht?«

»Nein, nein«, wehre ich ab, »aber auf meinem Konto geht es seit Jahren nur bergab und nie bergauf – von Sparen kann da keine Rede sein.«

»Na, dann musst du ja auch nicht ausgerechnet heute damit anfangen. Lass uns shoppen gehen und ein bisschen von meinem Geld verprassen!«

Ich zögere noch einen Moment. »Das ist lieb von dir«, meine

ich zögernd, »aber ich kann doch nicht auf deine Kosten einkaufen gehen.«

»Warum nicht?«, will Sabine wissen. »Wie gesagt, im Moment brauche ich das Geld nicht, also kann ich dir davon ruhig etwas leihen.«

»Wer weiß, wann ich es zurückzahlen kann.«

»Da mache ich mir nun wirklich keine Sorgen«, schiebt Sabine meine Bedenken beiseite. »Immerhin hast du doch schon was in Aussicht! Ihr leiert Chantal doch sowieso einen schönen Vorschuss aus den Rippen. Also können wir jetzt schon mal einen Teil meines Sparbuchs in eine klamottenmäßige Grundausstattung für dich investieren, mit der du hier hoch erhobenen Hauptes jeden Tag hereinspazieren kannst.«

Ich seufze. Natürlich gefällt mir die Vorstellung, bei meiner nächsten Begegnung mit Hortensia ein wirklich schnittiges Outfit zu tragen …

»Aber wenn du mir das Geld leihst, dann zahle ich es dir mit Zinsen zurück, okay?«

»Was immer du willst! Aber jetzt zier dich nicht weiter wie eine Jungfrau, da draußen wartet die wunderbare Welt von Gucci und Versace auf uns!«

»Also gut«, gebe ich nach. »Nur, verbiegen tu ich mich nicht. Keine Albernheiten, die nicht zu mir passen. Das Wichtigste an mir sind schließlich mein Kopf und sein Inhalt – wir machen aus mir keine Barbiepuppe.«

8. Kapitel

Das steht Ihnen aber wirklich ausgezeichnet!« Normalerweise hasse ich diese Sorte Verkäuferinnengesäusel. Und dann diese Frau – furchtbar. Eine grell geschminkte Mittfünfzigerin, die mich seit zwanzig Minuten umtüdelt wie die Säuglingsschwester das Baby. Aber da ich finde, dass sie mit ihrer Einschätzung Recht hat, lasse ich sie gnädig gewähren.

Ich gucke noch mal in den Spiegel: Ein schwarzer Wickel-Lederrock, der knapp über dem Knie endet, ein sehr enges schwarzes, langärmliges Polohemd, tief ausgeschnitten, dazu ein schwarzrot durchwirkter taillierter Kurzmantel. Wirklich sehr sexy. Aber es wirkt nicht billig. Und ist es, nebenbei bemerkt, auch nicht. Gut, die flachen Treter, die ich jetzt anhabe, lassen mich in diesem Outfit etwas seltsam erscheinen – aber in einem Schuhgeschäft waren wir schließlich noch nicht. Kommt gleich noch.

Ich sehe mich Hilfe suchend zu Sabine um – wo steckt die eigentlich? Die Verkäuferin deutet meinen Blick richtig.

»Wir haben uns gerade erlaubt, Ihrer Freundin ein Glas Champagner anzubieten. Möchten Sie auch eines?«

Interessant. Wenn man erst einmal so aussieht, als würde man ohne darüber nachzudenken die Tausend-Euro-Marke beim nachmittäglichen Einkaufsbummel überschreiten, überwindet man automatisch auch die Schampusgrenze. Ich luge um die Ecke. Tatsächlich, da hinten, bei den Dessous steht Sabine und genehmigt sich gerade ein Gläschen auf Kosten des Hauses.

»Ach, wenn Sie mich so fragen, warum eigentlich nicht?«

»Gerne, ich bringe es Ihnen gleich.«

Die Verkäuferin kehrt mit einem großzügig eingeschenkten Glas zurück und begutachtet mich noch einmal.

»Also, dazu müssten eigentlich Sling-Pumps hervorragend passen. Letzte Woche hatten wir noch welche von Stuart Weitzman da, aber die sind leider schon weg.«

Ja, leider ... ich möchte nicht wissen, was die gekostet hätten! Allerdings käme es nun auch nicht mehr darauf an, denn dieser Laden ist nicht der erste, den Sabine und ich beehrt haben. In meiner Umkleidekabine stehen schon drei große, edel aussehende Papiertüten. Ich habe schon sage und schreibe drei Hosen samt Blazer, ein Kleid, diverse T-Shirts und Pullover sowie schöne Wäsche für den Gegenwert eines Karibik-Kurztrips gekauft. Jetzt noch das Outfit, das ich momentan trage, und ich bin für die nächste Woche in der Kanzlei gerüstet. Vor meinem inneren Auge sehe ich mich schon in diesem scharfen Lederteil an Hortensia vorbeiziehen. Und sie im grauen Windsor-Business-Look. *Ha!* Ein schöner Gedanke, denn ich habe die eindeutig hübscheren Beine. Sabine kommt wieder zu mir zurückgeschlendert.

»Mensch, das sieht richtig toll aus, das musst du unbedingt auch noch nehmen. Komm, lass uns mal auf deine neue Garderobe anstoßen!« Wir prosten uns zu. Einen kurzen Moment muss ich daran denken, was Johannes wohl sagen würde, wenn er uns jetzt sehen könnte. Wahrscheinlich würde er sich vor Grauen schütteln. Und eigentlich hätte er Recht – momentan sehen Sabine und ich aus wie die Sorte Frau, die ich sonst auf den Tod nicht ausstehen kann. Ich schüttle den Kopf, um den Gedanken zu verscheuchen. Habe mir in den ganzen letzten Tagen schon genug Sorgen gemacht, jetzt will ich auch mal oberflächlich sein. Basta. Bitte noch ein Glas Champagner, Fräulein!

Als wir eine Stunde – und drei Paar Schuhe – später aus unserem Kaufrausch erwachen, beschließen wir, dass so eine Einkaufstour keinesfalls schnöde am heimischen Abendbrottisch enden darf. Schließlich ist Donnerstagabend traditionell der beste Zeitpunkt, um in Hamburg auszugehen: Überall ist schon was los, aber es ist nicht so voll, dass man bei einer Massenpanik totgetrampelt werden würde.

Sabine hat auch gleich eine gute Idee, wo wir den Abend angemessen ausklingen lassen können. »Da drüben!«, meint sie und zeigt auf die andere Straßenseite. »Da ist die Bank, lass uns da mal reingehen.«

»Also, ich weiß nicht, ob es so eine gute Idee ist, jetzt noch mal Geld abzuheben. Wahrscheinlich zieht der Automat deine Karte gleich ein und wir werden verhaftet.«

»Quatsch! Doch nicht eine Bank. *Die* Bank. Eine neue Bar. Darüber habe ich neulich etwas in der *Gala* gelesen. War wohl mal die Schalterhalle einer echten Bank, daher der Name.«

Oje, eine Bar, die in der *Gala* erwähnt wird. Das kann ja heiter werden! Aber tatsächlich stehen wir direkt davor, und ehe wir unsere schweren Tüten jetzt noch weiterschleppen, spricht nichts dagegen, mal einen Blick reinzuwerfen.

Allein die Fassade der *Bank* lässt allerdings schon ahnen, dass wir Sabines Sparkarte jetzt endgültig den Todesstoß versetzen werden. Das Gebäude ist aus der Gründerzeit, offensichtlich gerade erst aufwendig saniert; durch die riesigen Fenster sieht man Kronleuchter, die ungefähr so groß sind wie ein koreanischer Kleinwagen. Innen geht es genauso weiter – Treppenhaus aus Marmor, hohe Räume, die Ausstrahlung immer noch vornehm. Und in der Mitte des riesigen Raumes im ersten Stock gibt es eben keine Schalter oder Kassen mehr, sondern eine sehr edel aussehende Bar.

Wir hieven uns auf die Teakholzhocker, quetschen meine Tüten zwischen uns und ordern zwei Caipirinha. Während wir darauf warten, dass der androgyne Barkeeper uns die Drinks fertig macht, lasse ich meinen Blick durch den Laden schweifen. Komisch, dass Sabine so eine Location vorschlägt; früher hätte sie so eine Yuppiebude nicht freiwillig betreten. Immerhin bin ich dank meines neuen Outfits jetzt angemessen gekleidet. Öko ist hier garantiert nicht angesagt – ich gehe mal davon aus, dass das letzte Palästinensertuch, das hier gesichtet wurde, einem echten Scheich gehörte.

»Ganz schön komische Leute hier«, kommentiere ich, als zwei Mädels in Victoria-Beckham-Jeans und kniehohen Stiefeln an uns vorbeitippeln.

»Stimmt«, meint Sabine, »aber es befriedigt meinen Voyeurismus ungemein.«

»Wahrscheinlich würde Chantal sich hier sauwohl fühlen«, mutmaße ich. Ein weiterer Blick auf die Ziegen neben uns. »Und Hortensia auch.«

»Kann sein«, sagt Sabine und nimmt die Drinks entgegen, die der Barkeeper ihr reicht. Dafür will er sage und schreibe zehn Euro pro Glas haben, aber Sabine übernimmt generös die Rechnung.

»Wie läuft es jetzt eigentlich mit ihr?«, fragt sie und nuckelt an ihrem Strohhalm.

»Genau genommen gar nicht, ich habe Hortensia bisher nur zweimal kurz gesehen.«

»Nein, doch nicht Hortensia«, erwidert Sabine. »Ich meine Chantal. Wie läuft es mit unserem Spitzenmandat? Und jetzt komm mir nicht mit Anwaltsgeheimnis«, fügt sie hinzu, ehe ich selbst etwas in der Art sagen kann.

»Geht so«, erwidere ich, »richtig weit sind wir in der Angelegenheit noch nicht. Wir wollen erst einmal einen neuen Vertrag aufsetzen.«

»Verstehe ich ja sowieso nicht«, meint Sabine, »warum man einen Vertrag abschließen soll, wenn man heiratet. Oder warum man überhaupt heiratet.«

»Ich denke, die meisten tun das, um ihre Zusammengehörigkeit zu untermauern«, behaupte ich.

»Aber dafür braucht man doch keinen Trauschein. Arne und ich gehören auf jeden Fall zusammen, aber wir sind uns beide einig, dass wir dazu nicht heiraten müssen.«

»Wer weiß, ob er das noch so sieht, wenn er hört, dass du dein gesamtes Barvermögen an deine arme Freundin Tessa gegeben hast«, mache ich einen Witz. »Vielleicht überdenkt er das mit dem Zusammengehören dann noch mal.« Dann pruste ich etwas unkontrolliert los. Der Caipi zeigt schon seine Wirkung. Sabine muss ebenfalls kichern.

»Nee, aber jetzt mal im Ernst«, sage ich, nachdem ich mich einigermaßen beruhigt habe. »Viele heiraten vielleicht auch wegen der Steuer. Oder weil man das halt so macht. Tradition und so, früher ging es ja auch gar nicht anders, wenn man mit jemandem zusammenleben wollte.«

»Ja, aber diese gesellschaftlichen Zwänge gibt's heute nicht mehr. Für mich hat das alles etwas mit .... mit *festhalten* wollen zu tun.«

»Aber es ist ja nur normal, dass man jemanden halten will, den man liebt.«

Sabine sieht mich nachdenklich an. »Glaubst du denn ernsthaft, man könnte jemanden mit so einem Vertrag festhalten? Oder dafür Sorge tragen, dass die Liebe bleibt?«

Ich schüttele den Kopf. »Nein, darum geht es ja auch nicht, wenn man einen Ehevertrag abschließt. So einen Vertrag macht man für die schlechten, nicht für die guten Zeiten, damit man im Falle einer Trennung nicht völlig Schiffbruch erleidet.«

»Aber da ist doch schon der Grundgedanke falsch!«, regt Sabine sich auf. »Wenn ich heirate, gehe ich doch davon aus, dass ich mit dem anderen den Rest meines Lebens verbringen will.«

»Normalerweise ist das so«, gebe ich ihr Recht.

»Ja, aber wenn ich dann trotzdem auf einen Ehevertrag bestehe, halte ich mir damit doch schon automatisch das Hintertürchen auf. Damit schließe ich eine Trennung nicht kategorisch aus, sondern halte sie für möglich.«

»Siehst du das nicht ein bisschen sehr negativ?«, will ich wissen. »Man kann ja nie wissen, was passiert.«

»Vielleicht sorgt aber gerade so ein Vertrag dafür, dass überhaupt erst etwas passiert. So eine Art *self fulfilling prophecy.*«

»Eine was?«

»Eine sich selbst erfüllende Prophezeiung. Nur dadurch, dass ich diese Absicherung habe, tritt dann überhaupt erst der Fall ein, dass ich sie brauche.«

»Das ist mir echt zu esoterisch«, wende ich ein. »Und wenn du das so siehst, dann brauchst du zum Beispiel auch keine Krankenversicherung. Weil du ja nach dieser Theorie erst dadurch krank wirst, dass du eine Versicherung hast.«

»Nee«, widerspricht Sabine, »das Beispiel hinkt irgendwie, das kann man nicht auf Liebe übertragen.«

»Wieso?«, will ich wissen. »Genau so, wie du nicht wissen kannst, ob du irgendwann mal schwer krank wirst, kannst du auch nie sicher sein, dass deine Beziehung irgendwann schwächelt.« Ich finde überhaupt nicht, dass das Beispiel hinkt. Im Gegenteil, ich finde mich selbst gerade ziemlich brillant.

»Klar kann man das nicht wissen«, gibt Sabine mir dann auch Recht. Allerdings nur kurz: »Lass mich das mal so erklären: Arne und ich wissen auch nicht, ob wir bis ans Ende aller Tage zusammenbleiben. Aber wir haben es vor, für uns kommt überhaupt kein anderer Gedanke in Frage. Und gerade deshalb finde ich es auch viel schöner, dass wir nicht heiraten. Weil ich dann weiß, dass er aus Liebe bei mir bleibt – und nicht, weil ihn irgendwelche äußeren Umstände wie Versorgungsausgleich oder das berühmte *Was-soll-die-Familie-sagen?* dazu zwingen. Wenn er gehen will, kann er gehen. Jederzeit und ohne Hindernisse.«

Ich gebe dem Barkeeper ein Zeichen, dass er uns noch zwei Caipis bringen soll – schließlich ist das hier schon wieder so ein Gespräch, das man vollkommen nüchtern kaum führen kann.

»Ich meine, wenn Chantal und Clifton sich lieben und heiraten wollen, dann sollen sie es doch einfach tun. *No risk, no love!* So sehe ich das.«

»Ganz so einfach ist es eben nicht«, seufze ich. »Jeder hat irgendwelche Ängste. Und wenn es um die Liebe geht, ist die Angst besonders groß. Weil jemand, der liebt, dem anderen bis zu einem gewissen Grad auch ausgeliefert ist. Sieh dir Clifton doch mal an: Für den ist es ja schon die fünfte Ehe. Vielleicht wünscht er sich deshalb wenigstens ein bisschen Sicherheit.«

Sabine lacht auf. »Aber als ob irgendein Vertrag der Welt einem dabei auch nur die geringste Sicherheit geben könnte!«

Nein, denke ich und starre nachdenklich in meinen Caipirinha. Eine Sicherheit gibt es nicht. Und dann denke ich wieder an den Vertrag, von dem Philip vorhin geredet hat. Ich kann mich noch sehr gut daran erinnern, was darin stand – auch wenn ich es ihm gegenüber natürlich abgestritten habe.

Liebesvertrag

zwischen Tessa Gerlach
und Philip Kunstmann
nachfolgend »Die Liebenden« genannt
geschlossen in Hamburg am 12. September 1998

§ 1
Die Liebenden legen einvernehmlich fest, dass jedes zweite Wochenende im Monat allein ihnen gehört. Sollte einer der Liebenden aus wichtigen Gründen verhindert sein, wird das Wochenende am darauf folgenden Wochenende nachgeholt. Sollte auch dies nicht möglich sein, muss der verhinderte Liebende den anderen groß bekochen.

§ 2
Die Liebenden beschließen, gemeinsam eine erfolgreiche Kanzlei zu eröffnen. Des Weiteren planen die Liebenden, eine Familie zu gründen, wenn beide über 30 sind.

§ 3
Keiner der Liebenden wird den anderen jemals zu etwas zwingen, wozu er keine Lust hat.

§ 4
Die Liebenden verpflichten sich, niemals mit Socken oder Gurkenmaske ins Bett zu gehen, es sei denn, schwere Erkrankungen machen dies zwingend erforderlich.

§ 5
Die Liebenden verpflichten sich, auch im Streitfall die jeweils andere Partei niemals mit den dazugehörigen Eltern zu vergleichen (Lex »Du bist wie deine Mutter«).

§ 6
Die Liebenden verpflichten sich, Probleme immer sofort und miteinander auszutragen und dabei auf Schläge unterhalb der Gürtellinie in jedem Fall zu verzichten.

§ 7
Die Liebenden …

»Was sagst du jetzt eigentlich zu Hortensia und Philip?«, reißt Sabine mich aus meinen Gedanken.

»Wozu soll ich was sagen?«, will ich verwirrt wissen.

»Hörst du mir nicht zu? Das habe ich dir doch gerade erzählt!«

»Tut mir leid, ich war wohl nicht ganz bei der Sache«, entschuldige ich mich. Ich sollte wirklich mal zusehen, dass meine Gedanken nicht permanent in nostalgische Erinnerungen abschweifen!

»Also noch mal: Glaubst du, die beiden sind glücklich miteinander?«

Nachdenklich stochere ich mit dem Strohhalm auf dem Grund meines Caipirinha herum.

»Weiß nicht. Auf alle Fälle ist Hortensia überhaupt nicht begeistert, dass ich jetzt Tür an Tür mit Philip arbeite.«

»Echt?« Sabine zieht die Augenbrauen hoch. »Woher weißt du das?«

Ich berichte ihr von dem kurzen Streit, den ich zwischen Philip und Hortensia belauscht habe. Sabine fängt an zu grinsen. »Na, das habe ich mir doch gleich gedacht, dass zwischen den beiden nicht alles so *bon* ist, wie es auf den ersten Blick aussieht. Ich meine, ich würde auch abkotzen, wenn auf einmal die wilde und gefährliche Ex meines Süßen wieder auf der Matte steht.«

»Wild und gefährlich? Meinst du, so sieht sie mich?«

»Ich bin mir hundert- – ach was! –, *tausendprozentig* sicher, dass sich Hortensia neben dir langweilig und spießig fühlt. Ganz einfach, weil sie neben dir langweilig und spießig *ist*. Und dumm ist sie ja nicht gerade, das wird sie also schon längst gemerkt haben. An ihrer Stelle würde ich alles daransetzen, dich wieder loszuwerden. Und dadurch wirkt sie natürlich noch zickiger. Ein Teufelskreis, hehe.« Sabine reibt sich die Hände.

Eigentlich sollte mich der Gedanke, dass ich Hortensia so auf die Palme bringe, glücklich machen. Aber irgendwie tut er das gerade nicht.

»Hm, ich weiß nicht. Ich würde an der Front momentan lieber meine Ruhe haben. Ist besser für meine Arbeitsmoral. Erst soll sich mal der ganze Mist mit Johannes klären, dann will ich den Vertrag für Chantal noch sauber über die Bühne bringen – da kann ich Zickenalarm im Büro nicht gebrauchen. Und unabhängig davon, was Hortensia denkt oder meint, muss ich mir erst darüber klar werden, wie ich eigentlich zu Philip stehe. Unser letztes Gespräch war ja nicht gerade Liebesgeflüster …«

»Das sind ja mal ganz neue Töne! Seit eurer Trennung hättest du doch wer weiß was darum gegeben, um Hortensia mal richtig in Wallung zu sehen. Mir musst du nichts vormachen, ich wusste das die ganze Zeit. Und jetzt kommt die große Chance, die blöde Kuh mal so richtig zappeln zu lassen … und du kommst mit der *Eigentlich-geht-es-doch-gar-nicht-um-Hortensia*-Nummer um die Ecke?«

»Ist halt alles ein bisschen viel im Moment«, gebe ich zu. »Ich mache mir Sorgen um Johannes. Und natürlich um mich und wie es mit meiner Kanzlei weitergeht, wenn ich die Sache mit Philip abgewickelt habe. Und …« Abrupt unterbreche ich mich selbst. Der Caipi bringt mich schon wieder dazu, Unsinn zu reden.

»Und *was?*«, bohrt Sabine prompt nach.

»Nix.«

»Das glaubst du doch selbst nicht«, zieht Sabine mich auf. »Erzähl schon.«

Ich gebe mich geschlagen. »Weißt du, was mir komisch vorkommt?«

»Nein.«

»Dass ich einerseits immer noch an Philip hänge und mich seine Gegenwart nervös macht. Aber andererseits … na ja, ich finde diesen Polizisten schon sehr interessant.«

»Du meinst Andreas Schlehvoigt?«

Ich nicke.

»Aber das ist doch nicht komisch«, stellt sie dann fest.

»Finde ich schon«, widerspreche ich ihr. »Es fühlt sich an, als wäre ich in zwei Männer gleichzeitig verguckt. Das ist mir noch nie passiert.«

»Du bist auch nicht in zwei Männer verguckt«, behauptet Sabine.

»Ach, bin ich nicht?«

»Nein. Meiner Meinung nach bist du in Philip nicht mehr verliebt. Aber du hast mit ihm noch nicht vollkommen abgeschlossen, weil ihr nach eurer Trennung nie ein klärendes Gespräch hattet. Du bist ausgezogen, hast nie wieder mit ihm gesprochen – kein Wunder, dass die alten Wunden nie verheilt sind.«

»Aha. So siehst du das als Hobbypsychologin.«

»Genau«, bestätigt Sabine.

»Und was hältst du von der Sache mit Andreas Schlehvoigt, wenn ich auch da mal deinen professionellen Liebesrat haben dürfte?«

Sabine zuckt mit den Schultern. »Klar ist die Situation doof: Er ist derjenige, der Johannes einbuchten will – aber trotzdem gefällt er dir. Vielleicht ja gerade auch deshalb. Aber du stehst dir halt selbst im Weg.«

»Ich stehe mir im Weg?« Langsam wird's kryptisch, Sabines Theorien werden immer absurder.

»Du nimmst es nicht einfach als das hin, was es ist, sondern machst dir schon im Vorfeld riesige Gedanken. Er ist Polizist, das passt nicht zu mir, wir sind bestimmt ganz unterschiedlich …«

»Das habe ich doch gar nicht gesagt!«

Sabine lacht auf. »Du müsstest dir selbst mal zuhören! Ich zitiere«, dann äfft sie mich nach: »Und Polizeibeamte fallen auch eindeutig aus meinem Beuteschema raus. Das sind doch alles Kleingeister. Nein, danke!«

»Wann soll das denn gewesen sein?«

»Auf dem Weg zum Polizeipräsidium.«

Mist, da hat sie Recht – Sabine und ihr unglaubliches Elefantengedächtnis …

»Was ich damit meine«, fährt sie fort, »ist, dass du langsam wirklich mal wieder anfangen solltest, anderen Männern eine Chance zu geben, statt dir ständig schon im Vorfeld zu überlegen, was gegen einen Kerl sprechen könnte.«

»Also erstens«, setze ich an, »hat die Erfahrung ja gezeigt, wohin es führt, wenn man mit jemandem eine Beziehung anfängt, der nicht zu einem passt. Und zweitens …« Ja, was jetzt zweitens? Ich denke angestrengt nach, aber mir fällt nichts ein.

»Und zweitens?«, bohrt Sabine nach.

»Na gut«, zicke ich sie beleidigt an, »was soll ich denn deiner Meinung nach tun?«

»Deine ganzen blöden Vorurteile mal vergessen, deine Angst überwinden und dem Typen eine Chance geben.«

»Würde ich ja gern«, behaupte ich, »aber du vergisst, dass er momentan gegen Johannes ermittelt. Das ist quasi ein schwebendes Verfahren und lässt keinen Platz für amouröse Verwicklungen.«

»Aber irgendwann wird das ja auch mal vorbei sein.« Jetzt legt Sabine einen Arm um mich und zieht mich ganz dicht an sich heran. »Glaub mir, Süße, irgendwann musst du aufhören, Angst davor zu haben, dass dich wieder jemand verletzen könnte. Denn sonst musst du für den Rest deines Lebens allein bleiben.«

Der Rest meines Lebens.

Als Sabine das sagt, läuft mir ein kalter Schauer über den Rücken. Immerhin werde ich nächste Woche schon dreiunddreißig – und als junges Mädchen habe ich geglaubt, dass ich in diesem Alter längst Mutter von zwei bezaubernden Kindern sein würde. Als nicht mehr ganz so junges Mädchen habe ich geglaubt, dass Philip der Vater dieser bezaubernden Kinder sein wird. Tja. Und jetzt?

»Ich habe überhaupt keine Angst!«, behaupte ich trotzig.

»So?« Sabine mustert mich amüsiert. »Dann beweis es.«

»Liebend gern – aber wie soll ich das machen?«

Ein diabolisches Lächeln tritt auf Sabines Gesicht. »Du hast mir doch erzählt, dass dir dein Lieblingsbulle seine Handynummer gegeben hat – schreib ihm irgendeine nette SMS und warte ab, wie er reagiert.«

Ich starre sie entgeistert an. Jetzt ist Sabine vollkommen plemplem geworden! »Bist du irre? Ich bin doch keine dreizehn mehr ...«

»Siehst du«, meint sie und lehnt sich triumphierend zurück. »Du traust dich nicht!«

»Klar trau ich mich, aber es ist einfach nicht angebracht, dem Bullen eine SMS zu schicken.«

»Feigling!«

»Bin ich nicht!«

»Feeeeiiiiigling!«

»Okay«, schnaube ich und krame mein Handy aus der Tasche. »Und was soll ich ihm deiner Meinung nach schreiben?«

»Du könntest äußerst nett nachfragen, ob es in Sachen Johannes schon etwas Neues gibt.«

»Brauch ich nicht, er hat mir gesagt, dass er sich bei mir meldet, sobald er etwas hört.«

»Nun mach schon!«, drängelt Sabine.

Seufzend tippe ich los, sonst gibt meine Freundin sowieso keine Ruhe. Also, was schreibe ich? Gar nicht so einfach, wenn man schon etwas Caipi intus hat, die Finger auf den Minitasten zu koordinieren.

Nachdem ich die Nachricht abgeschickt habe, strecke ich Sabine triumphierend das Handy entgegen, damit sie meine Mutprobe lesen kann. Statt mich für meine Heldentat zu loben, prustet sie los.«Was ist denn so lustig?«

»Na ja«, japst sie, »das klingt doch ziemlich ... volltrunken.«

Ich sehe mir die SMS noch einmal an.

Hallo, Herr Schlvogt, wollte nur einen schnen Abend wünshen. wenn was neus über Johanes Schlictung gibt, meldn sie dich!

Oha, klingt wirklich nach Verlust der Muttersprache. *Peinlich!* Aber ... na ja ... jetzt auch nicht mehr zu ändern. »Der wird schon verstehen, was ich meine«, murmele ich. Fünf Minuten lang starre ich auf mein Handy, dann stecke ich es wieder in meine Tasche.

»Siehst du«, meine ich, »passiert gar nichts.« Obwohl ich tatsächlich etwas enttäuscht bin, dass er mir nicht gleich zurückschreibt. Habe ich mich wohl doch geirrt, Andreas Schlehvoigts Interesse an mir ist rein beruflicher Natur.

»Wart's ab«, meint Sabine, »der meldet sich schon.«

»Vielleicht morgen, wenn er wieder im Dienst ist«, mutmaße ich.

In diesem Moment rappelt das Handy in meiner Tasche. Sabine wirft mir einen triumphierenden Blick zu. »Geh schon ran!«, ruft sie aufgeregt. Mit fahrigen Händen fummele ich das Mobiltelefon aus der Tasche und werfe einen Blick aufs Display. Tatsächlich: Es ist Andreas!

»Gerlach«, melde ich mich und hoffe, dass meine Stimme nicht zittert.

»Hallo, Frau Gerlach!«, begrüßt er mich freundlich. »Schlehvoigt hier.«

»Herr Schlehvoigt? Das ist aber eine Überraschung!«

»Wieso? Sie haben mir doch gerade eine Kurznachricht geschickt.«

»Äh, ja, habe ich – aber ich dachte nicht, dass Sie sich gleich melden.«

Sabine bricht in Gelächter aus und lässt sich mit den Worten »Siehst du! Siehst du!« dramatisch vom Stuhl fallen. Die Nachbartische gucken peinlich berührt. Betrunkene Frauen: wie ekelhaft! Ich kann allerdings auch nicht mehr anders, als nun in hysterisches Gelächter auszubrechen. Peinlich, peinlich.

»Frau Gerlach? Ich kann Sie gar nicht mehr verstehen. Es ist so laut bei Ihnen. Wo sind Sie denn? Am Bahnhof?«

Nur mühsam kann ich mich aufs Sprechen konzentrieren. »Äh, ich bin in der Bank.« Dann muss ich hysterisch kichern, spätestens jetzt wird er merken, dass ich das ein oder andere alkoholhaltige Kaltgetränk intus habe.

»In einer Bank? Um 21.00 Uhr? Welche Bank hat denn da noch auf? Außerdem, verzeihen Sie mir die Anmerkung ... aber ich glaube, Sie sollten in Ihrem Zustand keine Geldgeschäfte mehr tätigen.«

»Wieso in meinem Zustand? Jetzt werden Sie mal nicht frech, Herr Kommissar. Ich bin im Vollbesitz meiner geistigen Kräfte.« Eine erneute Lachattacke übermannt mich.

»Sind Sie allein?«

»Ich wüsste nicht, was Sie das angeht. Oder sind Sie jetzt auch noch mein Babysitter? Aber weil Sie so neugierig sind: Nein, ich bin nicht allein und ich habe jede Menge Spaß!« Und mit diesen Worten lege ich auf. Soll sich Schlehvoigt doch denken, was er will.

Sabine hat Mühe, sich wieder einzukriegen. »Wieso legst du denn einfach auf?«, kichert sie.

»Weiß ich eigentlich auch nicht so genau«, pruste ich zurück. »Aber wahrscheinlich hält der mich jetzt für total bekloppt.«

»Unsinn«, widerspricht Sabine, »der steht auf dich! Darauf würde ich einen größeren Geldbetrag verwetten.«

»Aber du hast nach diesem Tag gar keinen größeren Geldbetrag mehr, den du verwetten könntest«, erinnere ich sie.

»Egal«, stellt Sabine fest, »für zwei weitere Caipis wird's noch reichen. Immerhin müssen wir deinen Mut begießen!« Mit diesen Worten ordert sie beim Barkeeper noch zwei Cocktails.

Ich lehne nicht ab. Vielleicht brauche ich einfach nur noch ein, zwei Drinks, um zu vergessen, dass ich gerade wirklich dieses absolut peinliche Gespräch mit Andreas Schlehvoigt geführt habe …

»Ich weiß nicht, ob das wirklich so eine gute Idee war«, lalle ich, nachdem ich den nächsten Caipi schon fast wieder ausgetrunken habe.

»Mach dich locker«, nuschelt Sabine zurück. »Ist ja nichts weiter passiert.«

»Ich kann es immer noch nicht fassen, dass ich mich von dir zu dieser unsinnigen Aktion habe überreden lassen«, stelle ich fest. »Darauf muss ich noch was trinken.« Mit einer Handbewegung deute ich dem Barkeeper ein *Noch mal dasselbe* an und hangele dann umständlich nach der Tasche zu meinen Füßen, um die nächste Runde zu bezahlen. Leider verliere ich dabei das Gleichgewicht und gehe mit einem geräuschvollen *Rummms* zu Boden. Spätestens jetzt dürfte jeder in der Bar mitbekommen haben, in welchem Zustand ich bin. Mühsam setze ich mich auf – und gucke direkt auf ein Paar Beine in Jeans, die etwa fünf Zentimeter vor mir stehen. Verwundert sehe ich nach oben.

Über mir erscheint das lächelnde Gesicht von …

»Guten Abend, die Damen. Kripo Hamburg, Hauptkommissar Schlehvoigt. Mir wurde soeben ein Banküberfall gemeldet.«

Ich wälze mich stark angetrunken auf dem Boden – und vor mir steht der Polizist meines Vertrauens. Wie meistert man souverän und mit Stil eine solche Situation? Überhaupt nicht, beschließe ich innerlich und mache Anstalten, wieder aufzustehen. Galant streckt Andreas Schlehvoigt mir eine Hand hin und zieht mich lächelnd hoch.

»Vielen Dank«, sage ich artig und klopfe mir kurz den Staub

von meinen Sachen. Aber immerhin: Der Schreck hat mich mit einem Schlag fast wieder nüchtern gemacht. Jedenfalls lalle ich nicht mehr. »Was verschafft uns die Ehre, Herr Schlehvoigt?«, frage ich ihn dann so kühl und beherrscht wie irgend möglich. Was nicht einfach ist, weil Sabine hinter seinem Rücken derartige Grimassen schneidet, dass ich schon wieder losglucksen könnte. »Sie wollen doch wohl nicht Ihre Vernehmung von neulich nun nach Feierabend fortsetzen?«

»Feierabend?« Schlehvoigt grinst ein unverschämtes, aber auch unverschämt gut aussehendes Grinsen. »Wie kommen Sie denn darauf, dass ich Feierabend habe? Sie wissen doch – immer im Dienst.«

Sabine ist es offenbar völlig egal, welchen Eindruck wir hier machen – sie hängt sich von hinten an ihn ran und ruft fröhlich: »Ach nee, immer im Dienst – und das als Beamter! Wie tragisch!« Ich bin mir sicher, dass Schlehvoigt das überhaupt nicht lustig findet.

Wie schlecht meine Menschenkenntnis ist, beweist sich sofort. Anstatt uns unverzüglich wegen Beamtenbeleidigung zu verhaften, dreht Schlehvoigt sich zu unserem androgynen Barkeeper um. »Hallo, was hatten die Damen?«

»Insgesamt oder zuletzt?«

»Zuletzt.«

»Zwei Caipirinha.«

»Gut, dann noch mal drei davon.« Er wendet sich uns wieder zu.«

»Sie haben mich natürlich durchschaut, ich bin rein privat hier.«

»Ach, rein privat?«

»Ich war gerade auf der Wache Caffamacherreihe, ist nur zwei Minuten von hier. War ja nicht so schwer, zu raten, welche Bank Sie meinen.«

Ob Schlehvoigt auch die *Gala* liest?

»Und da Sie so offensichtlich direkt nebenan den Tag ausklingen ließen, dachte ich mir, wäre es doch nett, sich ein bisschen dazuzugesellen.«

»So, dachten Sie. Was hat Sie denn so sicher gemacht, dass Sie hier nicht stören? Immerhin habe ich gesagt, dass ich nicht alleine bin.« Ja, was hat ihn da eigentlich so sicher gemacht?

»Äh«, stottert er nun doch verunsichert, »ich dachte nur … also, Sie machen auf mich schon den Eindruck, als wären Sie Single.«

Wie bitte?

Single? Ich?

Wieso mache ich den Eindruck?

Bevor ich aber noch dazu komme, ihm für diese Unverschämtheit eine meiner schweren Einkaufstüten über den Scheitel zu ziehen, schiebt uns der Barkeeper drei Caipis rüber. Schlehvoigt schnappt sich einen Barhocker und stellt ihn neben mich.

Wenn ich ehrlich bin, wüsste ich gerne, wie er darauf kommt, dass ich Single bin. Sehe ich etwa so verzweifelt aus? Aber ich kann ihn ja schlecht danach fragen, ohne mir die totale Blöße zu geben. Also ignoriere ich seinen Kommentar. Sabine beobachtet die Szene mit sichtlicher Freude. Schöne Freundin!

»Nein, mal im Ernst, ich wollte natürlich nicht stören. Aber ich dachte, vielleicht kann ich hier bei einem Absacker ein bisschen gut Wetter machen. Bei unserem letzten Gespräch haben Sie mich am Ende so böse angeschaut, als würden Sie mich demnächst mit einem Voodoozauber belegen wollen. Also, bevor Sie anfangen, kleine Puppen mit Nadeln zu spicken: Ich bin eigentlich ein netter Kerl.«

»Och, wissen Sie, daran hat meine Freundin bestimmt nicht gezweifelt«, versichert Sabine unangebrachterweise. »Da ist sie Profi und kann Beruf und Privates sehr gut trennen. Ist doch so, Tessa, oder?« Sie boxt mich in die Seite.

Nee, Sabine, so leicht mache ich euch die Sache nicht.

»Na ja, ohne jetzt näher darauf eingehen zu wollen: Eine

Falschaussage wird mir nicht jeden Tag unterstellt«, gebe ich betont frostig zurück.

»Ach kommen Sie, ich wollte Sie doch nur ein bisschen aus der Reserve locken. Hat ja nicht mal geklappt.« Er strahlt mich an. Hach, er sieht schon gut aus. Groß, stark, sein Hintern macht einen durchaus knackigen Eindruck, dazu noch diese Augen in Fast-Philip-Blau … Besser, als die Polizei erlaubt, um mal ein kleines Witzchen zu machen. Und eigentlich freut mich sein Spontanbesuch. Ich werde mutig.

»Apropos Single – wieso sind Sie denn so spät noch alleine unterwegs?«

Aua! Habe ich ihn das jetzt wirklich gefragt? Ich sollte sehen, dass wir schnell nach Hause kommen. Noch ein Caipi und ich werde anhänglich.

»Tja, was soll ich sagen – *free as a bird*. Mein Job ist nicht wirklich gut fürs Privatleben.«

Musik in meinen Ohren. Ich merke, wie mein Herz schneller schlägt.

»Das glaube ich gern – wenn Sie sogar noch nach Feierabend in zwielichtigen Lokalen ermitteln müssen«, bemerkt Sabine sarkastisch. »Aber für Recht und Ordnung ist eben kein Opfer zu hoch.«

Zu gerne würde ich jetzt auch etwas Witziges beisteuern und mich als geistreiche Gesprächspartnerin präsentieren, aber leider ist mir schon wieder ganz schummrig. Ich beschränke mich deswegen für den Moment darauf, einfach mein Getränk auszuschlürfen und Andreas verstohlen beim Smalltalk mit Sabine zu beobachten. Was er wohl wirklich von mir denkt? Wobei es mir eigentlich egal sein könnte, welchen Eindruck ich hier hinterlasse, denn dass mehr als ein bisschen Flirten in Anbetracht der gesamten Situation völlig ausscheidet, ist klar. Da kann Sabine noch so viel von angeblichen Ängsten faseln, die in mir toben – es geht um etwas anderes. Dieser Mensch will immerhin Johannes in die Pfanne hauen.

Andererseits, überlege ich plötzlich … vielleicht könnte ich auch wie eine zweite Mata Hari meinen Charme ganz berechnend einsetzen? Den Commissario gefügig machen und ihm dann seine gesamte Ermittlungstaktik entlocken? Während er mich in seinen mit großer Wahrscheinlichkeit sehr muskulösen Armen hält und meinen Körper mit tausend Küssen bedeckt, könnte ich ihm leise ins Ohr wispern: »Liebster, glaubst du wirklich noch, dass Johannes schuldig ist?« Oder auch: »Wenn du mich liebst, hilfst du ihm, dann gehe ich mit dir bis ans Ende der Welt!« – Nö. Für so etwas bin ich leider nicht der Typ. Richtig gut lügen konnte ich noch nie. Obwohl mir die Idee mit den muskulösen Armen und den tausend Küssen mehr als gut gefällt, sogar ohne taktische Hintergründe …

Während ich noch vor mich hin sinniere und mir vorstelle, wie Andreas mich an seine breite Brust zieht, mir tief in die Augen blickt und mich dann leidenschaftlich küsst, tippt mir der Herr Kommissar auf einmal mit seinem Zeigefinger gegen die Stirn.

»Hallo, Frau Anwältin, sind Sie noch da? Sie sagen ja auf einmal gar nichts mehr.«

»Ach, äh…« Ich laufe rot an. Wenn der wüsste, was ich mir gerade so ausgemalt habe! »Ich, also … ich denke nur gerade, dass morgen ein ziemlich langer Arbeitstag vor mir liegt.« Ja, richtig, Tessa, immer schön die Flucht nach vorne antreten. »Ich glaube, ich muss nach Hause.«

»Wie schade.« Er guckt wirklich ziemlich enttäuscht drein. »Ist es mir denn wenigstens gelungen, mein Image bei Ihnen aufzupolieren?«

Jetzt muss ich fast kichern. Zumindest meine Fantasie hat er gerade ordentlich aufpoliert, aber das kann ich ihm natürlich nur schlecht auseinander setzen. »Mal sehen«, erwidere ich und merke, dass ich mich schon wieder gefangen habe. »Fragen Sie mich, wenn ich nüchtern bin.« Ich versuche, mich möglichst elegant von dem Barhocker gleiten zu lassen. Klappt … na ja, so einigermaßen jedenfalls. Jetzt muss ich mir nur noch meine Tüten schnappen, ohne kopfüber umzufallen. Noch einmal will ich hier nicht den Boden wischen.

Bevor ich mich bücken kann, ist Andreas schon aufgesprungen und reicht mir die gesamte Ausbeute. Er pfeift durch die Zähne. »Wow, das muss ja ein ziemlich ausgiebiger Einkaufsbummel gewesen sein. Alle Achtung. Ich sehe, Anwälte verdienen deutlich besser als Polizisten. Darf ich die Damen trotzdem zu dieser Runde einladen?«

Ich denke kurz daran, wie lange ich wohl arbeiten muss, um meine neuen Schulden bei Sabine abzustottern, und enthalte mich eines Kommentars. Stattdessen nicke ich so huldvoll wie möglich.

»Vielen Dank.«

»Soll ich Sie vielleicht zu einem Taxi begleiten? Ich nehme doch mal an, dass Sie nicht vor meinen Augen noch Auto fahren werden.« Ja, ja, immer im Dienst. Sabine ignoriert seine Spitze.

»Das wäre natürlich nett, vor allem, wenn Sie uns noch kurz mit den Tüten behilflich wären.«

Als wir unten an die frische Luft kommen, muss ich feststellen, dass ich ganz schön Schlagseite habe. Liebend gerne würde ich mich an Andreas Schlehvoigt festhalten, kann es mir aber noch verkneifen. Schade, wieso konnte ich den nicht einfach auf einer Party kennen lernen statt unter den Trümmern meines Hauses? Wahrscheinlich, weil auf den Partys, zu denen ich eingeladen werde, selten Polizisten sind.

Meine neuen Sling-Pumps sind ganz schön hoch, ich bin froh, dass der nächste Taxistand gleich um die Ecke ist. Dort angekommen, packt Schlehvoigt die Tüten in den Kofferraum eines Wagens, kommt zu uns zurück und bleibt kurz stehen.

»Danke, dass ich Ihnen beiden noch Gesellschaft leisten durfte. Ich hoffe, ich habe Ihren Frauenabend nicht zu sehr gestört.«

Sabine strahlt ihn an. »Aber nein, es war sehr amüsant.« Sie schüttelt ihm die Hand. Dann nimmt er meine. Sein Händedruck ist wie auch schon zuvor sehr angenehm, nicht zu fest, nicht zu weich. Allerdings hält er meine Hand diesmal eine Spur länger fest und schaut mir direkt in die Augen.

»Auf Wiedersehen.«

»Ja, dann … bis demnächst.«

Ziemlich gut gelaunt sitze ich im Taxi und summe ein Lied: *I shot the sheriff*. Das meine ich nicht wirklich wörtlich, aber ein anderer Song, in dem es um einen Polizisten geht, fällt mir gerade nicht ein. Und außerdem ist das mit dem Schießen gar nicht so falsch. Ein kleines bisschen bin ich nämlich gerade tatsächlich – verschossen. Wird Zeit, dass ich wieder nüchtern werde, sonst behält Sabine am Ende mit ihrer verschrobenen Theorie noch Recht!

9. Kapitel

MÖÖÖÖHHHHHP! MÖÖÖÖÖHHHP!

Ein riesiger Ozeandampfer fährt direkt an meinem Kopf vorbei. Und der fühlt sich an, als ob er auf einer rotierenden Scheibe liegen würde. Alles dreht sich. Ich glaube, ich werde seekrank. Ob ich einfach ins Meer spucken soll? Vermutlich wären mir die Mitreisenden des Rettungsbootes, in dem ich sitze, dankbar. Jetzt will mir einer meiner Schicksalsgenossen offenbar irgendetwas sagen, aber ich kann ihn kaum verstehen. Wie bitte? Wann hört endlich dieses verdammte Nebelhorn auf, zu tuten!

»Tessa! Tessa!«

Ja doch, jetzt höre ich ihn.

»Hey, wach auf! Es ist schon neun Uhr! Du wolltest doch vorm Büro noch zu Johannes fahren.«

Büro? Johannes? Wo bin ich?

O Gott, ist mir schlecht.

Als ich mich mühsam aufrappele, erkenne ich, dass ich natürlich nicht in einem schaukelnden Rettungsboot, sondern in meinem eigentlich gemütlichen Gästebett sitze. Das Nebelhorn ist anscheinend Arne, der sich im Badezimmer nebenan gerade die Haare föhnt. Und die einzige Mitreisende meines imaginären Rettungsbootes ist Sabine, die auf meiner Bettkante sitzt und mitfühlend nach meiner Hand greift. »Mensch, Süße, geht es dir nicht gut? Du siehst ein bisschen grünlich aus.«

»Ich fühle mich auch ein bisschen grünlich«, krächze ich. »Nie wieder Alkohol … Das war gestern eindeutig zu viel für mich. Zwei Schampus und wer weiß wie viele Caipis – fürchte, aus dem Alter bin ich raus.« Ich betrachte Sabine, die schon geduscht und picobello angezogen ist. »Wieso siehst du eigentlich so fit aus?

Du hast doch genauso viel getrunken wie ich.« Die Welt ist so ungerecht. Sabine sieht tatsächlich aus wie das blühende Leben.

»Na ja, ich hatte erstens nur einen Schampus und meinen letzten Caipi nur angenippt. Und zweitens hast du gestern Nacht mit Arne noch eine Flasche Rotwein in unserer Küche niedergemacht. Schon vergessen?«

Autsch! Stimmt. Wie bin ich nur auf diese hirnrissige Idee gekommen? Erinnere mich jetzt ganz dunkel, dass ich mit Arne noch die ein oder andere Wahrheit über Männer, Frauen und das Leben ausdiskutieren musste ...

»Willst du noch im Bett bleiben? Dann lasse ich dich schlafen.«

»Tja, wollen schon. Aber ich muss jetzt endlich mal zu Johannes. Und außerdem brennt mir Chantals Ehevertrag unter den Nägeln. Ich fürchte also, ich muss aufstehen.« Mühsam hieve ich mich aus dem Bett. Mein Kopf ist offenbar über Nacht geschrumpft und nun viel zu klein für mein Gehirn. *Aua!* Übel ist mir auch. Wann habe ich mich das letzte Mal so gefühlt? Ist auf alle Fälle schon eine ganze Weile her.

Im Badezimmer taumle ich an Arne Richtung Dusche vorbei. »Morgen!«, brüllt der Übeltäter übertrieben fröhlich in mein Ohr. »Na, gut geschlafen?«

»Geht so«, nuschle ich in seine Richtung.

»Oh, oh – bevor du heute ins Büro gehst, solltest du dir mal ein paar Fisherman's Friends besorgen. Du hast eine amtliche Fahne. Hätte dir vielleicht doch keinen Rotwein mehr anbieten sollen, was?«

Bevor ich in die Duschkabine falle, drehe ich mich noch mal mühsam zu Arne um: »Ich weiß aufgrund meines Schädels leider gerade nicht, was das Gegenteil von unterlassener Hilfeleistung ist – aber wenn's mir wieder einfällt, verklage ich dich!«

Als ich mit Arnes Volvo, den er mir netterweise – oder, wenn man meinen potenziellen Restalkoholpegel bedenkt, leichtsinnigerweise – geliehen hat, beim Untersuchungsgefängnis ankomme, geht es mir schon etwas besser. Immerhin habe ich auf dem Weg hierher nicht einen einzigen Unfall gebaut – ein Wunder, was Alka Seltzer in der Kombination mit Fencheltee auszubügeln vermag. Außerdem lutsche ich brav ein Fisherman's Friend. Meine Fahne ist mir doch ziemlich peinlich. Nicht mal so sehr vor Johannes, aber ich hoffe wirklich, dass sie sich verflüchtigt hat, bis ich ins Büro komme. Möchte eigentlich keinen zweifelhaften Eindruck bei Frau Huber hinterlassen. Von anderen Bürobewohnern mal ganz abgesehen.

Da Philip mich bei der Knastverwaltung schon als Johannes' Anwältin angemeldet hat, werde ich nach der Sicherheitskontrolle ohne Umschweife von einem Beamten zu den Sprechzellen in den Katakomben der Haftanstalt geführt. Gemütlich ist es in diesem Kellergeschoss nicht gerade. Zum Glück muss ich nicht allzu lange warten.

Zu meinem großen Erstaunen nimmt vor mir allerdings nicht ein Häuflein Elend Platz. Im Gegenteil: Johannes ist bestens aufgelegt. Nur seine Halsmanschette lässt noch erkennen, dass er vor noch nicht allzu langer Zeit auf ärztliche Hilfe angewiesen war. Ansonsten ist er schon wieder ganz der Alte. Jedenfalls der Alte, der er vor Mareiheiheike und den anderen Damen war. Von depressiver Verstimmung überhaupt keine Spur, er grinst mich fröhlich mit seinen braunen Augen an und wuschelt sich selbst kurz mit den Händen durch seine strubbeligen blonden Haare.

»Mensch, Tessa, das ist ja schön, dass du gekommen bist! Ich hab mich schon gefragt, wann ich dich endlich wieder zu Gesicht kriege!« Er greift nach meiner Hand und bekommt auf einmal einen seltsamen Gesichtsaudruck. »Du«, meint er dann, »unsere Geschichte erinnert mich ein bisschen an dieses Lied von Klaus Lage.«

»Klaus Lage?« Ob das noch die Medikamente sind?

»Na, du weißt schon: *Tausendmal berührt, tausendmal ist nix passiert. Tausendundeine Nacht – und es hat ZOOM gemacht.*« Er lacht und drückt noch einmal meine Hand. »Kann man bei uns in jeder Hinsicht wörtlich nehmen, nicht wahr, das mit dem Zoom? Hach, ich weiß, es ist eigentlich ein ganz schlechter Moment, aber ich bin gerade so was von glücklich …« Er schenkt mir sein strahlendstes Lächeln.

»Sag mal, spinnst du, Jo?« Ich entziehe ihm energisch meine Hand. »Oder ist dir bei der Explosion was Schweres auf den Kopf gefallen? Du sitzt hier unter Mordverdacht und singst mir Lieder von Klaus Lage vor?« Ich fasse es einfach nicht! Während ich mir die größten Sorgen mache und mich sogar mit meinem Exfreund verbünde, um Jo zu retten, sitzt der hier fröhlich rum, als ob das nicht die U-Haft, sondern ein Wellness-Hotel wäre. Unglaublich!

»Ach, der Mordverdacht, na ja. Das wird sich schon aufklären.« Der schmunzelt sogar! »Aber was doch viel wichtiger ist: Wir haben uns endlich gefunden! Nur das zählt jetzt. Am liebsten würde ich dich sofort verknuspern!«

»Wie bitte?«

Und da sprudelt es aus Johannes nur so heraus. »Hast ja Recht, ist jetzt vielleicht nicht der optimale Zeitpunkt – aber ich hatte schon so ein Gefühl, als wir da verschüttet nebeneinander lagen. Und als mir dann dieser Philip erzählt hat, wie du uns siehst, so als Paar, da war mir endlich alles klar. Mensch, und ich Idiot heule dir die Ohren mit der doofen Mareike voll. Tut mir echt leid, muss ja schlimm für dich gewesen sein. Ich hatte keine Ahnung – und hab mich ehrlich gesagt nie getraut, in die Richtung zu denken. Warst für mich … irgendwie unerreichbar. Aber glaub mir: Ich fand dich schon immer toll, vom ersten Augenblick an.«

Ach du Schreck – das hat mir gerade noch gefehlt! Johannes denkt, ich wäre in ihn verliebt! Er glaubt offenbar allen Ernstes, dass aus uns beiden jetzt ein Paar wird … Ich wusste ja schon immer, dass Jo emotional gesehen zu Achterbahnfahrten neigt, aber damit hätte ich nun wirklich nicht gerechnet! Wie komme ich aus der Nummer bloß wieder raus?

Jo mustert mich verwundert. »Du sagst ja gar nichts mehr. Ist was nicht in Ordnung?«

Ich zermartere mir mein Hirn, wie ich ihm möglichst taktvoll verkaufen kann, dass er hier auf dem ganz falschen Dampfer unterwegs ist, aber auf die Schnelle fällt mir natürlich nichts ein.

»Äh, also, das mit uns … äh, ich finde, das sollten wir nicht in dieser Umgebung besprechen. Ich habe auch noch ein paar fachliche Fragen, wir wollen doch, dass du hier möglichst schnell wieder rauskommst.«

»Genau – und wie wir das wollen!« Johannes greift noch mal nach meiner Hand. »So schnell es geht!«

Ich fühle mich ziemlich schlecht. Und das liegt eindeutig nicht mehr an meinem Kater. Johannes irgendwann erklären zu müssen, dass ich ihn nur als Alibi missbraucht habe, um vor Philip besser dazustehen, ist ein Gedanke, der meine Kopfschmerzen glatt verdoppelt. Warum habe ich das bloß gemacht? Und wie er dasitzt und mich anlächelt! Wie ein kleiner Junge, der sich auf einen Ausflug ins Disneyland freut: Seine Wangen glühen feuerrot und seine Augen strahlen derart, wie ich es vorher bei ihm noch nie gesehen habe.

»Also, schieß los. Was willst du noch wissen?«

»Schildere mir doch bitte genau, was du gemacht hast, bevor ich an deiner Tür geklingelt habe«, bemühe ich mich um einen ganz sachlichen Ton.

»Hab ich zwar alles schon diesem Philip erzählt, aber dir würde ich auch aus dem Telefonbuch vorlesen, wenn es dich glücklich macht.«

Ich rolle die Augen. »Bitte, Johannes, es ist wichtig.«

»Schon gut, Süße, hab ja verstanden. Job ist Job. Der ist übrigens ziemlich in Ordnung.«

»Mein Job?«

»Nein, dieser Philip. Netter Kerl, habe mir den nach deinen Schilderungen ganz anders vorgestellt.«

»Ach, wie denn?«

»Na, irgendwie unsympathischer, berechnender. Du hast doch immer gesagt, der sei ein geldgeiles Arschloch.«

Komisch, ich kann mich gar nicht erinnern, so etwas über Philip gesagt zu haben.

»Und dass ausgerechnet der mich jetzt für kleines Geld hier rausholen will, das hat mich überrascht. Mag dich anscheinend doch noch.«

Ich nicke langsam und beschließe, Johannes nichts über den Deal mit Chantal zu berichten. Je weniger er weiß, desto besser. Es ist sowieso schon alles kompliziert genug, und ich sollte mich einfach nur freuen, dass Philip so gut bei Johannes ankommt. Schließlich war es meine Idee.

Jo schildert die Geschichte noch einmal genau so, wie sie Philip uns berichtet hat. Mitsamt Kopf in der Ofenröhre. An diesem Punkt hake ich ein. Vielleicht ist an Philips Theorie von dem zweiten Leck etwas dran.

»Sag mal, Johannes, wie bist du eigentlich auf die Idee mit dem Gas gekommen? Du hättest doch auch Tabletten nehmen können, oder sagen wir mal – vor die U-Bahn springen.«

»Tja, wie bin ich auf die Idee gekommen?« Er zuckt mit den Schultern. »Das war mehr eine spontane Sache, ich hatte das nicht wirklich geplant. Aber irgendwie musste ich auf einmal an Gas denken, und dann habe ich mir überlegt, dass es ja ziemlich einfach wäre, so zu gehen. Aber warum ich an Gas denken musste – tut mir leid, das weiß ich nicht mehr.«

»Kann es sein, dass du Gas gerochen hast?«

»Hm, wie kommst du denn darauf?«

Ich erläutere ihm Philips Idee mit dem zweiten Leck. Johannes guckt ungläubig.

»Findest du nicht, dass das sehr unwahrscheinlich klingt? So ein großer Zufall?«

»Genau. Deswegen versuche ich doch, zu überprüfen, ob das vielleicht gar kein Zufall ist. Ich meine, vielleicht bist du ja nur auf die Idee gekommen, weil du unterbewusst schon den Gasgeruch in der Nase hattest …«

»Na ja.«

»Ehrlich gesagt, die Wahrscheinlichkeit, dass das Gas an deinem Kopf vorbei zum Flur strömt, ohne dass dir etwas passiert, ist auch nicht besonders hoch.«

Johannes schüttelt den Kopf. »Tut mir leid, Tessa, aber so ganz genau kann ich mich an die Zeit vor der Explosion nicht mehr erinnern. Und was sich mein Unterbewusstsein so gedacht hat – keine Ahnung.«

Ich seufze laut. Das wird nicht so einfach, wie ich gehofft hatte.

»Jo«, sage ich, »ich will dich nicht aufregen, aber es ist wirklich wichtig, dass du noch einmal ganz genau nachdenkst, wie das alles passiert ist. Du steckst momentan ziemlich in der Klemme.«

Johannes lächelt immer noch. Ist der tatsächlich geisteskrank geworden? Ich an seiner Stelle würde nicht so seelenruhig dasitzen und darauf warten, dass sie mich für ein paar Jahre verknacken.

»Na gut«, meint er dann, »wenn du glaubst, dass es wichtig ist, werde ich versuchen, mich so gut es geht an alles zu erinnern.« Er seufzt selig. »Auch, wenn ich mit meinen Gedanken im Moment natürlich ganz woanders bin.« Er strahlt mich an und will schon wieder meine Hand nehmen, woraufhin ich abrupt aufstehe. Mit einem lauten Knall fällt der Stuhl hinter mir um.

»Sorry!« Ich hebe den Stuhl wieder auf und bleibe einen Moment lang unschlüssig vor Johannes stehen. »Na, dann«, setze ich an.

»Willst du schon gehen?«, kommt es einigermaßen entsetzt von ihm. »Ich dachte, wir reden noch …«

»Ich, äh … ich muss jetzt wirklich zurück in die Kanzlei, da stapelt sich die Arbeit.« Dann lächele ich ihn gewinnend an. »Außerdem wollen wir doch zusehen, dass du hier rauskommst.«

»Da hast du Recht.«

Ich stehe auf, gehe zur Tür und klopfe energisch dagegen, damit der Vollzugsbeamte mich hinauslässt. Eine Sekunde später wird die Tür von außen geöffnet. Ich drehe mich noch einmal zu Johannes um, weil ich mich von ihm verabschieden will – doch plötzlich habe ich sein Gesicht so nah vor mir, dass seine winzigen Sommersprossen zu Eurostück-großen Tupfern werden.

»Tessa«, sagt er. Im nächsten Moment hat er schon seine Arme um mich geschlungen und küsst mich wild und leidenschaftlich. Aus den Augenwinkeln bemerke ich zwei Beamte, die die Szene amüsiert beobachten.

»Jo!« Ich mache mich von ihm los und schnappe nach Luft. »Das geht doch nicht!«

»Bis bald, meine Liebste«, flüstert er mir ins Ohr.

»Äh, ja, bis bald«, verabschiede ich mich eilig. Bloß raus hier, bevor er noch einmal über mich herfällt!

Einer der beiden Beamten geht zu Johannes hinein, um ihn wieder in die Zelle zu bringen, der andere schließt hinter mir die Tür und begleitet mich dann zum Ausgang. »Na«, sagt er und mustert mich dabei von der Seite – wie ich finde – relativ anzüglich, »Sie pflegen ja ein gutes Verhältnis zu Ihrem Mandanten. Vielleicht sollte ich auch mal zu Ihnen kommen, wenn ich eine Anwältin brauche.« Dann kichert er leise vor sich hin. Im ersten Moment bin ich versucht, ihm ein paar knackige Worte um die Ohren zu hauen, von wegen, er soll aufpassen, was er sagt. Aber dann lasse ich es bleiben. Ich habe im Moment wirklich andere Probleme als einen ungehobelten Vollzugsbeamten.

Als ich wieder Richtung Kanzlei fahre, wirbeln die Gedanken nur so in meinem Kopf herum. Philip hat Recht: Es ist schon komisch, dass Johannes noch nicht tot war, obwohl schon genug Gas für eine solche Explosion durch seine Wohnung waberte. Vielleicht wird uns der Gutachter da weiterhelfen können. Und außerdem, beruhige ich mich selbst, habe ich bereits das Richtige getan. Ich bin über meinen Schatten gesprungen und habe Philip um Hilfe gebeten. Der wird das Kind schon schaukeln, denn was immer man auch Böses über ihn sagen kann: Er ist tatsächlich ein hervorragender Anwalt.

Während ich mir also selbst Mut zuspreche, piept mein Handy. In einem halsbrecherischen Manöver krame ich das Telefon aus meiner Tasche und ramme dabei fast den Bus, der gerade links an mir vorbeifährt. Der Fahrer hupt und zeigt mir mit ein paar wenig freundlichen Gesten, was er von einer Autofahrerin hält, die sich in den Fußraum des Beifahrers beugt, um in ihrer Tasche zu wühlen. Ich hupe zurück. Soll sich nicht so anstellen, ist ja schließlich nix passiert.

Mit einem Auge beobachte ich den weiteren Straßenverkehr, mit dem anderen lese ich die Nachricht. Mein Herz macht einen kleinen Freudenhüpfer, obwohl ich ihm das am liebsten verbieten würde. Aber gegen körperliche Reaktionen kann man wohl nichts machen: Die SMS ist von keinem Geringeren als von Andreas Schlehvoigt.

Moin! Noch gut nach Hause gekommen? Ihr zuständiger Beamter

Ich muss lächeln. Wie nett, dass er sich nach mir erkundigt! Was schreibe ich denn da zurück …

»Sach mal, hast du ein Rad ab?« Selbst durch die geschlossene Fensterscheibe kann ich hören, wie der Taxifahrer neben mir mich anbrüllt. Ich blicke verwirrt um mich und stelle fest, dass ich irgendwie auf die Taxispur geraten bin. Entschuldigend zucke ich mit den Schultern und sehe zu, dass ich wieder auf die richtige Fahrbahn komme. Vielleicht sollte ich erst antworten, wenn mein Auto sicher geparkt ist. So viel Multi-Tasking kriege selbst ich nicht hin.

Nachdem ich vor der Kanzlei einen halblegalen Parkplatz gefunden habe, überlege ich erst einmal in aller Ruhe, was ich Andreas Schlehvoigt zurückschreiben will. Sabine liegt mit ihrer Vermutung offenbar richtig: Er hat auch privat an mir Interesse. Will ich das schüren? Oder lieber in Anbetracht der Tatsache, dass ich momentan schon genug Probleme am Hals habe, ganz sachlich antworten? Andererseits: Vielleicht bekomme ich über ihn nützliche Informationen in Sachen Johannes, die Philip nicht erfahren würde. Und ich könnte ihm auf charmante Art und Weise klar machen, dass meine erste Aussage nicht so ganz der Wahrheit entsprach. Die Angelegenheit quasi schon mal geraderücken, bevor Philip wieder mit ihm spricht. So in etwas privaterer Atmosphäre fällt mir dieses Geständnis bestimmt leichter als bei einer richtigen Vernehmung …

Aber was, wenn ein Date dazu führt, dass er sich falsche Hoffnungen macht? Sicher ist Andreas Schlehvoigt ein niedlicher Kerl – aber als Polizist fällt er bei mir tatsächlich per se durchs Raster. Ist einfach nicht mein Ding, dieser Menschenschlag. Zum einen macht der Schichtdienst auf Dauer blöd, dann diese ganze Kumpeltour mit Kollegen, auch in ihrer Freizeit hocken sie immer zusammen – und wenn sie mal eine Feier schmeißen, gibt's da ausschließlich Cola-Korn. Nee, das ist wirklich nicht meine Welt.

Außerdem: Wie sollte jemand wie Andreas Schlehvoigt damit klarkommen, dass ich hauptsächlich von Leuten umgeben bin, die er beziehungsweise seine Kollegen in regelmäßigen Abständen auf Demos einsammeln und verknacken?

Danke, alles bestens. Wir können uns die Tage ja mal auf eine Apfelsaftschorle treffen.

Bevor ich noch recht weiß, wie mir geschieht, haben meine Finger die Nachricht bereits getippt und abgeschickt. Mein Unterbewusstsein scheint etwas anderes zu wollen als mein Verstand!

Auf dem Weg nach oben ins Büro bekomme ich bereits eine Antwort.

Gute Idee! Ich hab am Wochenende frei, wie wäre es morgen um 16 Uhr im Abaton?

Abaton? Nicht gerade der perfekte Ort für ein Date, als Café direkt neben der Uni ist das eher was für die studentische Mittagspause. Andererseits klingt es auch einigermaßen ungefährlich, da komme ich mit Sicherheit nicht in Versuchung, dem Commissario an die Wäsche zu gehen … Also antworte ich mit einem schnellen »OK«, ein Nachmittagskaffee ist ja nun wirklich mehr als harmlos. Aber gleichzeitig stelle ich mir die Frage: Was um Himmels willen soll ich da nur anziehen?

»Nehmen Sie den Hund bitte an die Leine!?« Noch bevor sich die Aufzugtüren öffnen, höre ich Frau Hubers hysterische Stimme. Der Anblick, der sich mir zehn Sekunden später bietet, ist urkomisch: Der sonst so elegante Eingangsbereich sieht aus wie eine Bambule-Vollversammlung: Ein dutzend Punks, fünf nicht einzuordnende Promenadenmischungen (eine davon pinkelt gerade an den Ficus Benjaminus neben dem Empfangstresen), ein paar strickende Mütter und schätzungsweise vier bis sechs Kleinkinder toben durch die Halle. Dazwischen Frau Huber, die mit den Nerven am Ende scheint.

»Was ist denn hier los?«, will ich prustend wissen.

»Das wollte ich *Sie* gerade fragen«, stellt Frau Huber sauertöpfisch fest. »Nein, lass das«, kreischt sie dann hysterisch, weil einer der Hunde in diesem Moment versucht, ihr Bein zu begatten. Frau Huber schiebt das Tier mit einem giftigen »Töle!« von sich; an ihrem Bein ist eine deutliche Laufmasche zu erkennen. »Frau Gerlach«, fährt sie mich dann an, »diese, diese …«, sie ringt nach Worten, »… Personen wollen alle zu Ihnen!« Ich lasse meinen Blick über die Menge schweifen. Ja, das kann gut sein – so sehen meine Mandanten meistens aus. Nur, wie kommen die alle hierher?

»Da bist du ja!« In diesem Moment kommt Sabine um die Ecke spaziert. »Ich warte schon auf dich!« Sie wirft Frau Huber ein spitzes Lächeln zu. Ganz klar, die beiden mochten sich vom ersten Augenblick an nicht. »Hier sind eine Menge Leute, die mit dir reden wollen.« Mit diesen Worten schiebt sie mich Richtung Glastür, hinter der unser Büro liegt. »Frau Huber?« Sabine dreht sich noch einmal zu ihr um. »Schicken Sie bitte den Ersten in fünf Minuten in unser Büro? Danke!« Frau Huber sieht zwar aus, als würde sie jeden Moment austicken, aber trotzdem nickt sie nur mit einem verkrampften Lächeln.

»Wo kommen die ganzen Leute her?«, will ich von Sabine wissen, sobald wir außer Hörweite sind. Sie kichert.

»Na ja, zum einen habe ich natürlich alle unsere Mandanten angerufen und ihnen unsere neue Büroadresse mitgeteilt.«

»Ja«, erwidere ich irritiert, »dagegen ist ja nichts zu sagen. Aber …«

Bevor ich weiterreden kann, fährt Sabine fort: »Und dann habe ich heute früh an unser Haus noch einen kleinen Aushang gemacht.«

»Einen kleinen Aushang?«

»Ja.« Sie nickt und lacht jetzt noch lauter. »Ich habe geschrieben, dass die Kanzlei vorübergehend umgezogen ist.«

»Und deshalb kommen die jetzt alle hierher?«, wundere ich mich. »So viel haben wir doch eher selten zu tun!«

»Ich schätze«, erklärt Sabine, »dass die sich alle gern mal ein schickes Büro am Neuen Wall angucken wollen.«

»Glaube ich nicht«, widerspreche ich, »dass die hier deshalb gleich in Scharen auftauchen.«

»Na ja«, fährt Sabine fort und ihr Grinsen wird noch etwas breiter. »Ich hab auf den Zettel auch noch geschrieben, dass die Erstberatung kostenlos ist.«

»Bist du irre?« Nicht, dass ich in meinem Leben nicht schon häufig kostenlose Erstberatungen gemacht habe. Aber einen Zettel aufhängen ist ja eine regelrechte Aufforderung für jeden, der ein paar Problemchen hat, mich aufzusuchen. Außerdem kann ich nur hoffen, dass niemand Sabines Zettelchen an die Anwaltskammer schickt. Die Aktion könnte man als standeswidrig bezeichnen – und in der Beziehung ist die Kammer wirklich ein spaßfreier Haufen.

»Ach, komm schon«, sagt Sabine und knufft mich in die Seite. »Ist doch ein Riesenspaß! Ich möchte Philips und Hortensias Gesichter sehen, wenn die hier aufkreuzen. Ich meine: richtige, echte Menschen, die sich in ihrer Kanzlei ausbreiten. Bääh!«

Jetzt muss ich auch lachen, die Vorstellung ist schon komisch. Wahrscheinlich kennen die beiden solche Leute nur aus dem Fernsehen oder der Zeitung. Oder von der rechtlichen Gegenseite. »Dann machen wir uns mal an die Arbeit«, meine ich und nehme hinter meinem Schreibtisch Platz.

Zwei Stunden später habe ich schätzungsweise zehn Mandanten versorgt. Es sind, wie zu erwarten war, nur kleine Sachen, Anzeige wegen Ruhestörung, Ladendiebstahl, auch zwei Mahnbescheide sind dabei. Die letzte Mandantin, die gerade vor mir sitzt, hat allerdings ein etwas erheblicheres Problem: Sie ist hochschwanger im achten Monat, ihr Mann ist arbeitslos und sitzt die nächsten Wochen wegen eines kleineren Delikts ein – und der Vermieter will das Paar wegen Eigenbedarfs aus der Wohnung klagen.

»Da machen Sie sich mal keine Sorgen«, beruhige ich die junge Frau, »so leicht wird das für Ihren Vermieter nicht. Immerhin haben Sie trotz der schwierigen Umstände immer Ihre Miete gezahlt, und in Ihrem Zustand kann er Sie sowieso nicht ohne weiteres auf die Straße setzen.«

»Meinen Sie?«, will sie zaghaft wissen. »Frau Gerlach, wenn Sie mir und meinem Mann da helfen könnten – das wäre eine unglaubliche Erleichterung für uns, wir sind einfach total verzweifelt.«

»Kein Problem«, meine ich und lächele sie aufmunternd an.

»Allerdings«, rückt sie mit der Sprache heraus, »wissen wir nicht, wie wir Sie bezahlen sollen. Momentan sind uns da wirklich die Hände gebunden, ich komme gerade mal eben so mit der Sozialhilfe über die Runden, und wenn mein Mann nächsten Monat entlassen wird, kann er wahrscheinlich trotzdem so schnell keinen Job finden. Wir haben überhaupt keine Ersparnisse mehr.«

Diese Aussage überrascht mich nicht sonderlich, eigentlich habe ich ja immer nur Mandanten, die mich nicht bezahlen können. »Da füllen Sie einfach mal dieses Formular hier aus«, erkläre ich und schiebe ihr das Blatt Papier zu. »Damit erteilen Sie mir die Vollmacht, Sie zu vertreten. Und ich werde dann für Sie Prozesskostenhilfe beantragen.« Einen Moment lang starrt sie etwas hilflos auf das Formular. »Kugelschreiber liegt hier«, sage ich und deute auf meinen Stifthalter.

»Ich, äh …« Sie sieht mich entschuldigend an. »Ich kann nicht schreiben.«

Ich seufze innerlich. Wie kann es in unserer heutigen Gesellschaft sein, dass es immer noch Menschen gibt, um die sich offenbar niemand kümmert? »Sabine?«, wende ich mich an meine Kollegin. »Würdest du unseren Mandanten bitte helfen?«

»Klar.« Sabine greift nach dem Formular, winkt die Frau zu sich an den Tisch und beginnt, es mit ihr zusammen auszufüllen. Ich hefte in der Zwischenzeit alle Unterlagen, die sich nach dem Ansturm von heute Nachmittag angesammelt haben, ab und will mir gerade noch einmal den Ehevertrag von Chantal vornehmen, als die Tür plötzlich auffliegt. Philip steht im Büro, sein Blick spricht Bände: Er ist *stocksauer!*

»Könnt ihr mir bitte mal erklären …«, poltert er los, hält aber inne, als er die junge Frau vor Sabines Schreibtisch sieht, die erschrocken zusammenzuckt. »Oh, Verzeihung«, sagt er so freundlich wie möglich und wendet sich dann an mich. »Tessa, hast du bitte eine Minute für mich?«

»Aber sicher doch«, strahle ich ihn an und stehe auf. »Sabine, du machst die Unterlagen dann fertig, ja?« An die Frau gewandt sage ich: »Damit ist so weit erst einmal alles klar, ich melde mich bei Ihnen!« Dann folge ich Philip nach draußen und kann mir nur schwer ein Kichern verkneifen.

»Bist du jetzt von allen guten Geistern verlassen?«, fährt er mich an, sobald die Tür zu meinem Büro hinter uns ins Schloss fällt.

»Was meinst du denn?«, stelle ich mich begriffsstutzig.

»Das kann ich dir sagen«, fährt er mich an. »Vor einer halben Stunde komme ich mit Chantal, mit der ich mich zum Mittagessen getroffen habe, in die Kanzlei …«

»Ach? Du hast dich mit unserer Mandantin zum Mittagessen getroffen, ohne mir Bescheid zu sagen?«

»Chantal hatte mich auf dem Handy erreicht, nachdem man ihr in der Kanzlei gesagt hatte, du seiest beschäftigt und ich unterwegs.«

Die alte Huber! So eine falsche Schlange – das hat sie doch mit Absicht gemacht!

»Aber das spielt auch keine Rolle.«

»Natürlich spielt das eine Rolle!«

»Jetzt hör mir mal gut zu!« Philips Stimme ist fast nur noch ein Knurren, er kommt einen Schritt auf mich zu und steht so nah vor mir, dass ich die Wärme seines Körpers spüren kann. Meine Knie werden augenblicklich weich, so nah bin ich ihm das letzte Mal vor Jahren gewesen. Seine blauen Augen durchbohren mich regelrecht, und wenn sie in diesem Moment nicht so böse gucken würden, könnte man fast glauben, dass er mich gleich küssen will. Aber eher das Gegenteil ist der Fall: »Wir kommen hier also an, weil wir noch mit dir sprechen wollen – und als wir oben aus dem Fahrstuhl treten, steht direkt vor uns ein Prolet mit Hundehalsband um den Nacken und tätowiertem Schädel.«

»Ach, Herr Bürger!«, sage ich erklärend. »Das ist ein ganz Netter!«

»Ist mir scheißegal, ob der nett ist!« Oh, lala, Philips Stimme überschlägt sich. »Und das Gleiche gilt auch für das restliche Volk, das sich hier breit gemacht hat. Wie kommen diese Leute in meine Kanzlei?«

»Momentan unsere Kanzlei, wenn ich dich daran erinnern darf. Sabine dachte …«

»Wie kommt deine Tippse dazu, ohne vorherige Absprache mit mir einfach Leute hierher zu bestellen?«, schreit er mich an.

Frau Huber lugt aus dem Eingangsbereich um die Ecke und hat ein deutliches Lächeln auf dem Gesicht. Klar, dass sie sich freut, dass Philip mich hier gerade zur Sau macht. Muss das denn auch unbedingt im Flur stattfinden? In mir erwacht der Kampfgeist, so kann er mit mir nicht reden!

»Erstens heißt sie Sabine, zweitens ist sie nicht meine Tippse, sondern meine Kollegin, und drittens finde ich ihre Idee gut. Schließlich muss mein Laden ja weiterlaufen. Und wenn du mir Bürosharing anbietest, musst du halt auch mit meinen Mandanten leben, die vielleicht nicht ganz so aus dem Ei gepellt sind wie deine. Aber es sind trotzdem ganz normale Bürger mit ganz normalen Rechten – auch, wenn du das gern anders hättest!«

»Das ist doch wieder mal eine …«

»Das ist vor allen Dingen eines, Philip, nämlich das Ende der Durchsage!« Ich lasse mich doch von ihm nicht unter den Augen von Frau Huber abwatschen!

»Hast du mal daran gedacht, wie das auf Mandanten wie Chantal wirken könnte?«

»Wieso? Ist sie etwa allergisch gegen normale Leute?«

»Normale Leute sehen ein bisschen anders aus«, giftet Philip mich an.

»Hat Chantal denn was gesagt?«

Damit habe ich Philip offensichtlich aus dem Konzept gebracht, denn er macht gleich mal einen Schritt zurück. »Nein«, gibt er fast kleinlaut zu. »Sie hat dem tätowierten Glatzkopf sogar ein Autogramm gegeben, als er danach fragte.«

»O mein Gott!«, rufe ich gespielt erschrocken aus. »Ich hoffe, ihr ist danach nicht die Hand abgefallen!«

»Sehr witzig!«

»Nein, gar nicht witzig«, erwidere ich und gebe mir Mühe, nicht ganz so selbstgefällig zu klingen. »Das Problem existiert einzig und allein in deinem Kopf, weil du Menschen danach beurteilst, wie sie gekleidet sind.« Okay, das klingt etwas großspurig und genau genommen mache ich es ja auch nicht anders. Nur eher umgekehrt. Mir sind eben Leute im Windsor-Kostüm suspekt.

»Aber ich finde trotzdem ...«, setzt Philip noch einmal an. Doch dann scheint er zu begreifen, dass er diese Schlacht verloren hat, und fährt nicht weiter fort.

»Wo ist Chantal denn jetzt?«, will ich wissen.

»Ihr Handy hat mal wieder geklingelt«, erklärt Philip, »irgendein wichtiges Event, zu dem sie plötzlich musste. Ich glaube, sie sollte sich dringend nach einem Manager umsehen. Es ist relativ schwierig, ungestörte fünf Minuten ihrer Zeit zu ergattern. Ach, und bevor ich es vergesse – *Coburn* hat schon auf unser Fax reagiert. Ich hab's dir ins Fach legen lassen. Besonders freundlich klingen die nicht. Weisen gleich darauf hin, dass wir unsere Mandantin anhalten sollen, über die Verbindung zu Clifton strengstes Stillschweigen zu bewahren, insbesondere keinerlei Interviews zu geben.«

»Hat sie doch auch gar nicht. Und dass sich auf einmal dieser Althoff einmischt – also dafür kann sie ja nichts.«

Philip hebt ratlos die Hände hoch. »Tja, wer weiß – die beobachten Chantal jedenfalls mit Argusaugen, die Artikel im *Kurier* haben sie sogar unter *undesirable media activity* aufgelistet. Vielleicht halten die Chantal ja für nicht ganz so unschuldig, wie ihre blauen Augen vermuten lassen.«

»Also, dein Unterton gefällt mir nicht. Ich glaube ihr. Das halte ich bei meinen Mandanten im Übrigen immer so: Ich vertraue ihnen grundsätzlich. Und jetzt kannst du mich gerne wieder als Gutmensch beschimpfen. Aber vielleicht solltest du mal ein paar Monate von Straf- auf Zivilrecht umsatteln, damit du wieder eine positivere Einstellung zu deiner Umwelt entwickelst.«

»Ja, und vielleicht solltest du mal eine vernünftige Tageszeitung abonnieren, damit du wieder Zugang zur real existierenden Welt bekommst.« Philip fällt wieder in seine gewohnte Überheblichkeit.

»Wieso habe ich eigentlich gerade das Gefühl, mit meinem Erziehungsberechtigten zu sprechen? Vielleicht wegen deines Oberlehrertonfalls?«

»Bitte? Wer hat denn damit angefangen? Das war doch wohl eindeutig die Miss Verständnisvolle-Anwältin-des-Jahres, Tessa Gerlach.«

Hm, ich muss wider Willen grinsen. Da hat er mich. Vielleicht doch besser das Thema wechseln.

»Also, wann kommt Chantal denn nun wieder?«

»Montagmorgen um zehn, dann hätte sie gern unsere ersten Vorschläge.«

»Aber es ist schon Freitagnachmittag!«, stelle ich fest.

»Tja«, jetzt grinst Philip wieder. »Sieht so aus, als müssten wir dann mal am Wochenende arbeiten. Oder ist das für dich ein Problem?«

»Aber nein«, antworte ich biestig, »ich kann mir nichts Schöneres vorstellen, als ein Wochenende mit dir zu verbringen.«

»Es gab mal Zeiten, da war das so.« An Philips Gesichtsausdruck kann ich erkennen, dass ihm das einfach so rausgerutscht ist. »Tut mir leid«, entschuldigt er sich, »ich wollte nicht auf alten Zeiten herumreiten.«

»Hast ja Recht«, meine ich lapidar. »Gab wirklich mal Zeiten, in denen es so war.« Und wieder fällt mir einer der alten Briefe aus meiner Erinnerungskiste ein.

Hamburg, den 24. April 2002

Mein lieber Schatz,

es tut mir leid, dass ich gestern so ausgerastet bin, und hoffe, dass Du mir nicht mehr böse bist. Ich war nur so enttäuscht, dass Du am Wochenende wieder arbeiten musst. Eigentlich wollten wir doch zusammen wegfahren, darauf hatte ich mich schon so gefreut! Aber natürlich habe ich überreagiert, und dafür will ich mich entschuldigen. Tut mir leid, dass ich Deine Akten ins Klo geworfen habe. Ich tippe sie Dir gern noch einmal ab, das meiste kann man ja noch gut lesen.
Bist du wieder gut mit mir?

Deine kleine Meckertante

Liebe Tessa,

natürlich war ich sauer auf Dich (und bin es immer noch etwas), aber das ist nicht das Hauptproblem: Du tust immer so, als würde ich absichtlich so viel arbeiten, um Dich zu ärgern. Aber wir haben uns doch etwas vorgenommen, weißt Du das nicht mehr? Das Haus im Treppenviertel … Und dafür muss

ich eben manchmal auch am Wochenende in die Kanzlei. Das hat rein gar nichts damit zu tun, dass ich meine Zeit lieber mit Hortensia verbringe als mit Dir. Dieser Vorwurf ist mehr als absurd! Sie ist eine Kollegin, weiter nichts, und wir können beide froh sein, dass ich dank ihr einen so guten Job habe. Seien wir ehrlich: Wenn wir nur von dem leben müssten, was Du verdienst, wäre das ein bisschen knapp.
Nächstes Wochenende machen wir dann unseren Ausflug, ich verspreche es hoch und heilig. Aber bitte flipp nicht wieder so aus, wenn kurzfristig doch etwas dazwischenkommt, was ich nicht ändern kann.

Philip

PS: Die Akten habe ich schon in der Kanzlei abschreiben lassen, aber danke für das Angebot. Allerdings habe ich da sicherheitshalber behauptet, sie wären mir in den Swimmingpool meiner Eltern gefallen.

Ich muss lächeln, als ich an die Aktion von damals denke. War gar nicht so einfach, die Akten in die Toilette zu stopfen, die Unterlagen waren doch ziemlich sperrig. Aber ich hatte eine derartige Wut auf Philip, dass sie bei mir regelrechte Monsterkräfte freisetzte.

»Sollen wir dann mal mit dem Vertrag anfangen?«, holt Philip mich wieder ins Hier und Jetzt zurück. »Oder hast du noch weitere potenzielle Mandanten, die verarztet werden müssen?«

»Nein, Sabine kann erst einmal alles aufschreiben, ich kümmere mich dann später darum. Also, lass uns loslegen, je eher dahin, desto schneller davon.«

»Dann gehen wir wohl am besten in mein Büro«, schlägt Philip vor, »bei dir ist ja gerade Sozialsprechstunde.«

Ich verkneife mir einen Kommentar, soll er denken, was er will.

»Irgendwie habe ich das Gefühl«, beginnt Philip, als wir an seinem Konferenztisch Platz genommen haben, »dass Coburn und Konsorten die ganze Sache auf die leichte Schulter nehmen. Die glauben wohl, dass Chantal jede Kröte schluckt.«

»Völlig deiner Meinung«, pflichte ich ihm bei.

Philip schaut mich überrascht an, dann lächelt er. »Heureka! Den Tag müssen wir rot im Kalender anstreichen, Tessa Gerlach ist der gleichen Meinung wie ich!«

Ich kichere und gebe ihm einen spielerischen Klaps auf den Arm. »Sei nicht albern, in beruflicher Hinsicht war ich schon mehr als einmal deiner Meinung.«

»Also dann«, will Philip fortfahren, aber in diesem Moment wird die Tür zu seinem Büro geöffnet und Hortensia kommt herein. Ich zucke erschrocken zusammen. Mit ihr habe ich überhaupt nicht gerechnet.

»Schatz, ich habe das jetzt mal durchgelesen ...«, sie blickt von den Unterlagen auf, die sie in der Hand hält. Als sie mich sieht, hält sie inne.

»Oh, Entschuldigung, ich wusste nicht, dass du dich gerade mit Tessa besprichst. Frau Huber sagte mir, dass du wieder im Büro bist.«

»Ja, ich wollte mit Tessa gerade in der Chantal-Sache eine Strategie entwickeln.«

»So, wie ich das sehe ...«, sagt Hortensia, wird aber von Philip sofort unterbrochen.

»Kann ich gleich zu dir rüberkommen, dann besprechen wir das?« Komisch, wieso ist der bloß so kurz angebunden? In diesem Moment fällt bei mir der Groschen: Er hat Hortensia den Ehevertrag zu lesen gegeben! Das ist es, was sie gerade in ihren Händen hält!

»Sicher, komm dann einfach rüber.« Mit einem kurzen Kopfnicken verabschiedet Hortensia sich, dann ist sie auch schon wieder aus der Tür.

»Hortensia hat eine Kopie des Ehevertrags?«, will ich von Philip wissen und merke, wie die Wut in mir aufsteigt.

»Ich dachte, es wäre vielleicht gut«, beginnt Philip zu erklären.

»Jetzt reicht es mir aber!« Aufgeregt springe ich auf. »Du machst Termine aus, ohne mich vorher zu fragen, gehst allein mit Chantal zum Essen und dann holst du auch noch Hortensia mit ins Boot, bevor du mit mir darüber gesprochen hast. Stellst du dir das unter Teamarbeit vor?«

»Tessa, bitte«, versucht Philip, mich zu beruhigen, »sei doch nicht so emotional!«

»Ich und emotional? Ha!« Ich setze mich wieder zu ihm an den Tisch, um zu unterstreichen, wie unemotional ich gerade bin. Trotzdem blitze ich ihn noch immer böse an.

»Ich will doch nur, dass wir für Chantal die bestmögliche Lösung finden«, erklärt Philip weiter. »Und da dachte ich, es wäre gut, Hortensias Meinung zu hören. Sie ist schließlich eine exzellente Anwältin, da wäre es doch Blödsinn, nicht mit ihr darüber zu reden.«

Verdammt, da hat er natürlich Recht.

»Aber trotzdem hättest du mich vorher fragen können«, stelle ich bockig fest – aber trotzdem natürlich total unemotional.

»Das stimmt«, gibt er zu, »und es tut mir leid, dass ich dich da übergangen habe.« Er wirft mir einen versöhnlichen Blick zu. »Weißt du, hier in der Kanzlei ... da mache ich die Dinge eben meistens so, wie sie mir passen ...«

»Dir und Hortensia.«

»... und Hortensia, richtig. Ich werde mich daran gewöhnen müssen, dass es in diesem Fall anders läuft, okay? Aber ich hätte ehrlich gesagt auch nicht gedacht, dass dich das so stört.«

Tja, genau da liegt der Hase im Pfeffer. Natürlich dürfte es mich aus rein professioneller Sicht überhaupt nicht stören, schließlich ist es eher ein Vorteil. Aber ausgerechnet Hortensia! Nein, was diese blöde Schnepfe betrifft, bin ich ganz und gar nicht unemotional. Aber das kann ich Philip ja nur schlecht auf die Nase binden. Brauche ich wahrscheinlich auch gar nicht, so, wie er mich ansieht, scheint es ihm mehr als klar zu sein.

»Okay, hören wir uns an, was sie dazu meint«, lenke ich ein.

»Dann lass uns doch gleich mal zu ihr rübergehen«, schlägt Philip vor und steht auf. Brav trotte ich hinter ihm her. Wenn mir jemand noch vor ein paar Tagen geweissagt hätte, dass ich irgendwann einmal Hortensia Lorentzmeyer freiwillig um ihren Rat bitten würde, hätte ich ihn einweisen lassen. Aber so schnell können sich die Zeiten ändern. Schließlich bin ich ja jetzt auch offiziell mit Johannes zusammen, das hätte ich vor kurzem ebenfalls für ausgeschlossen gehalten. Es wird wirklich höchste Zeit, dass ich mein Leben wieder in geregelte Bahnen lenke.

Na gut, streichen wir ehrlicherweise das *wieder*.

»Also, ich sehe das so: Das Problem sind nicht die vielen kleinen Gemeinheiten wie die Gewichtsklausel oder Regelungen zur Haarfarbe von Chantal oder dieser Passus über die gemeinsamen Auftritte bei Filmpremieren.« Hortensia spielt gedankenverloren mit ihrer Perlenkette, und ich frage mich wohl zum hundertsten Mal, wie sie es geschafft hat, Philip um den Finger zu wickeln. »Das Problem ist doch vielmehr dieser völlig indiskutable Unterhaltsverzicht. Wahrscheinlich wollten die Chantal mit dem ganzen anderen Zeugs nur davon ablenken.«

»Hm«, murmelt Philip und wühlt in seinen Kopien rum, »wahrscheinlich hast du Recht. So habe ich das noch gar nicht gesehen.« Man merkt, dass Philip von Zivilrecht keine Ahnung hat, mir ist es beim ersten gründlicheren Durchlesen nämlich genauso gegangen wie Hortensia. Aber das kann ich jetzt schlecht sagen, sonst macht es noch den Eindruck, als wollte ich hier beweisen, was für eine tolle Juristin ich bin. Und das habe ich nun wirklich nicht nötig. Pah!

Dafür scheint Philip uns nun an seiner juristischen Weisheit teilhaben lassen zu wollen. Jedenfalls zieht er die Seite des Vertragsentwurfs mit dem Unterhaltsverzicht aus seinem Stapel und schaut Hortensia und mich durchdringend an. »Also, wenn ich ehrlich bin und mal ganz im Vertrauen: Ich hätte Clifton Jones auch zu so einer Unterhaltsvereinbarung geraten. Ich meine, das ist immerhin seine fünfte Ehe – da kann man ja kaum gegen anverdienen.«

Tja, war wohl doch eher seine menschliche als seine juristische Einschätzung.

»Das ist ja schön, dass du so viel Verständnis für die Gegenseite hast«, faucht ihn Hortensia auf einmal schärfer an als nötig. »Dann ruf doch einfach Chantal an und erkläre ihr, sie könne diesen Wisch ruhig so unterschreiben, weil es doch total gerecht sei, dass ihr Zukünftiger nichts riskieren will.«

»Genau!« *Huch?* Wer hat denn das gerade gesagt? Erschrocken merke ich: Das war ich. Ich habe Hortensia zugestimmt!

»Ist ja schon gut, Schatz. Und ... äh ... Tessa«, lenkt Philip ein. »So habe ich es doch gar nicht gemeint. Natürlich finde ich den Vertrag auch völlig unannehmbar. Ich wollte doch nur darauf hinweisen, dass man bei der fünften Ehe vielleicht zu übertriebener Vorsicht neigt.«

Hortensia guckt immer noch böse. Philip verschränkt die Arme vor dem Brustkorb. Und ich bemerke höchst vergnügt, dass es nun an mir ist, die Besonnene geben zu können. »Kinder, so kommen wir nun wirklich nicht weiter. Wenn ich mal einen Vorschlag machen darf: So ganz kriegen wir Clifton Jones vom Unterhaltsverzicht nicht weg. Halte ich jedenfalls für ausgeschlossen – da lässt er eher die Finger von Chantal. Wir sollten also versuchen, ihm eine Art Staffel anzubieten, die so nachvollziehbar ist, dass er nicht ablehnen kann. Vielleicht muss man ihm auch einfach mal bewusst machen, dass die Heirat Chantals Karriereende bedeutet.«

»Es sei denn, sie startet in den USA noch einmal richtig durch«, gibt Philip zu bedenken. Hortensia und ich starren ihn beide fassungslos an.

»Daran glaubst du ja wohl selbst nicht«, meint Hortensia, ehe ich es sagen kann. »Im Ausland hat sie doch keine Chance!«

»Ich denke ...«, setzt er an.

»... nicht nach«, vollende ich seinen Satz. »Hier in Deutschland mag Chantal eine große Nummer sein. Aber nicht mal Robbie Williams hat es in Amerika geschafft. Der versucht es immer wieder und kommt doch jedes Mal nach Europa zurück.« Ein gutes Beispiel. Eigentlich könnte mir dafür mal jemand auf die Schulter klopfen. Und ... da fällt mir noch etwas ein. »Jetzt habe ich eine prima Idee, wie wir zwei Fliegen mit einer Klappe schlagen könnten.«

»Schieß los«, fordert Hortensia mich auf und ist auf einmal gar nicht mehr so zickig, wie ich immer gedacht habe. Anscheinend kann man mit ihr sogar ganz gut zusammenarbeiten. »Na ja«, fahre ich fort, »Chantal will doch eigentlich gar nicht so gerne für immer nach Hollywood. Sie könnte doch seine Unterhaltsgeschichte jetzt einfach mal als Hebel ansetzen und sich zusichern lassen, dass sie im Umkehrschluss mindestens die Hälfte des Jahres hier in Deutschland wohnen bleibt – und ihr Göttergatte drei Monate davon mit ihr hier verbringt. Wenn er das nicht will, dann muss er eben im Gegenzug auch beim Unterhalt deutlich nachbessern. Chantal kann schließlich nichts dafür, dass Clifton schon viermal danebengelegen hat. Ich denke so an eine gestaffelte Lösung – für jedes Jahr der Ehe soundso viel Prozent Unterhalt. Das habe ich auch mal für eine Mandantin rausgehandelt und fand es relativ gerecht.«

»Das ist eine sehr gute Idee ... Wobei«, Hortensia zieht die Augenbrauen hoch, »wir deine Mandanten ja heute gesehen haben. Das sind doch wohl ein bisschen andere Einkommensverhältnisse als im vorliegenden Fall.«

Okay, man kann doch nicht so gut mit ihr zusammenarbeiten. War nur eine kurze Täuschung, der ich da erlegen bin. Was für eine arrogante Schnepfe. Ich bemühe mich, sachlich zu bleiben.

»Na und? Unterhalt ist Unterhalt. Und einfach den Verzicht aus dem Vertrag rauszustreichen, ohne einen Gegenvorschlag zu machen, wird garantiert nicht funktionieren. Nein, wir brauchen eine Verhandlungsgrundlage. Vergiss nicht, dass die Gegenpartei genau weiß, dass sie einen Trumpf gegen uns in der Hand hat.«

»Und der wäre?«, will Philip wissen.

»Na, Chantal. Das ist die größte Schwachstelle unserer Strategie: Sie liebt ihn. Sie will ihn unbedingt heiraten. Und wahrscheinlich hätte sie den Vertrag sogar schon unterschrieben, wenn sie uns nicht kennen gelernt hätte.«

Hortensia schnaubt verächtlich. »Das könnte mir nicht passieren. Entweder der Vertrag wäre so, wie ich ihn will, oder die Hochzeit würde ohne mich stattfinden.«

Philip rollt die Augen. Hach, macht das Spaß, mit den beiden zusammenzuarbeiten! Vielleicht sollte man Privatleben und Beruf generell trennen. Ich versuche es mit einem konstruktiven Vorschlag.

»Ich gehe noch mal alle Zahlen von Chantals Plattenverkäufen und Tantiemen durch, damit wir einen genauen Überblick haben, was ihre Karriere eigentlich in Euro und Cent wert ist. Und dann mache ich einen gestaffelten Vorschlag, alternativ mit einem Passus, der vorsieht, dass die beiden auch als Ehepaar mindestens sechs Monate in Deutschland leben. So robben wir uns im Scheidungsfall immer näher an die Zuständigkeit eines deutschen Gerichts heran, und dann kann Clifton seine ganzen kleinen Bosheiten sowieso vergessen. Die sind dann alle sittenwidrig und er kann sich schön gehackt legen.«

»Super, Tessa, das ist eine richtig gute Idee. Du bist einfach klasse!« Philip strahlt mich an.

»Ja«, sagt Hortensia, »sehr schön.« Dabei verschränkt sie die Arme vor der Brust. Man muss kein Ass in Körpersprachdeutung sein, um zu verstehen, dass es ihr überhaupt nicht gefällt, wie ihr Freund mich lobt! »Gut, dann wären wir ja wohl so weit fertig mit unserer kleinen Besprechung. Ich habe jetzt leider einen wichtigen Termin. Ihr entschuldigt mich.« Sagt's und würdigt uns keines Blickes mehr.

Als ich wieder in mein Büro zurückkomme, ist Sabine nicht da. Aber kaum habe ich die Tür geschlossen, erklingt hinter mir eine Frauenstimme. »Frau Gerlach?«

Ich fahre erschrocken herum.

»Um Gottes willen«, fahre ich die Frau an. Hat die sich hinter der Bürotür versteckt? »Wie sind Sie hier hereingekommen?«

»Tut mir leid«, erwidert sie, »Ihre Sekretärin meinte, ich solle ruhig hier warten.« Frau Huber, na klar! Die werde ich mir bei nächster Gelegenheit mal vorknöpfen. Und wo steckt überhaupt Sabine?

»Kein Problem.« Ich strecke ihr die Hand hin, die sie ergreift. »Ja, ich bin Tessa Gerlach. Was kann ich für Sie tun?«

Die ältere Frau mustert mich aus zusammengekniffenen Augen. »Erkennen Sie mich denn nicht mehr?«

Herrje, in den letzten Tagen sind mir so viele neue Leute begegnet, dass ich schon ganz durcheinander bin. »Äh ... nicht so wirklich.« Aber dann fällt es mir wieder ein: die Untersuchungshaft, die Frau mit den Karten – das ist sie, die Alte, die mir die Karten gelegt hat! »Sie haben mir die Kipperkarte gegeben!«, rufe ich. Jetzt lächelt die Frau.

»Richtig«, erwidert sie. »Und? Ist schon was passiert?«

»Was passiert?« Seufzend lasse ich mich auf den Stuhl am Konferenztisch sinken und deute ihr, sich ebenfalls hinzusetzen. »Mehr, als mir lieb ist.«

Die Frau kichert und nickt zufrieden mit dem Kopf. »Das habe ich mir gedacht.«

»Schön«, meine ich etwas schnippisch. »Aber ich weiß trotzdem noch immer nicht, was die Karte bedeuten soll, die Sie mir gegeben haben.«

»Das macht nichts«, erwidert sie. »Ich habe Ihnen ja gesagt, dass Sie es noch herausfinden werden.«

»Hören Sie«, meine ich verärgert, »sind Sie deshalb hierher gekommen? Um mich zu fragen, was passiert ist? Und woher kennen Sie eigentlich meinen Namen und meine Büroadresse?« Bevor die Frau mir antworten kann, öffnet sich die Tür.

»Tessa?« Philip steckt den Kopf herein. »Entschuldige, wenn ich kurz störe, aber ich muss jetzt los und wollte nur kurz fragen, ob morgen früh um zehn für dich in Ordnung ist?«

»Geht klar.«

»Gut, dann noch einen schönen Feierabend.« Schwupps, er ist wieder verschwunden. Die Frau guckt ihm interessiert nach.

Hokuspokus hin, Hokuspokus her – ich kann nicht umhin, sie danach zu fragen: »Hat er vielleicht etwas mit der Karte zu tun?«

Sie lächelt versonnen. »Vielleicht«, meint sie dann. Toll, die ist ja echt gesprächig und konkret.

»Na gut«, werde ich wieder geschäftig, »also, was wollen Sie von mir?«

»Ich habe eine Anzeige am Hals«, erklärt sie, »wegen angeblichen Betrugs.« Betrug, aha. Wusste ich doch gleich, dass die Alte nicht ganz koscher ist. Trotzdem nehme ich mit unbewegter Miene – quasi ganz Profi – einen Stift zur Hand, um mir Notizen zu machen. »Okay, und wie kommt es zu dieser Anzeige?«

»Ich berate schon seit langer Zeit eine ältere Dame. Sie kommt mit allen Angelegenheiten zu mir und lässt sich von mir die Karten legen.«

»Diese Kipperkarten?«, will ich wissen.

»Ja, genau. Dabei geht es dann immer um alles Mögliche – auch um Finanzielles. Bei ihrem letzten Besuch war sie ganz aufgeregt und zeigte mir einen Prospekt über eine Geldanlage. Ich glaube, es ging darum, Investoren für ein Forschungsprojekt zu finden. *New Oil Limited*, oder so ähnlich hieß die Gesellschaft. Die alte Dame wollte von mir wissen, ob sie dafür Geld riskieren soll. Ich habe die Karten gelegt – heraus kamen die Nummern 9 und 11.«

»Aha.«

»Ja, das sind die Karten *Eine Veränderung* und *Viel Geld gewinnen.* Ich habe ihr erklärt, dass das bedeutet, dass ihr eine große finanzielle Veränderung bevorsteht – zumeist im positiven Sinne. Weil im Umfeld auch noch die 12 lag, *Das reiche Mädchen,* war ich mir da fast sicher. Denn wenn diese Karte keine junge Frau symbolisiert – und die ältere Dame hat keine jungen Freundinnen oder Verwandten –, dann bedeutet diese Karte Wohlstand.«

»So weit, so gut. Aber was hat das mit der Anzeige zu tun.«

»Nach dieser Beratung habe ich längere Zeit nichts mehr von ihr gehört. Und dann bekomme ich gestern plötzlich ein Schreiben von der Staatsanwaltschaft: Die Neffen meiner Kundin haben mich angezeigt und behaupten, ich hätte ihre Tante dazu gebracht, all ihre Sparbücher zu räumen und ihr Geld in völlig undurchsichtige Geschäfte zu stecken. Sie vermuten, ich hätte dafür eine Provision bekommen. Dabei stimmt das überhaupt nicht – weder das eine noch das andere. Ich habe ihr damals gesagt, dass die Karten niemals eindeutig sind, sondern nur eine Tendenz vorgeben. Ihren Weg muss sie selbst wählen. Und das mit der Provision ist völliger Unsinn. Ich hatte von der Firma noch nie gehört. Und jetzt habe ich den Ärger.«

Sie gibt mir das Schreiben der Staatsanwaltschaft. Ich überfliege es kurz – tja, da haben sich die Erben wohl ziemlich geärgert. Da sollte ich besser mal Akteneinsicht nehmen, wer weiß, was noch so alles dahintersteckt. Ich seufze, Strafrecht ist nun wirklich nicht mein Spezialgebiet.

»Also, Frau … äh, wie heißen Sie eigentlich?«

»Montague. Ich heiße Montague.«

Ich muss kichern. Sie – eine Montague. Aber ich – keine Capulet!

»Gut, Frau Montague«, reiße ich mich zusammen und unterdrücke das Kichern, »ich zeige der Staatsanwaltschaft an, dass ich Sie vertrete, und dann nehme ich mir die Akte genauer vor. Danach sind wir bestimmt schlauer.«

»Vielen Dank!«

Wie auf ein Stichwort wird die Tür hastig aufgestoßen, Sabine kommt herein. »Sorry, ich musste mal kurz raus und habe mich dann mit diesem Drachen ...« Sie verstummt. »Entschuldigung, ich wusste nicht, dass eine Mandantin gekommen ist.«

»Macht gar nichts«, sage ich und wende mich an Frau Montague. »Geben Sie Frau Heitkämper einfach alle Ihre Daten und unterschreiben Sie die Vollmacht, wir melden uns dann bei Ihnen. Wenn Sie mich entschuldigen? Einen schönen Tag noch für Sie!«

Ich gehe zur gut sortierten Bibliothek. Schließlich muss ich unserem Gegenvorschlag für Chantal jetzt endlich mal Leben einhauchen. Sofort finde ich ein gutes Vertragshandbuch für Familienrecht. Es hat wirklich Vorzüge, in so einer Kanzlei zu arbeiten, wie Philip und Hortensia sie haben. Dabei fällt mir etwas ein. Ich strecke den Kopf aus der Tür.

»Frau Huber?«

»Ich will gerade gehen«, kommt die wenig freundliche Rückmeldung.

»Dann ist es ja schön, dass ich Sie noch erwische. Bringen Sie mir bitte Kaffee«, sage ich mit zuckersüßer Stimme und füge, in Erinnerung an meinen ersten Besuch bei Philip, noch hinzu: »Und Gebäck.«

Obwohl ich Frau Huber nicht sehen kann, weiß ich genau, was sie gerade für ein Gesicht macht. Trotzdem kommt nur ein »Einen Moment bitte« von ihr.

Ich weiß, ich sollte das jetzt nicht genießen.

Aber ich tue es!

10. Kapitel

Samstagmorgen – und mein Wecker klingelt. Uah, wie ätzend! Normalerweise schlafe ich am Wochenende immer bis mindestens elf Uhr, da brauche ich mir natürlich den gerade sehr fies bimmelnden Quälgeist nicht zu stellen. Aber da Philip und ich uns ja schon für zehn Uhr in der Kanzlei verabredet haben, führt daran heute Morgen kein Weg vorbei.

Ich hangle nach dem Schalter der Nachttischlampe, kann ihn aber nicht gleich finden. Hm, wahrscheinlich ein Zeichen. Ich soll mich noch mal kurz umdrehen. Und das mache ich auch. Herrlich! Ich liebe es zu schlafen. Dann wird aus mir eben nie eine Staranwältin – und wennschon …

Als ich wieder aufwache, ist es bereits halb zehn. Mist – ich wollte doch pünktlich sein. Auf einen angesäuerten Philip habe ich nun wirklich keine Lust. Also muss ich jetzt richtig Gas geben – vielleicht lasse ich die Dusche ausfallen? Keine gute Idee, schließlich bin ich doch später noch mit Andreas verabredet und zwischen Büro und Date wollte ich eigentlich nicht noch mal nach Hause. Aber anders wird's wohl nicht gehen, ein großes Styling schaffe ich jetzt jedenfalls nicht mehr.

Ich entscheide mich also für Pünktlichkeit und gegen Schönheit. Putze schnell die Zähne, drehe meine Haare zum Pferdeschwanz zusammen und springe in eine Jeans von Sabine. Na, Viertel vor zehn, geht doch. Da kann ich mir noch schnell ein belegtes Brötchen beim Bäcker holen.

Der Zeitungsstapel an der Kasse bringt meinen Zeitplan leider unabänderlich ins Wanken: Gleich oben liegt der *Kurier*, und vorne drauf? Genau. Mal wieder Chantal, diesmal in einem Bikini.

Oder etwas, was man dafür halten könnte – viel muss man sich allerdings nicht mehr wegdenken, um ihren perfekten Körper nackt vor sich zu sehen.

Verrückte Welt

IST DIESE FRAU ZU DICK?

Hamburg – Arme Chantal! Findet sie mit ihrem unbekannten Lover wirklich das Glück? Wer den Ehevertrag kennt, wird daran zweifeln ...

Chantal (27) will sich nicht äußern, ist offiziell immer noch Single. Aber in der Szene munkelt man: Sie ist mit einem steinreichen Amerikaner verlobt, die Anwälte verhandeln schon den Ehevertrag.
Die wichtigsten Punkte: Karriereaus in Hollywood – und keine Kinder! Dafür eine Beleidigung für Deutschlands schönsten Schlagerstar: Nimmt sie zu, zahlt sie eine »fette« Strafe.

Wer ist der Mann, der so etwas verlangen kann? Sergio Althoff (39), Exfreund und Exmanager, verrät nicht viel, sagt nur: »Er ist weltberühmt, gilt als großzügiger Sunnyboy – aber mit diesem Vertrag zeigt er sein wahres Gesicht.«

Arme Chantal. Hast du das wirklich verdient?

»Hallo? Junge Frau? Wollen Sie die nur lesen oder netterweise auch kaufen?« Die Bäckereiverkäuferin zieht mir doch tatsächlich die Zeitung aus der Hand. Hallo – was herrschen hier eigentlich für raue Sitten? Ich war allerdings auch so vertieft, dass ich glatt vergessen habe, ein belegtes Brötchen zu ordern. Stattdessen stand ich nur schweigend und lesend an der Theke.

»Äh, ja also, ein Käsebrötchen und den *Kurier*.« Ich greife mir beides, stecke es in die Tasche und fange an, nach meinem Handy zu wühlen. Ich muss sofort mit Chantal sprechen.

»Also wirklich, Tessa, ich verstehe nicht, warum du dich so aufregst. Ich habe mit niemandem über den Vertrag gesprochen. Ehrlich.«

»Es fällt mir offen gestanden schwer, das zu glauben. In diesem Artikel stehen Details aus dem Vertrag, die nur du wissen kannst. Und es ist ausgesprochen hinderlich für unsere Verhandlungen mit Coburn, wenn du den Eindruck erweckst, scharf auf Presse zu sein. Das wirkt irgendwie berechnend. Kein Wunder, dass die Gegenseite glaubt, du seist scharf auf Cliftons Kohle. Wenn das schon so losgeht!«

»Wo bist du gerade?«, will Chantal wissen.

»Ich stehe vor einer Bäckerei in Winterhude. Wieso?«

»Ich bin sowieso gerade in der Stadt unterwegs. Gib mir die Adresse, dann komme ich auf einen Kaffee vorbei und versuche, es dir zu erklären.«

»Verstehst du? Ich war einfach einsam. Ich konnte ja nicht wissen, dass Sergio das so ausschlachten würde.«

Wir stehen mit zwei Bechern Kaffee bewaffnet an dem Stehtisch neben der Verkaufstheke der kleinen Bäckerei, und Chantal versucht mir zu erklären, wie es zu dem Artikel kommen konnte. Dabei schlägt sie einen Flüsterton an, der es tendenziell ein bisschen schwierig macht, sie zu verstehen.

»Aha, ihr seid also zerstritten, aber trotzdem Freunde geblieben.« Ich mustere sie immer noch ungläubig.

»Na ja, wir hatten ja auch schöne Zeiten.«

»Der gute Mann hat dich um fünfhunderttausend Euro geprellt – und du faselst was von schönen Zeiten?«.

»Ja, ich weiß«, meint sie etwas unglücklich guckend. »Ich bin immer viel zu nachgiebig und kann jemandem schlecht böse sein … und als ich nach dem letzten Wochenende so allein mit diesem Vertrag zu Hause herumsaß und Sergio dann anrief und fragte, wie es mir geht, da habe ich halt ein bisschen davon erzählt. Ich meine, er hatte sich schließlich Sorgen um mich gemacht. Nach dem Artikel über meinen Gefängnisaufenthalt doch auch verständlich, oder?« Sie wirft mir einen steinerweichenden Blick aus weit aufgerissenen Augen zu, in denen Vorboten von Tränen glitzern.

»Hm.« Irgendwie ist diese Geschichte doch nicht koscher.

»Ach Tessa – du musst mir glauben. Ich bin eben keine besonders verschwiegene Person, aber ich hätte auch nicht gedacht, dass er damit gleich zur Zeitung rennt.«

»Aber spätestens seit dem Artikel am Mittwoch hättest du das doch ahnen können. Warum hast du ihn denn nicht darauf angesprochen?«

»Ich weiß auch nicht, ich habe halt gedacht, es bleibt bei einem Artikel, und den hätte ich ja sowieso nicht mehr ändern können. Meinst du, das ist jetzt sehr schlimm? Ich meine, wegen Clifton und so?« Chantal guckt unglaublich unglücklich.

Ich muss zugeben, dass ich wirklich hin- und hergerissen bin. Zwischen dem Gefühl, hier völlig verarscht zu werden – denn dass Tränen nicht lügen ist eine Schlager-, keine Lebensweisheit –, und dem Wunsch, an das Gute in unserem Goldkehlchen zu glauben. Ach, was soll's. Immerhin werde ich von ihr bezahlt.

»Gut, Chantal. Aber für die Zukunft – kein Wort während laufender Vertragsverhandlungen.«

Chantal guckt jetzt wie Bambi höchstpersönlich. »Natürlich, Tessa. Kommt nicht wieder vor.«

Als ich am Nachmittag um vier zu meinem Treffen mit Andreas Schlehvoigt ins Abaton komme, ist es bereits brechend voll. Hier wird sicher keine Rendezvousstimmung aufkommen. Tatsächlich ist der Laden das Gegenteil von flauschig und intim, der Lärmpegel erinnert schwer an Bahnhofshalle. Dicht gequetscht sitzen jede Menge junger Leute an den dunklen Holztischen, vermutlich zum Großteil Studenten, denn das Café liegt mitten im Univiertel. Früher habe ich hier oft mit Philip gesessen, wenn wir beide keine Lust auf den Mensa-Fraß hatten.

Philip war übrigens nicht begeistert, als ich unser Wochenend-Arbeitstreffen für einen, wie er es nannte, »gemütlichen Kaffeeklatsch mit dem Herrn Kommissar« unterbrochen habe. Aber ich konnte ihn zum einem davon überzeugen, dass es strategisch nicht verkehrt ist, sich mit dem Herrn Kommissar gut zu stellen – zum anderen musste ich ihm versprechen, direkt im Anschluss wieder in die Kanzlei zu kommen. Zumal ich es mit zehn Uhr heute Morgen ja nicht ganz geschafft habe. Ich kam mehr so gegen 12.00 Uhr in die Kanzlei gestolpert, in der Philip schon mit schulmeisterlicher Miene auf mich wartete. Allerdings hatte ich ja auch eine Spitzenentschuldigung, und als ich Philip von dem Artikel und dem sich anschließenden Beichtgespräch mit unserer momentan wichtigsten Mandantin berichtete, hatte er ein Einsehen.

Für einen kurzen Augenblick habe ich den Anflug eines schlechten Gewissens, weil Philip jetzt allein vor dem Vertragsentwurf hockt. Aber dann beruhige ich mich mit dem Gedanken, dass er immerhin zugeben musste, dass die Rohfassung, die ich gestern Abend – ganz allein! – noch erarbeitet habe, schon ziemlich ausgeklügelt ist. Mit den Feinheiten soll er sich jetzt mal rumschlagen. Kriegt ja schließlich auch die Hälfte der Kohle.

Ich lasse meinen Blick über die Menge schweifen und entdecke Andreas Schlehvoigt ganz hinten im Café. Er winkt mir aufgeregt zu und hat offensichtlich den letzten freien Zweiertisch erkämpft. Wahrscheinlich musste er nur seine Dienstmarke zücken und ein paar Studenten verscheuchen: »Sorry, Leute, ich muss den Tisch leider konfiszieren!«

»Hallo, Frau Gerlach!«, begrüßt er mich strahlend und steht sogar auf.

»Tag, Herr Schlehvoigt!« Ich schüttele seine Hand und mustere ihn dabei eingehend. Scheinbar ist er frisch geduscht und rasiert, die Duftwolke umweht ihn jetzt noch stärker als sonst. Wirklich ein netter Anblick, vor allem, weil er diesmal ein so enges T-Shirt trägt, dass sich nun sein tatsächlich imposanter Brustkorb darunter abzeichnet. Okay, Philip mag die blauesten Augen der Welt haben – aber gegen diese Statur kommt mein Exfreund nicht an. Im Vergleich zu Andreas Schlehvoigt wirkt er wie ein Spargeltarzan.

Auch an den Nebentischen erregt der Kommissar einiges Aufsehen; aus den Augenwinkeln bemerke ich, wie sich die ein oder andere Studentin ihren Hals nach ihm verrenkt. Tut mir leid, Mädels, aber das ist meiner! Gleichzeitig bin ich froh, dass ich heute einen der seltenen *Good Hair Days* habe. Meine sonst eher fusselige Matte ließ sich bei meinem Kurzabstecher zur Heimatbasis problemlos über die Rundbürste föhnen und fließt mir nun seidig glatt über die Schultern. Dazu trage ich eine enge Jeans von Sabine und ein lustiges Manga-T-Shirt. Zuerst wollte ich mich richtig aufdonnern, aber das kam mir dann für einen Kaffee im Abaton doch etwas übertrieben vor.

»Gut sehen Sie aus«, stellt Andreas Schlehvoigt fest, als hätte er meine Gedanken erraten, und setzt sich wieder. »Sie scheinen ja mittlerweile alles bestens überstanden zu haben.« Prima, er gibt mir gleich das richtige Stichwort, um zur Sache zu kommen.

»Ja, mir geht's gut – ganz im Gegensatz zu Johannes.«

Seine Miene verrät, dass er momentan nicht gerade große Lust dazu hat, sich mit mir über einen Untersuchungshäftling zu unterhalten. »Ich denke, man wird ihn schon gut versorgen, er hat schließlich Vollpension«, erwidert er gedehnt und winkt einen Kellner heran, um zu bestellen. »Was möchten Sie trinken?«

»Bitte eine Apfelsaftschorle.«

»Also, dann nehmen wir eine Apfelsaftschorle und einen Lattie Mackiatti«, bestellt mein Polizist. Ich zucke augenblicklich zusammen, weil er Latte Macchiato falsch ausspricht, und will ihn schon verbessern, kann mich aber gerade noch zurückhalten. Ist ja nicht schlimm, wenn er entweder nicht weiß, wie's wirklich heißt, oder es seine Art von Humor ist. Aber natürlich werden damit sofort alle Klischees bedient, die ich ohnehin schon im Kopf habe. Von wegen Halbbildung und so.

»Das mag schon sein«, nehme ich das Thema Johannes wieder auf, »aber trotzdem ist seine Lage natürlich alles andere als erfreulich. Und da wollte ich ...«

»Frau Gerlach«, unterbricht Andreas Schlehvoigt mich. »Ich würde nur ungern mit Ihnen im privaten Rahmen über ein laufendes Verfahren sprechen.«

»Wieso?«, frage ich. »Ich bin immerhin die Anwältin von Herrn Schlichting.«

»Aber ...«, wirft er ein und klingt jetzt richtig enttäuscht.

»Und als seine Anwältin möchte ich mich bei Ihnen nur über die neuesten Entwicklungen erkundigen.«

Er seufzt gequält.

»Bitte, Herr Schlehvoigt!« Ich lehne mich zu ihm über den Tisch und werfe ihm einen – wie ich meine – hilfesuchenden Blick zu. »Ich mache mir um Herr Schlichting ja nicht nur Gedanken als seine Anwältin, sondern auch als seine ... äh, eine Freundin. Und da sind mir in den letzten Tagen ein paar Unstimmigkeiten aufgefallen.«

»Unstimmigkeiten?«

»Na ja, eine hängt auch ein bisschen mit dem zusammen, was ich Ihnen schon erzählt habe.«

»Aha?«

»Also, eigentlich ist mir ... nun, so rückblickend eben ... eingefallen, dass ich Herrn Schlichting doch noch gesehen habe, bevor er die Tür aufgemacht hat. Nicht besonders gut, natürlich. Nur so durchs Balkonfenster … äh, jedenfalls, ich meine gesehen zu haben, dass Herr Schlichting seinen Kopf in den Ofen gelegt hatte.«

»Soso. *Meinen* Sie gesehen zu haben. Ich meine mich zu erinnern, dass Sie völlig sicher waren, dass Herr Schlichting unter keinen Umständen Selbstmord begehen wollte. Und als ich das anzweifelte, haben Sie mich mit Blicken beinahe ins Jenseits befördert. Das passt ja nun gar nicht zusammen. Was glauben Sie denn, wollte Herr Schlichting mit dem Kopf im Ofen – nachsehen, ob dort alles in Ordnung ist? »

Puh, der bringt mich ganz schön ins Schwitzen. Aber eine bessere Gelegenheit, das geradezurücken, werde ich wohl nicht bekommen. Also beiße ich in den sauren Apfel.

»Okay – Sie haben mich! Bei unserem ersten Gespräch war ich … wohl noch etwas neben der Spur.«

»Waren Sie nicht. Ich habe mir das Protokoll natürlich noch einmal genau durchgelesen – Sie haben schön vorsichtig immer von Vermutungen gesprochen, da sind Sie ganz typische Juristin. Ich kann Sie also leider nicht gleich wegen Falschaussagen in Gewahrsam nehmen.« Er grinst mich so unverschämt an, als wäre das eigentlich ein ganz reizvoller Gedanke für ihn. Dann wird er wieder sachlich. »Aber das mit den Ungereimtheiten verstehe ich noch nicht ganz. Klingt doch jetzt eher so, als säße Ihr Nachbar ganz zu Recht in U-Haft.«

»Wie man es nimmt.« In ein paar kurzen Sätzen erläutere ich ihm, dass wir über den Zusammenhang gestolpert sind, dass Johannes zwar im Ofen gelegen hat, trotzdem aber noch nicht tot war – obwohl ja offensichtlich schon genug Gas ausgetreten war, um eine heftige Explosion auszulösen.

»Hm«, meint Andreas Schlehvoigt, als ich mit meinen Ausführungen fertig bin. »Ich weiß nicht, aber vielleicht ist da was dran. Jedenfalls wenn es wirklich so war, wie Sie jetzt sagen, und Herr Schlichting nicht einfach seine Gastherme abgeschraubt hat. Habe ich auch schon mal erlebt. Gab einen ähnlich großen Knall.«

»Auf jeden Fall sollte man die Sache untersuchen.«

»Das werden wir, Frau Gerlach«, stellt er ein wenig entrüstet fest. Offenbar habe ich ihn in seiner Berufsehre gekränkt. »Ich werde noch einmal mit dem Sachverständigen reden und gegebenenfalls einen weiteren Ortstermin vereinbaren, bei dem dann alles noch einmal genau geprüft wird.«

Ich lehne mich lächelnd zurück. Bitte sehr, mehr wollte ich doch gar nicht! »Damit würden Sie mir wirklich einen Riesengefallen tun«, erwidere ich und lächele ihn strahlend an.

»Kein Problem, Frau Gerlach«, wiegelt er ab. »Das ist schließlich mein Job.« Aber wenn ich mich nicht täusche, läuft er bei diesen Worten ein kleines bisschen rot an. Wie süß! Ein Mann wie ein Baum – aber kriegt rote Öhrchen wie ein Erstklässler. »Und jetzt erzählen Sie mir doch mal, wie es Ihnen in den letzten Tagen überhaupt ergangen ist? Kommen Sie klar, haben Sie Freunde, die Ihnen unter die Arme greifen?« Jetzt wirkt er noch viel süßer. Er sorgt sich um mich? Also erzähle ich ihm, dass ich bei meiner Freundin Sabine bestens untergekommen bin und sogar ein Übergangsbüro habe. Die Schilderung meiner letzten Tage eröffnet eine entspannte Plauderei über dies und das. Die Zeit vergeht wie im Flug.

»Möchten Sie noch etwas trinken?«, fragt Andreas Schlehvoigt eine Stunde später mit Blick auf mein drittes Glas Apfelsaftschorle. Ich sehe auf die Uhr: Schon Viertel nach fünf. Nur zu gern würde ich noch etwas länger mit diesem Bild von einem Mann hier sitzen bleiben und in den neidischen Blicken der anwesenden Frauen baden – aber wenn ich nicht bald wieder in die Kanzlei fahre, killt Philip mich.

»Normalerweise furchtbar gern«, antworte ich deshalb und freue mich, dass Andreas sofort wieder enttäuscht guckt. »Aber ich habe meinem Kollegen versprochen, heute noch einmal ins Büro zu kommen. Wir haben viel zu tun und da kann ich ihn nicht hängen lassen.«

»Schade … Aber wenn die Arbeit ruft, ist das wohl so.«

»Sie sagen es.«

Wieder winkt er den Kellner heran und zahlt – ganz Gentleman – für uns beide. Dann erhebt er sich und hilft mir sogar in meine Jacke, womit der *Lattie Mackiatti* schon so gut wie vergessen ist.

Auf der Straße stehen wir noch einen Moment unschlüssig voreinander, dann deutet Andreas auf den Parkplatz hinterm Abaton. »Wenn Sie möchten, kann ich Sie auch zum Büro fahren, dann muss Ihr Kollege nicht länger auf Sie verzichten.«

»Das ist nicht nötig«, geniere ich mich ein wenig, »ich kann auch den Bus nehmen.«

»Aber ich habe Zeit und würde es gern tun.«

»Gut, wenn es Ihnen nichts ausmacht.« Der Blick, den er mir zuwirft, als wir zu seinem Auto gehen, besagt genau das Gegenteil.

Als wir an seinem Auto ankommen, werde ich leider sofort in meinem nächsten Vorurteil bestätigt: Der Mann fährt einen Opel Tigra! Brrr! Ist in den letzen Jahren ein uncooleres Auto gebaut worden? Einen Manta hätte ich ja noch als ironisches Zitat durchgehen lassen – aber ein Tigra? Nee, das ist ernst gemeint. Ich sinke in den Sitz, fahre im nächsten Augenblick aber sofort wieder erschrocken auf, weil es unter meinem Allerwertesten laut und deutlich quietscht. *Rumms,* ich stoße mit dem Kopf gegen den Türrahmen und schreie einmal laut auf.

»Oh, das tut mir leid!«, ruft Andreas und streicht mir, wahrscheinlich mehr aus Reflex, einmal über den Kopf. Dann greift er auf den Sitz und hält zwei Sekunden später eine kleine Gummiente in der Hand. »Die hat wohl meine Tochter im Auto liegen lassen.«

Tochter.

Ich brauche einen Moment, um die Bedeutung des Wortes in seinem ganzen Ausmaß zu begreifen.

Er hat ein Kind? Und die meisten Männer mit Kind …

… haben auch die passende Frau dazu!

Ich bin ja momentan echt von lauter Supermännern umgeben. Der eine ist mit einer Anwaltschickse zusammen, der andere hat zu Hause Frau und Kind sitzen. Für den einen bin ich die widerborstige Exfreundin, für den anderen … ja, was eigentlich? Die Anwärterin auf den undankbaren Posten der heimlichen Geliebten?

»Sie haben also Familie?«, frage ich, sobald wir beide im Auto sitzen und losgefahren sind.

»Ja, meine Tochter ist jetzt drei Jahre alt.«

»Niedliches Alter«, sage ich so beiläufig wie möglich und merke, wie ich mich innerlich ärgere. Warum flirtet der mich an, wenn er schon bestens versorgt ist? Männer sind doch wirklich alle gleich!

»Sie lebt bei meiner Exfrau«, fügt er dann hinzu.

»Ach so«, entfährt es mir erleichterter, als ich will. Was bei Andreas sofort ein Lächeln aufs Gesicht zaubert. Mist, ganz so offensichtlich wollte ich ihm nicht zeigen, dass es mir etwas ausgemacht hätte, wenn er gebunden wäre.

»Wir haben uns vor einem Jahr getrennt«, fügt er hinzu. »Ging irgendwie nicht mehr, wir hatten zu unterschiedliche Vorstellungen.«

»Das kenne ich«, erwidere ich und muss sofort wieder an Philip denken.

»Tja, so ganz unbelastet ist in unserem Alter wohl keiner mehr.«

»Also«, sage ich schnell, als ich merke, dass ich mich zu einem etwas sehr privaten Geständnis habe hinreißen lassen, »ich kenne das natürlich vor allem aus meiner Tätigkeit als Anwältin. Da habe ich ja häufig mit Scheidungen und so zu tun.«

»Ach, so meinen Sie das.«

»Ja«, versichere ich ihm, »so meine ich das. Und ich kann Ihnen versichern, dass *ich* garantiert keine Ex*frau* habe.«

Wir lachen beide. Und verbringen die restliche Fahrt trotzdem schweigend. Wahrscheinlich grübelt er darüber nach, wie er geschickt herausfinden kann, ob ich mit einem Exmann aufwarten kann. Ich frage mich hingegen, wie Andreas Schlehvoigt wohl als Vater ist. Kann seine Kleine bestimmt gut beschützen. Jedenfalls stelle ich mir das so vor – und bekomme bei dem Gedanken ein ganz warmes Gefühl im Bauch. Ich sag ja, nach dem dreißigsten Geburtstag wird es immer schwieriger, das Ticken der eigenen biologischen Uhr zu ignorieren …

»Vielen Dank für den Chauffeurdienst«, bedanke ich mich, als wir vor der Kanzlei am Neuen Wall halten. »Das war wirklich sehr nett von Ihnen.«

»Keine Ursache«, winkt Andreas ab, steigt aus und öffnet mir die Autotür. Ob er das immer macht oder jetzt ein bisschen übertreibt?

»Ja, also dann«, setze ich an und strecke ihm meine Hand hin.

»Dann wünsche ich Ihnen noch einen erfolgreichen Tag im Büro. Hoffentlich müssen Sie nicht mehr allzu lange arbeiten.« Noch immer steht er unschlüssig vor mir und kann sich nicht so recht losreißen. Und auch ich könnte hier noch eine Weile stehen bleiben. Allerdings ist das auch irgendwie albern.

»Gut, dann geh ich mal«, sage ich schließlich und drehe mich zum Gehen.

»Äh, Frau Gerlach?«

»Ja?« Ich drehe mich noch einmal zu ihm um.

»Ich würde Sie gern fragen … also, wenn die ganze Angelegenheit mit Herrn Schlichting vorbei ist und so … dann, dann würde ich Sie gern mal zum Essen einladen. So richtig, meine ich, abends in ein nettes Restaurant.«

»Oh«, entfährt es mir. Er bittet mich tatsächlich um ein Date! Und jetzt? *Lattie Mackiatti*, Tigra, Polizist. Aber eben auch: Humor, breite Schultern, gute Manieren …

»Tessa, was ist denn passiert?«

Erschrocken fahren Andreas und ich herum, als hinter uns die Stimme von Philip erklingt. Mit einem Mal fühle ich mich ziemlich ertappt. Was eigentlich lächerlich ist, denn schließlich habe ich mich nur zum Büro fahren lassen. Ob Philip das mit dem Abendessen gehört hat?

»Was soll denn passiert sein?«

Philips Blick wandert argwöhnisch zwischen mir und Andreas Schlehvoigt hin und her. »Na ja«, erklärt er dann, »ich hab vom Fenster aus gesehen, wie du aus dem Auto gestiegen bist und dass Herr … Herr …«

»Schlehvoigt«, hilft Andreas ihm auf die Sprünge.

»Genau, natürlich, Herr Schlehvoigt bei dir ist. Und da dachte ich, es sei vielleicht irgendetwas passiert.«

Philip steht also am Fenster und wartet auf mich? »Aber du wusstest doch, dass ich mich noch einmal mit dem Herrn Komissar treffe«, erwidere ich verwundert. Aber im gleichen Moment fällt mir etwas auf: Klar, er wusste es. Und er ist offensichtlich absichtlich runtergekommen, um zu sehen, wie wir uns verabschieden. Innerlich freue ich mich über diesen kleinen Eifersuchtsanfall. Männer sind ja so einfach gestrickt!

»Äh«, stottert Philip, »klar wusste ich das. Aber ich dachte nur, weil er mit hierher gekommen ist und …« Ich lasse ihn noch einen Moment schwitzen und habe meine Freude daran. »Also, es hätte ja sein können, dass …«

»Nein«, habe ich Erbarmen und unterbreche ihn in seinem Gestammel. »Es ist überhaupt nichts passiert.« Dann werfe ich Andreas einen verschwörerischen Blick zu. »Herr Schlehvoigt war nur so freundlich, mich zum Büro zu fahren.«

»Verstehe«, meint Philip. »Die Polizei, dein Freund und Helfer.« Jetzt ist sein eifersüchtiger Unterton nicht mehr zu überhören.

»So ist es«, bestätigt Andreas. »Also, Frau Gerlach, Herr Dr.

Kunstmann, ich wünsche noch frohes Schaffen!« Er nickt uns beiden noch einmal zu, dann steigt er in seinen Tigra und fährt los.

»Was für ein Auto«, meint Philip, als wir zum Aufzug gehen. »So etwas kann auch nur ein Bulle fahren!«

»Du und deine blöden Vorurteile«, stelle ich fest und grinse in mich hinein. Schön, dass Philip es offenbar überhaupt nicht gern sieht, wenn ein anderer Mann sich um mich bemüht.

»Sorry, ich kann nicht mehr, mir brummt der Schädel! Und einfallen tut mir auch nichts mehr.« Drei Stunden später lasse ich erschöpft meinen Kopf auf die Tischplatte sinken und breite theatralisch die Arme aus. »Ich muss mal eine Pause machen, meine Konzentration ist komplett dahin. Lass uns morgen früh weitermachen. Wir sind doch schon so gut wie fertig.«

»Was hast du heute Abend noch vor?«, will Philip wissen.

»Ausruhen«, erwidere ich etwas patzig, »oder denkst du, Wochenendarbeit schließt eine Achtundvierzig-Stunden-Schicht ein?«

»So meine ich das doch nicht«, beschwichtigt er sofort. »Aber ich dachte, wir könnten zur Belohnung irgendwo was Leckeres essen gehen. Immerhin haben wir noch gar nicht auf unseren gemeinsamen Auftrag angestoßen.«

»Essen gehen?«, frage ich überrascht. »Musst du denn nicht nach Hause zu Hortensia?«

Philip lacht. »Also, erstens kann ich selbst bestimmen, wann ich zu Hause sein muss – und zweitens ist Hortensia übers Wochenende nicht da.«

Aha, ist die Katze aus dem Haus, tanzen die Mäuse auf den Tischen … Aber warum nicht? Zum einen habe ich Hunger, zum anderen kann Philip mich ruhig mal nett zum Essen ausführen.

»Gut«, nehme ich seine Einladung an, »wohin gehen wir?«

11. Kapitel

Ich hätte gern die Jakobsmuscheln und das Chateaubriand und für meine bezaubernde Begleitung das Carpaccio vom Thunfisch und die Wachteln. Und bringen Sie uns bitte noch die Weinkarte.« Mit weltmännischer Geste klappt Philip die Karte zu und reicht sie der Bedienung. Ich fühle mich zwar einerseits wunderbar, andererseits lehne ich Läden wie diesen eigentlich aus quasireligiösen Gründen ab.

»Vielen Dank für die Einladung«, sage ich und nippe an dem Champagner, den Philip uns als Aperitif bestellt hat.

»Aber«, meint er, »wer sagt denn, dass ich dich einlade?« Bevor ich etwas erwidern kann, fängt er an zu lachen. »Natürlich geht das heute auf meine Kosten, lass dich von mir bloß nicht ärgern!«

»Keine Sorge«, erwidere ich so kühl wie möglich, »von dir lasse ich mich schon lange nicht mehr ärgern.«

Philip legt den Kopf schräg, seufzt und lächelt irgendwie verschmitzt. »Ach, Tessalein«, sagt er dann nachdenklich, »dass du immer so schnell auf Krawall gebürstet sein musst. Das war schon früher so. Aber ich hab's auch irgendwie gemocht.«

»Das war früher überhaupt nicht so«, widerspreche ich ihm, »aber so, wie es damals ausgegangen ist, erwartest du hoffentlich nicht, dass ...«

»Halt, halt, halt!«, bremst er mich aus. »Lass uns bitte ausnahmsweise nicht streiten. Ich will gar nicht mit dir über vergangene Zeiten reden, sondern einfach nur einen wunderbaren Abend mit dir genießen.«

»Soll mir recht sein.«

»Übrigens siehst du heute ganz toll aus. Das wollte ich nur mal erwähnen.«

»Danke.« Ich merke, wie mir das Blut in die Wangen schießt. Ist schon länger her, dass ich so nette Komplimente bekommen habe – und heute gleich zwei davon! Erst Andreas Schlehvoigt, dann Philip.

»Was hast du jetzt eigentlich aus diesem Schlehvoigt herausbekommen?«, fragt Philip, als hätte er eben meine Gedanken gelesen.

»Nicht sonderlich viel. Aber immerhin hat er mir versprochen, sich noch einmal mit dem Sachverständigen in Verbindung zu setzen und alles noch einmal genauer anzugucken.«

»Klingt doch prima«, freut Philip sich. »Der kann deinem Charme wohl nicht widerstehen«, fügt er hinzu und sieht mich beinahe nachdenklich an. »Andererseits: Wer kann das schon?«

»Äh ...« Mehr fällt mir dazu nicht ein.

»Weißt du, ich bin wirklich froh, dass das alles passiert ist und du mich angerufen hast.«

»Soso, du freust dich also, dass unser Haus explodiert ist und ich tot sein könnte ...« Ich entkräfte meinen Vorwurf mit einem Lächeln.

»Nein, das ist natürlich eine ärgerliche Sache, aber die kriegen wir schon wieder hin.« Jetzt nimmt er auch einen Schluck Champagner. »Was ich meine, ist, dass ich mich freue, wieder Kontakt zu dir zu haben. Du ... du hast mir schon sehr gefehlt in den letzten Jahren.«

Du mir auch, denke ich. Mehr, als du dir überhaupt vorstellen kannst. So sehr, dass ich nachts oft nicht schlafen konnte.

Gott sei Dank kommt in diesem Moment schon unser erster Gang, ich kann also unauffällig das Thema wechseln, ohne dass Philip merkt, wie nahe mir das geht.

Das Essen verbringen wir mit emotional unbedenklichem, entspanntem Smalltalk und landen schließlich sogar bei Philips Vorzimmerdamen. Frau Huber ist das Urgestein der Kanzlei und hat schon für Hortensias Vater gearbeitet. Kein Wunder, dass sie mich nicht ausstehen kann. Wenn sie uns hier sehen könnte, würde sie garantiert wieder ihren sauertöpfischen Blick aufsetzen. Und wie würde erst Hortensia gucken! Die Vorstellung gefällt mir – und offensichtlich sieht man mir das an.

»Woran denkst du gerade? Du lächelst so versonnen.«

»Och, ich dachte nur gerade, dass ich es auch ganz lustig finde, dass ausgerechnet wir zwei jetzt zusammenarbeiten.«

»Das ist es wirklich … Aber wir haben uns doch früher auch gut ergänzt. Im Studium, meine ich. Und wenn wir Fälle besprochen haben. Wir … wir wären ein wirklich gutes Team geworden, du und ich.«

In meinem Kopf schrillt eine Alarmsirene los. Jetzt bloß nicht auf vermintes Terrain geraten! »Hoffentlich holen wir für Chantal noch einen besseren Vertrag raus«, lenke ich schnell ab. »Manchmal habe ich Angst, dass wir uns da übernehmen. Ich meine, hast du dir den Briefkopf der Amis mal angesehen? Allein in dem Büro in Los Angeles arbeiten über sechzig Anwälte.«

»Ach, nun mach dir mal keine Sorgen. Die kochen garantiert auch nur mit Wasser. Wäre doch gelacht, wenn wir den alten Clifton nicht angemessen über den Tisch ziehen könnten. Der wird sich noch wünschen, niemals auf einen Ehevertrag bestanden zu haben.«

»Wie siehst du das denn für dich persönlich?«

»Was meinst du mit persönlich?«

»Na ja …würdest du einen Ehevertrag abschließen, wenn du mal heiratest?«

»Ich?« Er sieht so schockiert aus, als hätte ich ihn gefragt, ob er manchmal auch gern in Swinger-Clubs geht. Ich muss lachen.

»Ja, du! Oder siehst du hier sonst noch jemanden sitzen?«

»Äh«, stottert Philip, »weißt du …«

»Möchten die Herrschaften noch ein Dessert?« Der Ober steht neben uns und hält uns noch einmal die Karte hin.

»Tessa, ein Dessert?« Ich habe den Eindruck, dass er über die Störung ganz froh ist.

»Gerne!« Heute Abend ist mir das Kalorienzählen einfach mal egal; wer weiß, wann ich das nächste Mal so nett ausgeführt werde. »Ich nehme Mousse au Chocolat, wenn Sie das haben«, sage ich an den Kellner gewandt.

»Selbstverständlich, eine Mousse au Chocolat.«

»Das nehme ich auch. Und dann bringen Sie mir bitte noch mal die Karte, ich möchte uns gerne einen schönen Cognac aussuchen.« Mir ist nach einigen Gläsern Wein zwar schon ein bisschen schummrig – und wenn wir jetzt auch noch auf die harten Sachen umsteigen, habe ich gute Chancen, diesen noblen Ort auf allen vieren verlassen zu müssen –, aber man soll die Feste schließlich feiern, wie sie fallen. Allerdings fallen in den letzten Tagen ziemlich viele Feste in mein Leben ... und das, obwohl jedem anderen Menschen, dessen Wohnung gerade explodiert ist, wahrscheinlich nicht nach Feiern zumute wäre. Aber was soll's, es kommen auch wieder andere Zeiten.

»Ich habe noch einmal nachgedacht«, sage ich. »Über den Vertrag, den du neulich erwähnt hast.«

»Von welchem der vielen Verträge, mit denen ich täglich zu tun habe, sprichst du jetzt?«

»Ich meine unseren Liebesvertrag ...«

»Ach! Und ich dachte, du könntest dich nicht daran erinnern?«, murmelt Philip.

Darauf gehe ich jetzt lieber nicht ein. »Schade, dass wir ihn nicht eingehalten haben.«

»Nein, das haben wir wohl leider nicht geschafft«, sagt er und spielt nachdenklich mit seinem leeren Weinglas.

»War halt kein richtiger Vertrag«, stelle ich mit zynischem Unterton fest. »Vielleicht hätten wir ihn von Hortensia aufsetzen und notariell beurkunden lassen sollen.« Diese Bemerkung kann ich mir nicht verkneifen.

»Weiß nicht, ob das was geändert hätte. Ich denke, wir hätten uns damals so oder so das Leben schwer gemacht. Wenn ich mittlerweile eines gelernt habe, dann, dass gegenseitige Toleranz das Wichtigste in einer Beziehung ist. Man muss den anderen auch mal so lassen können, wie er ist.«

»Oha«, entfährt es mir. »Was für … für weise Worte!« Ich trinke einen kleinen Schluck Wein. »Wenn du das nur früher erkannt und nicht permanent auf mir herumgehackt hättest …«

»Wie bitte?« Philip sieht mich überrascht an. »Ich habe auf *dir* herumgehackt? Daran kann ich mich aber nicht erinnern.«

»Natürlich hast du das!«, erwidere ich heftig. »Ich hatte immer das Gefühl, du findest nichts von dem, was ich mache, gut. Ich meine, wie oft hast du mir vorgehalten, dass ich mein Studium vergeude und den falschen Weg gehe. Du wolltest doch immer, dass ich mich dir anpasse – ein bisschen mehr Toleranz hätte *dir* echt gut getan!«

»*Mir?*« Jetzt braust auch Philip auf und sieht mich böse an. »Entschuldige bitte mal, aber es war doch genau umgekehrt! Du hast kein gutes Haar an mir gelassen, hast du das vergessen? Meine Freunde waren dir zu versnobt, mein Kleidungsstil sowieso, über meine Arbeit hast du dich permanent aufgeregt und mir unterstellt, dass mich einzig und allein das Geld interessiert … Also wirklich, Tessa, komm du mir nicht mit Toleranz, weil das für dich selbst doch wirklich ein Fremdwort ist!«

Aus den Augenwinkeln sehe ich den Ober mit unserem Nachtisch kommen. Als er merkt, dass bei uns offensichtlich gerade dicke Luft herrscht, biegt er allerdings sofort wieder ab und parkt die Mousse au Chocolat auf einem kleinen Servierwagen.

»Ein Fremdwort?« Ich stürze meinen Wein in einem Zug herunter. »Das ist ja wohl nicht dein Ernst! Wenn es hier jemanden gibt, der wirklich tolerant ist, dann bin das *ich*! Schließlich setze ich mich ein und kämpfe jeden Tag für Menschen, die von der Gesellschaft abgelehnt werden! Ich engagiere mich für Minderheiten!«

»Siehst du«, stellt Philip fest und grinst mich frech an. »Du bist engagiert. Aber tolerant bist du nicht.«

»So siehst du das also?«

»Ja, so sehe ich das.«

»Na toll.«

Der Ober sieht zu uns herüber und scheint zu überlegen, ob er sich jetzt mit dem Dessert an unseren Tisch wagen kann. Ich nicke ihm zu, für mich ist diese bescheuerte Diskussion mit Philip mehr als beendet. Hätte mir gleich klar sein müssen, dass man mit ihm nicht vernünftig reden kann. Er ist eben immer noch so rechthaberisch wie früher.

»Sollen wir uns mit so einem Unsinn wirklich den Abend verderben?«, fragt Philip versöhnlich, nachdem wir unser Dessert bekommen haben. »Wir wollten doch eigentlich den guten Auftrag feiern.«

»Stimmt«, gebe ich ihm Recht und hebe dann mein leeres Glas. »Also, auf den Auftrag – und darauf, dass wir die Sache heil über die Bühne bringen!«

Philip lacht. »Meinst du jetzt, dass wir uns mit Cliftons Anwälten einigen – oder dass wir beide uns einigermaßen vertragen?«

»Sowohl als auch«, stelle ich fest und proste ihm lächelnd zu. Wie hat er mich nur wieder so schnell um den Finger gewickelt? Das liegt einzig und allein an diesen verdammt blauen Augen!

»Danke für den schönen Abend«, sage ich, als Philip mich vor Sabines Wohnung absetzt. »Oder jedenfalls für den Teil davon, der schön war«, füge ich noch hinzu.

»Ich habe zu danken«, erwidert Philip. »Ich habe mich schon lange nicht mehr so gut unterhalten.«

Aha, denke ich. Dann scheint es mit Horti ja nicht ganz so gut zu laufen.

»Wann wollen wir uns denn morgen früh treffen?«

»Was hältst du von elf Uhr?«, schlägt er vor. »Dann haben wir noch den ganzen Tag, um den Gegenvorschlag fertig zu machen und ihn am Montag Chantal zu präsentieren.«

»Ist gut, um elf Uhr bin ich da.« Ich nicke ihm zu und will schon aussteigen, als mir noch etwas einfällt. »Ach, sag mal, du hast meine Frage vorhin noch gar nicht beantwortet.«

»Welche Frage.«

»Na, die mit dem Ehevertrag.«

Philip lacht. »Entschuldige, da musst du schon konkreter werden. Schließlich reden wir von nichts anderem als Chantals Ehevertrag.«

»Nicht Chantals! Ich wollte doch wissen, wie du das für dich persönlich siehst. Also, ob du selbst einen Vertrag abschließen würdest, wenn du mal heiratest.«

»Ich?«, fragt er wieder.

»Ja, das wollte ich wissen.« Wieso weicht er bei dem Thema so aus? Das ist mir schon vorhin im Restaurant aufgefallen.

»Also, ich persönlich ...« Er kommt ins Stocken. »Also, ich werde einen Ehevertrag abschließen.«

Ich muss lachen. »Mann, das klingt ja so entschlossen, als ob du schon an einem schreibst. Hängt das nicht auch ein bisschen davon ab, wen du mal heiraten wirst? Immer vorausgesetzt, dass du mal heiraten wirst?«

Philip schluckt und macht dabei ein ganz seltsames Geräusch. »Tessa, ich ... ich werde Hortensia heiraten. Und, ja: unser Ehevertrag steht bereits.«

Einundzwanzig, zweiundzwanzig – bitte, was?

Hamburg, den 24. Dezember 1999

Mein süßer kleiner Weihnachtskanarienvogel,

eigentlich wollte ich Dir ja ein paar Socken schenken, weil Du immer so kalte Füße hast. Aber mein männlicher Instinkt

sagte mir, dass das vielleicht bei Dir nicht so gut ankommt (Frauen sind ja sooo kompliziert). Deshalb gibt's dieses Jahr etwas für kalte Finger. ☺
Ich hoffe, der Ring gefällt Dir (nein, er ist nicht aus dem Kaugummiautomaten!) – und dass Du ihn noch tragen wirst, wenn Deine Hände schon von tausend kleinen Altersflecken überzogen sind! Ich freue mich auf einen sehr Heiligen Abend mit Dir, hi, hi!

Dein Weihnachtspanther

16. Februar 2003

Anbei Dein Ring zurück. Er hat mir sowieso nie richtig gepasst. Vielleicht hast Du damit bei Hortensia ja mehr Glück.

Tessa

»Ihr werdet heiraten?«, bringe ich entsetzt hervor.

»Anfang nächsten Jahres«, sagt Philip. »Hortensia und ich werden im nächsten Jahr heiraten.« Er nimmt meine Hand. Ich bin viel zu schockiert, um sie abzuschütteln. Mit allem hätte ich gerechnet, aber damit irgendwie nicht!

Ich komme mir auf einmal unglaublich blöd vor. Wie konnte ich mir nur einbilden, dass Hortensia eifersüchtig auf mich ist? Wahrscheinlich hat sie sich die ganze Zeit schon über mich schlapp gelacht. Was für eine abgebrühte Ziege! Ich meine, da sitzen wir gemeinsam über Chantals Ehevertrag, und sie erwähnt mit keinem Wort, dass sie gerade ihren eigenen aufgesetzt hat? Und Philip sagt auch nichts. Das ist doch unglaublich!

Und wieso habe ich das nicht längst geahnt? So wie Hortensia Philip bei unserer kleinen Besprechung angezickt hat, war doch klar, dass es da eher um etwas Persönliches ging. Und bei Lichte betrachtet ist es völlig logisch, dass zwei so konservative Spießer wie Philip und Hortensia schnellstmöglich den Hafen der Ehe ansteuern. Ein Wunder, dass es nicht schon längst passiert ist. Wahrscheinlich haben sie schon in irgendeinem blöden Porzellangeschäft ihren noch blöderen Hochzeitstisch aufgebaut. Mit einem vierundzwanzigteiligen Wedgwood- oder Rosenthal-Service. Natürlich edelstes Bone-China.

»Natürlich«, murmele ich, »sicher.« Wie kann man nur so doof sein wie ich? Langsam löse ich meine Hand aus seinem Griff.

»Es tut mir leid, dass du es so erfährst«, sagt Philip und streckt seine Hand nach meinem Gesicht aus, als wolle er mir über die Wange streicheln. Reflexartig weiche ich zurück und donnere dabei gegen das Seitenfenster.

»Schon gut, ist doch kein Problem«, erwidere ich hektisch.

»Ich war mir ganz sicher, dass sich das bis zu dir herumgesprochen hat.«

»Wie sollte es?«, meine ich eine Spur zu zickig. »Du hast doch vorhin schon festgestellt, dass ich deine Freunde alle für Snobs halte. Wir leben in zwei unterschiedlichen Welten, da gibt es keine Berührungspunkte.« Und das wäre auch besser so geblieben, würde ich am liebsten noch hinzufügen. Aber ich würde mir eher die Zunge abbeißen, als ihm zu zeigen, wie sehr mich die Erkenntnis trifft, dass er und Hortensia heiraten wollen. »Also, ich werde dann mal hochgehen«, beende ich die Unterhaltung abrupt. »Wir sehen uns morgen um elf.« Mit diesen Worten bin ich schon aus dem Auto und knalle die Tür zu, bevor Philip noch etwas sagen kann. Eine Sekunde später lässt er den Motor an und fährt davon.

Keinen Moment zu spät. Denn jetzt kann ich mich nicht mehr

zurückhalten. Die Tränen laufen mir ungebremst über das Gesicht.

Ein paar Minuten bleibe ich noch auf der Straße stehen. Mittlerweile heule ich wie ein Schlosshund – und frage mich, warum. Ich wusste doch, dass Philip und Hortensia schon lange ein Paar sind. Und dass Leute in unserem Alter irgendwann mal heiraten, ist auch nicht Ungewöhnliches. Warum trifft mich die Tatsache so sehr, dass Philip Hortensia zu seiner Frau machen will?

Mit einem Schlag wird es mir bewusst: Weil ich bis eben gerade gegen alle Vernunft immer noch gedacht habe, dass Philip und ich eines Tages wieder zusammenkommen würden.

Dass ich die Frau bin, die er in Wahrheit liebt und immer lieben wird.

Und dass es niemals eine andere geben würde, die meinen Platz einnehmen könnte.

Ja, so verrückt es klingt: Obwohl wir schon so lange getrennt sind und Philip bereits seit Jahren mit Hortensia liiert ist – ganz tief in mir drinnen habe ich immer noch fest an ein Happy End geglaubt. Aber jetzt ist es wohl endgültig an der Zeit, Abschied zu nehmen und die Sache zu begraben.

Ich schluchze laut auf und schlage mir beide Hände vors Gesicht. Das ist alles viel zu furchtbar, um wahr zu sein!

Sabines Wohnung ist leer, als ich aufschließe, wahrscheinlich sind sie und Arne noch unterwegs und genießen den Samstagabend. Einerseits ist mir das ganz recht, denn ich will mich erst einmal in Ruhe ausheulen. Aber als ich mich nach zehn Minuten wieder einigermaßen beruhigt habe, wünschte ich, sie wäre hier. Ich brauche dringend Gesellschaft, die mich ablenkt, sonst drehe ich noch durch!

Ich krame mein Handy aus der Tasche und schalte es wieder ein, nachdem ich es im Restaurant ausgemacht hatte. Bevor ich

Sabines Nummer wählen kann, piept das Telefon und zeigt mir an, dass ich eine neue Kurzmitteilung habe. Ein Anruf in Abwesenheit, meldet mein Handy: Andreas Schlehvoigt! Zwar ist es schon kurz nach halb elf, aber trotzdem rufe ich sofort an. Schließlich will ich wissen, was er von mir wollte. Na ja, und meine verletzte Seele ein bisschen pampern lassen.

»Hallo, Frau Gerlach!«, meldet er sich nach dem zweiten Klingeln. »Ich habe auch schon versucht, Sie zu erreichen.«

»Das habe ich gesehen«, erkläre ich, »deshalb rufe ich an. Was gibt's denn?«

»Gute Neuigkeiten: Ich treffe mich am Montag noch einmal mit dem Gutachter an Ihrem Haus. Er hatte sich auch schon Gedanken gemacht und teilt Ihre Bedenken.«

»Sie haben den Gutachter am Samstag erreicht?«

»Ich hatte den Eindruck, dass Ihnen die Sache sehr wichtig ist«, stellt er fest. »Außerdem ist sie das ja auch, falls sich Ihr Verdacht erhärten sollte, dass da was nicht stimmt«, fügt er dann hinzu, als wolle er nicht, dass es bei mir wie ein rein persönlicher Gefallen rüberkommt.

»Das ist ja super!«, freue ich mich. »Vielen Dank!«

»Gern geschehen.«

Einen Moment herrscht Schweigen, dann nehme ich mir ein Herz. Mehr als ablehnen kann er ja nicht. Aber bevor ich etwas sagen kann, redet Schlehvoigt weiter.

»Ich weiß, dass die Sache noch nicht erledigt ist. Und das soll auch nicht meine abendliche Einladung zum Essen werden, dafür ist es ja auch schon viel zu spät«, eiert er ein wenig herum. »Aber haben Sie vielleicht Lust, noch irgendwo etwas trinken zu gehen? Ist ja immerhin Samstagabend.«

»Das wollte ich Sie auch gerade fragen.«

Beim *Red Dog* an der Alster herrscht regelrechter Massenandrang. Kein Wunder, solche lauschigen Sommerabende sind in

Hamburg eher eine Seltenheit, die muss man nutzen. Andreas und ich sitzen an einem der kleinen Bistrotische, die auf der Terrasse stehen, und schlürfen gemütlich ein Bier. Zwar kann ich mich dunkel erinnern, dass es da so einen Spruch gibt von wegen Bier auf Wein und dass man das sein lassen soll – aber ich habe ihn kurzfristig umformuliert: *Bier auf Wein, das ist fein!*

»Und sind Sie mit Ihrem Kollegen heute noch ein gutes Stück vorangekommen?«, will Andreas wissen.

Ich nicke und lache bitter in mich hinein. »O ja, wir sind wirklich ein ziemlich großes Stück vorangekommen. War ein sehr erkenntnisreicher Tag.«

»Das klingt doch gut«, erwidert Andreas, der natürlich nicht die geringste Ahnung hat, wovon ich rede.

»Und am Montag treffen Sie dann also den Gutachter«, frage ich.

Er nickt. »Ja, mal sehen, ob das auch erkenntnisreich wird.« Dann prostet er mir zu. »Und jetzt: *Cheers*. Ab sofort bin ich nur noch privat zu sprechen.«

»In Ordnung!« Ich lächele ihn an. »Ich hab Sie ja auch lange genug genervt.«

»Das haben Sie gesagt!«

Wir grinsen uns an und ich spüre, wie sich ein angenehmes Kribbeln in mir ausbreitet. Wenn Philip mich jetzt so sehen könnte! Soll der sich doch mit seiner blöden Schnepfe verheiraten, ich bin jung und frei und kann flirten, mit wem ich will.

»Wie ist das eigentlich so, als Polizist?«

Andreas wirft mir einen strengen Blick zu.

»Also, rein privat gefragt, meine ich«, füge ich schnell hinzu.

Er zuckt mit den Schultern. »Wie soll das sein? Wahrscheinlich nicht ganz so aufregend, wie die meisten Leute immer denken. Eine Menge Papierkram halt.« Er nimmt noch einen Schluck von seinem Bier. »Und als Anwältin?«

»Auch eine Menge Papierkram.«

»Da haben wir wohl was gemeinsam«, stellt er fest. »Gemeinsamkeiten sind gut, das macht vieles leichter.« Das scheint ihm jetzt rausgerutscht zu sein.

»Was denn zum Beispiel?«, frage ich schnell nach.

»Äh ... na ja, man versteht sich halt besser.« Es ist zwar zu dunkel, um es wirklich sehen zu können, aber ich bin mir sicher, dass er schon wieder rote Öhrchen hat. »Haben Sie eigentlich Kinder?«, wechselt er dann das Thema.

»Ich? Nein!« Dann muss ich kichern. »Mein Exfreund hat immer behauptet, dass ich wahrscheinlich eine ziemlich chaotische Mutter wäre und unsere Kinder hin und wieder bestimmt verlegen würde.«

»Das kann ich mir nicht vorstellen«, widerspricht Andreas.

»Aber Sie kennen mich doch gar nicht.«

»Stimmt schon.« Er zuckt mit den Schultern. »Aber auf mich machen Sie keinen sonderlich chaotischen Eindruck, sondern eher einen sehr zielstrebigen.«

Das hat mir ja nun wirklich noch niemand gesagt! Aber ich hör's gern!

»Zum Beispiel sind Sie ja sehr zielstrebig darin, die Unschuld Ihres Nachbarn zu beweisen«, fährt er fort.

»Ich dachte, wir wollten nicht mehr über Berufliches reden.«

»Da haben Sie Recht«, erwidert er lachend. »Ich kann halt manchmal auch nicht aus meiner Haut.« Dann blickt er einen Moment über die dunkle Alster, in der sich die Lichter der umliegenden Häuser spiegeln. »Wollen wir vielleicht ein paar Schritte spazieren gehen?«

»Sehr gerne.« Ich rutsche von meinem Hocker herunter.

»Und weshalb sind Sie Anwältin geworden?«, will er wissen, als wir über den Sandweg an der Alster entlangspazieren.

»Hmm ...« Ich überlege einen Moment. »Das klingt vermutlich sehr kitschig, aber ich wollte einfach etwas machen, bei dem ich viel mit Menschen zu tun habe und ihnen auch helfen kann.«

Andreas lacht. »Genau das wollte ich auch.«

»Da haben wir ja schon wieder eine Gemeinsamkeit!«

»Stimmt.« Er bleibt stehen und lächelt mich an. Für einen kurzen Moment denke ich, dass er jetzt gleich meine Hand nehmen wird, aber dann geht er doch einfach nur so weiter. Eine Weile sagen wir gar nichts und ich genieße es, einfach so mit ihm durch die laue Sommernacht zu spazieren. Hin und wieder kommt uns ein Pärchen entgegen, eng umschlungen, und ich merke, dass ich jetzt nichts dagegen hätte, wenn Andreas seinen Arm um mich legen würde. Auch, wenn das meine derzeitige Situation natürlich nur noch verkomplizieren würde … aber der Abend ist so schön und ich war schon so lange nicht mehr verliebt! Es ist sogar schon ewig her, dass ich so etwas wie ein Rendezvous hatte. Dieses ungewisse Kribbeln, wenn man nicht weiß, ob der andere wirklich etwas von einem will, wenn man sich vorsichtig annähert und sich keiner so recht aus der Deckung traut …

»Kommen Sie«, meint Andreas und deutet auf die Bank, an der wir gerade vorbeigehen, »setzen wir uns einen Moment.« Ich setze mich hin, Andreas nimmt direkt neben mir Platz. Er berührt mich fast, aber eben nur fast, was das Kribbeln in mir noch steigert.

»Wirklich schön hier«, stelle ich fest. »Man könnte fast meinen, dass wir irgendwo auf dem Land sind und nicht mitten in der Stadt.«

Andreas lacht auf. »Ja, wenn man mal von den Hochhäusern da drüben absieht.«

Wieder schweigen wir eine Weile. Die Spannung zwischen uns ist fast unerträglich, und ich frage mich, wie Andreas reagieren würde, wenn ich mich jetzt an ihn kuscheln würde … Ich mustere ihn von der Seite, und die Art, wie er mich anlächelt, sagt mir, dass er mich dann vermutlich sogar küssen würde. Aber natürlich traue ich mich nicht, es auszuprobieren.

»Wie sind Sie eigentlich darauf gekommen, dass ich Single bin?«, will ich wissen.

»Das hat Sie wohl beschäftigt.« Andreas grinst.

»Na ja«, gebe ich zu, »schließlich kann man so etwas niemandem ansehen.«

»Reine Kombinationsgabe«, erklärt er. »Sie wohnen, ich meinte, Sie wohnten allein in Ihrer Wohnung.«

»Aber ich könnte trotzdem irgendwo einen Freund haben.«

»Stimmt. Nur hätten Sie den ja dann wohl anrufen wollen, als Sie bei mir auf dem Präsidium waren. Das ist doch das Normale, dass man seinen Partner anruft, wenn etwas Schlimmes passiert ist.«

»Wirklich gar nicht schlecht kombiniert«, meine ich, »allerdings hätte trotzdem auch alles anders sein können.«

»Hätte.« Er lächelt mich an. »Und ein bisschen habe ich halt einfach ins Blaue getippt.«

»Tja, richtig getippt, ich bin Single.« Ich starre auf meine Schuhspitzen. Schon so lange bin ich das, denke ich.

»Das freut mich«, flüstert Andreas – und nimmt nun tatsächlich meine Hand.

Ich schaue hoch.

Er legt seine andere Hand unter mein Kinn und dreht meinen Kopf zu sich.

Dann kommen wir uns immer näher, fast in Zeitlupe sehe ich seine Lippen auf mich zukommen.

Ich bin wie hypnotisiert, kann mich nicht mehr bewegen und lasse es einfach geschehen, dass er mich küsst.

Seine Lippen sind warm und weich, eine unendlich zärtliche Berührung. In mir schlagen die Gefühle Purzelbäume, das Kribbeln verstärkt sich zu regelrechten Stromstößen und ich schließe die Augen …

Wie lange wir uns küssen, kann ich nicht sagen, aber es kommt mir wie eine wundervolle Ewigkeit vor. Doch leider endet die

Ewigkeit irgendwann. Andreas löst seine Lippen von meinen und räuspert sich.

»Tut mir leid«, flüstert er und sieht mich unsicher an, als ich die Augen wieder öffne. »Aber ich musste dich einfach küssen.«

»Macht nichts«, erwidere ich und versuche, meine Stimme unter Kontrolle zu bringen. »Ich fand's sehr schön.«

Er drückt meine Hand und lächelt. »Das fand ich auch.« Dann legt er einen Arm um mich und wir gucken eine Weile weiter aufs Wasser, das leise vor sich hin plätschert. Ich zittere leicht, allerdings nicht vor Kälte, sondern weil ich innerlich so aufgewühlt bin. Was mache ich hier? Vorhin habe ich noch wegen Philip geweint – und jetzt kuschele ich mit Andreas Schlehvoigt. Verrückt!

»Hier, du frierst ja.« Er zieht seine Jacke aus und legt sie mir um die Schultern. In diesem Moment breche ich plötzlich in Tränen aus, ohne dass ich etwas dagegen tun könnte. Sie schießen mir einfach so in die Augen und kullern mir über die Wangen. Andreas guckt mich erschrocken an. »Habe ich etwas Falsches gesagt?«

»Nein«, schluchze ich, »überhaupt nicht. Es ist nur … nur …«

Aber wie soll ich ihm das erklären? Dass mich die Situation an einen Sommer vor vielen Jahren erinnert? Dass damals auch alles so schön angefangen hat, mit einem ersten Kuss und damit, dass Philip mir seine Jacke um die Schulter gelegt hat? Dass alles so wunderbar und perfekt war, bis es dann ganz furchtbar endete. Nein, das kann ich ihm jetzt unmöglich erklären!

»Ich glaube, ich bin einfach nur durcheinander, weil in den letzten Tagen so viel passiert ist.«

Andreas drückt mich einmal ganz fest an sich. »Das macht nichts. Ich bin auch durcheinander, also haben wir da wieder etwas gemeinsam.«

Mein Schluchzen schlägt in ein Lachen um; spontan gebe ich Andreas noch einen Kuss auf die Wange.

»Du musst jetzt keine Entscheidung treffen«, flüstert er mir ins Ohr. »Es war nur ein Kuss, weiter nichts. Auch wenn er wirklich schön war.«

Ich sehe ihn einen Moment nachdenklich an, dann nicke ich.

»Und jetzt bringt die Polizei dich nach Hause.«

Wieder zu Hause angekommen, sind dort mittlerweile auch Sabine und Arne eingetrudelt. Das heißt das, was von Arne übrig geblieben ist – er liegt ziemlich betrunken auf dem Sofa, hat noch einen Schuh und seine Jacke an.

»Der hat beim Italiener zwei Flaschen Rotwein niedergemacht«, erklärt Sabine kichernd. »Auf dem Heimweg hat er im Taxi noch neapolitanische Volkslieder gesungen und ist dann, nachdem ich ihn die Treppe hochgehievt habe, beim Schuheausziehen einfach so umgekippt.«

»Der soll uns noch mal mit dem Thema Alkohol kommen«, grinse ich.

»Stimmt! Vielleicht sollten wir ein Foto von ihm machen, dann haben wir ihn für immer in der Hand!« Wir müssen beide kichern. Arne ist ein Anblick für die Götter: Liegt da wie ein Riesenbaby und schnarcht fröhlich vor sich hin. Tja, so entwickeln sich Beziehungen eben im Verlauf der Jahre: Am Anfang war Arne noch Sabines großer Held, wild, romantisch – und jetzt ist er der schlafende Brummbär.

»Ach«, seufzt Sabine, als hätte sie meine Gedanken gehört, »ich liebe diesen Kindskopf einfach so sehr!« Dann nimmt sie eine Decke von dem Sessel, der neben dem Sofa steht, deckt Arne damit zu und zieht ihm den zweiten Schuh aus. Und mir Heulsuse steigen bei Anblick dieser rührenden Geste glatt schon wieder die Tränen in die Augen.

»Und?«, will Sabine wissen, als wir uns noch zu einer nächtlichen – man glaubt es nicht! – Tasse *Tee* in die Küche setzen. »Wie ist dein Abend so verlaufen?«

»Oje«, meine ich, »wenn ich dir das alles erzähle, brauchen wir gar nicht mehr ins Bett zu gehen, das dauert bis morgen früh!«

»Aha? Das klingt spannend, leg los!« Also erzähle ich ihr alles. Davon, dass Philip Hortensia heiraten will und dass ich mit Andreas Schlehvoigt an der Alster geknutscht habe. Und davon, dass ich mittlerweile so durcheinander bin, dass ich bald gar nicht mehr weiß, was ich tun soll.

»Das wird schon«, kommentiert Sabine das Ende meiner Erläuterungen und lächelt mich an. »Wirst schon sehen: Irgendwann hast du auch so einen volltrunkenen Brummbären auf dem Sofa liegen wie ich.«

»Vielen Dank, von genau so einem Mann träume ich!«

»Ich meine damit nur, dass ich das Gefühl habe, dass sich in deinem Leben gerade ein paar entscheidende Dinge tun und du schon bald viel klarer sehen wirst.«

»Super«, erwidere ich sarkastisch. »Philip heiratet Hortensia, damit wird mir wirklich einiges klarer!«

»Ich weiß«, sagt Sabine und streicht mir mit ihrer Hand über den Arm, »dass dich das sehr trifft. Aber wenn du es positiv siehst, weißt du jetzt, woran du bist. Du kannst ihn endlich abhaken, eure Geschichte ist ein für alle Mal vorbei.«

Natürlich meint sie das lieb – aber genau diese Erkenntnis ist es ja, die mich so fertig macht.

»Und was deinen Andreas anbelangt: Er hat gesagt, dass du keine Entscheidung treffen musst. Also nimm es fürs Erste als das, was es war: ein Kuss. Und daraus kann vielleicht mehr werden. Oder auch nicht.«

Ich nicke zustimmend. »Ja«, meine ich, »vielleicht sollte ich mir einfach nicht so viele Gedanken machen und einfach mal abwarten.«

»Genau so ist es«, bekräftigt Sabine noch einmal, »abwarten und«, sie hebt ihre Tasse, »Tee trinken!« Wir stoßen an, dann guckt Sabine auf die große Wanduhr über der Küchentür. »Gleich schon drei Uhr … ich muss langsam wirklich ins Bett.«

Als ich mich unter die Decke kuschele, beschließe ich, mir keine weiteren Gedanken zu machen, sondern mich jetzt voll und ganz auf die berufliche Herausforderung zu konzentrieren, die vor mir liegt. Leider gelingt mir das nicht so ganz, eine halbe Stunde lang wälze ich mich hin und her und mache mir natürlich doch Gedanken. Mal über Philip und Hortensia, dann wieder über Andreas Schlehvoigt. Wie wird unser nächstes Treffen sein? Hat der Kuss etwas zu bedeuten? Oder ist er schon morgen wieder der korrekte Polizist, der auch nur einen ordentlichen Job machen will? Oder …

Ich setze mich auf und schalte das Licht ein. So kann ich einfach nicht einschlafen. Ich ziehe den Karton mit den Briefen hervor, den ich hinter meinem Bett versteckt habe, und öffne den Deckel. An der Seite, neben den Briefen, steckt die Kipperkarte. »Militärperson«, lese ich laut und betrachte das Bild des Mannes in Uniform. Ist damit vielleicht wirklich Andreas Schlehvoigt gemeint? Er trägt zwar keine Uniform, aber das kann ja auch im übertragenen Sinne gemeint sein.

»Jetzt hör schon auf mit dem Unsinn«, schimpfe ich mich selbst aus, lege die Karte auf das kleine Tischchen neben meinem Bett und schalte das Licht aus. Ich werde doch nicht allen Ernstes mitten in der Nacht über Sinn und Unsinn einer Karte sinnieren, die mir eine komische Alte gegeben hat! Noch dazu eine komische Alte, die jemand gerade wegen Betrugs verklagen will.

12. Kapitel

ENTWURF

Verhandelt in dieser
Freien und Hansestadt Hamburg

Vor dem unterzeichneten Notar
in Hamburg

erschienen heute

1. die Sängerin Marion Zeilinger,
geboren am 10.01.1979
ausgewiesen durch BPA Nr. 23458344
ausgestellt am 23.04.2001 in Hamburg,
2. der Filmschauspieler Clifton Jones
geboren am 29.12.1967
ausgewiesen durch Reisepass Nr. A 4561239
ausgestellt am 31. 07. 2004 in Los Angeles
County.

Die Erschienenen erklärten:

I. Vorbemerkung
Wir beabsichtigen, die Ehe miteinander zu schließen. Die Erschienene zu 1. ist deutsche Staatsangehörige, der Erschienene zu 2. ist US-amerikanischer Staatsangehöri-

ger. Für unsere Ehe planen wir, zunächst beide berufstätig zu bleiben.
Dies vorausgeschickt, erklären die Erschienenen folgenden
II. Ehevertrag

§ 1 Unterhalt
(1)
Für jedes Jahr der rechtsgültigen Ehe steht der Ehefrau im Falle der Scheidung ein nachehelicher Unterhaltsanspruch von 5 (fünf) Prozent des Erwerbseinkommens des Ehemannes zu. Ab dem zehnten Ehejahr beträgt dieser Anspruch die Hälfte des Erwerbseinkommens und wird in dieser Höhe festgeschrieben.

(2)
Verbringen die Eheleute gemeinsam mindestens 183 Tage eines Kalenderjahrs in der Bundesrepublik Deutschland, vermindert sich der nacheheliche Unterhaltsanspruch der Ehefrau für jedes unter den genannten Bedingungen verbrachtes Ehejahr um jeweils 50 (fünfzig) Prozent der jeweiligen Gesamtsumme nach Abs. 1.

Chantal lässt die ersten Seiten unseres Vertragsentwurfs auf ihren Schoß sinken und schaut mich ratlos an. In den großen Lederstühlen des noblen Besprechungsraums sieht sie ziemlich klein und verloren aus.

»Äh, also, so ganz genau verstehe ich nicht, was hier drinsteht«, gibt sie zu.

»Das ist ganz einfach«, erkläre ich ihr. »Das ist unser Gegenentwurf zu dem Geschreibsel von Cliftons Anwälten.«

»Ja, aber – wir wollen doch gar nicht zu einem deutschen Notar. Clifton will doch unbedingt nach amerikanischem Recht heiraten.«

»Eben. Das ist *sein* Wunsch. *Dein* Wunsch ist aber eine Ehe, die nach deutschem Recht geschlossen wird.«

»Ist es das?«, fragt sie erstaunt.

»Für den Moment ja. Wir brauchen ein bisschen Verhandlungsmasse. Wenn wir schließlich bei amerikanischem Recht landen, hat er das Gefühl, dass wir in einem wesentlichen Punkt nachgegeben haben. In Wirklichkeit ist das aber gar nicht so wichtig für uns und wir bekommen dafür an einer anderen Stelle das, was dir wichtig ist.«

»Äh, und was ist mir wichtig?«

»Na, zum Beispiel der Unterhalt.« Ich atme tief durch. Es ist immer schwierig, einem Mandanten die Feinheiten juristischer Verhandlungstaktik zu erklären, ganz egal ob es sich um Sozialhilfeempfänger oder Schlagersternchen handelt.

»Unser Entwurf sieht Folgendes vor«, übernimmt nun Philip, dem es offensichtlich nicht schnell genug geht. »Wenn du mit Clifton nach Amerika gehst, stehen dir pro Jahr fünf Prozent seines Einkommens zu. Und nach zehn Jahren, falls ihr euch danach irgendwann trennen solltet, müsste er eben die Hälfte seines Einkommens an dich zahlen. Es sei denn, ihr verbringt jedes Jahr mindestens die Hälfte der Zeit in Deutschland, dann verringert sich dein Anspruch um fünfzig Prozent.«

»Aha.« Sehr viel schlauer sieht Chantal noch nicht aus, aber die Juristerei ist eben vertrackt. Also versuche ich es noch einmal so einfach wie möglich auszudrücken: »Wenn er will, dass du dich in Sachen Wohnort voll und ganz nach ihm richtest, muss er dafür mehr zahlen.«

Chantal schüttelt den Kopf. »Hm, aber meinst du nicht, Clifton wird echt sauer, wenn er das liest?«

»Wieso?«

»Na ja, er will doch gar nicht in Deutschland wohnen. Und schon gar nicht so lange. Also, ich glaube, es ist ihm sehr wichtig, dass ich mit ihm nach L. A. ziehe.«

»Ja, das glaube ich auch. Und genau deshalb muss ihm auch mal klar gemacht werden, was das für dich bedeutet.« Ich räuspere mich. Offensichtlich muss ich zuerst einmal Chantal klarmachen, was das für sie bedeutet. »Du wirst doch von den USA aus deine Karriere als deutscher Schlagerstar nicht mehr mit voller Power verfolgen können. Ich meine, deine Fans sind schließlich hier und nicht in Hollywood. Also wirst du wahrscheinlich für deine Liebe auf deine Karriere verzichten müssen. Das ist ja auch okay, wenn du das so willst – aber wenn er das von dir verlangt, muss ihm klar sein, dass du im Trennungsfall auf Unterhalt von ihm angewiesen sein wirst. Oder willst du dann wieder als Arzthelferin arbeiten?«

»Aber, ich meine, ich könnte doch …« Hilfesuchend schaut sie sich im Raum um, als würde sie darauf warten, dass Clifton durch die Tür kommt und ihr versichert, dass es niemals so schlimm kommen wird. »Also, ich weiß ja auch, dass es für mich beruflich erst mal schwieriger wird. Aber ganz aussichtslos ist es nicht, ich kann doch auch in Hollywood noch Platten aufnehmen. Die Studios da sind sogar viel besser als hier. Und Clifton hat die besten Kontakte.«

Philip geht um den Tisch herum und nimmt Chantals Hände. Er ist ein guter Schauspieler, das muss der Neid ihm lassen. »Ja, sicher, technisch ist das bestimmt kein Problem. Aber schau mal, Chantal, deine Fans brauchen dich doch hier. Die lieben dich – und wenn du erst mal in Amerika sitzt, werden die das Gefühl haben, dass du sie verlassen hast. Dann bist du nicht mehr der Star zum Anfassen, sondern ganz weit weg. Clifton muss einfach wissen, was du da aufgibst – verstehst du?« Unglaublich, was für sanfte Töne Philip anschlagen kann, in jedem anderen Zusammenhang würde ich völlig wegschmelzen. Ich schaue zu Chantal hinüber – wirkt es schon?

Hmm. Nicht eindeutig. Vielleicht sollte ich noch mal mit der Brechstange ran. »Genau. Und wie weiß er am besten, was du aufgibst?« Ich schaue Chantal scharf an. »Richtig: Indem er es sich in Heller und Pfennig selbst ausrechnen kann. Hält er dich von deinen Fans fern, kann er gleich mal das Doppelte an Unterhalt zurücklegen.«

»Chantal, wirf nicht leichtfertig weg, was du dir aufgebaut hast«, übernimmt Philip. »Wenn er dich wirklich liebt, wird er das verstehen.«

Das scheint irgendwie das Stichwort gewesen zu sein. Jedenfalls bricht Chantal jetzt völlig hemmungslos in Tränen aus.

»Ja, eben – das ist es doch! Ich weiß gar nicht mehr, ob mich Clifton wirklich liebt. Wie kann er mir das nur antun? Ich bin sooo unglücklich.« Sie kramt in ihrer Handtasche und fischt ein Taschentuch heraus, in das sie geräuschvoll schnäuzt. »Zuerst habe ich mich so auf die Hochzeit gefreut, und jetzt kann ich nachts schon gar nicht mehr richtig schlafen. Aber nicht vor Vorfreude, sondern vor Sorge. Und gestern ist auch noch meine erste platinfarbene Schallplatte von der Wand gefallen. Da wusste ich gleich, dass das ein böses Omen ist. Ein Zeichen – es will mich warnen.« Schluchzend sinkt sie in sich zusammen.

Philip schaut mich ratlos an – klar, jemand, der sonst immer nur Wirtschaftskriminelle verteidigt, ist solch emotionale Ausbrüche bei Mandanten natürlich nicht gewohnt. Dieser Sorte Verbrecher geht ja auch nichts wirklich nahe. Höchstens, wenn die Geliebte der Steuerfahndung das Geheimkonto auf Cayman Islands steckt.

Ich setze mich neben Chantal und lege meinen Arm um sie. »Ja, ich weiß, das tut erst mal weh. Aber du musst jetzt kämpfen, schließlich geht es um deine Zukunft.«

»Aber wer sagt mir denn, dass ich überhaupt noch eine Zukunft mit Clifton habe?« Wieder ein lautes Schluchzen.

Ich schiebe meine Hand unter ihr Kinn und sehe ihr direkt ins Gesicht. Faszinierend – alles noch da, wo es hingehört. Entweder ihr Make-up ist völlig wasserfest ... oder aber Chantal verdient den Oscar für die beste Darstellung einer verzweifelten Schlagersängerin.

»Nun hör mal«, sage ich so einfühlsam wie möglich, »natürlich habt ihr eine Zukunft. Eine Auseinandersetzung ist doch kein Grund, gleich schwarz zu sehen! Ich weiß natürlich nicht, wie das bisher so in deinen Beziehungen war. Aber meine Lebenserfahrung sagt mir, dass man als Paar doch gerade an seinen Krisen wächst. Wenn man noch ganz verknallt ist, ist es ja kein Kunststück, mit dem anderen auf einer Wellenlänge zu sein. Dann findet man einfach alles toll an ihm, und damit hat es sich. Aber wie viel Substanz eine Beziehung entwickeln kann, das zeigt sich erst, wenn es Probleme gibt. Da musst du auch mal etwas an Zeit und Mühe investieren, sonst kommst du über das Stadium anfänglicher Verliebtheit nie hinaus und fängst mit jedem neuen Typen immer wieder von vorn an. Du wirst sehen – du hast nur dann eine gemeinsame Zukunft, wenn du mit dem Mann kritische Situationen durchstehen kannst. Also, gerade weil du denkst, dass Clifton deine große Liebe ist, musst du diese Krise als Chance begreifen und dich ihr auch stellen.«

Wow, was rede ich denn da?

Krise als Chance?

Vielleicht sollte ich Ratgeber schreiben!

Philip starrt mich mit einem Blick an, der zwischen Bewunderung, Belustigung und Verachtung so ziemlich alles bedeuten könnte. Immerhin hat er noch ein Taschentuch parat, das er Chantal jetzt reicht. Die scheint sich wieder zu fangen. Na also, hat meine kleine Ansprache wohl doch etwas gebracht.

»Vielleicht hast du Recht, Tessa. So habe ich es noch nie gesehen – möglicherweise ist das jetzt wirklich eine Chance für uns. Bisher bin ich nach der ersten Verliebtheit jedenfalls meistens schnell gescheitert. Ich habe eben kein besonders ausgeprägtes Durchhaltevermögen.« Sie strafft entschlossen die Schultern. »Aber diesmal ist es mir ernst, nie hat mir irgendjemand oder irgendwas so viel bedeutet wie Clifton. Selbst meine eigene Karriere nicht, obwohl mir die immer sehr wichtig war. Aber wenn ich dieses Opfer bringe, dann muss Clifton auch einen Schritt auf mich zugehen.«

»Siehst du, das klingt schon besser. Und wahrscheinlich hast du die Schallplatte einfach nicht richtig aufgehängt. Das kann ja schon mal vorkommen.«

Philip räuspert sich. »Das war ich.«

»Bitte?«

»Na, ich habe die Schallplatten aufgehängt. Nach unserem letzten Termin sind wir nicht nur essen gegangen – ich war Chantal auch in ihrer Wohnung behilflich, da gibt's noch einiges zu tun. Und bei den Schallplatten dachte ich, es ginge auch ohne Dübel. Hab einfache Nägel genommen. Aber dafür sind die Platten wohl zu schwer.«

»Siehst du«, nehme ich Chantal noch mal in den Arm, »das war gar kein böses Omen. Herr Dr. Kunstmann kann nur keine Bilder aufhängen. Also, wenn du das nächste Mal einen engagierten Heimwerker brauchst, ruf einfach mich an. Ich habe sogar eine Schlagbohrmaschine. Selbst ist die Frau!«

Chantal lächelt. »Danke, auf das Angebot komme ich bestimmt noch zurück. Aber im Moment brauche ich euch doch dringender als Anwälte. Ihr habt natürlich Recht, wir müssen Clifton die Zähne zeigen. Auch wenn es erst einmal unangenehm ist. Aber wenn wir schon daran scheitern, dann sollte es wohl nicht sein.«

»Genau, so gefällst du mir schon deutlich besser«, lobe ich Chantal, obwohl mich gleichzeitig das Gefühl beschleicht, dass sie ganz anders klingen wird, sollte Clifton die Hochzeit tatsächlich platzen lassen. Aber davon dürfen wir uns nicht einschüchtern lassen – und wahrscheinlich blufft die Gegenseite auch nur. Hoffentlich.

»Wie klingt denn unser Entwurf ansonsten für dich? Hast du alles verstanden?«, will Philip wissen.

»Och, ich habe da vollstes Vertrauen zu euch – ich würde sagen: Auf in den Kampf!« Damit steht sie auf und steckt unseren Vertragsentwurf in ihre Handtasche. »Ich lese mir das Ganze heute Abend noch mal durch – aber wenn ihr nichts mehr von mir hört, könnt ihr es morgen früh losschicken. Die werden sich noch wundern! Wahrscheinlich denken die, mit mir haben sie leichtes Spiel. Hätten sie bestimmt auch, wenn ich euch beide nicht getroffen hätte. Ich bin euch so dankbar!« Mit einer theatralischen Geste zieht sie erst mich, dann Philip in ihre Arme und drückt uns kurz. »Also, wenn ich nicht anrufe, dann raus damit.«

Als Chantal gegangen ist, sitzen wir beide schweigend da. Woran Philip wohl gerade denkt?

»War das eigentlich gerade dein Ernst?«, fragt er nach einer Weile.

»Was meinst du?«

»Na, dass man als Paar an seinen Krisen wächst. Oder wolltest du sie nur beruhigen und hast mal kurz aus den fünf bis sieben Beziehungsratgebern zitiert, die die Durchschnittsfrau so im Regal stehen hat?«

Was für eine Frechheit!

»Also, zum einen habe oder besser: hatte ich keinen einzigen Beziehungsratgeber in meinem Regal stehen. Falls das bei Hortensia anders ist, wird sie wohl ihre Gründe dafür haben. Und zum anderen war das tatsächlich mein Ernst: Ich glaube, dass Krisen aus zwei Leuten erst das Paar machen, das sie im besten Fall sein können.«

»Was hätte dann für ein schönes Paar aus uns werden können«, ätzt Philip.

»Weißt du, deinen völlig unnötigen Zynismus kannst du dir sparen«, pariere ich, ohne lange nachdenken zu müssen. »Ich wundere mich, dass du dir anscheinend noch nie tiefer gehende Gedanken über Beziehungen und wie sie funktionieren gemacht hast. Und das, obwohl du schon bald selbst heiraten willst.«

Zack! Philips Blick sehe ich genau an, dass das ziemlich gesessen hat.

»Was soll das jetzt mit meiner Hochzeit zu tun haben?«, blafft er mich an.

»Denk mal drüber nach, vielleicht kommst du von selbst drauf«, gebe ich so kühl wie möglich zurück.

Wir schweigen uns an. Ich kann nicht mal sagen, ob es ein eisiges oder nachdenkliches Schweigen ist. Vielleicht bin ich zu hart mit ihm ins Gericht gegangen? Warum rege ich mich eigentlich so auf? Eigentlich hat Philip doch ein bisschen Recht.

Nun, darauf gibt es eine einfache Antwort: Wenn ich ehrlich bin, kann ich immer noch nicht glauben, dass er heiratet. Ich war bisher der tiefen und festen Überzeugung, dass die Geschichte mit Hortensia nur vorübergehend sein würde. Zugegebenermaßen sind vier Jahre für etwas Vorübergehendes ziemlich lang … aber ich habe das trotzdem geglaubt.

Bevor ich aber noch dazu komme, zuzugeben, dass ich mit meiner Bemerkung vielleicht etwas danebenlag, ist es auf einmal Philip, der sich entschuldigt.

»Na gut, ich gebe zu, ich bin niemand, der zur völligen intellektuellen Durchdringung seiner Beziehungen neigt. Oder einfacher ausgedrückt: Ich mache mir meistens nicht so viele Gedanken, jedenfalls nicht, wenn es so halbwegs läuft. Aber gerade deswegen würde mich interessieren, ob du wirklich glaubst, dass Paaren ohne größere Krisen irgendwie die nötige Tiefe fehlt. Das klingt irgendwie ziemlich selbstquälerisch. So nach: *Wenn es zu schön ist, kann da was nicht stimmen.*«

»Jetzt willst du mich wohl absichtlich missverstehen: Das habe ich doch gar nicht gesagt. Ich meinte lediglich, dass eine gute Partnerschaft aus einer Krise gefestigt hervorgehen kann – und dass jemand, der beim ersten Problem gleich die Flinte ins Korn schmeißt, schlechte Karten für eine lange Beziehung hat. Einfach, weil Probleme normal sind und zum Leben gehören.«

So! Das kann doch nicht so schwer sein.

»Und, glaubst du, wir haben damals zu schnell die Flinte ins Korn geworfen, wie du es so schön nennst?«

»Was spielt das jetzt noch für eine Rolle?«

Philip zuckt mit den Schultern. »Ich weiß auch nicht, es hat mich irgendwie interessiert.« Er räuspert sich, greift nach seinen Unterlagen und geht.

Als ich wieder alleine in meinem Büro sitze, kann ich mich kaum auf die letzten Änderungen an unserem Entwurf für Chantals Ehevertrag konzentrieren. Philips Frage geht mir nicht mehr aus dem Kopf.

Haben wir zu schnell aufgegeben?

Und wie wäre alles gekommen, wenn wir es noch mal versucht hätten? Wenn wir den letzten Paragraphen unseres Vertrags eingehalten hätten? Denn das war eigentlich der einzige Punkt, der wirklich wichtig war.

§ 7

Die Liebenden einigen sich darauf, dass sie für den Rest ihres Lebens zusammenbleiben wollen (auch, wenn das manchmal etwas schwierig werden wird).

Das Telefon klingelt und hindert mich daran, noch weiter meinen Gedanken nachzuhängen. Es ist Frau Huber.

»Hauptkommissar Schlehvoigt im Fall Schlichting für Sie. Oder soll ich ihn besser mit Herrn Dr. Kunstmann verbinden? Meines Wissens hat er doch die Verteidigung von Herrn Schlichting übernommen.«

»Wenn Herr Schlehvoigt sagt, dass er mit mir sprechen möchte, wird er wohl wissen, wen er meint. Bitte stellen Sie durch.« Die blöde Kuh glaubt wohl, ich wolle ihrem Liebling dazwischenfunken. Na, soll sie ruhig.

»Wie Sie meinen. Ich verbinde.«

»Gerlach.«

»Hallo, Tessa!« Ein sehr gut gelaunt klingender Andreas hüpft mir fast durch das Telefon entgegen. »Es gibt gute Nachrichten.«

»Echt? Dann mal her damit, die kann ich gut gebrauchen.«

»Ich habe mit dem Gutachter gesprochen und der hat sich daraufhin noch mal alles, was die Kollegen von der KTU sichergestellt haben, angesehen. Und er war auch noch mal vor Ort.«

»Und? Was sagt er?«

»Es ist wirklich unglaublich, aber so wie es ausschaut, ist die Zuleitung zum Herd manipuliert worden. Sobald der Herd oder Ofen angestellt wurde, konnte unkontrolliert Gas ausströmen, und zwar in großen Mengen.«

»Echt? Wahnsinn. Und was bedeutet das?«

»Das bedeutet zweierlei. Erstens: Offenbar wollte irgendjemand, dass Johannes sein Herd um die Ohren fliegt. Denn normalerweise schaltet man einen Herd oder Ofen nur an, um etwas zu kochen oder zu backen. Das heißt, dass man normalerweise auch eine Flamme entzündet. Durch die Manipulation wäre es nun dazu gekommen, dass neben dem normalen Gasfluss noch an einer zweiten Stelle Gas ausgeflossen wäre, und das hätte früher oder später zu einer ziemlichen Explosion geführt. Dann hätte Johannes wahrscheinlich nicht so viel Glück gehabt, weil er ja beim Kochen direkt neben dem Herd und somit auch neben der manipulierten Gasleitung gestanden hätte. Sein Selbstmordversuch war – auch, wenn es makaber klingt – gewissermaßen sein Glück. So floss zwar Gas, aber es gab zunächst keine Flamme. Und weil er mit dem Kopf im Ofen lag, hat er auch nicht allzu viel von dem entweichenden Gas mitbekommen.«

»Das ist ja der Hammer! Und was bedeutet das zweitens?«

»Dass wir hier im Grunde genommen einen Anschlag auf Johannes vorliegen haben. Stellt sich nur die Frage, wer den Anschlag verübt haben könnte.«

Am liebsten würde ich jetzt aufspringen und die Arme wie ein Sieger in die Luft strecken! Trotzdem reiße ich mich zusammen und fahre so sachlich wie möglich fort: »Ich will da ja keine bösartigen Verdächtigungen äußern ... aber mir würde schon jemand einfallen.«

»Nämlich?«

»Vielleicht sollte man mal Heinrich Klabunde auf den Zahn fühlen.«

»Ja«, gibt Andreas mir Recht, »den Gedanken hatte ich natürlich auch schon. Immerhin wollte er das Haus entmieten und gewinnbringend veräußern. Vielleicht ist ihm die Idee gekommen, sein Problem einfach mit einer Warmsanierung zu lösen.«

»Andererseits«, gebe ich zu bedenken, »kann ich mir echt nicht vorstellen, dass er dafür auch den Tod eines Menschen in Kauf nehmen würde.« Klabunde ist ein widerlicher Kapitalist ... aber ein eiskalter Mörder? Die Vorstellung fällt mir doch etwas schwer.

»Tut mir leid, Tessa, aber nachdem ich schon ein paar Jahre im Job bin, kann ich mir *alles* vorstellen. Wir werden der Sache nachgehen.« Dann nimmt seine Stimme wieder einen fröhlicheren Tonfall an. »Aber das heißt nun natürlich auch, dass Johannes jetzt sofort auf freien Fuß kommt oder vielleicht sogar schon draußen ist.«

»Oh, das geht ja schnell!«

»Ich bitte dich, wenn wir die Unschuld eines Verdächtigen so klar erkennen, kommt der natürlich sofort raus. Wir leben doch im Rechtsstaat!«

»Das freut mich wirklich tierisch!«

»Und mich erst!«

»Dich?«, will ich wissen.

»Natürlich«, erwidert er. »Denn das bedeutet, dass ich nicht mehr gegen deinen Mandanten ermitteln muss ... und dich endlich um ein richtiges Date bitten kann. Also, wenn dir das nicht zu schnell geht, meine ich.«

»Nein«, antworte ich und lächele versonnen in den Telefonhörer, »das geht nicht zu schnell. Eigentlich ist es gerade richtig.«

»Schön – und bevor du dir es anders überlegst: Was hältst du von heute Abend? Ich kenne ein kleines Wein-Bistro, die haben montags immer die Aktion *Bei Muttern*. Schmeckt ausgesprochen lecker und sie haben tolle Weine.«

»Klingt gut. Wo ist denn das?«

»Verrate ich dir nicht. Ich hole dich um sieben mit meinem schnittigen Sportwagen ab, dann wirst du es schon sehen.«

Zu dem Auto sage ich lieber nichts – sondern freue mich nur: »Alles klar, bis heute Abend!«

Kaum habe ich aufgelegt, steht Sabine in der Tür. »Tessa, du wirst es kaum glauben – rate mal, wer da ist!«

»Johannes?«

Sabine guckt etwas beleidigt. »Woher weißt du das?«

»Andreas hat angerufen mir erzählt, dass sie ihn rausgelassen haben. Da hab ich dann einfach mal getippt.«

»Ach so. Der konnte es wohl nicht erwarten, sich so schnell wie möglich wieder bei dir zu melden, was?«, zieht Sabine mich auf.

»Sieht so aus«, erwidere ich gut gelaunt. »Und er hat mich zum Essen eingeladen, heute Abend.«

»Ihr habt's ja eilig!«

»Du hast doch gesagt, dass ich mich trauen soll. Also traue ich mich – ist das nicht toll?«

»Ja, ganz toll«, antwortet sie, dann wird sie allerdings etwas ernster. »Aber wenn ich dich noch mal in die raue Wirklichkeit zurückbeamen darf: Im Konferenzzimmer sitzt ein bestens gelaunter Johannes und freut sich darauf, gleich seine vermeintlich Liebste in die Arme schließen zu können. Außerdem hat er schon gefragt, ob er übergangsweise auch bei uns wohnen kann. Will sich wohl mit dir das Zimmer teilen. Was gedenkst du also zu tun?«

Ups, das sind keine guten Nachrichten. Das Problem mit Johannes hatte ich vorübergehend tatsächlich verdrängt. Zum zwanzigtausendsten Mal verfluche ich den Moment, in dem ich mich zu dieser Lüge habe hinreißen lassen. Wieso konnte ich Philip nicht einfach die Wahrheit sagen?

Eines ist klar – ich habe mich selbst in diese Scheißsituation hineinmanövriert, jetzt muss ich da auch wieder raus. Wahrscheinlich sollte ich Johannes einfach die Wahrheit sagen. Genau, so mache ich es.

Sabine schaut mich immer noch erwartungsvoll an. »Und?«

»Ich werde ihm die Wahrheit sagen.«

»Und die wäre?«

»Dass ich ihn als Alibi missbraucht habe, weil ich vor Philip nicht als einsame Exfreundin dastehen wollte. Vielleicht habe ich ja Glück und er versteht das.«

Sabine zieht die Augenbrauen hoch. »Also, das wäre zu wünschen, aber auf mich wirkte er gerade so glücklich wie schon lange nicht mehr. Ich glaube, der ist total verknallt in dich – das wird 'ne ziemlich harte Landung für ihn. Aber du machst das schon«, klopft sie mir auf die Schulter.

Ich merke, wie sich in meinem Hals ein unangenehmer Kloß bildet.

Kaum bin ich durch die Tür des Konferenzraumes, da springt Johannes auch schon auf und reißt mich bei dem Versuch, seine Arme um mich zu schlingen, fast um.

»He, nicht so stürmisch! Hallo erst mal!«, versuche ich ihn etwas zu bremsen. Bevor ich aber noch mehr sagen kann, verschließen seine Lippen schon meinen Mund. Ich fange an zu zappeln und versuche, mich aus seiner Umarmung zu befreien; es gelingt mir nicht. Jo umklammert mich mit eisernem Griff.

Aber immerhin: Er küsst nicht schlecht, das muss man ihm lassen.

»Oh, Verzeihung, ich wusste nicht, dass hier gerade ein Mandantengespräch stattfindet.«

Toll! Philip hat die Tür zum Konferenzraum aufgerissen und steht jetzt grinsend vor Johannes und mir. Wenn das nicht Absicht war, fress ich einen Besen!

»Hallo, Herr Dr. Kunstmann«, begrüßt Johannes ihn strahlend. Immerhin lässt er mich los, um Philip die Hand zu schütteln, und ich bekomme Gelegenheit, kurz Luft zu holen.

»Tag, Herr Schlichting! Ich wollte nur kurz nachsehen, ob Sie Ihren Haftaufenthalt auch unbeschadet überstanden haben. Aber es scheint ja alles bestens zu sein.«

»Jau«, erwidert Johannes und legt mit einer besitzergreifenden Geste wieder seinen Arm um meine Schulter. Ich drohe unter der Last zusammenzusacken, weil mir die Knie sowieso schon etwas weich sind. »Also, vielen Dank noch einmal für alles!«

»Keine Ursache«, meint Philip, »über alles Weitere reden wir dann, ich lass euch jetzt mal wieder allein.« Mit einem breiten Grinsen verlässt er den Konferenzraum. Bevor er die Tür hinter sich schließt, kann ich sehen, wie er kurz seinen Kopf schüttelt – so, als könne er nicht fassen, was er da eben gesehen hat. Kann ich gut verstehen, ich fasse es ja selbst noch nicht so ganz.

Ehe ich weiß, wie mir geschieht, hat Jo mich schon wieder an sich gerissen und setzt seine Knutschattacke fort. Diesmal gelingt es mir, mich von ihm zu befreien.

»Mensch, Johannes, wir sind hier im Büro. Wer weiß, wer gleich noch alles hereinkommt!«

»Hast ja Recht«, gibt er zu. »Aber ich denke, dein Dr. Kunstmann fand das nicht so schlimm. Der kann sich ja vorstellen, dass wir uns vermisst haben.«

Ich will lieber gar nicht wissen, was sich Philip gerade alles vorstellt!

»Ich konnte das einfach nicht lassen«, fügt Jo noch etwas entschuldigend hinzu. »Davon träume ich schon seit langem. Und nicht nur davon«, grinst er mich an.

O bitte, das geht ja gar nicht – ich muss ihm sofort die Wahrheit sagen. »Johannes, setz dich. Ich muss dir etwas erzählen.«

Brav setzt sich Jo auf einen der schwarzen Lederstühle. Wie fange ich bloß am besten an?

»Ich glaube, das mit uns beiden sehe ich doch etwas anders als du.«

»Keine Sorge, wir stehen erst am Anfang, das ist mir auch klar. Und du kannst dir alle Zeit der Welt nehmen, ich dränge dich zu nichts. Hauptsache, wir sind zusammen.«

»Aber das ist es doch gerade – wir sind nicht zusammen! Versteh das doch mal!«

Johannes kratzt sich am Kopf. »Du hast aber doch Philip schon erzählt, dass du uns als Paar siehst. Mensch, Tessa, das muss dir nicht peinlich vor mir sein. Steh zu deinen Gefühlen – ich sehe es genauso. Habe ich dir doch schon im Knast erzählt: Ich habe mich bisher bloß nie getraut, dir davon zu erzählen. Aber nun ist mir alles klar.«

Es ist zum Auswachsen. Will mich Johannes nicht verstehen oder kann er es nicht? Wie deutlich muss ich denn noch werden? Bevor ich einen neuen Anlauf nehmen kann, steht er auf und steht nach einem großen Schritt wieder viel zu dicht vor mir. Er nimmt meine Hände und schaut mir direkt in die Augen.

»Oder stimmt das gar nicht? War das nur eine Notlüge, damit Philip meine Verteidigung übernimmt?« Er mustert mich eindringlich. »Oder wolltest du etwa nur nicht zugeben, dass du Single bist?«

Mir wird auf einmal ziemlich heiß. Los, Tessa, du musst jetzt nur einmal »ja« sagen, dann ist das Thema vom Tisch. Im Bruchteil einer Sekunde spiele ich unseren dann folgenden Dialog mal kurz durch:

»Ja, ich habe Philip belogen. Ich wollte nicht, dass er denkt, dass ich ihm immer noch nachtrauere. Und da hab ich eben gesagt, dass wir zwei ein Paar sind und ich in dich verliebt bin.«

»Was? Du hast dir das nur ausgedacht? Wie kannst du mir nur so etwas antun? Hast du mal überlegt, wie ich mich jetzt fühle?«

»Äh, nein.«

»Wirklich, Tessa, du bist das Letzte. Das hätte ich echt nicht von dir gedacht. Ich muss jetzt los.«

»Wo willst du denn hin?«

»Irgendwo werde ich schon einen neuen Gasherd finden!«

Johannes zupft mich am Ärmel. »He, ich habe dich etwas gefragt.«

»Äh, was? Ob das nicht stimmt? So ein Quatsch … Natürlich fühle ich etwas … etwas ganz *Tiefes* für dich, hätte ich ja sonst nicht gesagt. Aber ich bin momentan völlig durcheinander – die Explosion, meine Verhaftung, deine Verhaftung, jetzt der Wechsel in Philips Kanzlei … ich weiß momentan gar nicht, wo mir der Kopf steht.« Zumindest in dem Punkt sage ich voll und ganz die Wahrheit. »Ich brauche jetzt mal ein bisschen Zeit, um die

Sachen auf die Reihe zu kriegen. Ist doch wohl nachvollziehbar, oder nicht?«

Tessa Gerlach, du bist feige. Verdammt feige.

Und das wird dir noch leidtun, das weißt du ganz genau.

Johannes guckt mich skeptisch an. So richtig gekauft hat er es wohl nicht. »Na, wie du meinst. Habe aber auch gleich gesagt, dass wir es ruhig langsam angehen können. Also, wenn du dich erst mal sortieren musst, ist es vielleicht besser, ich such mir 'ne andere Bleibe. Ich hatte Sabine schon gefragt, ob ich auch bei ihr wohnen kann, bis das Haus wieder freigegeben wird oder wir was anderes finden, aber das ist dann wohl nicht so gut, oder?«

Ich nicke. »Ja, wäre mir wirklich ganz lieb, wenn du erst mal woanders pennst. Wenn wir erst eine andere Lösung gefunden haben, können wir über alles in Ruhe reden.«

»Gut, Tessa«, seufzt Johannes. »Dann ziehe ich eben erst einmal zu meiner Tante und ihren Katzen.« Er grinst mich schief an. »Wird bestimmt eine tolle Zeit.«

»Es tut mir leid«, fange ich an, »ich kann jetzt einfach nicht …«

»Ist schon in Ordnung«, unterbricht er mich. »Melde dich einfach, wenn du so weit bist. Wenn ich wieder eine Telefonnummer hab, hinterlasse ich sie in deinem Büro.«

»Alles klar, ich … äh … melde mich.«

Die Verabschiedung fällt schon deutlich sachlicher aus: Johannes drückt mich kurz und ich gebe ihm einen Kuss auf die Wange. Als er gegangen ist, fühle ich mich richtig mies.

Ungefähr zweieinhalb Sekunden nach Johannes Abgang schaut Sabine um die Ecke. »Und, alles geklärt?«

»Nee, nicht wirklich. Ich konnte es ihm einfach nicht sagen.«

»Mann, Tessa, du reitest dich immer weiter rein: Schlichting, Schlehvoigt, Kunstmann – was bezweckst du eigentlich?«

»Wenn ich das wüsste! Ich habe nicht die leiseste Ahnung.«

Sabine zuckt mit den Schultern. »Hauptsache, die begegnen sich nicht alle bei uns im Hausflur. Ich hab's nämlich gerne nett.«

Ach, wer hätte das nicht gerne. Ich hätte auch lieber *eine* richtig tolle Beziehung als *einen* halbgaren Flirt, *einen* angeschmachteten Ex und *einen* liebeskranken Nachbarn. Aber irgendwie haut das momentan nicht hin.

Immerhin habe ich heute Abend endlich mal eine richtige Verabredung. Deshalb beschließe ich, mir nicht die Stimmung verderben zu lassen, meinen Vertrag weiter durchzuarbeiten, früh nach Hause zu fahren und dann einen hoffentlich aufregenden Abend zu genießen.

Auf dem Weg zurück in mein Büro begegnet mir Hortensia. Prima, die hat mir gerade noch gefehlt! Wir nicken uns halbwegs freundlich zu, dann will ich so schnell wie möglich an ihr vorübergehen, aber sie stellt sich mir direkt in den Weg.

»Ist was?«, frage ich irritiert.

Sie mustert mich aus ihren eisblauen Augen, die mir bisher noch nie so aufgefallen sind. Eine Mischung aus faszinierend und Angst einflößend. Erinnern mich ein bisschen an einen Husky.

»Tessa.« Ihre Stimme klingt ganz ruhig. »Ich weiß nicht, was genau du hier bezweckst, aber ich habe dich im Auge.«

»Was soll ich denn bezwecken?«, erwidere ich unschuldig. »Ich will doch nur die Sache mit Chantal zu einem guten Abschluss bringen und dann bin ich auch schon wieder weg.«

»Das hoffe ich. Und wie ich höre, bist du frisch verliebt. Ich schlage also vor, du beschränkst dich auf deinen eigenen Mann.« Dann geht sie weiter, ohne mich eines weiteren Blickes zu würdigen.

Die nächsten Stunden verbringe ich im wesentlichen damit, mich um meine alten Mandate zu kümmern. Vom Liegenlassen werden die ja auch nicht besser. Zwar hat Sabine in allen laufenden Verfahren schon Terminverlegungen beantragt – wann hat man schon mal so eine gute Entschuldigung wie eine komplette Büroverlagerung? Aber das Inhaltliche kann sie mir natürlich nicht abnehmen. Und so würge ich mich durch alle Fälle, zu denen sich in den Trümmern meines alten Büros noch Akten finden ließen. Gott, kann Jura langweilig sein!

Als ich gerade darüber sinniere, dass ich eigentlich gerne einmal kreativ arbeiten würde – Ohrringe herstellen im australischen Outback soll super sein –, klingelt mein Telefon. Vielleicht Hortensia, die mich noch ein bisschen beschimpfen will? Ich überlege, einfach nicht ranzugehen, aber ein Blick aufs Display zeigt mir, dass es Philip ist. Eine richtige Telefonanlage ist doch etwas Feines.

»Ja, was gibt's?«, melde ich mich betont geschäftig.

»Komm mal schnell in mein Büro, wir haben wieder nette Post von Coburn. Anscheinend ist das Erste, was diese Jungs morgens im Büro machen, eine kurze Google-Recherche der deutschen Zeitungslandschaft. In Los Angeles ist es gerade mal neun Uhr morgens und schon haben die auf den *Kurier*-Artikel reagiert. Das ist doch nicht normal!«

Ich seufze. »Gut, bin gleich da.«

Das Fax von Coburn ist tatsächlich wenig erfreulich. Nicht nur, dass sie sich lang und breit über die Unzuverlässigkeit unserer Mandantin auslassen. Geschenkt. Wirklich ärgerlich ist, dass sie nun noch eine Änderung zu ihrem Ursprungsvertrag vorschlagen – und zwar nicht zu Chantals Gunsten. Ihr Vorschlag hat einen weiteren Paragraphen bekommen:

Die Parteien einigen sich darauf, über ihre Eheschließung während des ersten Jahres Stillschweigen zu bewahren. Sollte eine der Parteien gegen diese Vereinbarung verstoßen, hat sie an die andere eine Summe von 50000 US-Dollar zu zahlen.

Eine unschöne Klausel. Aber es kommt noch schlimmer: Nicht Clifton müsste nachweisen, dass Chantal gequatscht hat, wenn die Eheschließung doch in der Zeitung auftaucht, sondern es wäre an unserem Goldkehlchen zu beweisen, dass sie es nicht war. So sieht es jedenfalls der neue Entwurf vor. Also, die fünfzigtausend Schleifen kann Chantal gleich abschreiben. Offensichtlich denkt Philip genau das Gleiche: »Wenn sie das unterschreibt, ist sie die Kohle ja schon so gut wie los.«

»Ja, Verschwiegenheit ist nicht gerade ihre Stärke«, sage ich. »Außerdem wird doch jetzt schon kräftig über die Hochzeit spekuliert, da wird zumindest die deutsche Presse ziemlich hinter ihr her sein.«

»Ehrlich gesagt, ich glaube nicht, dass man da allzu sehr hinter ihr her sein muss. Die traurige Geschichte vom bösen Freund, der einfach frech an die Medien geht, kaufe ich ihr nicht mehr so ab. Kann sein, dass sie zu Althoff nicht gerade gesagt hat: Los, ruf mal beim *Kurier* an, aber ganz traurig wird sie auch nicht gewesen sein.«

»Sie klang aber ziemlich enttäuscht darüber«, werfe ich ein.

»Dein guter Glaube in allen Ehren, Tessa. Aber ist es nicht ein seltsamer Zufall, dass die ganze Geschichte gerade jetzt hochkocht, wo es demnächst ein neues Album von Chantal geben wird?«

»Kann natürlich sein. Aber ich habe sie jetzt echt ins Gebet genommen, zumindest während der Vertragsverhandlungen hält sie sicher die Klappe. Vielleicht tun wir ihr ja auch Unrecht. Schließlich hat sie offiziell auch noch nichts gesagt.«

»Manchmal denke ich, dass du der einzige Mensch bist, der älter als fünf ist und noch an den Weihnachtsmann glaubt«, ätzt Philip, »und ob Chantal nun glaubwürdig ist oder nicht – diese ganze Schweigevereinbarung ist Unsinn. Da werden sich Clifton und Chantal ja öfter beim Anwalt als beim Candle-Light-Dinner sehen. Das muss auf alle Fälle raus. Dass man sich verpflichtet, nach der Ehe kein Buch über die gemeinsame Zeit zu schreiben, ist die eine Sache. Damit könnten wir leben. Aber diese ganze Ehe geheim halten? Dass das nicht klappt, ist jetzt schon klar. Wenn Clifton damit überhaupt nicht leben kann, hat er sich meiner Meinung nach in die falsche Frau verliebt.«

»Tja, also, was tun?«

»Ich finde, wir schreiben jetzt mal eine knackige Erwiderung, in der wir auf das hohe Gut der Pressefreiheit verweisen … und dann jagen wir unseren Entwurf genau so raus, wie wir ihn erarbeitet haben. Sollen die Amis sich doch gehackt legen, wenn ihnen das nicht passt.«

Erwähnte ich eigentlich schon, dass es Zeiten gab, in denen ich Philips energische Art wirklich sexy fand?

Als ich kurz nach sechs in meinem Asyl bei Sabine angelangt bin, bin ich guter Dinge. Unser Schreiben an Coburn ist ziemlich feurig geworden, und wenn ich ehrlich bin, macht es auch Spaß, mal so richtig auf die Kacke zu hauen. Vor allem, wenn man gut dafür bezahlt wird. Nur die seltsame Begegnung mit Hortensia spukt mir noch ein wenig im Kopf herum, aber ich gebe mir Mühe, sie zu vergessen. Soll die blöde Schnepfe sich ruhig aufregen, dann weiß sie wenigstens, wie sich das anfühlt.

Also, zu einem weitaus wichtigeren Thema: Welches Styling ist für mein Date das beste? Heute wäre doch mal eine gute Gelegenheit, meinen neuen schwarzen Ledermini anzuziehen. Andreas kann ruhig schon sehen, dass ich ganz hübsche Beine habe. Die werden ja nicht nur Barhocker in diesem Bistro haben, auf denen damenhaftes Sitzen im Wickelmini natürlich schwierig ist.

Sie haben nur Barhocker.

Wahrscheinlich werde ich in zirka einer Stunde einen grauenhaften Krampf im rechten Oberschenkel erleiden und von besagtem Hocker fallen. Aber egal – sonst ist alles toll: Andreas hat mich Punkt sieben Uhr abgeholt, ich sehe für meine Verhältnisse sensationell aus und auch Andreas ist extrem schnittig. Er trägt einen dunkelgrauen Anzug mit dazu passendem anthrazitfarbenem Hemd, seine Locken hat er offenbar mit etwas Gel gebändigt, was ihm wirklich sehr gut steht. Und auch der Laden, in den er mich entführt, entspricht ganz meinem Geschmack: Das Bistro entpuppt sich als nettes kleines Lokal in Hamburgs Nobelstadtteil Eppendorf. Andreas scheint hier Stammgast zu sein: Wird jedenfalls mit Handschlag begrüßt. Komisch, hätte ich ihm gar nicht zugetraut. Hatte ihn eher beim Normalo-Italiener verortet als in diesem eher szenemäßig anmutenden Ambiente.

Es gibt keine Karte – denn heute läuft wie angekündigt die Aktion *Bei Muttern* und wir lassen uns überraschen. Fachmännisch erkundigt sich Andreas bei Frédéric, dem senegalesischen Wirt, nach dem passenden Wein.

»Ach, ich bring euch was Passendes – wartet mal, das wird euch schmecken. Und einen guten Eindruck bei Mademoiselle wirst du dabei auch machen«, zwinkert er Andreas zu. *Mademoiselle,* ich bin geschmeichelt. Bei meinem Stamm-Italiener wurde ich schon vor längerer Zeit von *Signorina* zu *Signora* raufgestuft. Oder sollte ich eher sagen: runtergestuft?

Beim ersten Gang, einer sehr leckeren Kartoffelcremesuppe, sitzen wir noch etwas schüchtern voreinander. Der Abend im *Red Dog* scheint fast vergessen, keiner von uns verliert ein Wort darüber. Und geküsst haben wir uns bei der Begrüßung auch nicht. Ist mir aber ganz recht so; fangen wir lieber noch einmal und in aller Ruhe wieder von vorne an.

»Ich bin wirklich froh, dass Johannes jetzt nicht mehr unser Verdächtiger ist«, stellt Andreas fest.

»Ja, ich auch.«

»Wäre doch wirklich schade, wenn wir uns nun wochenlang nur als Polizist und Anwältin begegnet wären.« Mit diesen Worten legt Andreas seine Hand auf meine. Das fühlt sich extrem gut an. Es ist, als ob kleine Stromstöße von meinen Fingerspitzen bis zu meinen Haarwurzeln hochjagen. Hmm ... Einfach schön!

»Ja, das hätte ich auch bedauert.«

»Hoffentlich haben wir den anderen bald.«

»Welchen anderen?« Auf Inhaltliches kann ich mich nun wirklich nicht konzentrieren.

»Na, den eigentlichen Brandstifter oder vielmehr Explosionsverursacher. Interessiert dich gar nicht, ob es am Ende vielleicht tatsächlich euer Vermieter Klabunde war?«

»Äh, momentan ehrlich gesagt nicht.«

Andreas muss grinsen, dabei bildet sich ein kleines Grübchen auf seiner linken Wange. Süß!

»Ist auch nicht so wichtig. War ja nur ein Mordanschlag.«

Ich gebe ihm einen Stoß in die Seite. »Vorsicht, in rechtlicher Hinsicht verstehe ich keinen Spaß. Aber ich dachte, wir wären heute ganz privat«, schmolle ich.

»Hast Recht. Hauptsache, wir haben einen netten Abend. Gefällt es dir eigentlich?«

»Ja, es ist wirklich klasse. Ich kannte den Laden gar nicht, aber ich bin auch selten in Eppendorf. Ist mir zu schnöselig.« In diesem Moment fällt mir auf, dass ich gar nicht weiß, wo Andreas eigentlich wohnt. Hoffentlich ist er nicht Eppendorfer! Aber er ignoriert diesen Einwand.

»Frédéric kenne ich schon seit fünf Jahren. Seine Frau Natalia ist Klavierlehrerin. Ich hatte lange Zeit Unterricht bei ihr und irgendwann hat sie mich mal auf eine Party eingeladen.«

»Du spielst Klavier?« Offenbar klinge ich ein bisschen zu erstaunt – aber das hätte ich wirklich nicht gedacht.

»Ja, warum nicht? Kann es sein, dass du Polizisten automatisch in die Schublade Kulturbanause packst?«

»Überhaupt nicht«, lüge ich, »ich habe gar keine Schubladen.«

»Gott sei Dank – ich spiele nämlich ziemlich gut. Musik bedeutet mir viel.« Er langt über den Bistrotisch und gibt mir einen sanften Stubser auf die Nase. »Und bevor du in den nächsten Fettnapf trittst: Ich habe sogar das Abitur. Und studiert habe ich auch, an der Fachhochschule für öffentliche Verwaltung.«

Ich merke, dass ich rot werde. »Was meinst du denn damit?«

»Sagen wir mal so: Ich habe das Gefühl, dass die Frau Anwältin mich in intellektueller Hinsicht nicht für voll nimmt.«

»So ein Quatsch. Ich weiß nicht, wie du darauf kommst«, spiele ich hoffentlich geschickt über das Gefühl von ertappt worden sein hinweg. Leide ich an Akademikerdünkel? Bevor ich weiter selbstkritisch in mich hineinhorchen kann, taucht Frédéric mit einer neuen Flasche Wein auf.

»Et voilà, zum nächsten Gang passt dieser Merlot ganz ausgezeichnet.« Er lässt uns beide einen Blick auf das Etikett werfen. »Sind Sie auch so ein Weinkenner wie Andreas?«

Ehrlicherweise müsste ich diese Frage mit *»Ach wissen Sie, Hauptsache, es knallt ordentlich, dann können Sie mir den guten Tropfen auch im Tetrapack servieren«* beantworten. Aber stattdessen schweige ich und nicke nur würdevoll. Frédéric entkorkt den Wein und schenkt mir ein. Ich nehme einen Schluck, der Merlot schmeckt wirklich gut.

»Und?«, wollen Andreas und Frédéric beinahe zeitgleich wissen.

»Vorzüglich«, meine ich. Frédéric nickt strahlend und lässt uns dann wieder allein.

»Also«, nimmt Andreas unser Gespräch wieder auf. »Dann erzähl doch mal ein bisschen.«

»Was genau soll ich denn erzählen?«, will ich lachend wissen.

»Na ja«, er schiebt sich eine Gabel in den Mund und denkt einen Moment lang nach. Nachdem er heruntergeschluckt hat, spricht er weiter: »Dass du Single bist, haben wir ja schon geklärt. Aber jetzt interessiert mich natürlich, warum so eine tolle Frau wie du allein ist.«

»Äh, vielen Dank!« Schon wieder schießt mir die Röte ins

Gesicht. »Aber die gleiche Frage könnte ich dir schließlich auch stellen.«

»Meine Trennung liegt ja noch nicht so lange zurück, ich bin quasi gerade erst geschieden«, gibt Andreas zu bedenken. »Und bei dir? Wann hattest du deine letzte Beziehung?«

Vor vier Jahren.

Die Zahl kommt mir plötzlich monströs vor.

Vier Jahre, das sind achtundvierzig Monate, zweihundertacht Wochen, eintausendvierhundertsechzig Tage und Nächte, die ich allein bin. Niemand, der sich abends an mich kuschelt und morgens zusammen mit mir aufwacht. Von den zwei kleinen Techtelmechteln, die ich zwischendurch hatte, mal abgesehen. Aber die sind nun wirklich nicht weiter erwähnenswert.

»Was ist?«, unterbricht Andreas meine Gedanken. »Keine Lust, darüber zu sprechen?«

»Nein, ich habe nur gerade etwas nachgerechnet.«

»Aha. Und?«

Wieder schwindeln oder bei der Wahrheit bleiben? Ich beschließe, nicht noch mehr herumzulügen, das hat mich schon genug in die Bredouille gebracht.

»Eintausendvierhundertsechzig Tage«, sage ich also.

»Eintausend wie viel?«, meint Andreas verwundert. »Das sind ja …« Ein angestrengter Ausdruck tritt auf sein Gesicht.

»Vier Jahre«, nehme ich ihm die Rechnung ab.

»Oh«, entfährt es ihm. »Das ist … lange!« Im nächsten Moment wirkt er etwas peinlich berührt. »Tut mir leid, ich wollte nicht …«

»Ist schon gut«, unterbreche ich ihn. »Du hast ja Recht – das ist wirklich lange.«

Frédéric kommt wieder an den Tisch und unterbricht unser Gespräch glücklicherweise, bevor Andreas mich am Ende noch fragen kann, warum das so ist. Ich habe nicht wirklich Lust dazu, ihm die ganze Sache mit Philip zu erläutern und ihm zu erklären, weshalb es mir seit Jahren so schwer fällt, mit dem Thema abzuschließen. Weil ich es ja selbst nicht so richtig verstehe.

»Habt ihr noch einen Wunsch?«, fragt Frédéric. Andreas sieht mich auffordernd an.

»Nein, danke.« Ich schüttele den Kopf. »Bei mir ist alles bestens. Allerdings werde ich langsam etwas müde.«

»Dann bring mir doch bitte die Rechnung«, sagt Andreas.

»Kommt sofort!« Nachdem Frédéric die Rechnung und uns zum Abschluss noch zu einem Cognac gebracht hat, mache ich Anstalten, von meinem Barhocker zu klettern.

»Sollen wir dann mal?«, frage ich.

Andreas nimmt meine Hand und sieht mich beinahe zärtlich an. »Ich hoffe, dass ich durch meine blöde Fragerei jetzt nicht die Stimmung verdorben habe. Manchmal bin ich da wohl etwas … ungeschickt. Und es geht mich ja auch wirklich nichts an.«

»Mach dir keine Gedanken«, winke ich ab. »Damit hat es rein gar nichts zu tun, ich bin nur total müde. Die letzten Tage waren sehr anstrengend und die nächsten werden es wohl auch.«

Das stimmt zwar einerseits … andererseits ist es aber tatsächlich so, dass mich die Frage nach meiner letzten Beziehung etwas aus der Bahn geworfen hat.

Als Andreas mich zu Hause absetzt, frage ich mich trotzdem, ob er mich zum Abschied noch küssen wird. Ich würde schon gern, das muss ich zugeben. Aber ich weiß nicht, ob ich schon bereit für die möglichen Konsequenzen bin. Denkt er dann, dass wir zusammen sind? Und ich kenne ihn ja kaum. Was, wenn ich mich tatsächlich total in ihn verknalle und erst dann feststelle, dass wir beide gar nicht zusammenpassen? Und dann geht wieder alles von vorne los, man lässt sich auf jemanden ein, am Anfang ist noch alles schön, nach ein paar Monaten fängt es zu kriseln an – und drei Jahre später stehe ich dann wieder vor den Trümmern einer Liebe.

Ich werfe ihm einen verstohlenen Seitenblick zu, er lächelt mich ziemlich niedlich an. Hach, er ist schon richtig süß, aber ich würde eben gern sicherer sein, bevor ich …

»Du siehst so aus, als würdest du gerade schwer nachdenken.«

»Bingo«, erwidere ich lachend. »Das ist mir wohl auf die Stirn geschrieben.« Als wäre es das Selbstverständlichste auf der Welt, legt Andreas eine Hand in meinen Nacken und spielt mit einer Haarsträhne herum, die sich aus meinem Zopf gelöst hat. Sofort bekomme ich Gänsehaut, diese eine kleine Berührung reicht schon aus, um mich wieder komplett aus dem Konzept zu bringen.

»Und darf ich fragen, worüber du nachgrübelst?«

»Über Garantien.«

Er wirft mir einen verständnislosen Blick zu. »Garantien?«

Ich nicke. »Ja, über Garantien, die es nicht gibt. Weil man nie wissen kann, wie sich das Leben entwickelt.«

Andreas lacht. »Oha, das klingt ja nahezu philosophisch.« Dann beugt er sich ganz nah zu mir und haucht mir einen zärtlichen Kuss auf die Lippen. Schlagartig fängt mein Herz an zu rasen und die Härchen auf meinen Armen stellen sich auf. »Was hältst du davon«, flüstert er mir ins Ohr, »wenn wir das Leben erst einmal beiseite lassen und mit diesem einen Abend anfangen?« Dann küsst er mich richtig, und wenn das überhaupt möglich sein sollte, legt mein Herzchen noch einen Zahn zu. Mein Kopf sagt zwar, dass ich aufhören sollte, mit ihm wie ein Teenager im Auto zu knutschen – aber mein Körper ist da offensichtlich vollkommen anderer Meinung … *Was soll's?* Ich bin schließlich nur vermindert schuldfähig, Gedanken kann ich mir auch noch morgen machen.

Meine Hände wandern wie von selbst in seinen Nacken und streicheln durch seine dicken Locken. »Hm«, seufzt er leise, »das ist wirklich schön.«

Wir knutschen bestimmt zehn Minuten, teilweise so wild, dass ich fürchte, eventuelle Passanten könnten uns wegen Erregung öffentlichen Ärgernisses anzeigen. Zwischenzeitlich wandern Andreas' Hände unter mein Oberteil, aber ich schiebe sie sanft zurück. Aus dem Alter, in dem ich mich auf einem Autositz habe hinreißen lassen, bin ich nun wirklich raus. Einen kurzen Moment lang überlege ich, ob ich meinen Polizisten vielleicht noch mit in die Wohnung nehmen soll. Aber erstens möchte ich Sabine nur ungern überraschen und zweitens muss ich ja nicht gleich an einem Abend das volle Programm durchziehen. Auch wenn es sowieso keine Garantien gibt, spricht nichts dagegen, es ruhig angehen zu lassen.

»Ich muss jetzt langsam ins Bett«, stelle ich fest, als es mir nach unserem Knutschmarathon für einen kurzen Moment gelingt, mich von Andreas loszumachen.

»Schade«, meint er, und ich bin froh, dass er das Wort *Bett* nicht gleich als Anspielung genutzt hat. »Aber bei mir klingelt der Wecker morgen auch ziemlich früh. Obwohl ich natürlich noch stundenlang mit dir hier so sitzen könnte.« Wieder küsst er mich, diesmal so zärtlich und gleichzeitig leidenschaftlich, dass ich am liebsten doch schwach werden und *»Ach, komm, wir sind ja erwachsen – lass uns oben weitermachen!«* sagen würde. Glücklicherweise dauert der Kuss nicht lange, Andreas hört auf, ehe ich ihn aus dem Auto in meine Höhle zerren kann.

»Sehen wir uns bald wieder?«, will er wissen.

Ich nicke nachdrücklich. »Davon gehe ich aus.« Dann sortiere ich meine Kleidung, die doch ein bisschen derangiert aussieht, und krame meine Handtasche unter meinen Füßen hervor. »Es war wirklich ein sehr schöner Abend«, stelle ich fest, gebe Andreas noch ein Küsschen und öffne dann meine Tür. Andreas macht ebenfalls Anstalten, auszusteigen. »Bleib ruhig sitzen«, sage ich.

»Das kommt gar nicht in Frage, ich bringe mein Date selbstverständlich bis zur Tür!« Sein Blick duldet keinen Widerspruch, also lasse ich mich von ihm bis zur Haustür begleiten. Bevor ich aufschließe, nimmt er mich noch einmal in den Arm.

»Ich fand den Abend auch ganz wunderbar«, flüstert er mir ins Ohr, bevor er mich ein letztes Mal küsst.

»Komm gut nach Hause und schlaf schön.«

»Ich werde bestimmt fantastisch schlafen«, grinst er.

»Gute Nacht!« Ich stecke den Schlüssel ins Schloss, öffne die Tür und winke ihm noch einmal zu. Eine Sekunde später stehe ich allein im Hausflur und warte noch, bis ich höre, wie Andreas draußen wegfährt.

Während ich auf leisen Sohlen die Treppe hochschleiche, macht mein Herz immer noch einen Salto nach dem nächsten. Wie lange habe ich mich nicht mehr so gefühlt? Natürlich kenne ich die Antwort ganz genau. Aber bevor ich wieder einen kleinen Panikanflug bekomme, beruhige ich mich damit, dass es schließlich nur ein schöner Abend war. Wie es weitergeht, wird sich zeigen.

Sabine und Arne sind offenbar schon im Bett, als ich mich leise in die Wohnung schleiche. So geräuschlos wie möglich mache ich mich im Bad fertig und kuschele mich dann in mein Bett. Als ich gerade das Licht löschen will, piept mein Handy noch einmal und meldet mir eine Kurzmitteilung. Lächelnd greife ich nach meiner Handtasche, die neben meinem Bett auf dem Boden liegt, und krame das Gerät heraus. Wenn das mal nicht noch ein Gute-Nacht-Gruß von Andreas ist!

Es ist kein Gute-Nacht-Gruß von Andreas. Die Nachricht stammt von einem anderen:

Bin wirklich zufrieden mit unserer Arbeit! Ich drücke uns die Daumen, dass alles so läuft, wie wir es uns wünschen! Philip

Ich frage mich, welchen Sinn und Zweck diese Nachricht haben soll. Für gute Stimmung sorgen? Oder will er, dass ich ihn anrufe? Oder hat da jemand vielleicht ein bisschen tief ins Glas geschaut? Immerhin ist es gleich schon ein Uhr nachts, und ich schreibe solche mehr oder weniger inhaltsleeren Nachrichten meistens dann, wenn ich einen im Tee habe. Na gut, schreibe ich halt irgendwas Banales zurück.

Ja, drücke uns auch die Daumen!

Nachdem ich die SMS verschickt habe, lösche ich das Licht, drehe mich auf die Seite und beschließe, den Abend mit Andreas noch einmal Revue passieren zu lassen. Blöderweise muss ich durch die SMS zwischendurch andauernd an Philip denken. So ein Idiot, versaut der mir meine schönen Träumereien!

13. Kapitel

Leider beginnt der neue Tag nicht ganz so nett, wie der gestrige geendet hat: Schon morgens stoße ich im Fahrstuhl mit Hortensia zusammen, die mich wie immer mit freundlicher Verachtung begrüßt. Die Fahrt nach oben verbringen wir mit eisigem Schweigen; auf meinen lahmen Versuch, etwas Smalltalk zu betreiben (»Na, schon fast zehn Uhr, da sind wir ja beide heute etwas spät dran, wie?«), ernte ich nur ein kurzes, knappes Nicken. Also halte ich lieber die Klappe und starre auf die Aufzugtür vor mir. Schon seltsam, wie sich ein paar Sekunden ausdehnen können – es dauert scheinbar ewig, bis wir unser Ziel erreichen.

Aus den Augenwinkeln mustere ich Hortensia unauffällig. Heute sieht sie irgendwie nicht ganz so perfekt aus wie sonst, sie wirkt ... etwas angeschlagen und müde. Normalerweise würde ich sie ja fragen, ob es ihr nicht gut geht, aber unter diesen Umständen lasse ich es lieber. Trotzdem muss ich natürlich an Philips nächtliche SMS denken. Hatte sie vielleicht doch mehr zu bedeuten? Haben die beiden gestritten? Ist da etwas Sand im Getriebe? Der Gedanke müsste mich eigentlich freuen – tut er aber nicht. Ich fühle mich bei der Vorstellung, dass Hortensia und Philip möglicherweise wegen mir Stress haben, eher schlecht als gut, dabei müsste es doch umgekehrt sein. Ich seufze laut und tief, was mir einen irritierten Blick von Hortensia beschert.

»Ich denke gerade nur an den Vertrag«, erkläre ich. »Hoffentlich geht das alles so durch, wie wir es wollen.«

»Wird schon.« Auch wieder keine sonderlich ausführliche Antwort. Aber bevor ich noch etwas erwidern kann, öffnen sich die Fahrstuhltüren und wir sind endlich oben in der Kanzlei angelangt.

»Guten Morgen, Frau Dr. Lorentzmeyer!«, begrüßt Frau Huber Hortensia strahlend. Dann schiebt sie ein nicht mehr ganz so strahlendes »Frau Gerlach« hinterher.

»Haben wir schon eine Nachricht von *Coburn Alliance?*«, gebe ich mich ganz professionell.

»Wohl kaum«, antwortet Frau Huber spürbar herablassend. »Zum einen habe ich den Vertrag wie gewünscht erst heute Morgen rausgefaxt. Und zum anderen ist es in Los Angeles jetzt ein Uhr nachts, ich kann mir kaum vorstellen, dass die Kollegen um diese Uhrzeit arbeiten.«

Hortensia grinst breit und sieht gleich schon viel besser aus. »Ich bin dann in meinem Büro«, flötet sie und entschwindet.

»Äh, ich auch«, stottere ich und trolle mich von dannen. Hat diese blöde Kuh es doch tatsächlich geschafft, mich wieder alt aussehen zu lassen. Mit einem Mal würde es mich ganz und gar nicht mehr ärgern, wenn es Hortensia schlecht ginge.

»Guten Morgen!« Sabine ist schon eifrig bei der Arbeit, als ich in unser Büro komme. Wenigstens ein Mensch, der nett zu mir ist. »Na?«, will sie wissen. »War wohl eine schöne Nacht! Ich hab vorhin zweimal an deine Tür geklopft, aber du hast tief und fest geschlafen. Da dachte ich, ich lass dich mal auspennen.«

»Ja«, gebe ich zu, »ich hab noch eine ganze Weile wach gelegen, mir ging so viel durch den Kopf.«

»Erzähl!«

»Da gibt's nicht viel«, schwindele ich.

»Das glaubt doch nicht mal deine Großmutter!« Sie baut sich drohend vor mir auf. »Ich will jetzt sofort alle Details wissen!«

»Wir waren essen«, gebe ich mich geschlagen, »und es war sehr nett.«

»Und?«

»Was und?«

»Hat er dich wieder geküsst?«

Ich ziere mich noch einen Moment und zucke unentschlossen mit den Schultern. »Weiß nicht.«

»Du weißt nicht, ob er dich geküsst hat?«

Jetzt muss ich loslachen. »Doch, hat er«, gebe ich zu. »Und das war wirklich wunderschön.«

»Wann siehst du ihn wieder?«

»Das weiß ich jetzt tatsächlich noch nicht. Würde mal sagen, wenn sich ein bisschen von dem momentanen Chaos gelegt hat.«

»Oh, bei Chaos fällt mir ein«, meint Sabine und zeigt auf einen Rosenstrauß auf meinem Schreibtisch, der mir erst jetzt auffällt. »Die sind für dich abgegeben worden. Philip hat sie mir hier hingestellt.«

»Wie galant!«, freue ich mich. »Er schickt mir gleich am nächsten Tag Blumen!« Und gleichzeitig freue ich mich ein bisschen, dass Philip die Rosen entgegengenommen hat. Soll er ruhig wissen, dass ich mich vor Verehrern kaum retten kann! Wortlos reicht Sabine mir die Karte, die offensichtlich dabeilag, und grinst mich schief an.

»Fehlanzeige«, kommentiert sie.

Ich werfe einen Blick auf den Text. In der Tat. Fehlanzeige.

Ich weiß, dass Du noch Zeit brauchst. Diesen Wunsch respektiere ich. Ich liebe Dich und werde warten! Jo

»Auweia.«

»Ja, der Gute ist wirklich im Liebeswahn! Dass der sich auch immer so sehr in alles hineinsteigern muss.«

Ich lasse mich ermattet auf meinen Schreibtischstuhl sinken und betrachte nachdenklich die Rosen. »Hat Philip die Karte auch gesehen?«

Sabine nickt. »Er hat sie mir sogar grinsend vorgelesen.«

»Vom Postgeheimnis hält der wohl auch nichts!«

»Ist ja eine Karte und kein Brief.«

»Na ja, ist auch egal, er denkt eh noch immer, dass ich mit Johannes zusammen bin.«

»Weiß nicht … ich glaube, er hat da so seine Zweifel.«

»Wieso?«

»Weil er mich noch einmal genau nach eurem Verhältnis gefragt hat und meinte, dass er sich gar nicht vorstellen kann, dass du mit jemandem wie Jo zusammen bist.«

»Wie meint er das denn?« Sofort meldet sich in mir wieder der Kampfgeist. »Warum sollte ich nicht mit jemandem wie Jo zusammen sein?«

Sabine zuckt mit den Schultern. »Das musst du ihn schon selbst fragen. Aber außerdem, wenn ich dich mal daran erinnern darf, bist du *tatsächlich* nicht mit Johannes zusammen. Und der arme Kerl hockt jetzt bei seiner Tante und wartet auf dich.«

»Herrje, da muss ich wohl wirklich bald ein klärendes Gespräch führen. So kann es nicht weitergehen.«

Sabine nickt zustimmend.

»Ist sonst noch was Aufregendes passiert?«, will ich wissen.

»Nicht wirklich. Vor einer halben Stunde hat eine Frau angerufen und wollte dich sprechen. Ich soll dir ausrichten, dass sich die Betrugssache erledigt hat.«

»Betrugssache?«

»Ja, klang etwas kryptisch, hab ich auch nicht ganz verstanden. Sie meinte, das wäre alles ein Missverständnis gewesen und man hätte die Anzeige gegen sie zurückgezogen.«

»Aha.« Keine Ahnung, von wem Sabine spricht. Das kann ja so gut wie jeder gewesen sein.

»Ach so«, fällt ihr dann noch ein, »und ich soll dir noch sagen, dass sich das Geheimnis der Karte schon bald lüften wird. Aber das habe ich erst recht nicht verstanden.«

Die Karte? Dann fällt mir ein, wer die Anruferin war: Die Frau mit der Kipperkarte. Mist, die hatte ich ganz vergessen. Aber anscheinend hat sich die Sache in Wohlgefallen aufgelöst und das Mandat somit auch. Ist mir eigentlich ganz recht, fühle mich gerade ausreichend ausgelastet.

»Dann war das die Alte mit den Kipperkarten«, erzähle ich Sabine.

»Kipperwas?«

Ich kläre Sabine über meine seltsame Begegnung mit der Frau im Untersuchungsgefängnis auf und erzähle ihr von der Karte, die sie mir gegeben hat.

»Kann ich mal sehen?«

»Klar, sieht aus wie eine altmodische Spielkarte.« Ich nehme meine Handtasche, in der ich die Karte mittlerweile aufbewahre, und zeige sie Sabine.

»Militärperson?«

»Kann ich auch nichts mit anfangen«, gestehe ich. »Und ich halte das sowieso für ziemlichen Humbug. Ich weiß gar nicht, warum ich die Karte nicht schon längst weggeworfen habe.«

Sabine lacht. »Weil du es tief in deinem Innersten vielleicht doch nicht für kompletten Humbug hältst?«

»Quatsch«, erwidere ich entrüstet. »Weißt du noch, wie wir mal im Astrocafé in der Schanze waren?«

»Klar, da haben sie mir doch vorausgesagt, dass ich innerhalb von einem Jahr heirate, wir aber nie ein Kind bekommen werden.«

»Siehste«, meine ich, »und was ist passiert?«

»Na ja, wie ich die Sache mit dem Heiraten sehe, hat der Kaffeesatz wohl nicht viel hergegeben«, meint Sabine und guckt auf einmal ganz traurig.

»Ist doch kein Grund, so ein Gesicht zu machen«, beruhige ich sie und wundere mich, dass sie so finster dreinblickt. »Oder wartest du in Wahrheit doch darauf, dass Arne dir einen Antrag macht?«

Sabine schüttelt den Kopf. »Nein, das nun wirklich nicht.« Sie zögert. »Aber …«

»Aber was?«

»Ist nicht so wichtig.«

»Sabine!« Ich werfe ihr einen strengen Blick zu. »Du bist seit Jahren meine beste Freundin – könntest du mir also bitte erklären, was auf einmal mit dir los ist?«

»Na ja«, fängt sie an, »um ehrlich zu sein, versuchen Arne und ich schon eine ganze Weile, ein Kind zu bekommen.«

»Ehrlich?« Jetzt bin ich überrascht. Davon hat Sabine noch nie ein Sterbenswörtchen erzählt.

»Ja.« Sie nickt. »Ich wollte warten, bis es klappt, und es dir erst dann sagen, damit wir uns nicht unter Druck setzen. Ich meine, wenn man erst einmal sagt, dass man Kinder plant, und dann klappt es nicht … dann fragen doch alle Leute ständig nach, so nach dem Motto: Na, bist du endlich schwanger? Und das wollte ich nicht. Aber seit diesem Nachmittag im Astrocafé … vielleicht hatte die Frau ja tatsächlich Recht.«

»So ein Quatsch«, rege ich mich auf. »Deine Fruchtbarkeit hat mit Sicherheit nicht das Geringste mir irgendeinem Kaffeesatz zu tun!«

Sabine seufzt. »Aber schwanger bin ich bis jetzt trotzdem nicht geworden.«

»So was dauert halt manchmal.«

»Aber doch nicht drei Jahre!«

»Ihr versucht es schon seit drei Jahren?« Na gut, das ist wirklich schon etwas länger. »Warst du denn mal beim Arzt?«

»Natürlich! Und Arne auch. Aber die sagen nur, dass alles in Ordnung ist.«

»Siehste.«

»Genau deshalb glaube ich ja mittlerweile, dass das Schicksal für uns eben doch keine Kinder vorgesehen hat.« Jetzt guckt sie noch viel trauriger und ich nehme sie in den Arm.

»Süße, das ist wirklich totaler Unsinn! Wart's nur ab, das klappt bestimmt noch. Und ich werfe jetzt erst einmal diese bescheuerte Karte weg. Wir sollten uns beide nicht in so einen esoterischen Humbug hineinsteigern.« Mit diesen Worten befördere ich die Militärperson Nr. 22 in den Papierkorb.

»Nicht so schnell«, geht Sabine dazwischen und ist plötzlich wieder ganz die Alte. Sie fischt die Karte aus dem Papierkorb heraus. »Ich will wenigstens wissen, was sie bedeutet.« Dann setzt sie sich an ihren Computer und öffnet den Internetexplorer. »Gucken wir mal, was Google zu dem Thema meint.«

»Mach du mal«, erwidere ich seufzend. Sabine ist wirklich unverbesserlich. »Aber glaub nicht, dass ich darauf irgendetwas gebe.« Obwohl ich, ehrlich gesagt, auch neugierig bin, was sie findet …

Sabine klickt mit ihrer Maus herum und studiert dann interessiert eine Seite, die sie aufgerufen hat. Ich mache mich in der Zwischenzeit daran, die Post auf meinem Schreibtisch zu sichten. Was leider nicht sonderlich lange dauert, da es sich um einen einzigen Brief handelt – der Vermieter des jungen Paares will tatsächlich vor Gericht ziehen. Na, soll er mal! Das möchte ich sehen, wie irgendein Richter dieser Welt eine schwangere Frau auf die Straße setzt – das wäre ja noch schöner!

»Aha«, murmelt Sabine vor sich hin, »klingt ja interessant.«

»Was denn?«

»Ich dachte, das ist für dich Humbug«, stellt sie grinsend fest. Ich stehe auf und stelle mich hinter sie.

»Jetzt lass schon sehen!«

»Okay.« Sie dreht den Bildschirm so, dass ich den Text lesen kann.

Kipperkarte Nr. 22: Militärperson

Die Karte bedeutet, dass etwas – egal ob gut oder schlecht – nicht zu ändern ist.

»Das ist ja eine tolle Erkenntnis«, stelle ich fest, nehme Sabine die Karte aus der Hand und werfe sie wieder in den Papierkorb. »Ich sag doch: Humbug!«

Als Sabine und ich beschließen, um 18.00 Uhr nach einem mehr oder weniger ereignislosen Tag den Feierabend einzuläuten, und schon fast im Fahrstuhl stehen, höre ich auf einmal das Fax am Empfang rattern.

»Moment!«, rufe ich und laufe zurück. Wahrscheinlich sowieso nur was für Frau Dr. Lorentzmeyer ... aber man kann ja nie wissen! Als ich den Briefkopf erkenne, macht mein Herz einen Hüpfer: *Coburn Alliance.* Endlich! Da sind die Amerikaner wohl doch ein bisschen fleißiger, als Frau Huber vermutet hat.

Aufgeregt rupfe ich die Blätter aus dem Einzug. Bin sehr gespannt, was die US-Kollegen zu unserem knackigen Brief sagen. Hoffentlich nicht so etwas wie »*Mr. Jones has no further interest to marry your client*«, eine kurze und schmerzlose Absage der Hochzeit. *Uah!* Da würde Chantal bestimmt ausrasten. Ich bin mir ziemlich sicher, dass meine großen Worte in Sachen Krise als Chance dann sehr schnell vergessen wären.

Ich schicke also ein Stoßgebet gen Himmel, dass wir nicht zu hoch gepokert haben. Mittlerweile hat auch Sabine gesehen, was da angekommen ist, und schaut mir neugierig über die Schulter.

»Na, Hochzeit abgesagt?«

Ich überfliege das kurze Schreiben schnell und atme auf.

»Nein, sie schreiben, dass sie einige Änderungen in ihren Entwurf übernehmen werden, und schlagen vor, die noch strittigen Regelungen bei einem Treffen in ihrem Büro in Los Angeles auszuhandeln.« Ich könnte laut jubeln – sie scheinen uns tatsächlich ernst zu nehmen! Philip hatte wohl doch Recht, man musste diese Superanwälte mal kräftig vors Schienbein treten. Sabine teilt meine spontane Begeisterung offensichtlich nicht.

»Los Angeles? Das ist ja nicht gerade der nächste Weg. Sollen die doch nach Hamburg kommen.« Ihre Augen glitzern angriffslustig.

»Och, gegen einen Termin in den USA hätte ich prinzipiell nichts einzuwenden. Meine letzte Dienstreise ging nach Lüneburg, da klingt L. A. schon besser.« Und eigentlich ging sie auch nicht direkt nach Lüneburg, sondern nach Adendorf *bei* Lüneburg. Habe einer Mandantin dort bei der Gründung einer Bürgerinitiative gegen den Bau der A 39 geholfen. Bemerkenswert war für mich als Stadtkind daran vor allem mein Honorar: ein halbes Schwein.

Frau Huber steht inzwischen auch neben uns und versucht so zu tun, als ob Los Angeles in dieser Kanzlei auch keinen anderen Klang hätte als Castrop-Rauxel.

»Ich werde schon mal Termine blocken und Flüge raussuchen«, gibt sie sich betont gelangweilt. So ein Quatsch – als ob Philip als Strafverteidiger ständig in der Welt rumjetten würde. Aber soll sie sich doch weiter aufblasen, mir ist das jetzt total wurscht. Ich freue mich einfach tierisch, dass unsere Taktik aufzugehen scheint. Und weil es nicht nur meine, sondern auch Philips Taktik war, beschließe ich ganz großmütig, das schlechte Gefühl, das ich ihm gegenüber habe, einfach mal zu ignorieren und mich gemeinsam mit ihm über diesen Teilerfolg zu freuen. Von Frau Hubers Apparat wähle ich ihn an.

»Ja, Hubsi, was gibt's denn noch so spät?«

Hubsi, was für ein netter Name für den Drachen!

»Nein, hier ist nicht Hubsi«, melde ich mich und werfe der alten Huber dabei einen gemeinen Blick zu. »Hier ist deine temporäre Sozietätspartnerin. Komm doch mal schnell nach vorne. Und bring den Sekt aus dem Kühlschrank in der Teeküche mit: Es gibt gute Nachrichten!«

Dreißig Sekunden später steht Philip mitsamt Sektflasche bei unserer kleinen Versammlung. »Oh, von *Coburn Alliance!* Lass mal lesen«, reißt er mir gleich die Blätter aus der Hand. Mit einem kurzen »Super!« läuft er zum Telefon und greift zum Hörer. »Ja, Hortensia, komm mal schnell: Wir haben Grund, ein bisschen zu feiern – Coburn will nun ernsthaft mit uns verhandeln. Toll, oder?«

Meine Laune sinkt deutlich. Mit Hortensia wollte ich bestimmt nicht feiern. Alleine der Gedanke an die Ziege verdirbt mir die Lust auf ein Glas Sekt. Offensichtlich kann man das auch auf meiner Stirn lesen: Philip legt die Blätter zur Seite, stellt die Flasche ab und geht auf mich zu.

»Komm schon, Tessa, es wäre ziemlich unsportlich, Hortensia nicht Bescheid zu sagen, sie hat an unserem Entwurf schließlich auch mitgestrickt. Und eine Teamleistung sollte man auch als Team feiern.«

Auf welchem Seminar hat er denn den Stuss gelernt?

Teamleistung als Team feiern, auweia!

Ich bin mir im Übrigen auch ziemlich sicher, dass sich Hortensia nicht unbedingt als Team mit mir sieht. Aber was hilft's, jetzt biegt sie sowieso schon um die Ecke. Allein ihr Gang macht mich schon ansatzweise aggressiv. Als ob sie einen Stock im Allerwertesten hätte. Fürchterlich!

»So, gibt es also etwas zu feiern? Wie schön.« Sie nimmt sich eines der Sektgläser, die Frau Huber in der Zwischenzeit eingeschenkt hat, und stößt mit Philip an. Mit mir allerdings nicht. Ich sage nur *Teamleistung*. Philip ist das offensichtlich unangenehm, er zieht mich am Ärmel zu sich rüber.

»Ja, das haben Tessa und ich gut hingekriegt.«

Hortensia bedenkt mich mit einem gönnerhaften Blick. »Das muss doch aufregend für dich sein, oder? Endlich mal ein richtig großer Fall, nicht?« In diesem Moment bekommt sie von hinten einen Stoß, so dass sie sich ihren gesamten restlichen Sekt auf ihren spießigen Strenesse-Anzug kippt. Sie kreischt laut auf, während Sabine, die ihr den Schupps offensichtlich versetzt hat, so etwas wie »'tschuldigung, bin hier irgendwie gestolpert« nuschelt. Hortensia stürzt gleich in Richtung Toilette, Frau Huber guckt, als ob sie Sabine erwürgen wollte, und Philip haut sich in dem Chaos heimlich noch ein Gläschen rein. Herrlich, ich bin wieder halbwegs versöhnt.

»Sag mal, Philip«, gebe ich mich betont geschäftsmäßig, »wann wollen wir denn nach L. A. fliegen? Jetzt, wo Johannes auch nichts mehr zu befürchten hat, müssen wir doch im Grunde nur noch Chantals Fall zu einem guten Ende bringen und dann trennen sich unsere Wege wieder.«

»Kannst es wohl kaum erwarten, was?«, erwidert Philip ein bisschen zu genervt. Macht ihm das vielleicht doch etwas aus? Aber selbst wenn, ich bin froh, dass unser Kanzlei-Sharing nur noch ein paar Tage dauern wird. Für meine Nerven ist es nicht das Beste.

Allerdings werde ich auch etwas aus der gemeinsamen Zeit hier mitnehmen. Unser neues Büro werde ich zusammen mit Sabine etwas professioneller gestalten, als das bisher der Fall war.

Frau Huber hat offensichtlich tatsächlich schon ein paar Termine rausgesucht. Mit dem Terminplaner geht sie zu Philip, der immer noch mit seinem Sektglas in der Hand am Empfang steht.

»Also, hier könnten wir ... wenn ich diese zwei Sachen verschiebe, dann würde es hier noch gut passen«, hält sie ihm den Kalender unter die Nase, »und hier und hier.«

»Lassen Sie mal sehen. Also gleich Donnerstag losfliegen, das ist gut ... zurück dann wohl Sonntag, 18. Juni. Natürlich müssten wir noch klären, ob bei Coburn Termine am Freitag und Samstag drin wären ... Tessa, wie klingt das für dich?«

»Oh, da habe ich ...«, setze ich an, verstumme dann aber sofort wieder.

»Was denn?«, fragt Philip nach. »Andere wichtige Termine?« So, wie er das sagt, soll es wahrscheinlich scherzhaft gemeint sein. Aber es trifft mich trotzdem. Nicht, weil er darauf herumreitet, dass ich momentan so gut wie keine Mandate habe. Nein, das ist es nicht. Was mich wirklich verletzt, ist etwas anderes: Philip hat offenbar vergessen, dass ich am 17. Juni Geburtstag habe.

Sabine scheint zu ahnen, was ich meine, und setzt zu einer Erklärung an: »Da ist doch aber …«

»Schon gut«, unterbreche ich sie und werfe ihr einen mahnenden Blick zu. »Das passt mir auch gut.«

»Okay«, sagt Philip zu Frau Huber, »dann schlagen Sie der Gegenseite mal diesen Termin vor, und wenn es denen so kurzfristig passt, reservieren Sie Flüge für Frau Gerlach und mich.«

»Und was ist mit Frau Dr. Lorentzmeyer?«

»Nein, nur für uns zwei.«

»Ja aber …«

»Es handelt sich um das ausschließliche Mandat von Frau Gerlach und mir, Frau Dr. Lorentzmeyer war nur so nett, sich mit uns über unsere Strategie zu besprechen.«

Tja, Hubsi – da staunst du, was? Ich aber auch, schließlich war doch bei Philip eben noch Teamarbeit angesagt.

»Worüber redet ihr?« Hortensia kommt aus dem Bad zurück und hat ihren Anzug wieder einigermaßen hergerichtet.

»Tessa und ich fliegen nach Los Angeles«, erklärt Philip. »Sollte Coburn einverstanden sein, geht's schon übermorgen los.«

Wenn Blicke töten könnten, würde ich jetzt auf der Stelle auf dem Teppich zusammensacken. Hortensia durchbohrt mich regelrecht, und für einen kurzen Augenblick habe ich fast richtige Angst vor ihr. Aber dann reißt sie sich zusammen und lächelt. »Prima, dann ist das Thema ja auch bald vom Tisch.« Ich habe nicht den geringsten Zweifel daran, was sie gern bald vom Tisch haben würde. Oder zur Not auch auf dem Tisch: meinen Kopf, verziert mit einem prallen Bratapfel im Mund.

»Äh, ja, wir gehen dann mal«, meine ich, »wenn wir wirklich

schon übermorgen fliegen, ist ja noch eine Menge zu regeln. Ich meine, packen und so.«

»Dann komm aber bitte morgen etwas früher als heute«, bittet Philip. »Ich möchte, dass wir optimal vorbereitet in dieses Gespräch gehen. Und soll ich Chantal anrufen oder willst du das machen?« Immerhin, er fragt mich vorher, das ist doch schon mal was.

»Kannst du gern tun«, gebe ich mich großmütig.

Zwei Minuten später befinden Sabine und ich uns auf dem Weg ins Erdgeschoss. »Läuft doch wirklich alles bestens!«, stellt meine Freundin fest.

»Ich hab trotzdem Bammel.«

»Wovor? Vor der Reise mit Philip oder vor den Anwälten von Clifton Jones?«

»Das zwar auch, aber das meine ich nicht. Ich rede von meiner Flugangst.«

»Ach so … Keine Sorge«, beruhigt sie mich. »Du schenkst dir einfach schön einen ein und pennst dann bis L. A. deinen Rausch aus. Und solltet ihr abstürzen«, fügt sie fieserweise hinzu, »kannst du es eh nicht ändern.«

Ob das mit der Karte gemeint war? Etwas, was man nicht ändern kann, egal, ob gut oder schlecht? Ich hoffe mal schwer auf gut!

»Hallo, schöne Frau!« Um kurz nach neun meldet sich endlich auch Andreas bei mir. Gut, ich will es ruhig angehen lassen, aber dass er sich die ganzen Tage lang nicht rührte, hat mich dann doch etwas nervös gemacht. »Wie ist das werte Befinden?«

»Gut«, meine ich. »Ich fliege übermorgen nach L.A.« In der Zwischenzeit hat sich Philip noch einmal bei mir gemeldet. Die Termine gehen klar, Flüge sind gebucht – am Donnerstag um zehn geht's los.

»Nach L. A.? Wieso das denn?«

»Ist was Berufliches.«

»Oh.« Ich kann die Enttäuschung in seiner Stimme hören. »Bist du lange weg?«

»Nein, ich fliege schon Sonntag zurück und komme dann Montag wieder in Hamburg an.«

»Und können wir uns vorher noch einmal sehen?«

Ich überlege einen Moment. Einerseits hätte ich nicht wenig Lust, die Knutscherei von gestern fortzusetzen ... andererseits muss ich meine sieben Sinne jetzt wirklich mal beisammenhalten – schließlich geht's jetzt um die Wurst.

»Das würde ich wirklich gern«, antworte ich, »aber heute bin ich total kaputt und morgen wird's auch anstrengend. Tja, und Donnerstag fliegen wir ja schon um 10.00 Uhr ab.«

»Und was ist mit deinem Geburtstag?«

Die Frage überrascht mich. »Woher weißt du das?« Am anderen Ende der Leitung erklingt ein Lachen.

»Ich bin Polizist, schon vergessen? Außerdem habe ich nach unserem ersten Kennenlernen deinen Ausweis studiert.«

»Richtig, das hatte ich schon ganz vergessen. Wir leben eben doch in einem Überwachungsstaat.« Innerlich freue ich mich natürlich total – er hat an meinen Geburtstag gedacht! Ganz im Gegensatz zu Philip, wie ich mich, noch immer etwas grummelig, erinnere.

»Ich hab eine Idee«, sagt Andreas. »Ich hol dich am Montag vom Flieger ab und wir feiern dann einfach nach!«

»Das wird bestimmt prima«, meine ich kichernd, »nach einem Langstreckenflug bin ich mit Sicherheit in absoluter Partylaune und schlafe nach fünf Minuten ein.«

»Keine Sorge.« Seine Stimme schlägt in eine Art Gurren um. »Ich halte dich schon wach.«

Oha!

Bei so einer Ansage gebe ich mich natürlich geschlagen.

»Abgemacht. Aber abholen musst du mich nicht. Komm dann

einfach um acht zu Sabine, bis dahin müsste ich mich einigermaßen erholt haben.«

»Ich freu mich!«

»Ja, ich mich auch. Bis Montag!« Ich will gerade auflegen, als mir noch etwas einfällt. »Andreas?«

»Ja?«

»Gibt's denn eigentlich schon etwas Neues in Sachen Johannes?«

»Noch nicht«, antwortet er, »wir ermitteln momentan in verschiedene Richtungen. Aber wir werden schon herausfinden, wer deinen Nachbarn in die Luft sprengen wollte.«

»Du bist mein Held.« Ich lächele ins Telefon.

»Na, das hoffe ich doch! Also, bis Montag.«

»Tschüss!« Ich lege auf und bin eigentlich ganz zufrieden mit mir.

Arne und Sabine bringen mich am Donnerstagmorgen zum Flughafen, um mir moralische Unterstützung zu leisten. Eigentlich wollte Chantal auch kommen, aber im letzten Moment ist ihr mal wieder ein wichtiger Pressetermin dazwischengeraten. Ich persönlich vermute ja, dass sich hinter diesen vielen Terminen in Wahrheit Friseur, Kosmetikerin und Shoppingtour verbergen, denn *so* angesagt, dass sich die Presse nun ständig um Frau Zeilinger reißen würde, ist sie nun auch wieder nicht – aber ich lasse sie, wenn's sie glücklich macht. Und hoffentlich wird sie bald noch viel glücklicher sein.

»Mein Schicksal liegt in euren Händen«, hat sie mir und Philip bei ihrem letzten Besuch gestern in der Kanzlei noch theatralisch mit auf den Weg gegeben. »Ich vertraue darauf, dass ihr es gut lenken werdet.« Vielleicht sollte Chantal sich mal als Groschenromanautorin versuchen? Das sprachliche Repertoire dafür hätte sie drauf!

»Da kommen sie«, unterbricht Sabine meine Gedanken und

zeigt Richtung Drehtür. Philip und Hortensia marschieren auf uns zu, Philip winkt.

»Dann kann's ja jetzt losgehen«, flüstert Arne mir zu und drückt mich in einem Anfall von plötzlicher Verbundenheit an sich. »Du wirst das Kind schon schaukeln.«

»Guten Morgen!« Wir alle begrüßen uns ganz förmlich per Handschlag, schließlich sind wir heute alle ganz *business*. »Dann können wir gleich einchecken«, stellt Philip fest und zieht unsere beiden Tickets aus der Innentasche seines Anzugs. Ich muss feststellen, dass er heute besonders gut aussieht. Da ist so ein aufgeregtes Blitzen in seinen Augen. Eine Besprechung mit einer großen Sozietät in Los Angeles – das scheint voll sein Ding zu sein. Hortensia sieht nicht ganz so strahlend aus, sie wirkt wieder etwas angespannt. Baut in den letzten Tagen sichtlich ab, die Gute. »Ich wünsche euch viel Glück«, sagt sie trotzdem und bringt so etwas wie ein Lächeln zustande. »Philip, kann ich dich noch einmal kurz sprechen?«

»Natürlich, Schatz.« Die beiden treten ein Stück beiseite, und ich kann erkennen, dass Hortensia Philip einen Umschlag zusteckt und ihm dann ins Ohr flüstert. Was da wohl drin ist?

»Also, meine Kleine«, Sabine drückt mich noch einmal. »Ich sach mal: Toi, toi, toi!«

»Danke!« Ich bin ganz gerührt. »Schön, dass du für mich da bist!« Und dann drücke ich sie auch noch einmal ganz fest.

»Autsch!«, schreit sie auf. »Nicht so doll!«

»Tut mir leid.« Dann nehme ich sie noch einmal etwas zärtlicher in den Arm.

»Und tu mir einen Gefallen«, flüstert sie mir noch ins Ohr. »Nutz die Tage mit Philip dazu, endlich Klarheit zu bekommen und abzuschließen.« Sie kichert. »Oder von mir aus auch neu anzufangen, wenn es sich ergibt und du es willst.«

»Mach ich«, flüstere ich zurück, dann grinsen wir uns verschwörerisch an.

Komischerweise sehe ich in diesem Moment Andreas. Also, nicht wie eine Ermahnung vor meinem inneren Auge. Mehr so in Wirklichkeit und echt. Mit eiligen Schritten stolpert er aus der Drehtür und läuft auf mich zu. Wie kommt der denn jetzt hierher?

»Tessa!« Fünf Augenpaare heften sich auf ihn. »Bin ich froh, dass ich dich noch erwische!« Mit diesen Worten reißt er mich in seine Arme und fängt an, mich zu küssen. Jetzt sind es nur noch vier Augenpaare, die uns beide dafür aber noch viel interessierter mustern. »Ich dachte schon, ich schaff's nicht mehr, war ein tierischer Stau.«

»Äh.« Ich verharre etwas ratlos in seiner Umarmung und weiß nicht so recht, was ich tun oder sagen soll.

»Ich wollte dich einfach noch einmal sehen, bevor du abfliegst, der Montag ist noch so lange hin.« Er grinst mich schief an. Dann lässt er mich los und winkt in die Runde.

»Übrigens hallo und guten Morgen – meine gute Erziehung wurde gerade von meiner Sehnsucht übermannt.«

Philip, Arne und Sabine grüßen artig zurück. Hortensia macht einen Schritt auf ihn zu und reicht ihm die Hand.

»Guten Morgen – nachdem mich hier niemand vorstellt: Ich bin Hortensia Lorentzmeyer, die Verlobte von Dr. Kunstmann. Sie müssen Tessas neuer Freund sein. Freut mich, Sie auch mal kennen zu lernen, Herr Schlichting!«

Als Hortensia den Namen sagt, wird mir heiß und kalt.

Auch das noch!

»Schlehvoigt«, korrigiert Andreas sie lächelnd, und ich hege für einen kurzen Moment die unrealistische Hoffnung, dass Hortensia jetzt nichts mehr sagt. Aber natürlich sagt sie doch noch was.

»Schlehvoigt? Aber Sie sind doch Johannes Schlichting, denke ich.«

Andreas wirkt immer noch freundlich.

»Da verwechseln Sie etwas. Johannes Schlichting ist der Nachbar von Frau Gerlach, durch den wir uns ja überhaupt erst kennen gelernt haben. Sie haben das mit der Explosion ja wahrscheinlich gehört. Ich bin Andreas Schlehvoigt, der ermittelnde Beamte.«

»Oh, entschuldigen Sie«, meint Hortensia, »ich dachte … also, wegen der Begrüßung. Und, äh«, sie schaut sich Hilfe suchend zu Philip um, »aber hattest du nicht gesagt, dass Tessa wegen ihres neuen Freundes todunglücklich ist und dass du ihm deshalb unbedingt helfen musst?«

O nein! Philip! Tu mir das nicht an!

Philip räuspert sich. »Hm, also, nein – Liebling, da hast du mich irgendwie falsch verstanden.«

Danke! Danke! Danke!

Aber leider ist es schon zu spät, jetzt hat auch Andreas es gemerkt. Ein verletzter Ausdruck tritt auf sein Gesicht, dann mustert er mich verwirrt.

»Du bist mit Johannes zusammen? Mit deinem Nachbarn? Das verstehe ich nicht ganz.«

Die Umstehenden beobachten die Szene fasziniert. Ist ja auch besser als Fernsehen, was sich hier gerade abspielt. Hortensia allerdings sieht so aus, als würde sie am liebsten im Boden versinken. Immerhin, Anstand hat sie.

»Ich, also … das ist so …«, stottere ich.

»Tessa ist«, eilt Sabine mir zu Hilfe, wird aber durch einen Blick von mir zum Schweigen gebracht. Nein, Sabine, du wirst jetzt hier nicht alles aufklären und coram publico erzählen, dass meine Beziehung zu Johannes nur erfunden war. Mir muss jetzt schnell etwas einfallen, wie ich die Situation entschärfen kann.

»Ich glaube, ich gehe jetzt besser.« Mit diesen Worten dreht Andreas sich ziemlich abrupt um und marschiert von dannen. Ich zögere noch einen Moment, dann laufe ich ihm nach.

»Warte doch!«

Er bleibt zwar stehen, sieht aber immer noch ziemlich abweisend aus.

»Das ist kompliziert zu erklären«, setze ich an.

»Ach, so kompliziert finde ich das gar nicht«, stellt er sarkastisch fest. »Liegt doch eher auf der Hand. Du hast mich schlicht und ergreifend benutzt.«

»Nein, das verstehst du falsch«, mache ich einen lahmen Versuch, doch noch elegant aus der Nummer herauszukommen.

»Nein«, widerspricht er mir, »das verstehe ich überhaupt nicht falsch! Du hast mich becirct, damit ich deinen Freund aus dem Knast hole. Wahrscheinlich habt ihr zwei euch über mich totgelacht. Der blöde Bulle, der nicht merkt, was los ist, und sich vor lauter Verliebtheit zum Affen macht!«

»Andreas, ich …«

»Seit vier Jahren Single, dass ich nicht lache! War aber wirklich überzeugend gespielt, das muss ich schon sagen. Wünsche dir eine gute Reise!« Mit diesen Worten geht er Richtung Ausgang.

»Andreas!«, rufe ich ihm noch einmal nach. Aber er dreht sich nicht einmal mehr um. Kurz überlege ich, ob ich ihm nachlaufen soll. Aber ich weiß nicht, wie ich ihm das jetzt erklären soll – und außerdem müssen Philip und ich langsam zusehen, dass wir in die Maschine kommen. Und was noch wichtiger ist: Ich weiß doch im Moment noch gar nicht, was ich will. Alles ist durcheinander und geht drunter und drüber: In einer Stunde fliege ich mit meiner ehemals großen Liebe nach L. A. Irgendwo in Harburg hockt ein verliebter Johannes. Und meine Gefühle für Andreas kriege ich auch noch nicht so recht sortiert. So ungern ich es vor mir selbst zugebe – ich bin *wirklich* eine ziemlich blöde Kuh!

»Mensch, Tessa, das tut mir ehrlich leid. Ich wollte dich nicht in die Pfanne hauen – ich habe auch ehrlich gesagt immer noch nicht ganz verstanden, was da eben passiert ist.« Hortensia ist sichtbar geknickt. »Ich wollte nur nett sein, ehrlich.«

»Schon gut, ist ja auch wirklich nicht deine Schuld«, entgegne ich.

»Was meinte er denn mit vier Jahren Single?«, erkundigt sich Philip neugierig.

»Lass mich bloß mit diesem Thema in Ruhe!«, zische ich ihn an. »Und jetzt lass uns unseren Job machen!« Mit energischen Schritten gehe ich zum Check-in-Schalter.

Nachdem wir unsere Bordkarten geholt haben, verabschieden wir uns noch einmal von Sabine, Arne und Hortensia. Als wir den Zugang zu den Gates passieren, sehe ich mich beinahe sehnsüchtig zu den dreien um. Ich würde am liebsten einfach hier bleiben und mein Leben neu ordnen. Aber jetzt ist es erst einmal wichtig, Chantal zu ihrem Liebesglück zu verhelfen. Danach kann ich mich dann selbst verarzten. *Und vielleicht,* denke ich in einem Anflug von Sarkasmus, *stürzen wir ja tatsächlich ab. Dann muss ich mir jedenfalls keine weiteren Gedanken mehr machen.*

14. Kapitel

Schnallen Sie sich bitte an? Wir werden gleich starten.« Den Zubringer nach Frankfurt habe ich einigermaßen heil überlebt, aber als die Maschine Richtung L. A. abhebt, wird mir doch ziemlich flau im Magen. Ganz ruhig bleiben, alles wird gut. Alles wird gut. Ich atme tief ein, ich atme tief aus. Ich spüre, wie mein Atem ein- und ausströmt. Ein – und – aus, ein – und – aus …

»Hallo, würden Sie sich bitte anschnallen?« Jemand zupft mich am Ärmel und rupft den Stöpsel meines Walkmans aus meinem Ohr. Was? Ich schrecke hoch.

»Tessa, du musst dich anschnallen. Hier geht's gleich los.«

Philip sitzt völlig entspannt auf dem recht bequemen Businessplatz neben mir und blättert im Wirtschaftsteil der *FAZ*. Liest offensichtlich die Börsennotierungen, der alte Spätkapitalist.

»Hach, Mist. Ich hab's doch geahnt.«

»Was denn?«

»Hier«, er zeigt auf einen kleinen Artikel. *New Oil Limited entdeckt sensationelles Verfahren zur Gewinnung von Rohöl aus Schlick.*

»New Oil Limited?«, grüble ich. »Den Namen habe ich irgendwo schon mal gehört.«

»Klar, war schon länger im Gespräch, dass die auf gutem Wege sind, hab noch überlegt, ob ich da einsteigen und Aktien kaufen soll. Und jetzt sieh mal, was die Aktien gestern und heute für Kurssprünge gemacht haben. Ich sage dir, wer da letzten Monat gekauft hat, ist heute reich. Wusste gar nicht, dass du den Wirtschaftsteil liest.«

»Nee, tu ich auch nicht. Ich habe den Namen irgendwo anders

gehört.« Aber wo? Da fällt es mir wieder ein: die Kartenlegerin! Sie hatte tatsächlich Recht! Kein Wunder, dass die Anzeige zurückgezogen wurde. Und dann hat sie vielleicht auch mit meiner Karte richtig gelegen.

»Das ist ja unheimlich!«, entfährt es mir.

»Dass du nie den Wirtschaftsteil liest? Ja, finde ich auch. Gut, dass du es einsiehst«, grinst Philip mich an.

Ich spare mir einen Kommentar, denn wenn ich ihm von den Kipperkarten erzähle, wird er mich endgültig für verrückt erklären. Stattdessen setze ich wieder meine Kopfhörer auf.

»Was hörst du denn da eigentlich die ganze Zeit?«

»Wieso?«

»Na, seit zwanzig Minuten hast du die Kopfhörer auf, starrst völlig abwesend vor dich hin, aber ich höre gar keine Bässe. Ist das ein Hörbuch oder so was?«

»Okay, es geht dich zwar überhaupt nichts an, aber: Das ist meine Meditationskassette.«

»Deine was?«

»Meine Meditationskassette. Ich habe ziemliche Flugangst und diese Kassette hilft speziell bei Panikattacken.«

»Ach nee!«

»Du kannst dir deinen belustigten Unterton sparen. Ich leide hier wie ein Hund, während du jede Stewardess anflirtest, die den Gang vorbeikommt. Sei doch froh, sparen wir uns wenigstens den sinnlosen Smalltalk.«

»'tschuldigung, sei doch nicht gleich so angefasst. Ich wusste nicht, dass du Flugangst hast. Ist das neu? Ich meine, wir sind doch früher auch mal in den Urlaub geflogen, da kann ich mich jetzt gar nicht dran erinnern.«

»Es wird mit jedem Jahr schlimmer«, erkläre ich. »Als wir zusammen waren, ging es noch. Aber toll fand ich Fliegen nie, habe ich dir auch oft genug erzählt.«

»Wirklich? Muss ich wohl vergessen haben.«

Du hast ja so einiges vergessen, denke ich, *zum Beispiel auch meinen Geburtstag.*

»Aber keine Sorge«, fügt er hinzu. »Wenn wir abstürzen, bin ich ja immerhin bei dir.«

»Genau das ist es, was mir Sorgen macht«, erwidere ich. »Dass mein letztes Stündlein schlagen könnte, wenn ich ausgerechnet neben dir sitze.«

Philip verschränkt gespielt beleidigt die Arme und macht einen Schmollmund. Dann gebe ich ihm einen Stubser in die Seite, beuge mich zu meiner Handtasche im Fußraum und krame eine Blisterpackung hervor.

»Und was ist das jetzt?«

»Ein Beruhigungsmittel. Hat mir mein Hausarzt extra für den Flug verschrieben. Damit ich mich nicht so aufrege und morgen fit in die Verhandlung gehen kann.« Philip runzelt die Stirn. Aber soll er ruhig. Für seine Sensibilität war der ja noch nie bekannt.

In zehn Minuten müssten die Tabletten eigentlich wirken. Ich rutsche tiefer in meinen Sitz und versuche, mich zu entspannen. Chantal sei Dank reisen wir Business-Class, auch mit senkrechter Rückenlehne sitzt es sich recht komfortabel, vor allem, wenn man wie ich nicht die Größte ist. Philip dürfte da schon etwas mehr Probleme haben. Und ich gönne sie ihm.

Wir rollen auf die Startbahn, unsere Maschine nimmt ziemlich Fahrt auf, und ich spüre, wie mein Herz anfängt zu rasen. Gleich werden wir abheben! Langsam nimmt die nackte Angst überhand. Ich traue mich nicht, aus dem Fenster zu gucken, rege mich nicht mehr.

Plötzlich spüre ich eine Hand auf meiner total verkrampften Faust. Philip. Beruhigend streichelt er mir über den Handrücken, und ich merke, dass ich langsam beginne, wieder auszuatmen. Ich gebe es ungern zu, aber es ist wirklich eine Hilfe, und ich bin sehr froh, jetzt nicht allein im Flieger zu sitzen.

Eine Viertelstunde später werden die Anschnallzeichen ausgeschaltet, die Stewardessen beginnen mit dem Service. Hatte mein Arzt jetzt gesagt »*Alkohol können Sie ruhig trinken*« oder war es mehr in die Richtung »*Alkohol sollten Sie nicht trinken*«? Ich kann mich nicht mehr erinnern, aber in meinem momentanen Zustand wäre mir deutlich wohler, wenn ich vielleicht einen klitzekleinen Gin Tonic bekommen könnte. Und das sollte in der Business-Class doch wohl hoffentlich kein Problem sein.

Kaum habe ich der Stewardess meinen Wunsch verraten, beugt sich Philip zu mir rüber. »Hältst du das für eine gute Idee? Ich meine, du hast doch gerade erst deine Tranquilizer eingeworfen. Verträgt sich das denn?«

»Ich dachte, du hättest einen Doktorgrad der Rechtswissenschaften. Dass es Humanmedizin war, ist mir neu.«

»Entschuldigung, Frau Gerlach, ich habe mir nur ein bisschen Sorgen gemacht. Wird nicht wieder vorkommen.« Philip zieht eine Handakte aus der Tasche unter seinem Sitz und vertieft sich noch mal in die vor uns liegenden Verhandlungen. Die Stewardess reicht mir meinen Gin Tonic, Philip bekommt einen Tomatensaft mit Pfeffer und würdigt mich keines Blickes mehr. Das kann ja ein toller Flug werden.

»Was liest du denn da?«, breche ich das Schweigen, weil es ja auch albern ist, wenn wir kein Wort mehr miteinander reden.

»Ich bereite mich vor«, kommt es patzig zurück.

»Wie lange willst du dich denn noch vorbereiten?«

»So lange, bis es optimal ist.«

»Dann lass mich auch mal gucken«, fordere ich ihn auf und will die Unterlagen ein Stück zu mir rüberziehen. In diesem Moment erhasche ich einen schnellen Blick darauf und stelle fest, dass Philip in der Handakte etwas versteckt: einen handgeschriebenen Brief, den er nur da reingelegt hat. Das ist also seine Vorbereitung – er liest in Wahrheit etwas ganz anderes. Wette, das war in dem Umschlag, den Hortensia ihm zugesteckt hat. Ich lasse mir meine Entdeckung nicht anmerken, sondern sehe diskret zur Seite. »Ach, eigentlich bin ich doch zu müde, ich schlafe mal besser.«

»Gut«, meint Philip und hält die Unterlagen wieder so, dass ich nicht hineinsehen kann. »Dann schlaf schön!«

Eine knappe halbe Stunde später setzt bei mir ein sehr angenehmes Floating ein. Ich fühle mich, als würde sich der Raum nach hinten öffnen und ich schweben. Sensationell! Ich muss kichern.

Philip sieht von seiner »Akte« hoch. »Alles in Ordnung?«

»Ich fühle mich bestens.« Und das ist nicht gelogen, ich bin gut gelaunt wie schon lange nicht mehr. Eigentlich wäre das doch genau der richtige Moment, um mal ein paar Dinge mit Philip anzusprechen, bei denen ich noch Klärungsbedarf habe. Ein Flugzeug ist zwar wahrscheinlich nicht der beste Ort dafür, aber in meinem Zustand ist mir das gerade wurscht. »Sag mal, Philip«, komme ich direkt zur Sache, »denkst du, Hortensia ist wirklich die Frau deines Lebens?«

Philip schaut mich völlig perplex an. »Wie kommst du denn jetzt darauf?« Er klappt die Akte zusammen und schiebt sie umständlich wieder in seine Tasche unterm Sitz zurück.

»Wir werden die nächsten zehn Stunden hier nebeneinander sitzen. Also haben wir die Wahl zwischen Smalltalk oder reinem Tisch. Und weil ich Ersteres langweilig finde und wir Letzteres eigentlich noch nie gemacht haben, finde ich, dass die Zeit reif ist für ehrliche Worte.«

»Heißt das, ich sollte mir jetzt auch lieber einen Gin Tonic bestellen?« Ich ignoriere Philips Versuch, das Thema ins Lächerliche zu ziehen, und wiederhole stattdessen meine Frage.

»Ist Hortensia die Frau deines Lebens?«

Philip beginnt, sich ganz intensiv seine Fingerspitzen anzuschauen. »Das ist eine schwierige Frage.«

»Wieso? Ihr wollt heiraten. Da musst du dir doch eigentlich

sicher sein, dass Hortensia die Frau ist, mit der du für den Rest deines Lebens zusammenbleiben möchtest. Dass sie also diejenige ist, die unter allen Frauen am besten zu dir passt.« Ob es nun der Gin Tonic ist oder meine Tabletten oder beides zusammen, auf einmal sprudelt es aus mir nur so heraus, und ich kann nicht mehr verhindern, dass ich Philip einen kurzen Abriss über meine Meinung zum Thema Liebe, Leben und wie alles miteinander zusammenhängt, verpasse: »Man fühlt doch, ob man mit jemandem für immer zusammen sein will oder nicht. Dass man sein Leben mit ihm teilen und immer für ihn da sein will, in guten wie in schlechten Tagen, wie es so schön heißt. Und es wird in jeder Liebe auch mal schlechte Tage geben und dann muss man eben trotzdem zusammenhalten und ... erst recht, wenn man heiraten will! Das ist doch ein wichtiger Schritt, den man nicht einfach so macht, weil ...« Peinlicherweise muss ich auf einmal hysterisch kichern – und, noch schlimmer, ein paar Tränen fließen auch. Philip holt ein Taschentuch aus seiner Tasche und gibt es mir.

»Die Hochzeit war ... eher Hortensias Idee«, erklärt er dann. »Ich glaube, sie braucht so eine Art ... Bekenntnis von mir. Und ich wollte sie nicht enttäuschen. Eigentlich habe ich sie nur gefragt, weil ich wusste, dass sie das von mir erwartet. Dann lief das ab wie ein Film, irgendwie ferngesteuert. Die gesamte Planung: der Termin, die Gäste, der Ablauf ... Selbst wenn ich noch *stopp* hätte rufen wollen – es wäre gar nicht mehr gegangen.«

Skeptisch schaue ich ihn an. »Man kann immer stopp sagen. Man muss es nur wollen.«

»Vielen Dank für deine Lebensweisheit. Ich nehme an, du hast schon öfter stopp gesagt? Bei Johannes zum Beispiel. Oder bei dem Polizisten, den hast du ja scheinbar auch total ausgebremst.«

Ich weiche seinem Blick aus. Er hat ja Recht.

»Heiraten ist doch noch was anderes«, murmele ich.

»Manchmal denke ich«, spricht Philip weiter, »dass ich vielleicht auch einfach zu viel will. Versteh mich nicht falsch, Hortensia ist schon eine tolle Frau. Aber manchmal fehlt mir irgendwas – ich weiß nur nicht genau, was. Andererseits ist es doch unrealistisch zu erwarten, dass ein einziger Mensch für mein Glück zuständig ist.«

»Ganz egal, ob es das ist oder nicht – was *wünschst* du dir denn? Glaubst du doch an die große Liebe?«

»Habe ich bestimmt mal getan.« Er nippt an seinem Gin Tonic und sieht mich nachdenklich an. Wenn ich nicht schon ansatzweise high wäre, würden seine Augen mich mal wieder in diesen Zustand versetzen. »Ist aber schon 'ne Weile her. Da hatte ich eine Freundin, die war klug und schön und lustig und selbstbewusst. Die hatte immer eine eigene Meinung. War eine tolle Zeit, das ist mir leider erst hinterher klar geworden. Sicher, sie war auch anstrengend. Aber ich habe mich seitdem oft gefragt, ob's das nicht wert gewesen wäre.«

Ich merke, wie mir schon wieder die Tränen in die Augen steigen, und gebe mir Mühe, möglichst unauffällig in mein schon völlig zerknülltes Taschentuch zu schniefen. Schließlich möchte ich Philip jetzt auf keinen Fall unterbrechen. Ich könnte ihm stundenlang zuhören, jetzt, wo er endlich mal mit der Wahrheit rausrückt. Wenn ich bloß nicht auf einmal so müde wäre, könnte ich das Gespräch vielleicht noch durch geschickte Zwischenfragen etwas lenken. Aber die Müdigkeit … Ich kann kaum noch die Augen offen halten … und bin mir ohnehin nicht sicher, ob ich das alles hier nicht gerade träume. Dass ich mit Philip im Flugzeug sitze, dass er bei mir ist …

Hamburg, den 23. Oktober 2001

Lieber Philip,

jetzt sitze ich im Flugzeug von Hamburg nach München und muss ganz schrecklich doll an dich denken. Du weißt ja, dass ich sowieso nicht so gerne fliege, aber ohne dich ist es noch viel schlimmer! Und nur für den Fall, dass wir abstürzen, hoffe ich, dass man diesen Brief dann noch in den Trümmern finden wird: Ich liebe dich! Egal, wie schwierig es manchmal mit uns auch ist, ich liebe dich, ich liebe dich, ich liebe dich!

Dein kleiner Schisser
Tessa

Es ruckelt plötzlich kräftig. Mein Gott, stürzen wir ab? Ich schnappe scharf nach Luft.

»Guten Morgen, meine Liebe. Schön, dich auch wieder unter den Lebenden begrüßen zu dürfen. Ich dachte schon, du wachst überhaupt nicht mehr auf.« Philip sitzt neben mir und lächelt mich an.

»Wo sind wir denn jetzt ungefähr?«, will ich verwirrt wissen. »Durchfliegen wir ein Gewitter?«

»Willkommen in Los Angeles. Wir sind gerade gelandet. Du hast unglaubliche zehn Stunden am Stück geschlafen.« Er schmunzelt. »Was wirklich eine Frechheit ist. Ich meine, da schütte ich dir mein Herz aus, und als ich mich wundere, warum du gar nichts dazu sagst, bist du schon eingeschlafen. War offensichtlich zu langweilig für dich.« Philip knufft mich spaßhaft in die Seite.

Wie bitte? Ich bin eingeschlafen? O nein, dabei war das doch das mit Abstand wichtigste Gespräch meines Lebens! Mist. Nie wieder Tranquilizer!

»Was hast du denn noch so erzählt?«, will ich wissen.

»Nee, meine Liebe, so funktioniert das nicht. Dann darfst du nicht einfach wegnicken, wenn du wissen willst, was wirklich in mir vorgeht. Und außerdem müssen wir uns jetzt auf den Grund unseres Kommens konzentrieren. Es ist Ortszeit 16.30 Uhr. Ich würde sagen, wir fahren gleich ins Hotel, machen uns frisch und besprechen noch mal kurz unsere wichtigsten Verhandlungsziele. Am schlauesten ist es, um die richtige Uhrzeit ins Bett zu gehen.

Jetlag werden wir sowieso haben, aber vielleicht hält es sich dann einigermaßen in Grenzen. Tja, und morgen früh heißt es: Auf in den Kampf!«

Besonders kämpferisch fühle ich mich momentan zwar nicht, aber natürlich hat Philip Recht. Dies ist der wahrscheinlich wichtigste Termin meiner bisherigen Karriere, da wäre ein bisschen mehr Konzentration als sonst nicht schlecht. Leider habe ich einen ziemlichen Brummschädel. Hoffe, im Hotel können sie mich mit Aspirin versorgen.

In dieser Nacht schlafe ich kaum. Unser Gespräch aus dem Flugzeug – jedenfalls der Teil, den ich davon mitbekommen habe – geht mir nicht mehr aus dem Kopf.

Hätten wir eine echte Chance gehabt? Oder haben wir sie sogar noch? Sind wir zu unterschiedlich? Oder in der Lage, vernünftige Kompromisse zu schließen, mit denen wir beide leben könnten?

Und was ist eigentlich mit Andreas? Ist er lediglich ein Flirt? Oder ist da mehr? Könnte da mehr draus werden? Okay, unser letztes Treffen stimmt mich da nicht gerade optimistisch … wahrscheinlich verflucht er mich gerade für die nächsten tausend Jahre.

Ich wälze mich im Bett hin und her und beschließe dann, aufzustehen. Der Radiowecker auf meinem Nachttisch zeigt fünf Uhr, schlafen kann ich nicht mehr. Also gehe ich schon mal unter die Dusche. Wann es hier wohl Frühstück gibt? Der nette Night-Manager am Telefon kann mich damit trösten, dass ab sechs Uhr das Early-Bird-Breakfast serviert wird, gerne auch auf meinem Zimmer, falls ich es wünsche. Ich wünsche es. Dann kann ich mir beim Frühstück auch noch mal in Ruhe unseren Vertragsentwurf und den der Gegenseite durchlesen. Chantal soll schließlich nicht darunter leiden, dass ich mein Liebesleben so überhaupt nicht in den Griff bekomme.

Bei einem hervorragenden Spiegelei mit sehr leckerem knusprigem Speck gehe ich die Punkte der Reihe nach durch. Jetzt noch der frisch gepresste O-Saft und ein für amerikanische Verhältnisse ziemlich starker Kaffee – da fühlt man sich doch fast wie neu. Als ich um neun Uhr Philip in der Lobby treffe, sehe ich jedenfalls deutlich fitter aus als er. Ich verkneife mir schadenfrohe Bemerkungen, aber offensichtlich hat er mindestens genauso schlecht geschlafen wie ich. Ob er auch an die gleichen Themen gedacht hat? Na, egal – jetzt geht es um etwas anderes.

»Bereit, in die Schlacht zu reiten, Sir?« Ich klopfe ihm auf die Schultern.

»Yes, Ma'am«, erwidert er zerknautscht, aber entschlossen. »Wir werden die Jungs zur Strecke bringen. Also, auf geht's!«

Als unser Taxi an der angegebenen Adresse hält, bin ich doch ziemlich beeindruckt. Ein riesiger gläserner Wolkenkratzer – und schon vom Wagen aus kann ich am Eingang das Schild von *Coburn Alliance* sehen. Es ist nämlich ungefähr zwei mal zwei Meter groß. Also etwas kleiner als mein altes Büro … aber nicht viel. Im Expressfahrstuhl geht es rauf in den fünfzigsten Stock, in dem unsere Gesprächspartner residieren. Dabei wird mir auf einmal ganz flau. Tessa Gerlach, hoffentlich kriegst du das hin! Als sei er doch telepathisch begabt, nimmt Philip kurz meine Hand und drückt sie fest.

»Keine Sorge, das schaffen wir schon. Die kochen auch nur mit Wasser.«

Der Fahrstuhl hält und wir stehen praktisch gleich in der großen Empfangslobby. Viel Edelholz, gemischt mit Glas und Stahl, alles sehr gediegen. Dagegen sieht selbst Philips Nobelbüro aus wie eine Puppenstube. Eine stark geschminkte Sekretärin kommt auf uns zu.

»*You must be Dr. Kunstmann and Mrs. Gerlach. Nice to meet you.*« Mit diesen Worten nimmt sie uns die Garderobe ab und bedeutet uns mit einem kurzen Nicken, ihr zu folgen.

Das Konferenzzimmer, in das sie uns bringt, könnte auch locker ein Ausstellungsraum in einem Museum für moderne Kunst sein: Neben dem Besprechungstisch stehen zwei ziemlich abstrakte Skulpturen, an den Wänden hängen riesige, farbenfrohe Bilder. Inmitten dieser Exponate thronen unsere beiden Gesprächspartner von *Coburn Alliance:* John Willford und Mary Ann de Lago. Die beiden dürften ungefähr in unserem Alter sein – doch sie strahlen eine fast Furcht erregende Professionalität aus. Willford sieht original so aus wie Tom Cruise in *Die Firma,* nur knapp zwanzig Zentimeter größer; de Lagos blonde Hochsteckfrisur wirkt wie in Stein gemeißelt, ihr Lächeln ebenso. Ich fühle mich auf einmal wie ein kleines Mädchen. Hilfe, Mama!

Aber es nützt ja nichts – und nachdem wir ausreichend Höflichkeitsfloskeln ausgetauscht haben, geht es auch gleich zur Sache. Schnell stellt sich heraus, dass die beiden noch fest davon überzeugt sind, Chantals Entschlossenheit stünde nur auf dem Papier. Sie machen unmissverständlich klar, dass es ohne Unterhaltsverzicht überhaupt keine Ehe geben wird. Den einen oder anderen Brocken werfen sie uns hin, aber im Wesentlichen bleiben sie steinhart. Jedenfalls kann von *»wir werden einige Ihrer Vorschläge in unseren Entwurf aufnehmen«* keine Rede sein! Es sieht nicht gut aus für uns – denn wie soll man das Killerargument *»dann heiratet unser Mandant Ihre Mandantin nicht«* entkräften, noch dazu, wenn es nie offen ausgesprochen wird? Ich beginne ein wenig zu verzweifeln. Immerhin wirkt Philip unglaublich souverän, obwohl ich mir sicher bin, dass er auch nicht so gut gelaunt ist, wie er hier tut. Mühsam ackern wir uns Punkt für Punkt durch den Vertrag. Schön ist anders.

Als Mary Ann gut zwei Stunden später auf ihre Uhr schaut und etwas von Lunchbreak murmelt, bin ich für jede Erholungspause dankbar. Und ein Mittagessen kommt da wie gerufen. Mein Schädel brummt wieder und ich fühle mich völlig schlapp.

Momentan scheint es mir mehr als unwahrscheinlich zu sein, dass wir hier als die strahlenden Sieger vom Platz gehen werden.

Willford und de Lago fragen höflich nach, ob wir mit ihnen essen gehen wollen, aber da wir nun einigen internen Besprechungsbedarf haben, lehnen wir ebenso höflich ab. Bin schon sehr gespannt, wie Philip die Situation einschätzt und ob er denkt, dass für uns noch etwas zu retten ist.

»Und?«, flüstere ich ihm aus dem Mundwinkel zu, während wir zum Empfang zurückgehen.

»Wir sind so gut wie tot«, zischt Philip zurück und macht all meine Hoffnung auf einen wundersamen juristischen Geniestreich seinerseits zunichte.

Kurz bevor wir in den Aufzug steigen, merke ich, dass ich meine Handtasche im Konferenzraum vergessen habe. Eigentlich würde ich doch mal gerne meine Kriegsbemalung erneuern. Wenn wir hier schon untergehen, dann will ich wenigstens gut dabei aussehen.

»Warte unten auf mich. Ich bin gleich wieder da«, rufe ich Philip zu, während der schon in den Lift steigt. Als ich zurückgehe, kommt mir die Empfangssekretärin schon mit meiner Handtasche entgegen. Ich danke ihr und mache mich wieder in Richtung Fahrstuhl auf. Kurz bevor sich dessen Türen schließen, will noch jemand mit hinunter und so drücke ich schnell den Türöffner. Mit einem fröhlichen »*Thanks!*« steigt ein Mann ein, dessen bloßer Anblick bei mir schon einen Atemstillstand verursacht.

Ich fasse es nicht.

Clifton Jones!

Es ist *wirklich* Clifton Jones.

Warum ist der denn nicht in Neuseeland?

Wir sind allein im Fahrstuhl. Mal ganz davon abgesehen, dass ich mir so ein Szenario in meinen kühnsten Träumen nicht hätte ausmalen können – das wäre doch eigentlich *die* Chance, die Sache mit Clifton zu besprechen. Vielleicht ist ihm der Ernst der Lage gar nicht klar. In meinem Kopf arbeitet es fieberhaft ... aber was soll ich ihm bloß sagen? Und was heißt überhaupt *Verlobte* auf Englisch? *Fiancee*? Außerdem sind wir gleich unten und dann wird er aussteigen und in Hollywood seiner Wege gehen. Da durchzuckt mich der Geistesblitz. Hollywood! Was macht der Held in jedem dritten Hollywoodfilm, wenn er im Fahrstuhl mehr Zeit für Sex, einen Fluchtversuch oder die Lagebesprechung braucht? Genau. Er drückt den Notfallknopf. Und tatsächlich – direkt neben G für *Ground Floor* ist ein roter Alarmknopf.

Zack!

Ich hab's getan. Der Fahrstuhl ruckelt kurz und hält dann. Clifton schaut mich erstaunt an. Ich kann es ihm nicht verdenken.

»*Mr. Jones – just a minute. I'm your fiancee's lawyer and we need to talk. I'm Tessa Gerlach from Hamburg, Germany.*«

»Ach, Sie sind also die berühmte Tessa«, erwidert Clifton zu meiner großen Überraschung in ziemlich lupenreinem Deutsch.

»Sie sprechen Deutsch?« Super, Tessa, das ist ja ein origineller Einstieg.

»Ja, wussten Sie nicht, dass meine Mutter Deutsche ist? Mein Vater war lange in Deutschland stationiert, in Karlsruhe, oder vielmehr auf der Airbase Ramstein.«

Richtig, das hat Chantal erzählt. Na ja, man kann sich nicht alles merken, was diese Frau so im Laufe eines Gesprächs von sich gibt ... Aber jetzt bemerke ich tatsächlich, dass Clifton einen leichten Pfälzer Einschlag hat. Goldig! Ich kann mir schon vorstellen, dass Chantal da weggeschmolzen ist. Aber für derlei Smalltalk ist jetzt keine Zeit, denn der Fahrstuhl wird nicht ewig hängen und ich habe schließlich eine Mission.

»Mister Jones ...«

»Clifton, bitte.«

»Auch gut, also ... Clifton ... Chantal hat Ihnen ja anscheinend schon von mir erzählt, und ich bin sehr froh, dass ich Sie jetzt persönlich zu fassen kriege. Sie entschuldigen bitte den ungewöhnlichen Besprechungsraum, aber es ist sehr wichtig. Wir haben die letzten zwei Stunden mit Ihren Anwälten den Ehevertrag verhandelt, und langsam bekomme ich das Gefühl, dass es vielleicht gar keine Hochzeit geben wird.«

»*What? Bullshit!* Natürlich wird es eine Hochzeit geben. Wie kommen Sie darauf?«

»Ihre Anwälte haben deutlich gemacht, dass Grundvoraussetzung für eine Eheschließung der vorherige und vollkommene Unterhaltsverzicht meiner Mandantin ist.«

»*Excuse me,* mein formales Deutsch ist nicht so gut. Ich verstehe nicht ganz?«

»*No contract, no wedding* – sagt Ihr Anwalt.«

Clifton hebt bedauernd die Schultern. »Sie wissen, ich habe schon ein bisschen Pech gehabt. Chantal wird meine fünfte Frau. Ich will diesmal vorsichtig sein.«

»Ja, gegen gesunde Vorsicht hat ja niemand etwas. Aber Sie verlangen, dass Chantal ihre Karriere in Deutschland aufgibt, Ihnen nach Hollywood folgt – und keinen Pfennig Unterhalt bekommt, wenn es schiefgeht. Egal, wie lange die Ehe gehalten hat. Das ist nicht fair.« Clifton schaut mich nachdenklich an, der Fahrstuhl ruckelt noch mal. Hoffentlich bleibt mir genug Zeit, ihn zu überzeugen.

»Ich verstehe nicht ganz, wo das Problem ist«, sagt er dann. »Chantal verdient selbst eine Menge Geld. Finanziell braucht sie mich gar nicht.«

»Aber glauben Sie ernsthaft, dass Chantal noch so gut im Geschäft sein wird, wenn sie gar nicht mehr in Deutschland wohnt?«

»Aber sie ist ein Superstar.«

Ich entschließe mich, dazu lieber nichts zu sagen. »Gegenfrage:

Sie sprechen doch perfekt Deutsch, warum ziehen Sie nicht einfach zu Chantal nach Hamburg? Dann kann sie wie bisher arbeiten und Geld verdienen. Dann gibt es keinen Unterhalt und kein Problem.«

»*Be serious!*«, ruft er. »Ich kann maximal drei Monate aus Hollywood wegbleiben. Schon dieser Neuseeland-Dreh ist zu lang. Sie sehen ja: Eigentlich wäre ich gar nicht hier, aber ich musste für wichtige Verträge extra noch mal nach Los Angeles zurück, die Kanzlei *Coburn* verhandelt alles für mich. Hollywood ist verdammt hart. Man ist schneller wieder unten, als man denkt. Das kann ich mir nicht erlauben. Verlangt sie das etwa von mir?«

»Nein, natürlich nicht – aber Sie verlangen das von ihr. *It's just the same.*« Ruckelnd setzt sich der Fahrstuhl wieder in Bewegung. Dreißig Sekunden später hält er im Erdgeschoss. Ich schaue Clifton noch einmal direkt in die Augen. »Denken Sie daran, bevor Sie eine Entscheidung treffen: Es ist Ihr Leben und Ihre Liebe. *Coburn* und ich, wir sind nur die Anwälte. Leben müssen Sie selbst.« Clifton guckt mich an – irgendwie irritiert, wie mir scheint –, zieht schnell ein Basecap und eine dunkle Sonnenbrille auf, murmelt »Auf Wiedersehen« und verschwindet. Ich sehe ihm nachdenklich nach.

Philip steht am Ausgang und wirkt schon leicht genervt. »Wo bleibst du denn? Ich dachte, du wolltest nur kurz deine Handtasche holen. Die Mittagspause ist in einer Dreiviertelstunde rum und wir müssen uns unbedingt noch mal über unsere Strategie unterhalten. Momentan sehen wir ziemlich alt aus, und ich möchte nicht in den Flieger steigen, ohne wenigstens ein klein bisschen was für Chantal rausgeholt zu haben.«

»Ja doch. Aber du wirst nicht glauben, wen ich gerade getroffen habe.«

»Ist das jetzt ein Quiz? Für so was habe ich gerade keine Zeit.«

»Ich erzähle es dir beim Mittagessen. Vielleicht bessert sich deine Laune ja, wenn du was auf die Gabel kriegst.«

Seine Laune bessert sich nicht, denn als ich ihm bei einem gigantischen Viertelpfünder von meiner Begegnung mit Clifton und meiner spontanen Eingebung berichte, ist er völlig fassungslos.

»Bist du *wahnsinnig?* Wer sagt uns denn, dass er jetzt nicht gleich alle Verhandlungen abbricht? *Es ist Ihr Leben* – wo hast du denn diesen Quark her? Das gibt's doch nicht! Einen unprofessionelleren Eindruck kann man wohl kaum hinterlassen.«

»Jetzt komm mal runter«, fahre ich ihn beleidigt an. »Ich fand, es war eine gigantische Gelegenheit, mal direkt mit dem Gegner ins Gespräch zu kommen. Und ich glaube, ich habe ihn nachdenklich gemacht.«

»Ja, da bin ich mir sicher. Er denkt bestimmt gerade darüber nach, ob es eine schlaue Idee ist, eine Frau zu heiraten, die ihm eine durchgeknallte Anwältin auf den Hals hetzt.«

Dazu sage ich nichts mehr, denn es ist offenbar sinnlos, mit Philip weiterzudiskutieren. Außerdem werden wir gleich sehen, ob meine Idee *top* oder *flop* war, denn ein Blick auf die Uhr zeigt mir, dass unser Lunchbreak sich dem Ende zuneigt. Eine neue Taktik haben wir zwar noch nicht besprochen, aber anders als Philip bin ich eigentlich guter Dinge, dass Clifton verstanden hat, was ich meine.

Zurück bei Coburn sieht es allerdings eher danach aus, als würden die Verhandlungen nun genauso weiterlaufen wie gehabt. De Lago zeigt weiter ihr Betonlächeln, während sie Unverschämtheiten über Chantal äußert, Willford wandelt sich von Tom Cruise immer mehr in Richtung Clint Eastwood; wahrscheinlich hat er auch eine geladene Schrotflinte unter dem Tisch, um seiner Entschlossenheit im Notfall deutlicher Nachdruck verleihen zu können. Wenn mich Philip überhaupt mal anguckt, überkommt mich ein leichtes Frösteln, so kalt ist sein Blick. Okay, ich gebe zu, meine Idee hat uns nicht weitergebracht und wertvolle Zeit für eine Strategiebesprechung habe ich auch damit verplempert. Ich fühle mich schlecht. Meine Wortbeiträge beschränken sich mittlerweile nur noch auf Worthülsen à la »*You must understand my client's point of view.*«

Philip hingegen scheint jetzt doch noch mal alles auf eine Karte setzen zu wollen und redet auf einmal davon, dass Chantal unter diesen Umständen von einer Heirat Abstand nehmen müsste. Und während er vor dem Lunchbreak zumindest noch oberflächlich freundlich war, verschärft er seinen Ton jetzt zusehends. Ich muss zugeben, dass mir Philips Kaltschnäuzigkeit doch ziemlich imponiert. Dazu gehört schon was.

Unsere Lieblinge von Coburn scheint das allerdings völlig kalt zu lassen – im Gegenteil: Mary Ann schiebt ihre Papiere so zusammen, als wolle sie sagen »Tja, das war's dann wohl«. Puh, hoffentlich hat Philip nicht zu hoch gepokert! Mir wird auf einmal heiß. Wie, um Himmel willen, soll ich Chantal erklären, dass wir ihr potenzielles Glück im fünfzigsten Stockwerk eines Wolkenkratzers gekillt haben? Bevor ich aber noch dazu komme, etwas Versöhnliches in die Runde zu werfen – und damit bei Philip endgültig unten durch zu sein –, klopft es an die Tür. Willford oder de Lago haben nicht einmal die Zeit, »*Come in!*« zu sagen – denn schon steht er mitten im Raum: Clifton Jones.

Beide Staranwälte gleichzeitig nach Luft schnappen zu sehen ist zugegebenermaßen ein sehr hübsches Bild. Ich wünschte, ich könnte es fotografieren. Philip ist natürlich nicht ganz so platt, aber ich sehe ihm an, dass er zwischen Hoffnung und Verzweiflung schwankt. Obwohl von Natur aus eher Zweckpessimistin, bin ich mir ziemlich sicher, dass Cliftons Erscheinen gut für uns ist. Er geht um den Tisch, setzt sich zu seinen Anwälten und kommt ohne Umschweife zur Sache.

»*I'm sorry to interrupt you, but I think you should know I just had a long talk with Chantal.*« Ich schaue auf meine Uhr – 14.00

Uhr Ortszeit, das heißt in Hamburg ein Uhr morgens. Wahrscheinlich hat er Chantal also nur wegen uns angerufen. Finde ich schon mal gut.

»*Well, it turns out that both of us are very determined to marry each other, so I want you to work out a compromise. This is a matter of love and not of money. I'm sure you understand what I mean.*«

Philip dreht sich zu mir und flüstert mir zu: »Sag mal, verstehe ich ihn tatsächlich richtig? Sie wollen beide unbedingt heiraten und wir sollen jetzt einen Kompromiss aushandeln? Eine Sache der Liebe und nicht des Geldes?«

Ich nicke. Ja, so habe ich ihn auch verstanden.

Philip knufft mich in die Seite. »Na, herzlichen Glückwunsch. Da hast du ihn ja genau auf dem richtigen Fuß erwischt. Ist er doch tatsächlich ein echter Romantiker.«

»*Now, folks, I'm back on my way to New Zealand. Gotta hurry.*« Er steht auf und kommt zu Philip und mir rüber. Vor mir bleibt er stehen, schaut mich mit einem ziemlich frechen Grinsen an. »So, Frau Anwältin, mehr muss ich wohl nicht sagen – den Rest kriegen Sie sicher ohne meine Hilfe hin.« Er nickt uns zu, und ehe Willford und de Lago noch aus der Schreckstarre erwacht sind, ist Clifton auch schon aus der Tür.

Philip lehnt sich nach vorne und lächelt die beiden gönnerhaft an. »*Well, I think we have to talk it all over again.*«

Da hat er Recht, jetzt müssen wir doch noch mal über alles sprechen. Aber mit Freuden!

Wir verabreden uns für den nächsten Tag um zehn, um ein gemeinsames Papier auszuarbeiten. Wahrscheinlich müssen die beiden Coburner bis dahin erst einmal verdauen, dass ihr Klient unverständlicherweise plötzlich einen eigenen Willen entwickelt hat. Mir soll's recht sein, denn mittlerweile ist mein Kopf trotz der massiven Ausschüttung von Glückshormonen nur noch Matsche. Ich will einfach ins Hotel und an der Matratze horchen.

Und morgen ist dann Philips und mein großer Tag. Ich freu mich schon drauf!

Als Philip und ich im Fahrstuhl wieder nach unten fahren, klingelt mein Handy. Ich werfe einen Blick aufs Display. Sabine. Ist zu Hause etwas passiert?

»Hallo, Sabine«, melde ich mich.

»*Happy Birthday to you!*«, kommt es mir laut entgegen. Dann kichert Sabine.

»Da bist du wohl etwas zu früh dran«, meine ich.

»Nö«, erwidert sie, »hier bei uns ist es doch schon Mitternacht!« Richtig, die Zeitverschiebung. Jetzt bin ich also dreiunddreißig Jahre alt – darauf einen Schnaps!

»Ist was passiert?«, quatscht Philip dazwischen. Ich bedeute ihm mit einer Handbewegung, den Mund zu halten.

»Und, wie läuft es bei euch?«, will Sabine wissen.

»Ganz gut«, meine ich, »scheint sich alles zu klären.«

»Mit Philip und dir oder mit Chantal und Clifton?«

»Zweiteres«, sage ich nur knapp. Das erläutere ich Sabine lieber irgendwann, wenn Philip nicht gerade neben mir steht und große Ohren macht.

»Das ist doch schon mal was«, sagt Sabine.

»Ja, das ist schon was. Den Rest erzähle ich dir, wenn ich wieder da bin.«

»In Ordnung, Süße«, kommt es vom anderen Ende der Leitung. »Und feier noch schön. Immerhin kannst du jetzt den längsten Geburtstag deines Lebens genießen.«

»Mach ich!« Dann lege ich auf.

»Was wollte sie denn?«, fragt Philip.

»Nur hören, wie die Verhandlungen laufen«, erwidere ich lapidar. Philip daran zu erinnern, dass ich heute – beziehungsweise morgen – Geburtstag habe, will ich lieber nicht. Das hat so was Vorwurfsvolles, so nach dem Motto: Wie konntest du das vergessen? Obwohl es genau genommen natürlich das ist, was ich denke.

»Okay«, meint Philip, »lass uns ins Hotel fahren und noch einmal durchsprechen, wie wir die Sache mit *Coburn* morgen am besten angehen. Und dann ab ins Bett.«

Allein oder zusammen? Nein, das frage ich ihn natürlich nicht, bin ja nicht bescheuert. Oder zumindest nicht vollkommen.

»Auf unseren großen Erfolg!« Philip erhebt strahlend sein Glas Champagner und prostet mir zu. Ganze zwanzig Dollar verlangen die in der Bar unseres Hotels für den guten Tropfen. Aber dafür gibt es sogar eine kleine Jazzband, die für gute Unterhaltung sorgt, und außerdem haben Philip und ich uns den Champagner mehr als verdient. Von heute früh um zehn bis um sechs Uhr abends haben wir mit *Coburn Alliance* noch gekämpft, aber jetzt steht ein Vertrag, mit dem wir alle leben können. »Ja«, stimme ich ihm zu und grinse dann frech, »und auf meinen total unprofessionellen Auftritt im Fahrstuhl!«

»Du musst zugeben, dass das auch nach hinten hätte losgehen können.«

»Ist es aber nicht«, stelle ich lapidar fest, »und wenn Clifton alle Verhandlungen abgebrochen hätte, wäre das doch ein sicheres Zeichen dafür gewesen, dass er Chantal nicht wirklich liebt. Dann wäre es eh besser, wenn sie von dem Kerl die Finger lässt.«

»Ich weiß nicht ...« Philip betrachtet nachdenklich sein Glas Champagner, als würde darin etwas Interessantes schwimmen. »Manchmal ist es vielleicht nicht so einfach.«

»Wieso?«

Aber bevor Philip antworten kann, geht in der Bar schlagartig das Licht aus und wir sitzen im Dunkeln. Auch die Band spielt nicht mehr. »Huch«, rufe ich, »Stromausfall!«

Um uns herum herrscht aufgeregtes Geflüster und Gekicher, auch die anderen Gäste wundern sich, dass es plötzlich zappenduster ist. Aber nur für einen kurzen Moment, dann flackert am anderen Ende der Bar ein grelles Licht auf und die Band beginnt wieder zu spielen. Ich brauche zwei Sekunden, bis ich das Lied erkenne: *Happy Birthday to you!* Dazu trägt ein Kellner eine große Torte herein – mit Wunderkerzen drauf!

Philip ist aufgestanden und singt lauthals mit, auch die anderen Gäste stimmen ein. Ich sitze vollkommen perplex da – ist das etwa für mich gedacht? Offensichtlich ja, denn der Kellner stellt die Torte direkt vor mir ab und gratuliert. Mir steigen vor Rührung die Tränen in die Augen, so etwas habe ich noch nie erlebt!

Philip hat meinen Geburtstag also doch nicht vergessen, er hat daran gedacht! Ich stehe auf und nehme ihn spontan in den Arm.

»Danke!«, flüstere ich ihm ins Ohr. »Das ist wirklich süß von dir.«

»Keine Ursache«, meint Philip und freut sich sichtlich darüber, dass die Überraschung gelungen ist. »Und jetzt möchte ich um den nächsten Tanz bitten.« Die Band ist mittlerweile zu *Moon River* übergegangen. Philip zieht mich hinter sich her auf die Tanzfläche. Eng umschlungen wiegen wir uns zur Musik. Ich habe das Gefühl, geradezu über den Boden zu schweben. Dieser Moment ist fast zu traumhaft, um wahr zu sein ... es kommt mir alles total unwirklich vor. Philips Hände streichen über meinen Rücken, und ich kann mich kaum erinnern, wann ich mich das letzte Mal so geborgen gefühlt habe. Für einen kurzen Moment denke ich an Andreas. Doch, da habe ich mich auch geborgen gefühlt. Aber Philip ist mir so vertraut, wir kennen uns ewig – und ich habe so lange darauf gewartet, dass er mich noch ein einziges Mal so in den Arm nimmt. Es ist kitschig, aber es ist auch wahr: Während die Sängerin ihren Huckleberry Friend besingt, kann ich spüren, wie mein gebrochenes Herz langsam heilt.

»Schön hier, nicht wahr?«, fragt Philip.

Ich sehe zu ihm auf, er mustert mich zärtlich, und mir werden die Knie noch weicher, als sie ohnehin schon sind.

»Ja, mehr als schön.«

Sein Gesicht ist meinem ganz nahe, und wir müssten uns beide nur etwa zwei Millimeter vorbeugen, dann würden unsere Lippen sich berühren. Aber keiner von uns scheint sich das zu trauen. Als hätten wir beide Angst davor, damit etwas kaputtzumachen, was gerade sehr schön ist.

»Komm«, meint Philip, als das Lied zu Ende ist, und nimmt meine Hand. »Ich will mit dir allein sein.« Er lenkt mich zielstrebig Richtung Ausgang.

»Und was ist mit meinem Kuchen?«, will ich protestieren.

»Den packen die uns schon ein.«

Oben auf Philips Zimmer passiert es dann. Kaum fällt die Tür hinter uns ins Schloss, fangen wir an, uns wild zu küssen. Ohne die Umarmung auch nur einen Millimeter zu lösen, stolpern wir auf Philips Bett zu und lassen uns darauf fallen. Er küsst noch genauso wie früher, er schmeckt noch wie früher und fühlt sich noch genauso an wie früher – mir kommt es vor, als würden wir eine Zeitreise in die Vergangenheit machen, zurück in das Jahr 1996, als alles begann.

Die Gedanken wirbeln nur so in meinem Kopf herum, alte Bilder tauchen in rasender Geschwindigkeit wieder auf: Unser erster Kuss auf der Wiese neben dem Campus; die vielen Stunden, die wir zusammen gelernt haben; unsere gemeinsame Wohnung; die ersten heftigen Streitereien; der Abend, an dem ich einfach meine Sache gepackt habe und verschwunden bin …

Philip ist über mir und sieht mir direkt in die Augen.

In diesem Moment passiert etwas Seltsames: Plötzlich ist alles weg: das Kribbeln, die Aufregung, die Leidenschaft, die eben noch zwischen uns war. Wir hören auf, uns zu küssen, und gucken uns verwirrt an. Keiner scheint so recht zu begreifen, was gerade passiert. Aber dann ist da ein Gedanke, der mir wie aus dem Nichts kommt: Ja, Philip fühlt sich noch an wie früher. Aber wir beide zusammen – *wir* fühlen uns nicht mehr an wie früher!

»Was denkst du?«, will er wissen, nachdem ich ihn vorsichtig von mir runtergeschoben habe und er neben mir auf dem Bett liegt.

»Ich weiß nicht genau«, meine ich und streichele ihm dabei sanft über den Arm. »Die Situation ist etwas … absurd.«

Philip lächelt. »Da waren wir wohl gerade dabei, ziemlichen Bockmist zu bauen.«

Ich drehe mich auf die Seite, damit ich ihn direkt ansehen kann. »Philip«, flüstere ich, »ich möchte dich etwas fragen.«

»Okay, frag mich.«

»Liebst du sie?«

Er zögert nicht, sondern nickt. »Ja.«

»Und hast du mich damals auch geliebt?«

Er streicht mir mit einer Hand sanft über die Wange. »Ja, das habe ich. Mehr als alles auf der Welt. Als du mich verlassen hast, hat es mich fast umgebracht und ich habe es vor Kummer kaum ausgehalten.«

Ich betrachte ihn nachdenklich und suche nach den nächsten Worten.

»Warum hast du dann nicht um mich gekämpft? Warum hast du mich gehen lassen, ohne auch nur ein einziges Mal zu versuchen, mich zurückzugewinnen?«

Philip überlegt eine Weile, bevor er mir antwortet.

»Weißt du«, sagt er, »ich hatte immer das Gefühl, dass du mit mir zusammen nicht glücklich werden kannst.« Noch einmal streichelt er meine Wange und die Berührung ist angenehm warm. »Selbst wenn wir wieder zusammengekommen wären, glaube ich nicht, dass wir wirklich glücklich geworden wären.«

»Und denkst du«, frage ich und spüre, dass ich einen Kloß im Hals habe, »dass du mit Hortensia glücklich werden wirst?«

Philip seufzt. »Ich glaube schon.«

»Weil du sie noch mehr liebst, als du mich geliebt hast?« Ich weiß, so etwas fragt man eigentlich nicht, aber ich muss das einfach wissen.

Philip lacht kurz auf. »Nein«, sagt er dann, »das kann man überhaupt nicht vergleichen. Ich liebe Hortensia ganz anders, als ich dich geliebt habe. Weil sie auch ganz anders ist als du. Und natürlich habe ich mich in den letzten Jahren verändert, das kann man eben nicht verhindern. Du und ich – wir sind irgendwie immer weiter auseinander getrieben, weil wir so unterschiedliche Vorstellungen von dem haben, was wir wollen. Ich denke, das ist, warum wir damals gescheitert sind. Es reicht eben manchmal nicht, dass man sich liebt – man muss auch miteinander leben können. Und das konnten wir nicht, wir haben für uns einfach nicht den richtigen Nenner gefunden. Hortensia und ich – wir passen gut zusammen.«

Er sieht mir noch einmal tief in die Augen, dann gibt er mir einen Kuss. Einen ganz zärtlichen, weichen, einen, der mehr als das erklärt, was er gerade gesagt hat.

Noch eine ganze Weile bleiben wir so liegen, schweigen miteinander und sehen uns einfach nur an. Zwischendurch müssen wir beide lachen und nehmen uns bei den Händen. Und zum ersten Mal seit langer, langer Zeit fühle ich mich unbeschwert und zufrieden. Es ist, als wäre mir eine große Last von den Schultern genommen.

»Danke«, flüstere ich nach einer halben Ewigkeit, hauche Philip noch einen Kuss auf die Lippen und stehe dann auf. »Schlaf schön, wir treffen uns um acht Uhr in der Lobby.«

»Gute Nacht!«, ruft Philip, als ich durch seine Zimmertür nach draußen verschwinde.

Im Flur bleibe ich noch kurz stehen und horche in mich hinein. Ich lächele. Ja, es geht mir gut. Dann muss ich an Andreas denken … am liebsten würden ich ihn jetzt anrufen und zu ihm sagen:

»Hey, ich bin frei! Ich bin endlich wieder frei! Lass es uns einfach miteinander ausprobieren.« Aber das verschiebe ich besser auf meine Rückkehr. Schließlich weiß ich ja gar nicht, ob er nicht sofort auflegt, wenn ich mich bei ihm melde.

Als ich in mein Zimmer gehe, fällt mir die Kipperkarte wieder ein. *Etwas, das man nicht ändern kann.* Philip hat Recht – wir wären zusammen nicht glücklich geworden, weil einer immer versucht hätte, den anderen zu ändern. Und so etwas funktioniert vermutlich nicht.

Auf dem Rückflug bin ich noch immer so gut gelaunt, dass ich auf den Tranquilizer verzichte. Wollen doch mal sehen, ob ich meine Flugangst nicht auch so in den Griff bekomme!

»Heute keine Drogen?«, stellt Philip verwundert fest, als ich nach dem Start die Stewardess um eine Apfelsaftschorle bitte.

»Nö, ich versuch's mal so.« In diesem Moment wackelt das Flugzeug und ich kreische auf. Philip nimmt wieder meine Hand.

»Keine Angst, runter kommen sie alle«, macht er einen Witz. Ich drücke seine Hand kurz und schnappe mir dann betont lässig das Bordmagazin, das vor mir in der Sitztasche steckt.

»Mach du nur deine Späße«, stelle ich fest und blättere dann in der Zeitschrift. »Ich bin die Ruhe selbst.«

»Das ist schön«, meint Philip und lässt seine Sitzlehne nach hinten klappen. »Ruhe kann ich gebrauchen, ich muss dringend ein Nickerchen machen.«

»Wir sind doch gerade erst aufgestanden, wie kannst du da schon wieder schlafen?«

»Ich schlaf schon mal vor für Deutschland.« Dann dreht er mir den Rücken zu und ist scheinbar zwei Sekunden später im Reich der Träume. Beneidenswert, wenn man so etwas kann. Ich ziehe kurz in Erwägung, doch meine Pille zu schlucken und es ihm gleichzutun. Aber dann lasse ich es doch bleiben.

Nach einer Stunde habe ich das Bordmagazin ausgelesen und gucke ein bisschen gelangweilt im Flugzeug herum. Etwas anderes zum Lesen habe ich blöderweise nicht mitgenommen, und der Film, der im Flieger gezeigt wird, ist eine dämliche Komödie, die ich schon im Kino langweilig fand. Philip schnorchelt leise vor sich hin, ich drehe mich auf die Seite und versuche, es ihm gleichzutun. Aber an Schlaf ist nicht zu denken, ganz so entspannt kann ich die Tatsache, dass wir mehrere tausend Meter hoch in der Luft sind, dann doch nicht nehmen.

Mein Blick fällt auf Philips Aktentasche, die vor seinen Füßen steht. Der Reißverschluss ist nicht ganz zu … und an einer Ecke gucken ein paar Papiere heraus. Ob da auch der Brief von Hortensia drin ist? Nein, Tessa, rufe ich mich selbst zur Ordnung. So etwas macht man nicht! Erst recht nicht, nachdem du zu Philip endlich ein einigermaßen geklärtes Verhältnis hast. Wenn du jetzt in seinen Sachen schnüffelst, ist das wirklich nicht die feine Art!

Ich drehe mich auf die andere Seite, damit ich die Tasche nicht mehr im Blickfeld habe. Fünf Minuten halte ich es so aus, dann gewinnt das kleine Teufelchen auf meiner Schulter.

Mit spitzen Fingern öffne ich vorsichtig die Tasche und ziehe den Stapel Papiere heraus. Er liegt tatsächlich dazwischen. Der Brief, den Hortensia Philip am Flughafen gegeben hat.

Hamburg, 13. Juni 2006

Mein lieber Schatz,

nun bist Du also auf dem Weg in die USA, um dort den Vertrag zu regeln. Zusammen mit Tessa. Für den Vertrag wünsche ich Euch natürlich viel Glück – was Tessa betrifft, bin ich gerade etwas unglücklich. Ich wollte eigentlich schon die ganze Zeit mit Dir darüber reden, hatte aber immer das Gefühl, dass Du von dem Thema nichts hören willst. Nun kannst Du auf Deiner Reise in Ruhe diesen Brief lesen und

Dir Gedanken machen. Wie es weitergeht, liegt allein bei Dir.
Wie hast Du immer zu mir gesagt? Ich bin die Frau, die vor nichts Angst hat. Doch, Philip, ich habe Angst. Sogar ganz schreckliche. Nämlich davor, Dich zu verlieren. In den vier Jahren, die wir jetzt zusammen sind, war ich immer sehr glücklich mit Dir. Nicht ein einziges Mal habe ich daran gezweifelt, dass Du und ich perfekt zusammenpassen. Aber seit Tessa wieder aufgetaucht ist, habe ich so ein komisches Gefühl. Willst Du mich wirklich noch heiraten? Oder hast Du vielleicht gemerkt, dass Du sie mehr liebst als mich?
Ich wünsche mir nichts mehr, als Deine Frau zu werden. Aber sollte ich am Ende doch nur die zweite Wahl sein, würde ich darauf lieber verzichten.

Ich liebe Dich!
Blümchen

Blümchen? Ich zucke zusammen, als ich diesen Namen lese. Die Koseform hat so gar nichts mit der Hortensia zu tun, wie ich sie kenne. Die ist kühl und perfekt und in jeder Lebenslage souverän. Aber Blümchen – das klingt wie ein kleines, unsicheres Mädchen, das nicht weiß, wie es sich verhalten soll. Na ja, es klingt ein bisschen so, wie ich mich oft fühle. Und obwohl es mir fern liegen müsste, Hortensia gegenüber irgendeine Form der Sympathie zu entwickeln, spüre ich auf einmal doch so etwas wie … Mitgefühl. Weil ich genau verstehen kann, wie es ihr geht. Wie es sich anfühlt, wenn man Angst hat, den Mann zu verlieren, den man über alles liebt.

Ich betrachte Philip von der Seite. Er schläft noch immer. Leise und vorsichtig blättere ich durch die Papiere, wenn er jetzt gleich aufwacht, ist der Teufel los. Tatsächlich finde ich weiter hinten einen Brief, den Philip wohl in L. A. angefangen hat. Und zwar gestern Nacht. Kein Wunder, dass er so müde ist. Für einen kurzen Moment versetzt es mir einen kleinen Stich, weil ich immer dachte, die Sache mit dem Briefeschreiben wäre so ein einzigartiges Philip-Tessa-Ding. Aber nur für einen kurzen Moment, dann wird mir klar, dass das im Grunde genommen überhaupt keine Rolle mehr spielt.

Los Angeles, 17. Juni 2006, vier Uhr morgens

Meine Liebste,

das hier ist die ungefähr 25. Fassung eines Antwortbriefes. Es tut mir leid, dass ich Dich durch mein Verhalten so verunsichert habe, aber ich war selbst auch ein wenig durcheinander. Es gab in meinem Leben offenbar noch ein paar Dinge, die ich klären musste. Aber nun habe ich Klarheit – und ich kann mir keine größere Freude vorstellen, als Dich im nächsten Jahr endlich von Deinem furchtbaren Nachnamen zu befreien! Tessa ist

An dieser Stelle endet der Brief ärgerlicherweise, denn ich hätte natürlich nur zu gern gewusst, was ich bin. Aber im Wesentlichen ist ja alles gesagt, also stopfe ich die Papiere wieder so vorsichtig wie möglich zurück in Philips Aktentasche.

Nachdem ich alles wieder so hergerichtet habe, wie es war, gebe ich Philip einen Klaps auf den Rücken. Er schreckt hoch und sieht mich verwirrt an. »Was 'n los?«, nuschelt er.

»Du schnarchst.« Dann grinse ich ihn an. Einen Moment guckt er verdutzt, dann grinst er zurück.

»Du bist echt bescheuert!«

»Ich weiß.«

15. Kapitel

Back to Germany! Jetzt nur noch der kurze Flug von Frankfurt nach Hamburg, dann haben wir es geschafft. Wir sehen beide ganz schön zerknautscht aus, aber immerhin habe zumindest ich keinen solchen Brummschädel wie auf dem Hinflug. Nie wieder Tranquilizer – für Tablettenmissbrauch komme ich ganz offensichtlich nicht in Frage. Müde bin ich trotzdem und frage mich, ob es an Bord einen vernünftigen Kaffee gibt.

Es gibt ihn – und nicht nur ihn, netterweise werden wir auch gleich mit einem Stapel deutscher Tageszeitungen versorgt. Philip greift natürlich gleich zur *FAZ*, wahrscheinlich haben ihn vier Tage Amiland mal wieder in seinem neoliberalen Weltbild bestärkt und das gilt es nun zu vertiefen.

Für mich kommt nach unserem Ausflug ins internationale Showgeschäft jetzt nur ein Boulevardblatt in Frage. Und sieh an, sie haben sogar Auswahl: *BILD* oder *Kurier*. Als Lokalpatriotin greife ich natürlich zu Letzterem – oder war es aus böser Vorahnung?

Schlagerstar Chantal

Jetzt schlagen ihre Anwälte zurück

Hamburg/Los Angeles – Lange hat es gedauert, doch jetzt zeigt die schöne Chantal (27) endlich ihre Zähne. Zu den Ehevertragsverhandlungen schickt sie Hamburgs bestes Anwaltsduo ins Rennen: Staranwalt Dr. Philip Kunstmann (34) und seine Partnerin Tessa Gerlach (33). Gerade sind beide in Los Angeles, liefern sich eine erbitterte Schlacht mit der Gegenseite.

Ein Büro an Hamburgs Nobelmeile Neuer Wall: Hier residieren Kunstmann und Gerlach, betreuen die interessantesten und schwersten Mandate der Republik. Insider sprechen von Deutschlands besten Anwälten. In diese bewährten Hände hat Chantal nun ihr Schicksal gelegt: Die Anwälte sollen den Weg frei machen für ihre Hochzeit mit einem prominenten Amerikaner, dessen Name noch immer ein wohlbehütetes Geheimnis ist. Die schöne Chantal will es (noch) nicht lüften: »Mein Verlobter legt Wert auf Diskretion. Aber es stimmt, wir möchten heiraten und es gibt noch ein paar Schwierigkeiten. Mehr ist dazu aber derzeit nicht zu sagen.« Kein Wort über die Verhandlungen – kein Wunder, denn der bisherige Vertrag soll unter anderem pikante Sexklauseln und andere bizarre Vereinbarungen enthalten.

Kunstmann und Gerlach – Werden Deutschlands Topanwälte dem blonden Star schon bald zum Eheglück verhelfen?

Ich fasse es nicht – ist diese Frau denn von allen guten Geistern verlassen? Wortlos drücke ich Philip die Zeitung in die Hand. Der bricht in schallendes Gelächter aus.

»Also so viel zum Thema: *Chantal, die verfolgte Unschuld.* Diese Infos kann der *Kurier* nun wirklich nur von ihr haben. Aber eines muss man ihr lassen – unsere Qualitäten als Anwaltsgespann schätzt sie völlig richtig ein.«

Säuerlich ziehe ich ihm den *Kurier* wieder weg. »Ich finde das nicht halb so komisch wie du. Die hat mich doch die ganze Zeit belogen. Ich wette, jeder einzelne Artikel ist von ihr selbst angeschoben worden.«

»Ach komm, der Vertrag ist unter Dach und Fach, die Schweigeklausel ist auch vom Tisch, da kann sie doch jetzt erzählen, was sie will. Und ich schwöre dir, Chantal ist bestimmt fest davon überzeugt, dass wir uns über diesen Artikel tierisch freuen und sie uns einen großen Gefallen getan hat. Glaub mir, so tickt die! Für sie ist das die normalste Form der Eigen-PR. Also, ärgere dich nicht. Ich tu's auch nicht.«

»Klar, ich werde nur nicht gerne verarscht. Ich meine, du hättest sie sehen sollen, als ich sie wegen Althoff eingenordet habe – sie hatte fast Tränen in den Augen und hat mir hoch und heilig geschworen, dass sie nichts damit zu tun hat und sich auch zukünftig von allen Journalisten fern halten wird. Und meine flammende Rede an Clifton ist mir jetzt auch etwas unangenehm. Vielleicht war Chantal die ganze Zeit nur auf die PR scharf!«

»Tessa, darf ich ehrlich sein?«

»Nur, wenn es unbedingt sein muss.«

»Ich finde, du solltest das nicht persönlich nehmen. Chantal ist schließlich keine Freundin von dir. Was meinst du, was für einen Scheiß mir Mandanten schon erzählt haben. Gerade wenn es um Strafrecht geht, kriegt man oft den größten Unsinn aufgetischt. Wenn ich da jedes Mal enttäuscht wäre, wenn ich schließlich auf die Wahrheit komme, könnte ich meinen Job an den Nagel hängen. Außerdem glaube ich, dass Liebe und PR für Chantal überhaupt kein Widerspruch sind.«

Ich gucke schweigend aus dem Fenster. Wir fliegen bei strahlend blauem Himmel über malerische weiße Wolken. Schließlich drehe ich mich wieder zu Philip.

»Du hast Recht. Ich werde es ganz professionell betrachten. Ich bin nur irgendwie enttäuscht.«

Geschafft! Endlich wieder in Hamburg. Philip und ich stehen am Gepäckband nebeneinander und warten darauf, dass unsere Koffer ausgespuckt werden. Nach ein paar Minuten kommt meine Tasche angeeiert, Philip nimmt sie vom Band und stellt sie neben mich. Kurz darauf ist auch sein Gepäck da.

»Dann wollen wir mal«, sagt er und wir gehen zum Ausgang. »Sollen wir dich eigentlich mitnehmen? Hortensia holt mich ab.«

»Nein, danke«, erwidere. »Ich hab Sabine heute früh angerufen, sie kommt auch hierher.«

»Okay.« Als wir fast die gläsernen Schiebetüren erreicht haben, bleibt Philip noch einmal stehen. »Sag mal, wie geht es jetzt mit uns beiden eigentlich weiter?«

»Na ja«, meine ich, »wir wickeln die Chantal-Geschichte noch ab und dann suche ich mir irgendwo ein neues Büro, würde ich sagen.«

»Du kannst aber gern noch eine Weile bei uns bleiben.«

Erst will ich den Kopf schütteln … aber dann halte ich in der Bewegung inne.

»Das ist nett von dir. Wenigstens für die nächsten Wochen, bis ich mit Sabine etwas Neues gefunden habe.«

»Ich könnte auch mit Hortensia reden, ob ihr nicht vielleicht ganz bei uns bleibt. Jetzt, wo wir offiziell Deutschlands bekanntestes Anwaltsduo sind …«

Ich muss grinsen und nun doch den Kopf schütteln. Klar wäre es eine feine Sache, ganz am Neuen Wall zu residieren. Aber nachdem ich Hortensias Brief gelesen habe, will ich lieber das Feld räumen.

»Auf Dauer passt das nicht zu uns«, erkläre ich und setze lächelnd hinzu:. »Aber wir können deinen Vorschlag von 2003 in Erwägung ziehen.«

»Welchen Vorschlag von 2003?«

»Na, die Sache mit dem *Freundebleiben*. Das können wir ja mal versuchen.«

Philip lacht und strahlt mich an. »Da bin ich dabei, lass uns das gern versuchen!«

Wir treten durch die Schiebetür. Sofort sehe ich Hortensia, die in der Ankunftshalle steht und unsicher von einem Bein auf das andere tritt. Philip läuft auf sie zu, nimmt sie in den Arm und küsst sie lange und innig. Mir macht es nicht einmal viel aus, dabei zuzusehen. Wenn man mal von der Tatsache absieht, dass ich auch gern jemanden zum Küssen hätte. Aber dazu muss ich erst einmal mit Andreas sprechen. Und mit Johannes, wie mir siedend heiß einfällt, den muss ich leider auch aus seinem Liebeswahn befreien. Das wird kein schönes Gespräch!

»Hallo, Tessa«, begrüßt Hortensia mich, nachdem Philip sie wieder losgelassen hat. »Ist wohl alles gut gelaufen, nehme ich an?«

»Ja«, bestätige ich ihr, »alles ist geklärt.«

»Wir fahren dann mal los«, meint Philip. »Ist Sabine noch nicht da?«

»Bisher habe ich sie noch nicht gesehen, aber sie kommt sicher gleich.«

»Gut, dann telefonieren wir, ja?« Philip und Hortensia schlendern Arm in Arm zum Ausgang. Ich bleibe zurück und warte auf Sabine. Hoffentlich hat sie mich nicht vergessen, aber das ist eigentlich nicht ihre Art. Ich schalte mein Handy ein, um sie anzurufen. Na ja, und um zu gucken, ob ich nicht vielleicht doch eine Nachricht von …

»Tessa!« Johannes kommt durch die Drehtür gelaufen und winkt mir zu. Was macht der denn hier? Okay, ja, ich will mit ihm reden, aber doch nicht sofort. »Willkommen zu Hause!« Schon hat er mich in seine Arme gerissen, verzichtet aber diesmal glücklicherweise darauf, mich abzuknutschen.

»Was machst du denn hier?«, wundere ich mich.

»Sabine hat mich gebeten, dich abzuholen, ihr geht's nicht so gut. Hat wohl einen Magen-Darm-Infekt oder so.«

Das glaube ich ja im Leben nicht! Ich wette, sie hat ihn hierhergeschickt, damit ich mich nicht länger davor drücken kann, ihm die Wahrheit zu sagen. Die kann was erleben, wenn ich nach Hause komme!

Johannes trägt mir galant meine Tasche zu seinem Wagen. Wahrscheinlich würde er sie sofort fallen lassen, wenn er wüsste, was ich ihm gleich sagen werde. Aber länger aufschieben kann ich es wirklich nicht, jetzt ist die perfekte Gelegenheit, um im Auto mit ihm zu reden.

»Und, alles gut geklappt?«, fängt er ein bisschen Smalltalk an, sobald wir losgefahren sind.

»Ja, bestens«, meine ich. Dann hole ich tief Luft und lege los: »Jo, ich glaube, wir müssen mal reden.«

Er wirft mir einen komischen Blick zu, den ich nicht so recht deuten kann. »Hast du schon mit Sabine gesprochen?«

»Mit Sabine? Nein, wieso? Also, ich habe mit ihr telefoniert, als wir ausgemacht haben, dass sie mich abholt.«

»Ach so.« Irgendwie wirkt Johannes erleichtert. Ich verstehe nicht, was hier vor sich geht. »Die Sache ist nämlich die«, setzt er nun an und gerät dabei etwas ins Stocken. »Ich … äh … Tessa … es ist so …« Er kaut nervös auf seiner Unterlippe herum und trommelt mit den Fingern aufs Lenkrad. »Tessa, ich habe dich wirklich schrecklich gern, aber …«

»Aber was?«

»Ich weiß, es wird dir schwer fallen, das zu verstehen«, eiert er weiter um den heißen Brei. »Aber ich bin wieder mir Mareike zusammen.«

»Mit *Mareike?*«, entfährt es mir entsetzt. »Mit *der* Mareiheiheike?«

»Tessa«, er legt mir eine Hand aufs Bein, »ich weiß, wie sehr dich das verletzen muss, und ich fühle mich auch ganz scheußlich. Aber Mareike und ich haben uns vorgestern getroffen und über alles gesprochen. Sie liebt mich noch immer und hat gemerkt, dass ein Unternehmensberater nicht das ist, was sie will. Tja, und was soll ich sagen? Ich liebe sie auch immer noch.«

»Aber …« Weiter komme ich nicht.

»Ich weiß ja, dass ich zu dir etwas anderes gesagt habe. Aber ich war auch einfach noch so durcheinander wegen der ganzen Sache, und als ich dann erfahren habe, wie du zu mir stehst, habe ich mich da irgendwie reingesteigert … na ja, natürlich mag ich dich auch sehr und du bist eine tolle Frau …«

Ich mache seinem Gestotter ein Ende, nehme seine Hand und drücke sie. »Mach dir keine Gedanken, Jo«, sage ich. »Ich verstehe dich voll und ganz.«

»Wirklich?«

»Ja, wirklich. Es ist einfach viel passiert, da kann man schon mal durcheinander kommen. Ich weiß genau, was du meinst.«

»Und dann können wir trotzdem Freunde bleiben?«

Ich nicke.

»Puh, da bin ich aber froh. Ich hatte echt Angst, dass du ausflippst.«

Im Gegenteil. Ich habe mich noch nie besser gefühlt, nachdem man mit mir Schluss gemacht hat! Allerdings hat natürlich auch noch nie jemand mit mir Schluss gemacht, mit dem ich genau genommen nie zusammen war.

»Du«, redet Jo weiter, »nachdem das ja geklärt wäre: Es gibt noch etwas Neues.«

»Nämlich?«

»Die Polizei hat Klabunde festgenommen. Sie haben ihm nachweisen können, dass er es war, der meinen Herd manipuliert hat und mich sowie das gesamte Haus in die Luft sprengen wollte.«

»Ehrlich? Das ist ja ein Ding!«

»Und das Beste kommt noch: Jetzt können wir Klabunde zivilrechtlich verklagen und eine Menge Kohle fordern! Hat jedenfalls dieser Andreas Schlehvoigt gesagt. Wir müssen die Tage mal mit deinem Philip sprechen, damit er die Sache weiterverfolgt.«

»Hat er sonst noch was gesagt?« Mein Herz pocht wieder etwas schneller.

»Wer? Philip?«

»Nein, Andreas Schlehvoigt!«

»Nö«, erwidert Johannes, »er meinte nur, ich solle meine Freundin grüßen. Komisch, dabei kennt der doch Mareike gar nicht.«

»Aha.« Hat Andreas das jetzt nett gemeint oder nicht? Wahrscheinlich eher nicht, aber das kann ich Johannes ja schlecht erklären. Bin froh, dass ich so elegant aus der Nummer rausgekommen bin, ohne ihm erklären zu müssen, dass ich ihn ein kleines bisschen benutzt habe.

Zwanzig Minuten später setzt Jo mich vor Sabines und Arnes Wohnung ab. »Also, lass uns telefonieren«, verabschiedet er sich. »Ich bin übrigens am besten über Mareikes Telefon zu erreichen.«

»Du bist da gleich eingezogen?« Der hat es ja mal wieder eilig!

»Wieso nicht? Wir wollen es halt einfach wagen. Entweder es klappt … oder es geht daneben.« Er grinst mich fröhlich an. Wirklich eine vorbildliche Unbekümmertheit, die er da an den Tag legt. Ich steige aus, Johannes winkt mir noch einmal zu und ist dann auch schon um die nächste Ecke entschwunden. Weil ich meinen Schlüssel nicht finde, klingele ich. Sekunden später ertönt der Türsummer und ich gehe hinein.

Oben an der Tür empfängt mich eine Sabine, die im wahrsten Sinne des Wortes wie ausgekotzt aussieht. Sie ist blass, hat dicke Ränder unter den Augen und die Haare sind zerzaust.

»Wie siehst du denn aus?«, frage ich besorgt, als ich bei ihr angekommen bin. »Und ich dachte, das mit dem Magen-Darm-Infekt hättest du dir nur ausgedacht, um mir Johannes auf den Hals zu hetzen.«

Sabine lächelt müde. »Hi, Tessa. Schön, dass du wieder da bist.« Dann verändert sich ihr Gesichtsausdruck von einer Sekunde auf die nächste. Mit einem genuschelten »Sorry« stürzt sie zurück in die Wohnung, flitzt ins Badezimmer und schlägt die Tür hinter sich zu. Ich stelle solange meine Tasche ab, setze mich ins Wohnzimmer und warte auf sie. Ganze fünf Minuten höre ich sie spucken, dann kommt sie wieder aus dem Bad gewankt.

»Du Ärmste«, meine ich mitfühlend, als sie sich neben mich setzt. »Dich hat's ja echt total erwischt. Ist Arne auch krank?« Hoffentlich stecke ich mich jetzt nicht an. Sie ist zwar meine Freundin, aber vorsichtshalber rücke ich ein Stückchen von ihr weg. Sabine schüttelt den Kopf.

»Ich bin nicht krank«, sagt sie dann und kramt von dem Zwischenregal unter dem Couchtisch eine kleine Pappschachtel hervor. Sie nimmt einen weißen Plastikstab aus der Schachtel, auf dem deutlich zwei rote Striche zu erkennen sind. »Ich bin schwanger.«

»Schwanger?«

Sabine nickt. Und dann strahlt sie so sehr, wie ich es noch nie bei ihr gesehen habe. »Ja, ist das nicht toll?« Sie reißt mich in ihre Arme. »Arne und ich bekommen endlich ein Baby!«

»Na, siehst du«, bringe ich lachend hervor. »Ich hab dir doch gesagt, dass die Kaffeesatztante nur Unsinn geredet hat.«

»Sieht so aus.« Sabine strahlt noch immer und streicht sich dann einmal über ihren Bauch. »Und ich hatte echt schon Angst, sie würde mit ihrer Prognose Recht behalten.«

»Na dann: Champagner! Oder besser: Mineralwasser!«

»Aber der werdende Vater würde schon ein Gläschen nehmen«, erklingt es aus dem Flur. Einen Moment später steht Arne vor uns und hat bereits eine Pulle Schampus entkorkt.

»Auf euch!« Wir stoßen an – Sabine darf doch eine Pfütze trinken – und freuen uns darüber, dass das Leben erstens anders kommt. Und zweitens, als man denkt!

»Weißt du, was?«, frage ich Sabine, als wir später nebeneinander gekuschelt auf dem Sofa sitzen und uns schon ausmalen, wie wir zusammen mit dem Kinderwagen um die Alster spazieren und außerdem all unser Geld für niedliche kleine Babyklamotten ausgeben. »Ich habe noch einmal über die Karte nachgedacht.«

»Welche Karte?«

»Die mit der Militärperson.«

»Hm?«

»Na, die Sache, dass man die Dinge nicht ändern kann.«

»Ich bin doch gerade der beste Beweis dafür, dass das nicht stimmt«, meint Sabine und grinst wieder.

»Genau das meine ich«, erkläre ich ihr. »Ich glaube schon, dass ich in meinem Leben etwas ändern kann. Genau genommen ist es gerade höchste Zeit dafür!«

16. Kapitel

Am Dienstagmorgen stehe ich bereits um acht Uhr vor dem Polizeipräsidium an der Hindenburgstraße. Meine Hände sind richtig feucht, so nervös bin ich. Sabine wollte eigentlich zur seelisch-moralischen Unterstützung mitkommen, aber leider kann sie sich momentan nicht länger als eine Stunde von einer Toilette entfernen. Aber das vergeht, hat ihr Frauenarzt sie beruhigt, in zwei, drei Monaten müsste die Übelkeit spätestens vorbei sein.

Bevor ich das Gebäude betrete, werfe ich noch einen kurzen Blick in eine der Fensterscheiben, in denen ich mich spiegele. Zuerst wollte ich mich etwas aufmotzen, aber dann habe ich mich doch für die Tessa entschieden, die ich eben bin: Jeans, T-Shirt, fertig. Bei der Zentrale hat man mir gesagt, dass Andreas ab 7.30 Uhr in seinem Büro ist, also müsste er ja schon da sein. Hoffentlich habe ich Glück und er hat Zeit für mich. Beziehungsweise: Hoffentlich will er überhaupt mit mir sprechen!

Oben angekommen sage ich im Vorzimmer meinen Namen und dass ich mit Andreas Schlehvoigt sprechen will. Die freundliche Dame, die mein Anliegen entgegennimmt, verschwindet für einen Augenblick durch die Tür zum Nebenzimmer. Jetzt wird's spannend – will er mich sehen oder nicht?

Er will. Kurze Zeit später kommt die Frau zurück und bittet mich mit einem »Frau Gerlach?« darum, ihr zu folgen. Wir gehen den Flur entlang bis zu der Tür, die ich schon kenne: Hier hat Andreas mich damals befragt, als es noch um die Sache mit Johannes ging. Sie klopft kurz an und öffnet mir die Tür.

Andreas sitzt an seinem Tisch, hat mir den Rücken zugedreht und guckt aus dem Fenster. Keine sonderlich einladende Geste, aber da muss ich jetzt durch.

»Hallo«, begrüße ich ihn. Er schwingt mit seinem Stuhl herum und sieht mich an. Sein Blick liegt irgendwo zwischen kühl und abschätzend. Keine Ahnung, was gerade in seinem Kopf vor sich geht. Aber wenn er nicht noch irgendein Interesse an mir hätte, wäre es für ihn doch viel einfacher gewesen, mich gleich rauswerfen zu lassen. Der Gedanke beruhigt mich. Aber nur ein bisschen.

»Hallo, Tessa. Was führt dich zu mir?«

»Darf ich mich setzen?«

Er nickt. Ich nehme Platz und räuspere mich.

»Ich möchte Anzeige erstatten.«

Andreas zieht die Augenbrauen hoch. »Eine Anzeige?«

»Ja.« Ich kann hören, wie meine Stimme zittert, ich bin wirklich schrecklich aufgeregt. »Wegen Falschaussage. Und wegen Verdunklung eines Tatbestandes. Und natürlich wegen fortgesetzter Blödheit in besonders schwerem Fall. Wobei ich gleichzeitig auf mildernde Umstände hoffe.«

Ein Lächeln huscht über sein Gesicht. Nur ein leichtes, aber doch deutlich zu erkennen. »Soso«, meint er. »Und gegen wen willst du diese Anzeige erstatten?«

»Gegen mich selbst.«

Er legt den Kopf etwas schräg und mustert mich intensiv. Vielleicht fragt er sich gerade, ob ich noch ganz richtig in der Birne bin. Bin ich. Jedenfalls richtiger, als ich es je zuvor war.

»Nun ja, Tessa«, meint er gedehnt, nimmt einen Kugelschreiber in die Hand und spielt damit herum. »So einfach ist das alles nicht.«

»Andreas, ich …«

Er steht auf, geht um den Schreibtisch herum und bleibt direkt vor mir stehen. Etwas böse guckt er auf mich herab … will er mich jetzt doch rausschmeißen? Aber dann nimmt er meine Hände, zieht mich vom Stuhl hoch – und legt seine Arme um mich!

»Jetzt lass dich schon küssen, du verrücktes Huhn, du!«

Als seine Lippen meine berühren, zieht es mir schon fast wieder die Schuhe aus.

»Du hast wirklich was anderes verdient«, flüstert er zwischen zwei Küssen, »aber ich kann dir ja sowieso nicht widerstehen.«

»Andreas«, nuschele ich und schiebe ihn ein Stück von mir weg, »ich muss dir das alles erklären, die Sache mit Johannes und mir …«

»Weiß ich doch schon längst«, unterbricht er mich lachend.

»Wie? Was?«

»Dass du gar nicht mit Johannes zusammen bist, sondern dir das nur ausgedacht hast.« Jetzt guckt er etwas streng.

»Woher weißt du das?«

»Deine Freundin Sabine hat mich am Flughafen bei meinem Auto abgefangen und mir alles erklärt. Auch die Geschichte mit Philip und dass du deswegen etwas durcheinander bist und erst einmal klar im Kopf werden musst.«

»Wie bitte? Sabine hat dir das alles erzählt?« Er nickt. »Die bringe ich um! Wieso hat sie mir davon nichts gesagt, sondern lässt mich hier nach Canossa kriechen?«

»Weil ich sie darum gebeten habe«, erwidert Andreas.

»Wozu das? Wir hätten das doch alles viel leichter haben können.«

»Leichter schon«, gibt Andreas zu. »Aber nur so konnte ich herausfinden, ob du mich wirklich willst und dich für mich entscheidest. Und ob du ein bisschen um mich kämpfst.« Er schaut mir tief in die Augen und gibt mir einen kleinen Nasenstubser. »Kannst du das verstehen?«

Ich lächele ihn an. »O ja, das kann ich sogar besser verstehen, als du denkst.« Und dann küssen wir uns wieder, und zwar so lange, bis meine Lippen schon ganz taub sind.

»Meine Militärperson«, hauche ich ihm schließlich ins Ohr.

»Deine was?«

»Das musst du nicht verstehen«, meine ich. »Es reicht, wenn ich es verstehe.«

Epilog

Los Angeles, im Februar 2007

Liebe Tessa,

passend zum Valentinstag ein kurzer Brief an Dich, weil Du ja schließlich auch dabei geholfen hast, dass ich diesen wunderbaren Tag heute mit dem Mann verbringen kann, den ich über alles liebe.
Die letzten Monate waren sehr aufregend für mich, die Hochzeit und das alles … na ja, hast Du ja wahrscheinlich in der Gala gelesen. Dabei habe ich diesmal mit dem Artikel wirklich nichts zu tun gehabt, das schwöre ich! ☺
Und noch etwas Tolles ist passiert: Ich habe einen Produzenten kennen gelernt, der meine deutschen Songs alle auf Englisch rausbringen will! Ist das nicht Wahnsinn? Jetzt mache ich weltweite Karriere! Im April kommen Clifton und ich für zwei Wochen nach Deutschland, dann müssen wir uns unbedingt sehen.

Liebe Grüße von einer sehr glücklichen
Marion

»Guck mal, Schatz!« Ich liege auf Andreas' Bauch, während er das Spiel HSV gegen Bayern München guckt, und reiche ihm den Brief. Er grummelt zwar ein bisschen, nimmt ihn dann aber und liest.

»O mein Gott!«, ruft er zwei Minuten später aus. »Chantal macht internationale Karriere, das darf doch wohl nicht wahr sein!« Er gibt mir den Brief zurück und grinst mich an. »Allerdings«, er gibt mir einen Kuss auf die Nase, »ist eine Sache doch wohl klar!«

»Welche denn?«

»Wenn ihr zusammen essen geht, komme ich mit. Polizeischutz und so.«

»Mach dir keine Gedanken«, erwidere ich und gebe ihm einen Kuss auf die Nase. »Ich liebe dich und will nur mit dir zusammen sein.«

»Das hoffe ich doch!« Mit diesen Worten setzt er sich auf, schiebt mich beiseite und steht auf.

»He! Wo willst du hin?«

»Moment, bin gleich wieder da.« Er verschwindet Richtung Küche, und ich frage mich, was los ist. Eine Minute später kommt er wieder ins Wohnzimmer und trägt einen kleinen Kuchen stolz vor sich her. Darauf brennt eine einzige lange Wunderkerze.

»Alles Liebe zum Valentinstag!« Er stellt den Kuchen auf dem Couchtisch vor mir ab, nimmt mich in die Arme und küsst mich wieder auf diese Art, die mich schon damals im Auto ganz wuschig gemacht hat. Ein paar Minuten lang betrachten wir beide ganz verzückt die Kerze, die langsam und sprühend herunterbrennt.

»Und jetzt«, flüstert Andreas mir dann ins Ohr, »werde ich dich ins Schlafzimmer entführen.« Er schiebt seine Arme unter meinen Körper und hebt mich mit einer Leichtigkeit hoch, als wäre ich nur ein Fliegengewicht. Als er mich aus dem Wohnzimmer trägt, fällt mein Blick noch einmal auf die Wunderkerze, die gerade ihre letzten Funken sprüht. *Kawumm!*

Dank an …

… Friederike Klose für ihre Einsichten in den Hamburger Strafvollzug und Martina Baumgart für ihre Infos über die Hamburger Polizei. Natürlich werden beide die Hände über dem Kopf zusammenschlagen – aber ich sag mal: künstlerische Freiheit!

… den besten Lektor der Welt: Timothy Sonderhüsken, genannt *die Wunderkerze.*

… Bernd, Marko und Olav, die Felsen in der Brandung.

… Klein-Tessa für die Namensgebung.

Anne Hertz

Glückskekse

Roman

Ausgerechnet an ihrem 35. Geburtstag wird Jana von ihrem Freund verlassen. Grund genug, mehr als eine Flasche Sekt zu leeren und sternhagelvoll folgende SMS an eine unbekannte Nummer zu schicken: »*Was kann ich tun, um glücklich zu werden? SIE*«
Am Morgen danach hat Jana einen Kater – und die Antwort: »*Das frage ich mich auch oft. ER*«
Erst ist Jana überrascht. Dann muss sie lächeln. Und schließlich macht sie sich mit einem Unbekannten auf die Suche nach dem Glück …

»Eine Liebesgeschichte, von der man sich wünscht,
sie möge nie enden.«
Bella

Knaur Taschenbuch Verlag

Anne Hertz

Sternschnuppen

Roman

»Weißt du«, versuche ich zu erklären, »ich mache nur Dinge, in denen ich gut bin.«»Aber das ist sehr schade. Dann verpasst du viel vom Leben.«

Bei Svenja läuft alles nach Plan: Gerade hat sie ihren Traumjob angenommen und ist auf dem Sprung nach ganz oben. Doch dann wird sie schwanger – und ist kurze Zeit später auch noch ihren Freund los. Was nun?
Svenja hat nicht vor, zu verzweifeln. Eine echte Karrierefrau zieht Kinder auch ohne Kerl mühelos auf! Man muss sich nur organisieren. Zu Svenjas ausgefeiltem Plan gehört natürlich ein Kindermädchen. Aber das will sich einfach nicht finden lassen – bis der junge Russe Alexej auftaucht. Seine Qualifikation: fünf jüngere Geschwister. Sein Lebensstil: abenteuerlich. Seine Wirkung auf Frauen: enorm.
Kann das gutgehen?

Eine turbulente Komödie über Kinder, Karriere und Krimsekt von der Autorin der Bestseller *Glückskekse* und *Wunderkerzen*!

Knaur Taschenbuch Verlag